CASA GRANDE

CASA GRANDE

José Pietri Santa Ana

Copyright © 2014 por José Pietri Santa Ana.

Número de Control de la Biblioteca del Congreso de EE. UU.: 2014916523
ISBN: Tapa Dura 978-1-4633-9195-9
       Tapa Blanda 978-1-4633-9194-2
       Libro Electrónico 978-1-4633-9193-5

Todos los derechos reservados. Ninguna parte de este libro puede ser reproducida o transmitida de cualquier forma o por cualquier medio, electrónico o mecánico, incluyendo fotocopia, grabación, o por cualquier sistema de almacenamiento y recuperación, sin permiso escrito del propietario del copyright.

Esta es una obra de ficción. Cualquier parecido con la realidad es mera coincidencia. Todos los personajes, nombres, hechos, organizaciones y diálogos en esta novela son o bien producto de la imaginación del autor o han sido utilizados en esta obra de manera ficticia.

Este libro fue impreso en los Estados Unidos de América.

Fecha de revisión: 02/10/2014

Para realizar pedidos de este libro, contacte con:
Palibrio LLC
1663 Liberty Drive
Suite 200
Bloomington, IN 47403
Gratis desde EE. UU. al 877.407.5847
Gratis desde México al 01.800.288.2243
Gratis desde España al 900.866.949
Desde otro país al +1.812.671.9757
Fax: 01.812.355.1576
ventas@palibrio.com
653720

ÍNDICE

Agradecimiento 7
Prólogo 15

Capitulo 1: La Luna no es de queso 31
Capitulo 2: Una gran cosecha 38
Capitulo 3: No quiso ser maestro 47
Capitulo 4: El malvado Nataniel 52
Capitulo 5: El principio de otro mal 56
Capitulo 6: La pelota de don José 66
Capitulo 7: El tacaño tío Din 72
Capitulo 8: Lo gozado por lo recibido 82
Capitulo 9: Los Reyes no llegaban 88
Capitulo 10: Productos de Casa Grande 94
Capitulo 11: Las exigencias de Eligio 100
Capitulo 12: Los muchachos se vuelven a encontrar 115
Capitulo 13: Condenan la actitud de Din 119
Capitulo 14: Eligio vuelve al abogado 123
Capitulo 15: Chantajes 129
Capitulo 16: El invernazo 143
Capitulo 17: Juana paga los platos rotos 147
Capitulo 18: La gravedad de Pepito 157
Capitulo 19: Por poco los muertos son cuatro 169
Capitulo 20: Por seguir el consejo del licenciado 175
Capitulo 21: Trompi nos sorprende 185
Capitulo 22: El jacho 196

Capitulo 23: Eligio no se da por vencido 206
Capitulo 24: La semana mayor 214
Capitulo 25: Las indecisiones de Eligio..230
Capitulo 26: Se colmó la copa 250
Capitulo 27: Las turcas 258
Capitulo 28: La boda..262
Capitulo 29: Pocho el Berraco 284
Capitulo 30: El negro Blanco..293
Capitulo 31: La gravedad de Amanda..303
Capitulo 32: Llueve y no escampa para Mr. Blanco 320
Capitulo 33: El descarado Pocho 331
Capitulo 34: Eligio queda viudo 337
Capitulo 35: La boda de Mr. Blanco...361
Capitulo 36: La mudanza es un hecho 388
Capitulo 37: Eligio vuelve a la carga 401

Epílogo 413
Glosario...417

Agradecimiento

A

Myrna Bonilla, mi querida Myrna, que con amor, entusiasmo y dedicación hizo las primeras correcciones de Casa Grande, así como para mi querida amiga y hermana Taty Montalvo, que al revisar el formato me inspiró para que lo hiciera realidad. Para las dos, mi eterno agradecimiento. ¡Gracias, muchas gracias!

DEDICADO
A
PEPITO, SISSI Y DALI

Casa Grande, ejemplariza la lucha de un pueblo en un momento crucial de su historia, cuando debido a un cambio de soberanía, la cual nunca escogió, tuvo que superarse para poder sobrevivir. Si acérrimas fueron las condiciones en el urbanismo, peor se vivió en la ruralía donde la pobreza era mayor. Casa Grande es traída a nuestros lectores, especialmente jóvenes, para que conozcan algo de ese Puerto Rico que ellos no imaginan que existió.

Es un relato fiel, sencillo y ameno de cómo se vivió una época allá en el omoplato de la cordillera borinqueña, donde nuestro Jíbaro, el Jíbaro bueno, humilde y honesto que aún llevo en mi corazón nunca se rindió ante la adversidad, aún cuando ésta vino acompañada de abusos, dolor, miseria y amargura que grabaron con sudor y sangre nuestro lugar en la historia. Al dedicar este libro a mis tres hijos Pepito, Sissi y Dali, no hago otra cosa que recordarles que sus raíces son profundas y están afincadas en el terreno que abonó ese Jíbaro de noble corazón e inquebrantable espíritu. Es imperativo que puedan conocer eso, para que así puedan entender mejor el enredo de espíritu que como pueblo nos aqueja. Les aseguro que cuando puedan entender eso, entonces y solamente entonces, nos podremos orientar adecuadamente hacia el futuro.

Jíbaro

Jíbaro soy, pues nací
Tierra adentro en la montaña
Dónde el Guabá y la Araña
Bailan al son del Coquí
Allá dónde el Colibrí
Roba el néctar de la flor
Allí dónde el Ruiseñor
Encaramado en la rama
Nos brinda una serenata
Rindiendo culto al amor

Nací en mi humilde cabaña
Hecha de palma y de yagua
Amarrada con majagua
Y adornos de telaraña
Sé amanecer jorobao
Por dormir en la jamaca
Beber el agua en jataca
Sentarme en el soberao
Comer vianda y bacalao
Y beber café con nata

Conozco el Tabonuco
El Aceitillo y el Moralón
Sé pescar el camarón
Entre Ortigas y Bejucos
De cultivos, sé de surcos

Para evitar la erosión
Sé dejar el corazón
Cargando el agua del pozo
Y montar mi potro brioso
Cuando visito a mi amor

Aún tengo la sacra mancha
Del café en mis tobillos
Y callos en mi fondillo
De arrastrarme en la barranca
Del guineo tengo la mancha
Del barro el color rosado
Y estoy todo acribillado
Por cicatrices que espinas
Trepando palos de chinas
Tienen mi cuerpo marcado

Sé lo que es comer mi parva
Y con su olor a ajo fresco
Arropar todo el cafeto
Y perfumar la montaña
Sé del olor a Campana
A pitriche y a Gardenia
Sé también cortar la leña
Del viento sentir frescura
Soy Jíbaro de la altura
Orgulloso de mi venia

Humilde soy, en mi rostro
Las arrugas lo delatan
Con sufrimiento retratan
El trabajo y la gran cría
Brego sin hipocresía
Adoro mi gran Terruño
Sin tener que alzar el puño
Fe de patriotismo doy
Y digo….Jíbaro soy
Jíbaro del viejo cuño

      Pepe Pietri Sr.

Prólogo

Era una tarde tranquila, brillante, apacible como algunas, más bien bastantes, cuando no llovía en aquel apartado rincón de la cordillera. Lo único que rompía el silencio vespertino era la desentonada orquesta de la naturaleza dirigida por un ruiseñor con su barítono cantar y los disonantes chirridos de grillos y coquíes, que desorganizadamente interrumpían el rítmico cantar del plumífero. Temprano había caído una leve llovizna, la que muchos llaman norte de gandules, pero no mojaba ya que el sol se encargó de evaporarla antes de que llegara a la superficie. Como si el trabajo de eliminar la llovizna lo hubiese agotado, ahora el luminoso astro, cansado, pálido e inofensivo, se recostaba en lontananza dando las primeras señas de retirarse y al hacerlo pintaba de un precioso dorado apio la verde campiña.

En la esquina este del largo balcón de la casa principal en la hacienda, don Lelo, como era su costumbre, con su cansado esqueleto luego de otra jornada castigaba le mecedora, que protestaba con cadenciosos chirridos conforme el agricultor se mecía con lentos y cansados movimientos. Su extenuado huésped no prestaba atención a la protesta del sillón y procedía a escrudiñar el periódico, que desde el pueblo le traía el panadero Pancho Pagán cada dos días. La lectura del diario era casi prácticamente su único contacto con el mundo exterior. En aquel lejano y apacible omoplato montañoso muy pocas veces las noticias y acontecimientos eran noticia, no por que carecieran de valor y sí porque no había con quien comentarlas. En un momento que don Lelo separó la vista del periódico, lo vio, crecía conforme bajaba la tortuosa alfombra de rojizo color. Por la distancia no le prestó atención, volviendo a su lectura. Los jinetes eran frecuentes y luego de tanto tiempo morando en Casa Grande por lo general él siempre los conocía. Cuando volvió a mirar ya el jinete estaba más cerca, pero contrario a otras ocasiones esta vez para don Lelo el jinete era desconocido, por lo que se decidió esperar que pasase por el camino real para identificarlo, pero no pasó. Momentos luego don Lelo contempló con inusitado interés como el desconocido abandonaba el camino real para dirigirse hacia él. El caballo lucía cansado, tanto o más que su agotado jinete y contiguo al equino caminaba no menos cansado, a juzgar por el tamaño de su lengua la cual no escondía, un enorme pastor alemán. El caballo estaba sudado y el brillo de su mojada piel lanzó hasta don Lelo una ración de su característico olor. Ese detalle le indicaba al agricultor que el hombre venía de un lugar lejano. Se detuvieron ante él, pero el jinete no habló de inmediato, limitándose a llamar a su enorme can que corrió hasta el glácil donde el perro de la casa descansaba manteniendo su barriga hacia el cemento para sentir el fresco del piso. Cuando Milord, el perro, se levantó, el visitante temió lo peor, y gritó:

"¡Capitán, Capitán!"

Los canes se rozaron los cuerpos, olieron sus respectivos traseros y se desentendieron uno del otro. El del visitante tal vez por cansancio y el de la casa por cortesía de anfitrión. Pasado el peligro de garata, el hombre se acercó al balcón y aún sin desmontar, dijo:

"Ando buscando a don Lelo Pierre, ¿estoy bien?"

Antes de contestar, en termino de segundos don Lelo escudriñó la montura, junto al pomo de la silla colgaba una linterna de kerosene y enrollada a la parte de atrás de la misma silla un rollo de lo que podía ser una frazada o un petete, le indicaban al lector que en verdad venían de muy lejos. El jinete se ladeó hacia el lado izquierdo y esperó por la afirmación que no tardó en llegar, pero por cuya respuesta le pareció haber esperado una eternidad.

"Un servidor, desmonte, ¡por favor!"

El hombre no era muy alto, tampoco grueso, posiblemente entrando en su quinta década y la barba de su cara de momento ocultaba su verdadero color. Unas arrugas horizontales le daban aspecto de persona humilde y honesta, por lo que don Lelo volvió a pedirle que desmontase. Esta vez el hombre no se hizo rogar y haciendo gala del cansancio lo ejecutó lentamente. Al hacer contacto con la verde alfombra de grama diablo, se añangotó un par de veces para flexibilizar sus entumecidas extremidades. A invitación de don Lelo tomó asiento frente a él en un sillón sobre usado, en el cual al principio no se sintió muy cómodo.

"¿Con quién tengo el honor?" Inició don Lelo preguntando.

"Soy Felipe Domínguez, capataz de la hacienda Los Lagos. Traigo un mensaje para usted."

"Bien usted dirá, pero antes de que me conteste, dígame, ¿sé tomaría un traguito de puya? Me imagino que no le caerá mal."

"Con gusto, señor Pierre, me está haciendo falta."

"¡Pues no se diga más! ¡Mica, Mica!" Llamó en voz alta.

"¡Sí!" Desde dentro respondió una voz que fue seguida por el clap, clap de unas chanclas que se acercaban.

"Mica, este es el señor Domínguez. Desea acompañarnos a un pocillito de café, ¿lo podremos complacer?"

"Por supuesto que sí, mucho gusto en conocerle señor Domínguez."

Los dejó sin apenas detenerse y se dirigió a la cocina solo acompañada por el clap- clap de las chanclas. Don Lelo volvió a decir:

"Bien señor Domínguez, usted dirá, soy todo oídos."

"Felipe, Felipe para usted, así me siento mejor." Mientras decía eso metió la mano al bolsillo de su camisa de casimir, extrajo un sobre blanco bastante estrujado, lo planchó con las manos sobre su muslo derecho y luego se lo entregó a don Lelo, sin pronunciar palabra alguna sobre el mensaje.

El agricultor rasgó el sobre por uno de los bordes, extrajo un papel blanco, estrujado, húmedo y sin rayas. Mientras, el visitante esperaba en silencio a la vez que se pasaba la palma de la mano derecha por su frente. Don Lelo, leyó: Apreciado Lelo. Espero estés bien, por fin pude dar contigo, no me resultó fácil. Te escribo para molestarte, aunque hace un fracatán de tiempo que no nos vemos aún te considero mi buen amigo y los amigos estamos para jodernos. Resulta que hace un tiempito invertí una perras en una finquita colindante con la mía acá en Los Lagos. Está mayormente sembrada de sidras, pero de una calidad tan pobre que parecen limones. Quiero mejorar eso y consultando con los sabihondos, todos me dicen que nadie como tú para mejorar eso. Yo me acuerdo que siempre se decía que en eso de injertos tú eras la chavienda humana. Necesito tu ayuda, me hubiese gustado ir a verte, pero no he podido, ya Felipe te explicará. ¡Por favor infórmame si puedo contar contigo, espero así sea. Gracias de todos modos. Tú amigo, Berto.

Al terminar la lectura don Lelo guardó silencio, mientras, mantenía la misiva en su mano.

Tratando de recordar quién era Berto. Al no recordar, preguntó:

"¿Quién es Berto?"

"Mi patrón, se llama José Alberto Antonmattei."

"¿Pepé?"

El mismo, me dijo ser muy amigo suyo, a menudo se pregunta qué sería de su vida."

"Caray que sí, paro hace un montón de tiempo que no sé de él."

"A él le hubiese gustado venir pero no pudo. Tuvo una caída y se rompió un brazo."

"¡No me diga! ¿Cómo fue, algo serio?"

"Se esgolizó al romperse un escalón podrido de una escalera y rodó como nueve escalones. Para mí que poco se hizo."

La conversación fue interrumpida por doña Mica que traía sendas tazas de café recién colado cuyo olor impregnó el área. Estaban bien calientes, humeaban y el efluvio era suficiente para reconfortarlos. Felipe, lo vaciaba poco a poco en el platillo y aligeraba el enfriamiento con suaves soplidos, mientras don Lelo lo colocó en la baranda del balcón para que la brisa se encargara de bajarle la temperatura. El visitante a medida que lo consumía se sintió bien fortalecido, jamás una taza de café había logrado que se sintiese tan bien. Tomaba sorbo a sorbo en silencio, el mismo que interrumpió don Lelo para preguntar:

"¿A qué hora salió de Los Lagos?"

"A las cuatro de la mañana." Contestó mientras ponía la taza en la baranda del balcón. "Estoy matao, doce horas para mí edad es muy fuerte"

"¿Cuándo piensa regresar?"

"De inmediato, tan pronto usted me informe que le debo decir a mí patrón."

"Mire, Felipe, a esta hora ese es un viaje muy arriesgado. Si duro es para usted más lo es para su caballo, que aunque es de buena estampa está por reventar. Le voy a invitar a que nos acompañe a cenar, pase aquí la noche, descanse y por la mañana regresa. Mon, se encargará de su caballo que está necesitando el descanso más que usted. Hasta el perro se lo agradecerá. ¿Qué le parece?"

"Señor Pierre, la verdad que nunca me hubiese atrevido pedirlo, pero con lo cansado que estoy tampoco le diré que no. Le estaré eternamente agradecido."

Cuando temprano a la mañana siguiente Felipe se despidió de la pareja, todos estaban consientes que mutuamente habían ganado un amigo. El capataz llevaba una carta en la cual don Lelo le informaba a su amigo que estaría en su hacienda el último fin de semana del mes.

Luego de preguntar en par de ocasiones, don Lelo enfiló su caballo Alacrán por la larga entrada cuidadosamente protegida por alambre de espino trenzada a seis hilos en ambos lados. Trinitarias de diferentes colores en la barranca izquierda adornaban el largo trayecto. Pepé, que lo estaba esperando, se adelantó al encuentro del caballo, que con el cansancio no parecía tener prisa en llegar. Hacía años, muchos años, tanto que casi no se acordaban que no se veían. El abrazo fue cónsono con la ausencia y los palmetazos al saludarse rompieron la armonía del ambiente.

"¡Lelo, hermano! ¿Cómo has estado?"

"Bien Pepé, como podrás ver mucho más viejo."

"Que viejo ni que ocho cuartos, te veo más bien que el carajo."

"Ahí estamos, ¿y tú cómo estás?"

"Yo estoy como coco, tú sabes que el pitorro conserva."

"¿Todavía tomas?" Preguntó el visitante, riendo el comentario de su amigo.

"¡Por supuesto, Lelo! Qué valor puede tener esta perra vida sin un palo de ron, un buen caballo y una vieja que caliente a uno."

"Ah Pepé, ya veo que no has cambiado mucho."

"Bah, para qué carajo cambiar si es lo único que uno se lleva al joyo."

La esposa de Pepé, Elena, no se encontraba en la hacienda, había viajado a Guayama acompañada por Felipe. A menudo tenía que visitar a la señora madre que sentía molestias frecuentes y no estaba tranquila hasta que hacía venir a la hija. Elena, estaba segura que era un caso de hipocondrísmo, pero tanto para ella como para Pepé, salir de la montaña era una oportunidad de esparcimiento.

En los tres días que Lelo estuvo en la hacienda, Pepé aprendió mucho del arte de los injertos tanto en cítricas como en flores. Habían recordado viejos tiempos, quemado a las respectivas familias y miles de temas cónsonos con el largo tiempo que habían estado sin verse. Don Lelo, consciente de que tres días no era suficiente tiempo para aprender mucho sobre el arte de los injertos le prometió a su amigo que regresaría en un mes para revisar el progreso y practicar nuevas técnicas. En la última noche luego de la cena y en medio de un millar de temas Pepé le preguntó a su amigo:

"¿Ya está funcionando la escuelita esa que me dijiste que habías donado los terrenos?"

"Sí, pero no resultó como yo esperaba, solo llega hasta el tercer grado y yo esperaba que por lo menos llegaría hasta quinto."

"¿Y tus niños, dónde los tienes?"

"Solo tengo una hijastra y no va a la escuela."

"¿Entonces qué te preocupa?"

"Es Pepé, que hace unos años yo tuve un hijo ilegítimo, ya está casi un jovencito y no me gustaría que se quedase burro. Tenía esperanzas que el Departamento de Educación aprobase por lo menos hasta el quinto, pero no, ahora no sé qué hacer con el chico."

"¿Porqué no los envías a casa de tú hermano?"

"¡Muchacho, ni pensarlo! Ellos nunca han querido saber del niño."

Pepé, arrugó el ceño, sorprendido preguntó:"

"¿Por qué?"

"Cuando eso sucedió toda la familia se revolcó, casi me vuelven loco. Si no hubiese sido porque antes de morir el viejo me había dejado la finca me hubiesen desheredado."

"Lelo, hay algo que no entiendo, Din tuvo unos cuantos hijos regados. Él mismo me lo dijo en varias ocasiones. ¿Cómo es posible que actúe así?"

"Lo que pasa es que Din los tuvo con mujeres blancas, yo lo hice con una morena. Para ellos eso no es lo mismo"

"Milagro que tu papá no te dejó sin nada."

"Oh no, mis padres nunca se metieron en eso, fue cosa de Din y mis hermanas, todavía siguen jodiendo con eso."

Pepé, lucía entre intrigado y sorprendido. Esculcando en su mente pensó que en ese litoral no había negras, por lo que cómicamente, preguntó:

"¿Lelo, por aquí no hay negras, dónde carajo tú fuiste a hacer eso?"

"No es negra, es una mulata de color, pero con el pelo y las facciones buenas, que pueden ser la envidia de muchas mujeres blancas.

"Ah carajo Lelo, no sabes cuánto te envidio, yo nunca me tiré algo así."

"No chaves, Pepé, esto es algo serio."

"Tan serio que ya está grande." Bromeó Pepé, para luego añadir. "De todos modos no debe de haber diferencia, ¿qué culpa tiene el chico de lo que pasó?"

"Para ti no, tú entiendes eso, pero para ellos que no es de su incumbencia, aunque yo no sé los permita no dejan pasar la oportunidad para sacarlo en cara."

"¿Pero el chico, es negro?"

"No que va, es más blanco que todos nosotros."

"¿Es bueno? Me refiero a que no cause problemas."

"No Pepé, es un niño humilde de campo, que aunque yo no lo he criado sé que es bueno."

Por algún rato Pepé se mantuvo en silencio, luego de meditar, pensando en poder ayudar a su amigo, preguntó:

"¿Aceptarías nuestra ayuda?"

"De aceptarla, la acepto, pero no veo como."

"Amigo mío, aquí no muy lejos hay una escuela que da hasta el sexto grado y según he oído piensan extenderla hasta octavo. No está aquí al lado, pero tampoco a una gran distancia que un muchacho de su edad que se lo echan a un conejo jalda arriba y se lo gana, no pueda cubrir. Elena, no está aquí, pero te aseguro que con ella no habrá problema. Sí tu quieres podemos intentarlo, nada se pierde, Es más hagamos algo, como tu vienes a fin de mes para acá te lo traes contigo a ver si le gusta el ambiente. Por nosotros no te preocupes, al contrario, nos ayudará, a veces nos sentimos muy solos. Trataremos que se acostumbre."

"Por eso no te preocupes, le gustará, allá está más aburrido que un pobre en velorio de ricos. Estoy seguro que le encantará."

Un mes luego cuando don Lelo regresó a Los Lagos trajo a Eligio con él. Desde un principio el chico fue muy bien recibido por la pareja. Ese fue el inicio de una ausencia que se extendió por varios años. Luego del muchacho terminar su octavo grado, con la anuencia de don Lelo, Pepé le consiguió empleo en un almacén de telas que un familiar de Elena tenía en la zona portuaria de Mayagüez. Allí el joven Eligio trabajó hasta que un incidente imprevisto lo trajo nuevamente a su barrio.

Varios años después

La vivienda estaba estratégicamente ubicada cerca del camino real. Era un edificio largo, bien largo, tan largo que cuando en la comarca lo daban de referencia decían que era tan largo como la esperanza de un pobre. En una época donde el pobre era realmente pobre y sus oportunidades eran casi nulas, por no decir del todo, eso era mucho decir. Era de dos plantas y aunque por el frente solo se veía una, la primera estaba para los efectos enterrada como si fuese un sótano, ya que aprovechando la inclinación del terreno la habían escondido de tal forma que esa parte no era visible por el frente. Era un inmueble grande, fuerte y muy bien construida. Fabricada con madera del país de la misma finca, estaba preparada para soportar las más severas condiciones del tiempo. Techada con zinc acanalado de la mejor calidad, no parecía que el tiempo la afectara, y lucía cada vez más impresionante conforme pasaban los años. A lo largo del amplio frente tenía un balcón el cual cubría también el lado oriental de la casa. Dividida en muchas habitaciones que incluían seis cuartos de dormitorio, sala y antesala, comedor, cocina con su respectivo almacén, un cuarto para almacenar café ya seco y un área de depositar el grano maduro, el que por gravedad caía a la desgranadora que estaba en los bajos. Allá en los bajos además de la desgranadora tenía un tanque donde se lavaba el grano para despojarlo de la baba, luego de lo cual se llevaba a los gláciles para iniciar su secado. Contiguo al tanque de lavado había un cuarto bien espacioso que tenía múltiples usos, desde almacén de café y frutos, espacio para que los trabajadores que venían de lejos colgaran sus hamacas o tendieran sus petates, guardar herramientas y de tormentera. Allí se resguardaban los arrimados y otros vecinos del sector en casos de huracán, mal tiempo o cuando por alguna otra circunstancia perdieran sus casas. Directamente debajo del comedor y la cocina un área tipo corral era usado para protección de los animales en casos de mal tiempo, para ordeñado si estaba lloviendo, almacenaje de leña, guardar carbón y otros usos.

A lo largo del balcón cuatro puertas daban acceso a la casa de frente a varias habitaciones. La puerta principal estaba de frente a un espacioso batey que separaba la vivienda de una tupida cepa de altos pinos que controlaban la temperatura del inmueble. Al lado izquierdo de frente a la casa un hermoso rosal de flores injertas por don Lelo le proporcionaba belleza al área. Paralelo al rosal estaba el primero de los dos gláciles con murallas de tres pies de alto que los bordeaban por tres de sus lados. Estas murallas a la vez que servían de protección para que el viento no regara el grano, también eran usadas como asientos regularmente. Una entrada que partía desde el camino real dividía los dos gláciles, estando el segundo de ellos en terreno más alto que el de abajo, pero también protegido por sendas murallas. Las comodidades de la casa hacían que los vecinos del litoral le llamaran Casa Grande.

La vivienda era lo suficiente espaciosa para sus ocho moradores, la pareja tenía seis hijos. Dos de ellos Loria y Robi habían sido enviados a Yauco para que continuasen estudiando, toda vez que la escuelita del barrio solo llegaba hasta tercer grado. La Gorda, una traviesa jovencita era producto del primer matrimonio de doña Mica, aunque don Lelo la había acogido como suya, era la mayor. Pepito, un vivaracho niño que traía a todos de cabeza, le seguía a Robi, quien a su vez era dos años menor que Loria, las otras dos niñas eran de solo dos y tres años respectivamente.

Don Lelo, era de mediana estatura, más bien grueso pero sin grasa en su cuerpo, aunque no era trigueño, el sol se había encargado que lo pareciera. Agil, capaz de trepar a un árbol con la habilidad de un gato, tranquilo y muy educado. Solo la lectura le hacía segundo a su pasión por la agricultura. Nunca, no importaba donde estuviese se le veía sin algo para leer. Ese hábito lo había convertido en persona muy instruida. Aún en aquel apartado rincón de la cordillera se las arreglaba para leer los periódicos que Pancho Pagán, el panadero, le traía cada dos días desde el pueblo del petate. Poseía una biblioteca con libros que venía cargando desde los tiempos de María Castaña, una colección de la revista Life y pasquines tan variados que iban desde Tarzán hasta Superman. Por sus conocimientos era respetado, al extremo de que muchos hacendados acudían a él por consejos u orientación. Nunca disciplinaba a sus hijos, tarea que le dejaba a doña Mica, y cuando era mandatorio hacerlo solo una mirada bastaba para ser obedecido.

Por aquello que la ley física así lo determina, los polos opuestos se atraen y este era el mejor ejemplo, ya que doña Mica era la antítesis del marido. Era conocida en la comarca como persona de un corazón de oro, pero con carácter de hierro. Muchos acudían a ella por ayuda, y eran ayudados, pero más de uno había sido objeto de su fuerte carácter. Con los muchachos era implacable, siendo Pepito por sus travesuras el mayor recipiente, aunque justo era señalar que La Gorda no iba muy rezagada. Como Robi y Loria estaban en Yauco, las pequeñas no estaban en edad de ser castigadas, Pepito y La Gorda acaparraban los castigos. La Gorda, como era mayor por lo general se las arreglaba para acusar al niño y como la madre no se andaba con preguntas sonaba al chico. Cuando eso sucedía La Gorda se alegraba, y simulando tocar una guitarrita imaginaria a la vez que decía, que tin tin, que tin tin, molestaba al muchacho. En algunas ocasiones el muchacho logró demostrar que La Gorda había engañado a la madre, pero aunque la muchacha cogiera lo suyo la realidad era que ya nadie le podía quitar a Pepito la paliza recibida. Eso hacía que Pepito al no poder pelear con La Gorda la insultara con un regimiento de palabras mal sonantes que rayaban en lo inimaginable. Además del concebido verbo también le llamaba bola de cebo, puerca blanca, mofolonga y varios epítetos más, ningunos elegantes.

Fuera de las escaramuzas entre los hermanos, en el hogar de la pareja se vivía un ambiente de tranquilidad, las relaciones de la pareja eran cordiales, o habían sido. Era imperativo señalar que últimamente habían surgido ciertas desavenencias entre ellos. Todo había surgido a raíz de la actitud asumida por Eligio, el hijo ilegitimo de don Lelo, que luego de haber regresado al barrio, se convirtió en la semilla de la discordia. Tras una prolongada ausencia Eligio regresó con buena preparación académica, más refinado en sus modales que otros jóvenes de la comarca, casado con una mujer joven y bonita, e inclusive consiguió trabajo en La Fina, una hacienda muy importante. Tanto su padre, como doña Mica lo colmaron de atenciones tanto a él como a la esposa y ese proceder tampoco fue del agrado de los pendencieros del barrio. Eso era demasiado para un grupo de individuos del sector, entre los que se encontraban algunos de la familia que también envidiaban al joven. Todos los incidentes comenzaron cuando Tomás, un pendenciero que ni él mismo sabía quién era su padre, durante una jugada de topos donde Eligio era solo un espectador momentáneo, lo llamó bastardo. Eligio, no pudo ignorar la ofensa y aunque apabulló al ofensor, a la larga resultó el gran perdedor, ya que otros también llevados por envidia emularon a Tomás. La desagradable situación empezó a minar su auto estima y como resultado de ello Eligio cometió el más serio de sus errores. Un sábado por la tarde se llegó hasta Casa Grande para exigirle a don Lelo que hiciese algo por la situación. El padre, con su educación y acostumbrada diplomacia lo pareció tranquilizar, pero Eligio no quedó convencido. Al siguiente sábado regresó a Casa Grande a continuar sus exigencias, trayendo con él un acta de nacimiento en el cual aparecía inscrito con el apellido de la madre únicamente. El padre no le complació como él esperaba y Eligio entrando en cólera alzó la voz para ser oído por todos, y dijo:

"Yo tengo el mismo derecho que La Gorda, como yo ella también es bastarda."

Don Lelo, manejaba las situaciones con diplomacia, pero no así su esposa que no necesitaba mucho para explotar. Por varios días había estado pensando que si el asunto fuese con ella lo manejaría de diferente manera. La vez anterior se había hecho la desentendida por considerar que era un asunto que le competía al esposo, pero ahora la habían herido a ella. El comentario, que cumpliendo su cometido había llegado claro a sus oídos le daba derecho a intervenir. No lo pensó mucho, era demasiado para su explosivo temperamento, dejó la comida que estaba preparando, se armó con un pedazo de cabo de azada que encontró a su paso y se dirigió hacia Eligio, mientras decía:

"Mira canto de pila de mierda, ¿qué fue lo que tú dijiste?"

Eligio, como todos en la comarca conocía el carácter de doña Mica. Cuando la vio venir con el madero en mano no lo pensó mucho. Asustado, con el miedo reflejado en su cara, temiendo lo peor echó a correr. No tenía mucho espacio para escapar, ya que cuando la vio venir era un poco tarde. Tuvo que pasar por su lado y apenas pudo eludir el cantazo que le había sido dirigido a la cabeza. Se dobló esquivándolo, pero no pudo evitar que el madero le alcanzara una nalga. Santo Dios de los Pastores, pensó, esta jodía vieja por poco me limpia el pico. La señora al fallar parcialmente el cantazo y frustrada por ello, al no alcanzarlo como ella quería le tiró con el madero. Ignorando el cantazo en el glúteo y el consabido dolor, Eligio no paró de correr hasta llegar al camino real. Desde allá no pudo evitar oír cuando la señora, le gritó:

"¡Canto de desgraciado, no te quiero ver por aquí ni en pintura!"

Allá en el camino real Eligio no podía dejar de pensar en la suerte que había tenido, ya que el cantazo no lo alcanzó de lleno. Se sintió herido en su orgullo, sabía que pronto el suceso sería voz populi y traería consecuencias, como así eventualmente fue.

Capítulo 1

La Luna no es de queso

Un borde dorado festoneaba las nubes que coronaban la loma de Juana María, justo en la parte atrás de la casa, o más bien el bohío que compartía con el Tio Yeyo. Ese color dorado era el preludio de que en breves momentos una hermosa luna llena emergería allá en la loma, justo entre la casa de Juana y una gran mata de maguey que en la semioscuridad semejaba una gigantesca mano que imploraba al cielo. Pepito, sabía eso y desde el glácil donde se encontraba esperó el momento de verla emerger y pensó que sería ahora o nunca. Aprovechando que estaba solo ya que su padre se encontraba en Yauco y la tramposa hermana había ido a casa de Melín, era el mejor momento para escaparse hasta la loma. En muchas ocasiones había oído decir que la luna era de queso y se podía comer con tenedor. A principio no lo creyó, pero lo había escuchado de mucha gente que para él eran serios y terminó creyéndolo. Se había llenado los bolsillos de galletas de soda y solo tenía mente para pensar en el atracón que con queso se iba a dar.

Se aseguró que nadie lo estuviese vigilando, miró a su fiel mascota, Kaki, que en ese momento estaba tendido cuan largo era, descansando su barriga en la superficie para sentir el frio del cemento, a la vez que descansaba su hocico sobre sus extendidas patas delanteras.

Le chasqueó los dedos y Kakí no dudó en abandonar su cómoda postura y seguirle. Se encaminaron al camino real, pasaron frente a la casa de Eligio, donde parecía que estaban durmiendo y corrió a cubrir los aproximados cincuenta metros hasta tomar la vereda que lo conduciría a la loma. Todo estaba en silencio y solo se percibía el sonido de los orines de Kaki sobre las hojas al cruzarse de un lado a otro marcando su camino de regreso. Estaba casi oscuro, pero no era problema para Pepito que conocía la ruta al extremo de saber donde estaba cada hoyo, levantón, bache o imperfección del terreno. Cuando habían cubierto tres cuartas partes de la vereda, ya parte de la luna emergiendo era visible entre los socos del bohío de Juana, que estaba levantado como a cuatro pies del terreno. Iba a pasar en silencio pensando que estarían dormidos, pero el peculiar yaca, yaca, yaca, modo Juana reírse le hizo saber lo contrario. El chico iba excitado, apenas unos metros más y su sueño del atracón de queso y galletas sería una realidad. Se dirigió directamente hacia el maguey porque la luna parecía estar entre sus hojas. Casi al llegar se dio cuenta de una cruda realidad, la luna no estaba allí, en ese momento se veía bien lejos sobre unas lejanas montañas. En un momento de reacciones mixtas se mantuvo quieto mientras por su mente pasaban miles pensamientos y su coraje se acrecentaba. En voz baja, consciente de que nadie lo estaría oyendo, dijo:

"¡Ma'rayo parta, carajo, coño! Estos hijos de la gran puta me han engañado. De la jodía Gorda no me extraña, siempre se las arregla para engañarme, pero hay otras personas que también me han engañado y se van a chavar conmigo."

Se quedó como petrificado por un rato sin animarse a regresar. Miraba, miraba y no despegaba la mirada del hermoso disco amarillo, que en la lejanía pareciendo burlarse de él se hacía el desentendido. Fue necesario oír que desde Casa Grande su nombre fuese repetido tres veces para reaccionar. Era la inconfundible voz de doña Mica y con eso él no jugaba. No contestó, si lo hacía, su mamá se daría cuenta que estaba en la loma, y no le iba a ir bien. Como conocía el camino a la perfección correría y tal vez podían creer que estaba por los alrededores de la casa. Corrió a toda velocidad y en menos de un minuto ya estaba cerca del portón. ¡Maldición, qué chavienda! Allí lo estaba esperando la jodía Gorda y había bloqueado el portón para poder agarrarlo. La Gorda, trató de agarrarlo por una oreja, pero Pepito le dio en la mano y se le escapó, perseguido por la muchacha que no logró darle alcance. Se escondió detrás de unos sacos de café que estaban apilados en el último cuarto. Desde su escondite oía cuando La Gorda le decía a doña Mica que él estaba en la loma, que le había dado en el brazo por no dejarse agarrar, y que también le había dicho hija de la gran puta. La Gorda, sabía dónde estaba escondido, fue hasta el escondite y agarrándolo por el pelo de las patillas lo trajo ante doña Mica. El agarrarlo por el pelo de las patillas era algo bien doloroso, La Gorda lo sabía y por ello lo apretaba más duro. Era tanto el dolor, que el chico le decía:

"Suéltame perra, ma'rayo te parta."

Al oír eso la muchacha lo apretaba más y así lo llevó hasta donde la madre y dijo:

"Mami, él estaba en la loma, me dijo perra, ma'rayo te parta e hija de la gran puta."

Doña Mica había estado pendiente a lo que pasaba, y nunca oyó lo de hija de la gran puta, por lo que no cayó en la mentira. Como sabía que la muchacha deseaba que ella castigase a Pepito, con mucho coraje, dijo a la muchacha:

"Lárgate pa'allá si no quieres también coger lo tuyo."

Manteniendo al chico agarrado por el antebrazo, le preguntó:

"¿Porqué andabas por la loma sin permiso?"

"Es que La Gorda me dijo que la luna era de queso y se podía comer con tenedor, yo lo creí, cogí algunas galletas del saco que mandaron de Yauco y fui a la loma a comer galletas."

La pena que doña Mica sintió por el muchacho logró el milagro de evitar el castigo, soltó el agarre que le tenía y con todo el amor del mundo, le dijo:

"Mira mí niño, eso es solo un dicho, para que veas que eso no es cierto, mañana cuando la luna este por salir te voy a dar permiso para que vayas a la loma y desde que empiece a salir puedas ver lo lejos que está. Nadie la puede alcanzar."

Al siguiente día la señora cumplió su palabra, y desde antes de empezar a salir el luminoso disco ya el muchacho estaba detrás de la casa de Juana María esperando que la luna saliera. Allí lo sorprendió Juana, que extrañada de verlo, preguntó:

"Ea diache, mí niño, ¿qué diantre jaces aquina?"

A cualquier otra persona Pepito no le hubiese contestado, pero para él, Juana era alguien muy especial, por lo que sin abochornarse, le dijo:

"Es que La Gorda me dijo que la luna era de queso y se podía comer con tenedor, yo le creí y mi may me dio permiso para que viniese a verla salir."

"Yaca, yaca, yaca, yaca," rió Juana. Luego poniendo su mano de ébano sobre el hombro del muchacho, con la mayor ternura, le dijo:

"Ya sabeh que jeso no eh veldá, cuando jayah visto lo que quierh ver entra a casita que te voy a dar algo." Se fue sin esperar respuesta del chico.

Cuando Pepito vio lo que le interesaba, sabiendo lo que Juana le tendría reservado dio la vuelta y como de costumbre se atravesó en la entrada del humilde bohío. Por un rato contempló el ir y venir de Juana dentro del bohío. Aunque era de noche no estaba preocupado ya que doña Mica le había dado permiso. Miraba a Juana con la curiosidad que siempre lo hacía, era la persona más rara que él conocía, pero también, fuera de sus familiares cercanos la que más quería. Era la única persona de color café negro que había visto en su vida, sí, era algo rara y diferente a las demás. Le llamaba la atención su pelo lacio, bien lacio y tan negro que aún en la oscuridad brillaba. Su cara era casi cuadrada, y sus ojos, aún más negros que su pelo parecían estar a una milla de separación. Su boca, de labios finos, era muy grande y sus dientes blancos y parejos al muchacho le semejaban una vaina de guamá madura. Sus pies, que no tenían mucho que envidiarle a los estacones de la alambrada de la vega eran flacos y tan separados que parecía andar en zancos. Su hablar, seco y profundo, era también diferente. Los amigos de Pepito consientes del cariño que el chico sentía por ella lo embromaban diciéndole que hablaba como una pájara de agua.

Juana, se acercó al centro de la sala, estiró su larga mano para alcanzar la solera lo cual logró alzándose en la punta de los pies. Alcanzó una bolsa de estraza que tenía encajada entre la solera y el zinc. La puso sobre la sencilla mesa y de la bolsa sacó otra envoltura en la cual aparecieron tres largos sorullos asados. Escogió el más grande, tan grande que parecía un estacón, lo dividió en dos partes dando al chico la mayor porción. Regularmente el muchacho recibía el obsequio y se lo iba comiendo por el camino, pero en esta ocasión se quedó atravesado en la puerta mientras lo devoraba. El Tu Yeyo no estaba en la casa, y aprovechando su ausencia, el chico preguntó:

"¿Juana, es verdad qué el que come sorullos de harina crece mucho y se pone fuerte como un toro?"

"La veldá que yo no sé mi jijo."

"¿Pero Tu Yeyo los come, verdad?"

"Sí, le jencantan, se da unoh atraconeh que ni te imaginah."

"Y si le gustan tanto, ¿porqué no crece?"

"Yaca, yaca, yaca, yo creu que jece fue criau con lechi pedía."

"¿Qué es eso de leche pedía?"

"Na' mi niño, no me jagah caso eso eh un refrán."

"Sí pero tiene que haber una razón, ¿no crees?"

"Ah, y yo que sé, ¿poh qué no se lo proguntah a él?"

"Eh, si tú sabes que él no habla, si le pregunto ya sé lo que me va a decir."

"¿Quí?"

"Umjú, eso es lo único que dice."

Justo en ese momento apareció el Tu Yeyo. En efecto era una persona bajita, apenas cuatro pies y medio de estatura. Contrario a Juana, era blanco, tan blanco que cuando joven era rubio. Su arrugado humilde rostro tenía una verruga en la mejilla izquierda, coronada por un solitario vello ya blanco y ensortijado. El escaso pelo blanco que en la juventud fue rubio, a los noventa años no daba señales de querer caerse. Nunca hablaba mucho, solo lo imprescindible y para contestar era también tacaño, todo lo contestaba con su característico, Unhú. No pesaba ni noventa libras y era sumamente ágil, a su edad podía caminar largas distancias sin descanso, comer, ni tomar agua.

Al llegar, lanzó la destartalada boina en forma de disco sobre un muy usado taburete, se sentó en el mismo y como de costumbre permaneció en silencio. Pepito, estaba pensando en cómo preguntarle por qué no crecía si comía tantos sorullos y justo cuando iba a abrir la boca, se oyó la voz de doña Mica, que desde el balcón del lado oriental, llamó:

"¡Pepito, Pepito!"

No esperó que le volvieran a llamar, consciente de lo que le podía pasar si no avanzaba, dejó a Juana, al Tu Yeyo, y sin despedirse corrió a Casa Grande.

Capítulo 2

Una gran cosecha

Se pronosticaba una gran cosecha, en algunos sectores ya se veían granos pintones y todavía la hacienda no estaba lista para la recogida. No habría problema si la lluvia se enajenaba por algunos días, pero si ese no fuese el caso y llovía, el grano maduraría de momento. Al no estar listos los trabajos de reparaciones se corría el riesgo de perderse la cosecha. Eso hacía que los trabajos en Casa Grande estuviesen en su apogeo y contra el tiempo. Don Tomás Blanco, el albañil, estaba atareado reparando tanques y gláciles. Don Felipe, el carpintero, se fajaba con los cuartos, puertas, chorreras y cajones. Don Lelo, tenía la desgranadora en piezas y trabajaba engrasándola. Mon y Juan López arreglaban cercas y corrales, y allá en el seno de la finca otro grupo arreglaba caminos y veredas.

Los ruegos de don Lelo parecieron ser atendidos y como por intervención divina la lluvia se ausentó varios días, que dieron un respiro de alivio a los moradores de Casa Grande.

De la bajura el primero en llegar fue Perico, que además de su hamaca traía con él su equipo de cortar pelo y su guitarra. Esta era la decima vez que venía a trabajar a Casa Grande, como muchos otros la prefería por ser la finca mayormente llana. Era también barbero y los sábados después del cobro se hacía cargo de los melenudos, que se alegraban de su presencia toda vez que Santos, el barbero del barrio, no le importaba que le pusieran el cuerno, ya que si cogía café no recortaba. Según él, no había venido al mundo a matarse trabajando porque los ricos ya estaban completos.

Pisándole los talones a Perico llegó Chubasco. Este era todo un personaje que con su harmónica, historias y chistes hacía reír hasta los muertos. Su nombre era Confesor, pero muy pocas personas lo sabían, había ganado su apodo debido a que cuando nadie lo esperaba aparecía y en la misma forma desaparecía. Hablando y haciendo payasadas entretenía a los trabajadores y de momento se les desaparecía, para luego aparecer tocando la harmónica en otro lado del cafetal. Excepto en Casa Grande, nunca permanecía mucho tiempo en ningún otro lugar, lo hacía allí porque simpatizaba mucho con don Lelo. Éste pintoresco individuo no dormía en hamaca, cargaba un petate que una señora del barrio La Torre de Sabana Grande le regaló en uno de sus viajes a La Quinta, otra finca que don Lelo compartía con un hermano en el barrio Susúa de Yauco. Don Lelo, lo invitaba porque además de ser buen trabajador le mantenía a los trabajadores alegres. Él, alegaba que en el cafetal cogía el catarro y lo botaba en la bajura, porque el tabaco que recogía lo hacía destornudar. Era tan pintoresco que la gente decía que sin Chubasco no había acabe.

A Chubasco le siguió Luis Elena, un individuo alto y fuerte, con una cara tan larga que podía personificar al Tío Sam. Su fortaleza física era producto de su otro trabajo, era quincallero y por consiguiente cargaba a diario un canasto grande y redondo lleno de mercancía. Tenía la frente llena de arrugas horizontales, su cara era muy larga y por su rara apariencia las mujeres decían que era más feo que el mocho de cortar jabón. Los sábados no recogía café, desde temprano colocaba su redonda canasta sobre un trípode justo en la orilla del camino real y la entrada al portón de Casa Grande, de manera que le pudiese vender tanto a los que pasaban por el camino, como a los que venían a cobrar el recogido del café. Le decía a doña Mica que ella era su cliente preferido, pero eso mismo les decía a las demás. Sin embargo no se podía negar que en su gran canasto llevaba mercancía tan variada que iba desde un corte de tela, hasta agujas y botones. Todos simpatizaban con él, o mejor dicho casi todos, porque Pepito lo detestaba, tenía su razón. El quincallero cargaba en su gran canasta petardos y triquitraques. En cierta ocasión estando el chico de espaldas, Luis Elena tuvo la mala idea de reventarle un petardo estando el muchacho descuidado. El susto de Pepito fue tan grande que mojó los pantalones. Al ver eso el quincallero pidió excusas a doña Mica y a don Lelo, pero quien nunca lo perdonó fue el ofendido Pepito, ya que Luis Elena jamás entró al reino de sus cielos por más intentos que hizo para subsanar su error.

También llegó Pablo el Negro. El Negro no era negro, se ganó su apodo porque a todo el mundo le llamaba así, cariñosamente. Era una persona muy simpática que para todos siempre tenía una palabra de cariño o aliento. Pepito simpatizaba mucho con él, el cual llamaba al chico su cuate y tan pronto llegaba lo buscaba para jugar. Nunca, salvo que estuviese lloviendo dormía bajo techo, tendía su hamaca a la intemperie entre dos pinos. Alegaba que ese hábito lo había adquirido en sus frecuentes viajes a las selvas africanas, siendo la realidad que nunca había salido de la isla. Sentía gran aprecio por los patrones a los cuales trataba con cariño y admiración, sentimiento que era recíproco.

La cosecha empezó y con ello los días más agitados en la hacienda. Recogida, molienda, lavado, secado, empaque y transportación era todo parte de un proceso cuidadosamente supervisado. No todo era café regular, un sector de la finca producía un grano tan especial que una vez procesado era altamente calificado en Europa. Era parte de un café selecto apetecido en lugares tan prestigiosos como el Vaticano, Buckingham, la corte Española y otros lugares de alto nivel. El prestigio era tal que en muchas celebraciones importantes, en las invitaciones incluían una nota al calce que leía," serviremos café de Puerto Rico." Era la clase de café que producía un sector específico de la finca y se cultivaba con esmero. La diferencia era establecida por el clima especial del área o sector donde se cultivaba. Era una parte específica de la cordillera central donde por lo regular imperaba una temperatura húmeda. El sector era bañado por una llovizna mañanera muy fina, la cual los jíbaros llamaban norte de gandules. Ésta creaba unas condiciones óptimas que redundaban en un producto de fina calidad. Como en otras haciendas, Casa Grande tenía un sector de la finca bautizada con esa condición. De allí el extremado cuidado que se ponía en la elaboración de ese café, el cual una vez recolectado se le concedía un cuidado especial. Sin embargo justo era reconocer que como en cualquier otra cosecha, siempre la verdadera responsable era la madre naturaleza. Lluvia fuera de tiempo, sequía extrema, vientos en las etapas de florecida, huracanes y hasta pájaros e insectos podían arruinar las más prometedoras cosechas.

Como incentivo para que los recogedores aligeraran la cogida, Casa Grande estaba suministrando los almuerzos, tarea que recaía en doña Mica y Juana, que los preparaban y Mon, el capataz, que los entregaba. Cuando se estaba recolectando cerca, Mon iniciaba la entrega a las once de la mañana, para los lugares lejanos como La Estancita o Calles Largas, a las diez y media iba de camino. Los días que no había clases Pepito encaramado en el aparejo acompañaba a Mon en las entregas.

El sábado la hacienda lucía un movimiento típico de un día de pago. En la entrada este del largo balcón, don Lelo, sentado frente a una pequeña mesa, con la libreta de jornal a mano pagaba a los recogedores. En una esquina del glácil, Perico le cortaba el pelo a Verno, el cuatrista del barrio, Pilar vendía pasteles, los cuales traía en un latón de los usados para manteca, donde los había hervido. Al lado del camino Luis Elena desplegó su quincalla, mientras esperaba su clientela sentado en una lata de galletas vacía que utilizaba como banqueta y Adón vendía sus ya famosas empanadas de yuca.

Juan Pichón, inició una partida de topos con Jesús, el hijo de doña Andrea la comadrona, que además de eso era rezadora, santiguadora y sanadora. En poco tiempo a la jugada se unieron Minguito el de Santia, Bartolo, el guaraguao y El Gago. No muy lejos Lolín afinaba su guitarra, en espera que Perico terminara con Verno para empezar a tocar. En un momento determinado El Gago le reclamó a Juan Pichón que los dados estaban cargados. Se armó la gresca y Pichón, aprovechando que El Gago no pesaba ni noventa libras mojado, le atracó un sopapo que al barrer el suelo pintó el fondillo de El Gago en tecnicolor. El Gago, luego de haber barrido el barro colorado con su trasero, se levantó y como por arte de magia apareció un puñal en su mano. Solo la rápida intervención de Bartolo y Jesús, que sabían que el ofendido siempre cargaba un puñal, evitaron que al Pichón le cortasen las alas. En medio del salpafuera llegó don Lelo, le pidió cortésmente al Gago que abandonase el lugar y fue humildemente complacido. No sin antes el Gago advertirla al Pichón que no se descuidase, porque tarde o temprano en vez de cortarle las alas le iba a limpiar el pico.

Fue una gran cosecha, la cual don Lelo quiso cerrar con una buena fiesta de acabe. El sábado día de la fiesta en el barrio todo era jolgorio y alegría. Todos esperaban asistir, incluso los que no participaron en la recogida. Después de todo era una de las pocas ocasiones en que se bebía y comía de cachete, ya que todo corría por cuenta de Casa Grande. Con la ayuda de los muchachos y las hijas de Genaro, todo había sido adornado. Los pinos con papel crepé, el largo balcón con flores, las murallas de los gláciles con campanas del rio, traídas por Juan López, que a su vez improvisó una tarima para los músicos, hecha con cajones y adornada con miles de miramelindas en varios colores. Toda vez que los gastos corrían a expensas de la casa, no había vendedores y solo Luis Elena desplegó su quincalla en el lugar acostumbrado.

En una esquina a la sombra de los pinos, Mon asaba una ternera que había atravesado con una vara de capaz blanco, Juana María hervía los pasteles en un fogón y el Tu Yeyo acompañaba a Juan López asando un lechón que ya casi estaba al punto. El resto de la comida era preparada por doña Mica y Sica, que había venido a reforzar el equipo. Los olores de las diferentes comidas habían impregnado el barrio y lo complementó la aparición de Gangi, el hijo de Trompa de Puerco, que trajo las banastas de la yegua repletas de galones de pitorro.

Sobre un pedestal descansaba un barril de vino de pomarrosa preparado por don Lelo, y ya los madrugadores habían empezado a pellizcarlo. Tiempo después, como a las dos y media vieron bajar por la vereda a El Conejo, Verno y don Salva, que eran los músicos de la actividad. La tambora, güiro y maracas, que descansaban en una mesa a la orilla del glácil, serían tocados por el primero que las agarrase, ya que casi todo el mundo sabía hacerlo.

Las hijas de don Genaro habían sido las primeras en llegar, pero como amigas de la familia se fueron a reunirse con Loria y La Gorda. El sonar del afinamiento de los instrumentos musicales pareció ser el agente aglutinador, al momento el glácil se llenó. Los asistentes estaban ataviados con sus ropas domingueras. Las muchachas deslumbrantes con faldas anchas en colores, bonitos peinados adornados con flores naturales, labios mal pintados con crayón rojo intenso y los zapatos que guardaban para ocasiones especiales.

Juana María, cruzó el glácil con una bandeja llena de carne frita, la que colocó en una mesa al borde de la muralla norte cerca de la tarima. Don Salva, la contempló y no pudo resistir el no probarla, y lo hizo acompañándola con un largo trago de pitorro de casi medio vaso el cual tragó de un solo sorbo, se arresmilló, escupió hacia el lado y se dispuso a tocar. El peculiar olor del pitorro se había esparcido y sirvió como preludio de que el jolgorio empezaba. La brisa trajo los exquisitos olores de la cocina que inspiró a los músicos a romper con un seis chorreado. La primera pieza nadie la bailó y en la segunda, justo cuando había empezado un mapeyé, la risería de los asistentes hizo que todos dirigieran sus miradas hacia la entrada entre los dos gláciles. Era Chubasco, se había vestido con la ropa al revés, abrochada por la espalda y no se sabía si iba o venía. Los pantalones por la cadera, los zapatos invertidos, la harmónica en un bolsillo en la espalda y bailando el mapeyé con una escoba. Soltó la escoba, agarró a bailar a Esmeralda, la muchacha se le soltó y salió corriendo. Como no la pudo alcanzar le echó mano a don Genaro, que siguiendo la payasada no corrió. La gente parecía morir de la risa, todo era alegría, con la buena comida, el baile, el pitriche haciendo de las suyas, y todos bailando, la fiesta estaba encendida. Los muchachos jugaban por el área, los más grandecitos se comían a las muchachas con la vista sin atreverse a sacarlas, y las grandes bailaban vigiladas por las madres que no le perdían ni pies ni pisada. Doña Socorro, le torcía el hocico a Melín, que bailaba muy pegada con Vicente, Pilar le arrugaba el ceño a Mita, que hacía lo propio con Raúl, doña Mica vigilaba a La Gorda, que coqueteaba con Jesús y don Adón, que se apareció borracho, corrió con una estaca a Toñito porque lo sorprendió enamorando a su hija Trini, pero no lo pudo alcanzar. De haberlo corrido y no alcanzarlo fue que nació el dicho de, "se metió el borracho al baile". A pesar de esos pequeños incidentes nada opacó el ambiente y al llegar la noche don Lelo no encontraba como terminar la fiesta. El Padre Álvarez, sacerdote Episcopal, que se estaba dando tremendo fiestón con el vino de pomarrosa envió a la iglesia por linternas y cuando la noche llegó fue que la cosa se puso buena. La penumbra de la noche trajo el consabido romanticismo y los enamorados se sintieron en más libertad para bailar pegaditos. Francisca, la niña de Sica, le dio un beso en la mejilla a Pepito y le dijo que quería ser su novia.

Como a eso de las once de la noche el ron Bocoy, el pitriche, el vino de pomarrosa y el cansancio empezaron a causar estragos tumbando a la mayoría de los bailadores. El cansancio también estaba acabando con don Lelo, doña Mica, Juana, Mon, Juan López, el Tu Yeyo y Sica, que sí habían trabajado duro. Los hombres estaban ebrios y como las muchachas no querían bailar solas se fueron despidiendo. Las señoras dejaron de chismear para arrastrar a sus borrachos maridos a las casas. Los solteros quedaron grotescamente esparcidos por los alrededores, el licor los había vencido. La música cesó, no por que fuese tarde, más bien no sabían qué, ni para quién tocaban. El galón de pitriche que don Salva abrió para comenzar la fiesta, yacía tirado entre las miramelindas como si también estuviese ebrio. La fiesta del acabe había dado fin a otra gran cosecha.

Con el acabe terminaba oficialmente la cosecha, pero no todas las fases de la recogida. Dos semanas luego iniciaba la recogida del café del suelo. En esa fase los arrimados, vecinos y todo el que quisiera participar se internaban en la finca para recoger del terreno todos los granos que por la razón que fuese habían caído al suelo. También podían recoger los granos remanentes que no habían sido cogidos de las ramas. Éste café no se les pagaba, cuando las personas llegaban a la hacienda con lo recogido, la cantidad era dividida en partes iguales entre colector y hacienda. Algunas personas no les gustaban recogerlo porque había que escarbar entre las hojas y el terreno para encontrarlo. Sin embargo los que lo recogían se proveían de buen café para todo el año. Por alguna razón este café tenía un sabor especial, al extremo que mucho buenos tomadores lo preferían sobre el café regular. Tal vez el hecho de haberse preservado entre hojas y terreno le proveía ese gran sabor. La recolecta era una actividad de buena fe, ya que el hacendado no fiscalizaba la recogida confiando en la honradez del que lo traía. Éste a su vez apreciaba el no ser fiscalizado.

Capítulo 3

No quiso ser maestro

Pepito, era un chico feliz en su ambiente. Con excepción de las travesuras que le jugaba La Gorda, y las palizas que le propinaba doña Mica, no tenía mayores problemas. En alguna ocasión don Lelo, que lo adoraba, le dijo que la yegua era de él, y lo tomó como cierto. Lo mismo pasó con otros animales de la hacienda, y por lo mismo además de Linda, su yegua rusia, alegaba tener un burro, al que llamaba Pepe, su cabra era Tita, su gallina Bola, un par de conejos, Tin y Tan, así como más de cien güimos, que por ser tantos no les tenía nombres. En cierta ocasión le dijeron que uno de los cerdos era suyo, y le puso por nombre Chancho. Cuando por la necesidad del momento tuvieron que matarlo para carne, se buscaron tremendo problema con el chico, viéndose en la obligación de soportar por largo tiempo sus recriminaciones. En aquella ocasión no hubo quien le hiciese comer de la carne del cerdo.

Ayudaba a sus amigos a cuidar los alambiques. Era costumbre de los alambiqueros dejar a sus niños cuidando los alambiques mientras trabajaban, también porque de esa manera si los inspectores o los policías los descubrían, solo encontrarían a sus hijos, si era que los lograban encontrar ya que eran más ágiles que los conejos y ni pensar que los pudiesen alcanzar. A menudo

Pepito probaba pizcas del licor, cuando se le subía a la cabeza y se mareaba, se quitaba el mareo masticando hojas de guayaba, y para el tufo de la boca las hojas de perejil que recogía en la hortaliza eran sus aliadas. No existía rincón en Casa Grande que fuese extraño para él, y el que quería encontrar algo bastaba con preguntarle. Sabía dónde encontrar las mejores frutas, los nidos de las gallinas y las guineas, podía ordeñar una vaca tan bien como un adulto, correr en su yegua a gran velocidad, pescar camarones, y no había buruquena que se le escapase.

Por algún tiempo acarició la idea de llegar a ser maestro y así lo pregonaba, sin embargo un incidente le hizo descartar la idea. Ocurrió cuando en una clase estaban estudiando de un libro titulado, "Cómo se vive en otras tierras". Hablando sobre unos indios centroamericanos el maestro les dijo que preparaban una bebida de maíz, llamado chicha. Ni el maestro, ni los niños le dieron relevancia al asunto. Al día siguiente se presentó a la escuela el padre de una estudiante y preguntó por el maestro. Traía un perrillo, algo que era perfectamente común en esa época. Cuando el profesor fue a extender la mano para saludar al visitante, éste, a la vez que preguntaba si él era el maestro que le enseñaba relajos a los niños, le lanzó un machetazo que no lo partió en dos por la intervención divina, ya que el machete se enterró en el estante de la puerta penetrando hasta la mitad de la madera donde quedo enterrado.

El maestro era un hombre joven, recién graduado de la Universidad de Puerto Rico donde fue un atleta y su agilidad le salvó la vida. Con la habilidad de atleta corrió hacia la parte opuesta del salón, salto por la ventana, se internó en el cafetal y nadie jamás supo de él. En lo que asignaron un nuevo maestro pasó el resto del año escolar, el mismo que los niños perdieron. Ese incidente hizo que Pepito perdiese el interés por ser maestro. Como daño adicional también perdió el interés por la escuela, y cuando volvió no tuvo buenas calificaciones. La nueva maestra aseguraba que el muchacho podía hacer mejor trabajo, don Lelo entendía que era por falta de interés, pero doña Mica no lo entendía así y cuando las calificaciones eran bajas, al chaval le iba peor que al diablo con San Miguel. Tal vez por eso solo hacía un pequeño esfuerzo como para pasar raspando, pero eso no lo libraba del castigo.

Por lo regular andaba descalzo y sin camisa, teniendo marcas y cicatrices en todo el cuerpo. Nunca se desprendía de su honda, la que por lo general llevaba al cuello, tampoco le faltaba la bolsita de canicas en el bolsillo de su pantalón. Cuando Robi fue enviado a Yauco, él heredó su carro de cuatro ruedas grandes, que usaba para tirarse por las cuestas, al que bautizó con el nombre de, Cirilo. El tigüero para deslizarse por las lomas nunca le faltaba y cuando se le rompía volvía loco a Mon hasta que le preparase otro. Cuando en la fiesta del acabe, Francisca le dio un beso y le dijo que quería ser su novia, en un principio no le hizo mucha gracia, pero terminó agradándole porque los amigos empezaron a darle importancia, y eso le infló su ego. Ahora tenía novia.

El mayordomo de Casa Grande era Ramón, todos le decían Mon. Era hermano de Juana María, y como ella, trigueño, pero no tan tostado. Eso sí, más favorecido físicamente, pero como su hermana un gran ser humano. Era tan ingenuo que por épocas su mujer Carmen se iba a vivir con otro hombre a un barrio de Lares. Cuando se cansaba del otro llamaba a Mon y él siempre la iba a buscar. Cuando alguien le cuestionaba el porqué la buscaba, sencillamente decía: Porque la quiero mucho.

Su laboriosidad, humildad, honradez, y decencia le ganaron por derecho un lugar en Casa Grande. Los patronos contaban con él para todo, los muchachos lo adoraban y él era su mejor amigo. La

Gorda, abusaba de su humildad haciéndole todo tipo de travesuras. A pesar de ello Mon todos los sábados cuando iba a la tienda le traía un paquetito de bombones, le pedía que los compartiera con los hermanos, pero la traviesa muchacha se los comía sin compartirlos. Mon, era tan ingenuo que cuando don Lelo lo enviaba para que chequeara si el becerro se había pegado a mamar de la vaca y encontraba que no se había pegado, desde lejos le gritaba:, "don Lelo no se ha mamao."

Siempre la gritaba de la misma manera, al extremo de que algunos pensaban que lo gritaba por maldad, pero no era el caso, Mon era la persona de pensamiento más limpio de toda la comarca.

Un viernes por la tarde Luis Elena se llegó hasta Casa Grande para mostrar su mercancía a la patrona. Todos estaban reunidos admirando la mercancía, menos Mon y la Gorda, que estaban sentados en la raíz de un pino a espaldas del grupo. De momento La Gorda levantó una nalga y soltó un peo que sonó por todo el área. La traviesa muchacha, se levantó tapándose la nariz, a la vez que dijo: "¡Fo, Mon, no seas tan puerco!"

Todos miraron a Mon, que bajó la cabeza, no dijo nada y cargó con la culpa. Todos creyeron que había sido Mon, o casi todos, porque Pepito no cayó en la farsa. Como él no simpatizaba con el quincallero, se había quedado meciéndose en el columpio, desde donde vio cuando La Gorda levantó la nalga y sonó el tremendo peo. Mon, no desmintió a la muchacha y al otro día, sábado por la tarde, apareció como de costumbre con dulces para la nena, los cuales ella se comió sin compartir con nadie.

El único defecto de Mon era que cuando Carmen se le iba con el otro amante, se daba a la bebida y tomaba hasta caerse. Donde caía se quedaba como muerto. Conociendo la gente que él no hacía daño a nadie lo dejaban donde caía hasta que le pasaba la juma.

En Casa Grande no lo censuraban y cuando la turca pasaba de lo normal, su lugar lo ocupaba Juan López. Éste, que gozaba de la confianza de los patrones y conocía el trabajo tan bien como Mon, lo sustituía con frecuencia. Era bizco y parecía mirar hacia lados equivocados, pero hacía el trabajo derecho. Pepito, era el favorito de Juan y era invitado por el capataz a donde quiera que iba. El chico era reciproco en el cariño, se le veía charlando con él, a quien le llamaba cariñosamente, Juancho.

Capítulo 4

El malvado Nataniel

Doña Carmela, la madre de doña Mica tenía un hijo llamado Nataniel, el que siendo hijo de otro padre resultaba medio hermano de la patrona. Yaya, su otra hija, también de un padre diferente vivía en Maricao, donde la señora iba a pasarse temporadas. Nataniel, no era un duchado de virtudes, y siendo solo medio hermano de Mica y Yaya, no les guardaba cariño alguno. Las hermanas eran personas de bien, sin embargo el varón era el preferido de doña Carmen, al extremo de justificar todas las vilezas que cometía. Él vivía con ella en una pequeña casa al costado del camino real, cerca de Eligio y no muy lejos de Casa Grande. Madre e hijo no guardaban parecido, ella trigueña, bajita, ojos color café, boca de labios finos y pelo castaño. Él, flaco, alto, pelo bien negro, color blanco casi colorado, nariz aguileña y expresión malvada. Por razones que nadie sabía y que nunca explicaron, Nataniel odiaba a Pepito, odio que doña Carmen justificara despreciando también al niño. El vil sujeto por desconocidas razones también detestaba a don Lelo, al cual nunca se escondió para ocultar su desprecio. Justo era reconocer que también era despiadado con las demás personas, al extremo de creerse superior. Se burlaba de todo el mundo y solo los indeseables del barrio eran buenos para él.

Era tan abusador que cuando Pepito en su inocencia se le acercaba, lo empujaba con violencia, diciendo que le quitaran ese muchacho asqueroso de su lado. Lo extraño del caso era que todos los demás hijos de doña Mica, tanto madre, como hijo, los aceptaban. Los arrimados y vecinos trabajaban en Casa Grande, pero Nataniel por el odio hacia el cuñado lo hacía para otra gente o sencillamente permanecía de vago.

Según la gente del barrio su sucio proceder lo llevó a un incidente que marcó su vida para siempre. Un sábado por la tarde mientras un grupo de personas se encontraba cobrando en Casa Grande, bajaba por la vereda que corría marginal al camino real, don Felo, un anciano de ochenta y cinco años. Estaba casi ciego, por lo que cubría la ruta hasta la casa de su hija apoyándose en un bastón tipo báculo. Cuando llovía mucho era necesario usar la vereda por que el camino real además de tener baches, era muy resbaladizo. La vereda por el continuo paso de los peatones bajaba el nivel del terreno, quedando las orillas más altas y cubiertas de yerbajos y matojos. Un día sin explicación alguna que no fuese su maldad, Nataniel, que se encontraba en el batey de su casa, se le adelantó al anciano y empezó a amarrar los matojos de las orillas, de forma que cuando el ciego caminaba se enredaba en ellos y caía de pecho una y otra vez, mientras el descarado individuo reía. El ciego al darse cuenta que la maldad había sido hecha con alevosía, mirando hacia el cielo mientras se persignaba, dijo:

"Juro que el malvado que haya hecho esto, no importa quién sea jamás será feliz."

Así fue, varios días después del incidente, pasadas las doce de la noche vinieron a despertar a doña Mica. Le rogaban su presencia porque Nataniel se estaba volviendo loco. Cuando la hermana llegó lo encontró descalzo y sin camisa, convertido en un guiñapo, encaramado en un árbol de limón cuyas ramas llenas de espinas lo habían destrozado. Sus ojos parecían querer abandonar sus orbitas, botaba baba por la boca, gritaba incoherencias y amenazaba con suicidarse. Doña Mica, con rezos y oraciones logró bajarlo del árbol. Ese fue el primero de una serie de extraños sucesos que le pasaron y que la gente del barrio empezó a llamarle, la maldición de don Felo.

Los raros incidentes no mejoraron su conducta. Como en su inflado ego se creía un mamito, continuó su acoso a las muchachas del barrio. Una tarde esperó a Merita la hija de don Geño en su viaje al pozo. Llevaba un tiempo acosándola y la muchacha, joven al fin no le era indiferente. Nataniel, se las arregló para convencerla que se escapase con él. Se había propuesto pasar con ella un buen tiempo y luego devolverla a su casa, pero algo le falló. Don Geño, que al saber lo que había ocurrido sospechó de las malas intenciones del hombre, cuando Nataniel llegó lo estaba esperando con machete en mano, y advirtiéndole que si no se casaba con la hija lo picaría como para pasteles, lo obligó a vivir con ella. Allí mismo perdió su fama de conquistador, no así la maldición de don Felo, que lo continuó atormentando.

Nataniel, por ser de la misma edad de Eligio el hijo ilegítimo de don Lelo, nacido y criado en el mismo barrio, conocía bien a Eligio. Sabía de la obsesión de éste por ser reconocido como hijo legítimo de don Lelo. Eran muchas las innobles razones que el malvado Nataniel tenía para perjudicar a Eligio. Don Lelo, no ocultaba que Eligio era su hijo, mientras él no sabía quién era su padre. Eligio, había regresado al barrio triunfante, con buena preparación académica y una esposa joven y bella. También Eligio había conseguido trabajo en la hacienda La Fina como tenedor de libros, algo que estaba por encima de lo que él hacía. La mente de Nataniel solo maquinaba en cómo hacerle daño a Eligio. Este, por su parte, tenía un medio hermano llamado Kemuel, hijo también de Juana, pero el padre era el Tu Yeyo. Aunque eran medios hermanos Kemuel odiaba a Eligio y nunca se ocultaba para demostrar su proceder antagónico. Siendo tanto Nataniel como Kemuel parte del grupo de pendencieros del barrio, le fue fácil a Nataniel envenenarle la mente a Kemuel en contra de su medio hermano. A su vez muy hábilmente le sembraba cizaña a Eligio contra su medio hermano. La maldad y la cizaña empezaron a rendir frutos, al extremo de Kemuel oponerse a que Eligio fuese a visitar a Juana, su madre. Cuando Juana lo supo, decidida a evitar peleas entre los hermanos empezó a visitar a Eligio en casa de éste. Kemuel, conocido en el barrio como borrachón, abusador, pendenciero y bravucón, entonces, por sus pantalones amenazó a Juana para que ésta suspendiera les visitas al hijo.

Era una situación comprometedora, el débil carácter de Juana no tenía fortaleza para ignorar el pedido, y por otro lado Eligio no se dejaba intimidar. Amanda, la joven esposa de Eligio, viendo que la comprometedora situación estaba a punto de generar una tragedia, le pidió al esposo que dejara el barrio y se localizaran en otro lugar. La idea no era mala, pero había algo muy serio que a Eligio le impedía tomarla en consideración, la noble mujer recién había sido diagnosticada con tuberculosis., la plaga de la época. Ya la enfermedad estaba causándole estragos, tenían una niñita de pocos meses, y Eligio contaba con la ayuda de Juana para cuidarle la familia mientras él trabajaba. Decidió alejarse del barrio y dedicarse a su trabajo en La Fina, pero tenía un problema, necesitaba a Juana, tanto por que le hacía falta verla, como por la ayuda que esta le brindaba. Juana no podía relocalizarse y Eligio se vio imposibilitado de moverse.

Capítulo 5

El principio de otro mal

Las condiciones generales en que estaba viviendo el país eran un caos, y allá en la montaña eran mucho más acérrimas. La diarrea enteritis, tuberculosis, neumonía, influenza, difteria, sarampión, tosferina, polio, anemia y muchas otras enfermedades amenazaban con extinguir la población. La depresión con los consabidos escases de alimentos, la pobreza extrema, condiciones de salud inexistente y ausencia de hábitos de salud e higiene, eran terreno bien fértil para el desarrollo de epidemias. Casi nadie tenía letrinas, por lo que la mayoría de la población vaciaba sus intestinos a la intemperie. Era muy común que al transitar por caminos, veredas o aún en campo abierto terminar embarrado con los excrementos. La mayoría de la población andaba descalzos, por lo que la planta del pie era una de las puertas para que los parásitos entraran al cuerpo. Cuando la gente hacía sus necesidades a la intemperie, para limpiarse usaban lo que encontraban a mano, ya fuese algún pedazo de papel, hojas, matojos, piedras o lo que fuese. A menudo al embarrarse los dedos con su excremento pasaban la mano por el barro y con eso daban por resuelta su limpieza. Como no se lavaban las manos, porque regularmente no había forma de hacerlo, llevaban el contagio a todo lo que contactaban.

Muy pocas casas tenían letrinas y las que la poseían eran mal construidas. Con el uso se llenaban y hacer la necesidad se hacía insoportable, por lo que irse a la intemperie era preferible. Otro problema lo constituía el hecho de que las avispas parecían tener preferencia por las letrinas y las llenaban de grandes avisperos. Esto hacía que mucha gente se abstuviese de usarlas. Todos esos excrementos durante los aguaceros eran cargados por las corrientes contaminando pozos, estanques, charcos y quebradas. Había algunos lugares que tenían pozos que se nutrían de manantiales con agua excelente, pero tanto la contaminación que bajaba por las corrientes, como las manos y utensilios previamente contaminados las infectaban. Los pozos desarrollaban trincayos, renacuajos, larvas, cocolías y otros residentes que constituían su hábitat, y por lógica el usuario tenía que separarlos para sacar el preciado líquido, a su vez contaminando el embalse.

Era un ciclo infeccioso que tenía como resultado a la mayoría de la población padeciendo continuamente de diarrea enteritis. Eran comunes las barrigas grandes a consecuencia de las lombrices, siendo los niños los más afectados. Cuando hacían sus necesidades, regularmente las lombrices se tardaban en salir y la persona tenía que sacárselas con la mano para poder librarse de ellas. Al no lavar sus manos éstas permanecían contaminadas.

La tuberculosis le hacía competencia a la diarrea enteritis, con el agravante de que era más contundente. No había suficiente conocimiento sobre tratamiento y prevención, lo que hacía que la enfermedad resultase fatal. Se desarrollaba silenciosamente, haciendo que el contaminado no supiese que la padecía hasta estar avanzado y por ello contagiar otras personas sin saberlo. Tan solo en la vecindad de Casa Grande, en poco tiempo la enfermedad se había llevado cinco mujeres, cuatro hombres y varios niños. En la ignorancia que había sobre la enfermedad al morir la persona quemaban sus ropas, pero mantenían sus otros objetos en uso sin desinfectar, y las consecuencias continuaban.

Desde Casa Grande era común ver cuando por el camino real bajaban los muertos en hamacas improvisadas. Era por lo regular una vara larga, a cuyos extremos le amarraban una sábana blanca, así lo cargaban hasta el pueblo, donde los cambiaban a ataúdes fabricados en la misma funeraria. En ocasión cuando no había madera disponible, fabricaban un ataúd con lo que encontraran a mano, por lo que era común ver ataúdes con escritos tan atractivos como; jabón campeón azul, salted cod fish, made in USA, o letras alusivas al empaque usado. Frecuentemente cuando venían de lejos paraban en Casa Grande para tomar agua, algún martillo para ajustar los clavos o cualquier otra ayuda.

Doña Andrea, partera, yerbera y rezadora del barrio, cuando la muerte era por tuberculosis, rezaba desde las escaleras o en el batey. Según ella, como pesaba sobre trescientas libras no podía darse el lujo de contagiarse, pues si moría nadie aparecería para cargarla hasta el pueblo. No siempre utilizaban el mismo método para el transporte, cuando Andesita, la mujer de Trompa de Puerco, murió a causa de la tuberculosis, estaba tan delgada que en lugar de cargarla en hamaca él la colocó en una de las banastas de la yegua y así la llevó hasta la funeraria. Otro caso que violó la rutina del transporte fue el de Lorna, le esposa de Santino, que también murió de tuberculosis. Santino, siempre fue una persona taciturna que nunca compartía con nadie. Nadie supo cuando murió Lorna, ni qué hizo Santino con su cadáver. Los vecinos comentaban que él la había enterrado en un hoyo grande cerca de la casa, pero Santino decía que en ese hoyo grande era donde había enterrado la yegua que se le murió. Todo el mundo en el barrio sabía que él no tenía yegua, iba a todos sitios en burro, y el asno estaba vivito y coleando.

Don Lelo, había donado el terreno para que se construyera una iglesia Episcopal, religión que él practicara desde sus años en Yauco. Una vez terminada la iglesia asignaron al Padre Álvarez como sacerdote de la misma. Aunque los servicios se limitaban a sábados y domingos, el sacerdote llegaba los jueves por la tarde. La llegada del Padre Álvarez resultó ser una bendición para el barrio. Entre su labor de evangelización dedicó gran parte de su tiempo a como bregar con la tuberculosis y otras enfermedades. Su orientación resultó tan efectiva que las condiciones de salud mejoraron grandemente y la gente empezó a tener conciencia de la situación. En las reuniones con los niños que celebraba los sábados, los educó sobre las enfermedades y éstos llevaron el mensaje a los padres.

Las acérrimas condiciones socioeconómicas que estaba viviendo el país, la ignorancia para combatirlas, unidas a los abusos de las clases adineradas, habían llegado a una etapa que abonaba el terreno para el desarrollo de un nuevo instrumento político. Consciente de ello surgió una nueva figura en el ambiente político insular. Amparado en el conocimiento de lo que estaba por llegar para la isla, ya que era hijo del Comisionado Residente en Washington, aprovechó la situación de una división con su anterior partido y creó un nuevo instrumento político. Se lanzó pueblo y campo con el fin de prometerle al pueblo que si confiaban en él les podría librar de los abusos a que los patronos y clases adineradas les tenían confinados. Era imperativo llevar personalmente ese mensaje toda vez que no podría contar con la ayuda de los adinerados, los cuales lucharían por perpetuar las injusticias.

Era un sábado por la tarde cuando desde el balcón de Casa Grande, don Lelo vio un pequeño grupo de personas reunidas allá en la vega bajo la sombra de la ceiba. Par de días antes habían sido invitadas por un par de personas que los convocaron personalmente. Era usual que a menudo los fines de semana algunas personas se reunieran bajo la ceiba, por lo que don Lelo no le prestó mucha atención.

No llevaban mucho tiempo esperando cuando por la garganta que formaba el camino real al penetrar la montaña, apareció un grupo de tres personas. Los que esperaban bajo la ceiba no le perdieron de vista hasta que minutos luego llegaron ante ellos. El que marcaba el paso traía una vara, la que usaba como bastón, se adelantó a saludar, diciendo:

"Buenas tardes compatriotas, yo soy Muñiz y he venido a hablar con ustedes, ¿cómo están?" Sin esperar respuesta, añadió: "Espero que bien."

Nadie contestó, algo usual en aquella humilde gente de la montaña cuando alguien desconocido para ellos se presentaba por primera ocasión. El visitante no era muy alto, por lo que se trepó sobre una de las raíces en forma de gaita típicas de la ceiba para poder dominar al grupo que permanecía parado frente a él. Un silencio momentáneo fue creado por la expectativa de lo que diría el tal Muñiz y el estudio del humilde grupo por parte del visitante. Los jíbaros, sin hablar escrutaron a Muñiz. Era de mediana estatura, blanco, de pelo lacio negro, que era amenazado por una incipiente calvicie en forma de rada que le dominaba parte de la amplia frente, Un abultado bigote negro parecía combinarse con su cabello, que en ese momento la brisa le tiraba hacia la amplia frente cubriéndole parcialmente las arrugas horizontales que como rayas de papel de libreta no se tocaban. Luego de un silencioso escrutinio en el que parecía querer grabarlos en su mente, volvió a preguntar:

"¿Me gustaría saber si alguien de ustedes sabe por qué estoy aquí?"

Silencio, nadie contestó. El visitante, sabiendo que para poder llevar su mensaje era imperativo establecer diálogo, preguntó al que estaba frente a él:

"¿Cómo te llamas?"

"Geño, señor, Geño Ramírez."

"Dime Geño, ¿sabes quién soy y a qué he venido?"

"Nos dijeron que usted es Muñiz y que está haciendo campaña para un nuevo partido."

"Más o menos, porque si es verdad que estoy en representación de un nuevo partido, más no estoy precisamente haciendo campaña. Acabamos de fundar un nuevo partido, se llamará Partido Democrático Popular y estamos tratando de convertirlo en un instrumento de justicia social. Sabemos de las injusticias y maltratos que ustedes están siendo sometidos y con ustedes muchos como yo, que también sufrimos las consecuencias. Nuestro partido, que será el de ustedes, quiere ayudarlos a salir de esa situación pero para ello necesitamos su ayuda. Óiganme bien no les he venido a pedir que cambien de partido, he venido a que aunque sea por una ocasión me presten su voto. Si una vez ustedes me prestan su voto y yo no les cumplo lo prometido, no me vuelvan a respaldar. De todos modos yo no me atrevería volver a verles las caras. Confíen en mi que yo no les voy a fallar."

"Yo no me atrevería votarle en contra a mi patrón, él ha sido muy bueno conmigo y uno tiene que ser agradecio." Dijo, Juanito Olmeda.

"No les pido que sean malagradecidos. Por supuesto que hay patronos muy buenos. No se trata de eso, se trata de que ustedes necesitan mejorar su situación y tienen en el voto el instrumento para hacerlo. El voto es algo personal de ustedes, es la herramienta que nos provee el sistema para que haciendo uso de él escojamos los lideres que nosotros queremos. Eso nada tiene que ver con ser o no ser fiel al patrono que es quien les da trabajo. Es la oportunidad para que cambien lo que no está bien, y aquí hay muchas cosas que cambiar. Alcen la mano los que con sinceridad creen que aquí todo está bien."

Luego de esperar un momento y nadie alzar la mano, volvió a hablar y dijo:

"Nuestro país es bello, noble y bueno, pero en este momento estamos atrás como los guevos del perro, estamos a la zaga de muchos países hermanos. Las condiciones en que estamos viviendo son un desastre. Gobiernos vienen, gobiernos van y nadie hace nada por mejorar esto. Es una sociedad de pocos ricos contra muchos pobres, los ricos cada día más ricos y los pobres cada día más jodios. Con su trabajo ellos cada día son más ricos, pero ustedes cada día más pobres. Dime, Geño, ¿estás conforme con eso?"

Geño no sabía que contestar, finalmente dijo:

"Bueno, en verdá, no, pero que le vamos a jace."

"Bien, para eso he venido, para decirles lo que pueden hacer. Ya les dije que si me ayudan trataré de ayudarlos, pero para ello es importante que confíen en mí y me presten su voto. Ya les dije, solo por una ocasión y si no les cumplo, ya no me respalden jamás."

"Yo le voy a ser sincero." Dijo Eleuterio Cruz. "A mí me daría lo mesmo, pero mí patrón me paga por ir a votar y unos chavitos nunca vienen mal."

Muñiz, miró a Eleuterio, no contestó de inmediato, parecía esperar porque alguien más hablase, pero no fue así, por lo que dijo:

"Mira Amigo, ¿Cómo te llamas?" El hombre respondió que Eleuterio, pero le decían Tello. Muñiz continuó: "Eso es parte de lo que yo estoy tratando de combatir. El voto es muy importante, ya les dije y le recalco, es la herramienta que tenemos para combatir las injusticias y abusos. Si lo vendemos nunca podremos tener lo que nos conviene y seguiremos teniendo lo que a ellos, los ricos, les conviene. Sí, yo sé que unos chavitos nunca vienen mal, ni a ustedes ni a mí, pero no se trata de eso. Se trata de que mientras estemos de acuerdo con esa mala práctica no echaremos pa'lante.

"A mí la vez pasada me dieron diez pesos, un vale para una comprita y unos zapatos. Yo sé que si me aguzo en las próximas elecciones conseguiré más, no voy a ser bobo. "Dijo uno, que habló desde la parte de atrás sin identificarse.

"Yo sé que es así, eso lo he encontrado en otros lugares que he visitado." Dijo Muñiz." Por eso precisamente es que he venido a orientarles, esa práctica hay que acabarla."

Juan, volvió a hablar y como si lo hiciese por el grupo, dijo:

"Nojotroh jentendemos su posición y lo que justé ha dicho, pero no nos gustaría perder esos chavitos. ¿Qué nos recomienda jacer?"

"Bueno…. no sé…., tal vez como el voto es secreto cójanle los chavos, la comprita o lo que sea, pero me dan su voto, nadie tiene que saberlo."

Ahora fue Tello, tal vez el más joven del grupo quien dijo:

"Pero mire seño, jay algo que no veo claro, usté nos acaba de decí que quiere acabar con toas esas malas maña, tampoco es justo que le agarremos lo que nos den y le votemos en contra. Eso es igualito a robar."

Muñiz, no esperaba aquello, miró al grupo, se puso la mano con el puño cerrado en la boca, y carraspeó. Eso era algo que nunca nadie le había dicho, con cautela, contestó:

""Sí amigo, tal vez no sea lo mejor pero es lo que se merecen. ¿Acaso ellos no abusan el año entero de ustedes?"

"Señó, tal veh uste tenga razón, o qué sé yo, pero por que jelloh lo jagan no quiere decí que nosotros lo jagamoh también."

Muñiz, no quería entrar en argumentos, pero si había decidido caminar pueblo y campo no era para dejar que un jíbaro le metiese los cabros al corral. Decidió jugársela y dijo:

"Allá cada uno con su conciencia, pero recuerden el dicho que dice que el ladrón que roba a ladrón tiene cien años de perdón." Allí mismo, como si quisiese dar la reunión por terminada, no sabía si por evitar discusiones o porque su apretada agenda de seguir cuesta arriba no le permitía perder tiempo, dijo:

"Bueno muchachos, créanme que yo he venido aquí con mí mejor buena fe a pedirles que me ayuden a ayudarlos. Sé que algunos de ustedes están bien identificados con sus patronos y yo no pretendo cambiar eso. Pero hay algo que sí creo que debe de quedarles claro, esto no está bien y tenemos que hacer algo por cambiarlo. No por mí que en una u otra forma vivo cómodo y sí por ustedes que cada día están más chavaos. Confío en que si ustedes me dan la oportunidad que les he pedido les voy a poder ayudar. No me contesten ahora, piénsenlo, denle casco a su situación. No es cuestión de lealtades, es el derecho que ustedes como seres humanos tienen a vivir una vida mejor. Yo trataré de ayudarlos, pero la verdadera ayuda se la darán ustedes mismos. Tal vez yo los vuelva a ver, tal vez no, pero les aseguro que en mí llevo la figura de todos y cada uno de ustedes. Los recordaré como lo que son, gente humilde, trabajadora, buena y decente. Gente que su único problema es la forma en cómo viven, y les juro que trabajaré por cambiar eso. ¡Confíen en mí!"

La reunión terminó, Muñiz volvió a coger su vara, saludó a cada uno personalmente extendiéndole la mano. Cuando le dio la mano a Tello, le dijo mientras sonreía:

"Me acordaré siempre de ti, hermano."

Los reunidos se fueron dispersando, sin embargo cada uno de ellos llevaba en su mente un solo pensamiento, Muñiz.

Capítulo 6

La pelota de don José

El sábado por la tarde los muchachos del barrio se reunieron para deslizarse en tigüeros, escogían la loma de Juana María porque el tipo de matojos era el ideal para el deslizamiento. Parte de la loma estaba ocupada por una pequeña tala en la que el Tu Yeyo sembraba algunas de los alimentos que consumían. En más de una ocasión los muchachos le habían pisado y maltratado las plantas. Al Tu Yeyo esto nunca le preocupó, pero no así a Juana que cuando los veía subir con los tigüeros se ponía nerviosa. Se paraba detrás de la casa desde donde lanzaba advertencias, las cuales en su peculiar tono de voz ellos solo oían yaca, yaca, yaca, yaca. Ellos comparaban su hablar con la taca taca taca de un pájaro de rabo largo que producía un sonido similar. Por ello le llamaban a Juana la pájara de agua. A ellos, Juana con su color negro, piernas flacas, peinado estrambótico y peculiar forma de hablar les estaba fea. Pepito, también creía que era rara, pero por el mucho cariño que él le tenía no le gustaba que le dijeran fea y la defendía, razón por la cual los amigos decían que era su novia. A veces se molestaba, pero terminó ignorándolos, después de todo, a cada uno le tenían sus respectivas bromas.

Al cansarse se fueron a las casas, todos menos Pepito, que pensando en que Juana siempre le guardaba algo, se dirigió al bohío y como era su costumbre se atravesó en la puerta. No tardó en ver a Juana buscando en la solera. Bajó una bolsa de estraza, sacó de ella un largo sorullo asado, como de doce pulgadas, lo seccionó en dos y dio al chico la mayor porción. El chico no dio las gracias, nunca se las daba ni ella las esperaba, pero le obsequió lo que sí ella esperaba, su traviesa sonrisa. Se quedó atravesado en la puerta, devorando el sorullo y contemplando el ir y venir de Juana. Era bien buena, la mejor persona que conocía, pero era un poco rara. Por momentos el chico pensaba en como el Tu Yeyo que era bien blanco y los ojos casi verdes se había casado con ella. ¿Sería porqué cómo el Tu Yeyo era tan chiquito ella lo obligó, o porqué cocinaba buenos sorullos? Estaba empezando a irse cuando pasó Francisca, la que desde que le dio un beso el día del acabe le dijo que quería ser su novia. Para ella su infantil beso en la mejilla fue la forma de decirle que no miraría a otro chico que no fuese él. Luego del beso se habían encontrado varias veces y en la confianza alcanzada Francisca gustaba de contarle a Pepito lo que su mamá hacía cuando iban los novios a visitarla. En una ocasión le dijo que le gustaría hacer algo así con él. Pepito, le dedicó un tiempo y cuando inició camino hacia casa grande, la chica lo agarró por el brazo, y dijo:

"Acompáñame a la vega, tengo algo que contarte."

Justo cuando el chico iba a despedirse de Juana, llegó don José, el otro hermano de Juana. No era muy parecido a la hermana, pero como ella, también un tipo raro. Parecía un personaje misterioso, bajito, trigueño, doblado hacia adelante, ojos hundidos, bigote tipo mejicano de provincia, cara bien arrugada, jorobado y usaba bastón para apoyarse. Complementaba su rara personalidad con un sombrero tipo espantapájaros. Caminaba con las piernas arqueadas como si hubiese pasado su vida montado a caballo. Esa extraña apariencia la complementaba con una gran protuberancia a la altura de los genitales, donde parecía tener una higuera metida, eso lo hacía verse más misterioso aún.

Los muchachos se separaron de la puerta para que el anciano entrase, y éste, al llegar, sin todavía subir, dijo:

"Hola hermana, Dios te bendiga. ¿Cómo estás?"

"Jacina, jacina, entra y no te quedé allí parao como una jestaca."

Con visible esfuerzo trepó el pequeño escalón y para entrar a la casa tuvo que soltar el bastón y agarrarse con ambas manos de los rústicos estantes de la puerta. No pasó hacia adentro, se viró y como si nunca antes hubiese estado allí, desde la puerta contempló el hermoso paisaje, la vega, el zigzagueante camino real que le pareció una cinta roja que se incrustaba en la montaña y la espesura de los bosques allá lejos en lontananza.

Los muchachos desde el batey no podían dejar de mirar hacia los genitales del anciano. Pepito, por curiosidad, Francisca, por su recién despertada inclinación a todo lo que implicaba sexo. Cuando los hombres visitaban a su mamá, ella los mandaba a entrar, la mandaba a dormir aunque ella no tuviese sueño y se iba al cuarto con ellos. Hablaban bajito y cuando la creían dormida subían el tono de voz, lo que hacía imposible evitar oír lo que hablaban. Como no veía, eso hacía que su curiosidad por asuntos sexuales aumentase. Para la chica eso no podía ser malo, porque si su mamá que para ella era muy buena lo hacía, no podía ser malo. Eso sí, sabía que su madre lo disfrutaba, porque con frecuencia le oía decir, ¡ay así, ay qué bueno! La muchacha últimamente había empezado a sentir algo diferente, era que cuando le contaba esas cosas a Pepito, empezaba a sentirse diferente, algo muy raro pero agradable. Por eso le buscaba para contarle cosas.

Por esa razón al ver la pelota del anciano, le picó la curiosidad y no podía separar la vista de la enorme protuberancia. Ya no podría estar tranquila hasta que no viese la pelota de don José, su confundida mente le hacía crear fantasías que a Pepito ni le interesaban ni entendía. Mientras don José sentado en un pilón cacareaba con Juana, Francisca, admirada preguntó a Pepito:

"¿Te fijaste qué grande tiene eso?"

"Se le ve grande, pero eso es una enfermedad."

"¿Porqué tú lo sabes?"

""Porque yo en una ocasión oí cuando Mon se lo contaba a La Gorda. Le dijo que eso era una fuerza mala que había hecho y se crebó, no sé, fue algo así como crebao, si algo así dijo."

"Ah yo no sé, enfermedad o no a mí me gustaría verlo."

"¿Pa' qué?"

"Pa' ver si es bien grande, mami le dijo a doña Lala que el de un señor que la visita es bien grandote y yo quiero ver si es así. ¿Donde vive ese señor?"

"Allá por jurutungo, en la joya del perro. ¿Porqué?"

"Me gustaría verlo pa' ver como es. ¿Me acompañas?"

"Ah no, yo no, a mí no me metas en eso."

"No seas bobo, si me acompañas te voy a hacer algo que te va a gustar."

"¿Qué?"

"Eh si te digo sabes más que yo, solo sé que no te vas a arrepentir."

La chica estaba tan impresionada con la pelota de don José, que tan pronto el anciano se fue, corrió a preguntar:

"¿Juana, porqué don José tiene eso tan grande ahí?"

"Jeso eh una enfermeda, fue una fuerza mala que jiizo y se quebró. Pero no seah averiguá, jeso no se pregunta. Tú todavía ereh una pila de mierda pa' que jeste preguntando jeso."

La muchacha no insistió en más preguntas, sabía que con Juana estaba perdiendo el tiempo. Acompañada por Pepito se dirigió al camino real, allí lo convenció para que la acompañara a espiar a don José. Fue necesario recordarle que le iba a hacer algo especial para poder convencer al chico. Dos días luego expiaron al anciano en la casa, sin lograr ver nada. Luego de dos días sin resultado Pepito se negaba a continuar de espía, pero la muchacha recurriendo a su promesa lo volvió a convencer. Al tercer día lo espiaron hasta el charco de las buruquenas donde el anciano tomaría un baño. En la parte arriba del charco, a media loma tras una gran roca cubierta de musgos y bejucos establecieron su punto de observación. La muchacha no perdía ni un solo movimiento hecho por el anciano, mientras Pepito, que no le interesaba la pelota de don José se sentó en la base de la piedra a devorar una granadilla madura que había encontrado en el camino. Francisca, en su interés de no perder ni un detalle se camuflajeó entre los bejucos, y no parpadeaba ni siquiera para descansar sus grandes ojos negros. El anciano, que a su avanzada edad apenas veía ni oía, no sospechaba que estaba siendo espiado. Con la mayor lentitud del mundo empezó a despojarse de la ropa, lo hacía con tanta lentitud que desesperaba a la muchacha, la cual por su gusto hubiese bajado para ayudarle. El anciano se despojó de casi toda la ropa a excepción de un pantalón corto con el cual entró lentamente al charco hasta que el agua le llegó al pecho. Francisca, estaba furiosa, el trapo de viejo parecía que no se desnudaría. Cuando Pepito terminó de devorar la granadilla quiso irse, pero la chica no se lo permitió, con seguridad dijo a Pepito:

"No podemos irnos ahora, cuando él salga a cambiarse de ropa tiene que quitarse ese pantalón mojado."

El anciano nunca se quitó el pantalón, salió del charco lentamente, se sentó en una gran piedra en la orilla y allí permaneció hasta que estuvo seco. Se levantó, vistió poco a poco e ignorando que era seguido regresó con lentitud a la vereda apoyado en su bastón.

La muchacha estaba frustrada y molesta le dijo a Pepito:

"Trapo de viejo, ¿por qué diablos no se quitaría la ropa?"

"Yo no sé, a lo mejor para que no le diera frío."

"¡Qué frío ni qué ocho cuartos!" Contestó Francisca disgustada.

"¿Qué piensas hacer ahora?"

"Na' ¿qué voy a hacer?"

"Na no, tú me hiciste una promesa y me la tienes que cumplir."

"Yo no tengo que cumplir na' porque no vi na'."

"Pues mira que sí, porque yo sí cumplí mi parte, si viste o no eso no es problema mío."

"Si no vi, no cumplo."

"Bien, si no quieres no cumplas, pero si no cumples no eres más mi novia."

Eso era algo con que la muchacha no contaba y para no disgustar al chico, dijo:

"Mira, ese trapo de viejo nos hizo perder mucho tiempo, mi mamá debe de estar buscándome, yo te cumpliré pero no hoy, mañana te busco."

"Ea, mañana no podrá ser, Robi y Loria llegan de Yauco y papi nos prometió llevarnos a las fiestas patronales, yo te aviso cuando venga."

"Qué bueno sería ir, yo he oído hablar de eso pero nunca me han llevado."

"Algún día será, de todas maneras yo te contaré cuando venga."

Capítulo 7

El tacaño tío Din

Al día siguiente Mon salió temprano para buscar a los muchachos que llegarían a eso de las diez de la mañana al sector 22 de la carretera entre Yauco, Lares y Maricao. Habían terminado las clases y pasarían en Casa Grande las vacaciones de verano. Como sucedía a menudo la guagua que los traía desde la ciudad del café nunca estaba en tiempo y Mon ya estaba cansándose de esperar cuando el ruidoso vehículo se estacionó a la orilla para dejar los pasajeros. Allá en la hacienda, reunidos en el glácil escudriñaban el final de la cuesta por donde esperaban verlos aparecer en cualquier momento. Cuando Robi, que viajaba incómodo en una de las banastas, desde el final de la cuesta divisó la casa, saltó al camino y corrió para cubrir la distancia hasta donde los esperaban. Al saltar Robi al camino las banastas se desnivelaron y fue necesario que Mon sentara a Loria sobre el aparejo hasta llegar a la casa.

Todo era alegría luego de cinco meses de ausencia y la ocasión sería festejada con un suculento almuerzo que ya doña Mica les tenía preparado. Don Lelo invitó a Mon y a Juan López a que se unieran en la mesa, el Tu Yeyo, que también estaba en el recibimiento denegó el ofrecimiento, alegando que Juana lo estaba esperando.

Una vez en la mesa y mientras consumían los alimentos don Lelo le preguntó a Mon el porqué de haber llegado atrasado, si había tenido problemas.

"No hubo problemas, solo que la chavá guagua llegó tarde y ya estaba cansado de esperar. Luego traté de adelantar todo lo más que pude y solo paré pa' que los muchachos mearan, sobre to' Robi, que mea más que un perro amarrao."

Don Lelo, tan pronto estuvieron todos sentados aprovechó para preguntar:

"Bueno Robi, ¿cómo les gustó la experiencia?"

"La verdad que no fue mala, pero hubiese sido mejor en otro sitio."

"¿Porqué, les pasó algo?"

"Sí, no nos gusta el tío Din."

"¿Qué hay de malo en él?"

"Pregúntale a Loria."

Loria, no esperó que le preguntara, todavía con la boca llena sin esperar vaciársela, dijo:

"Ese es un viejo malo, afrenta'o y tacaño."

Don Lelo, nunca acostumbró a sus hijos a ese tipo de lenguaje, ni al dirigirse a él, ni al hermano. Con seriedad reprendió a la muchacha, diciendo:

"Loria, eso no son modales en la mesa y mucho menos si estás hablando de tu tío."

La muchacha no se intimidó y esta vez con la boca vacía, afirmó:

"Estoy hablando de un viejo abusador que nos trató peor que a los perros."

"¿Pero que les hizo?"

"¡Qué no nos hizo! Es tan afrenta'o que te envió conmigo un cobro para que le pagues hasta por los linberghs que nos comimos.

En la mesa nos servían una chispa y no nos permitían repetir. En un par de ocasiones nos dejaron sin comer."

"¡Quéééé, cómo así?"

"Nos mandaron a llevar algo a casa de Prieto y cuando llegamos ya habían comido. No nos dejaron comida porque según ellos nos habíamos tardado jugando por el camino."

"¿Pero fue verdad que se entretuvieron por el camino?"

"¡Qué va!" Dijo Robi, "íbamos corriendo porque ya una vez antes nos habían hecho lo mismo."

"¿Y se tuvieron que quedar sin comida?"

"A mí la prima me dejó a escondidas de la de ella, pero a Robi se lo llevó jumbetas." Dijo la muchacha. "Hace unos días Robi me estaba diciendo que estaba loco porque nos fueran a buscar. No estaba hablando con el tío, pero él lo oyó, y dijo:

"Menos perros, menos pulgas, más sobra, mucho mejor. Toma, me dio esto para ti" Del bolsillo de la camisa extrajo un papel que le entregó a don Lelo.

Don Lelo, no leyó el papel de inmediato y le preguntó.

"¿Tu lo leíste?"

"Por encimita." Afirmó Loria, "más o menos lo que te dije."

Al oír la contestación de la muchacha, don Lelo se decidió leer y leyó; Lelo: Allí tienes una relación de lo que tus hijos consumieron en los pasados cinco meses. Te agradeceré que para el próximo año escolar les busques otro sitio, aquí no pueden estar más.

Al lado izquierdo de la nota tenía la cantidad de la deuda, $550 y su firma. A don Lelo le enrojeció la cara, las venas del cuello parecían querer explotar y el pulso le tembló ligeramente. Le era difícil creer algo así, pero el documento traía la firma del hermano y él la conocía perfectamente, no había duda. Todos notaron el cambio en su rostro, pero él metió el papel en su bolsillo y con naturalidad, como si nada hubiese pasado, dijo:

"Ya hablé con el chofer que nos llevará a las fiestas Patronales. Por la mañana hagan lo que tengan que hacer temprano, porque al medio día tenemos que estar en Las Abejas donde nos espera el vehículo. Mon, tú te quedas aquí con Mica, y tú Juan, ve con nosotros para que te traigas los animales. Regresas por nosotros como a las diez de la noche. ¿Tienen alguna duda?"

"Nanina" dijo Mon" Tampoco yo" Afirmó Juan.

Tan pronto terminó el almuerzo los muchacho se dispersaron dejando a la pareja solos en la mesa. El patrón lucía pensativo y doña Mica, preguntó:

"Lelo, te veo pensativo, ¿es por lo de la nota, verdad?"

"Pues sí."

"¿Pasó algo malo?"

"Imagínate, Din me mandó un cobro por todo lo que los muchachos gastaron allá en el semestre. Además me pide que busque otro sitio donde enviarlos porque allá no los puede tener. Jamás me imaginé que algo así pudiese pasar."

"A mí no me coge de sorpresa, tú sabes cómo es Din."

"Yo sé cómo es él con otros, pero nunca pensé que pudiese ser así conmigo."

"¿Y por qué no? A mí nada me sorprende viniendo de él, es más demos gracias que al menos los dejó terminar el año. Te acordarás que cuando hablamos de enviarlos allá pensamos que algo así podría ocurrir. ¿Qué te sorprende?"

"Me sorprende porque La Quinta no es solo de él. Allí está todo el dinero que yo puse en la compra. Tú sabes que cuando vendí el cafetín metí allí todos los chavos, Din solo aportó una mínima parte, por lo que mis hijos tienen todo o más derecho que los de él. Es como si los votase de su propia casa."

"Eso nosotros lo vemos así, pero no él. Tu bien sabes que él se apodera de todo, Nunca te reporta ganancias de nada y para todo se hace el chivo loco. Por mí parte te advierto que yo no quiero que los nenes vuelvan a su casa."

"Bien, ya veremos, por lo menos tenemos dos meses para encontrar una solución."

Se unieron a los muchachos que alegres jugaban en el glácil. La Gorda buscaba la ropa que usaría para el viaje, Pepito, que ya sabía lo que iba a usar se acostó temprano, como si con ello pudiese adelantar el reloj. Robi y Loria, luego de tan prolongada ausencia sin estar con la madre decidieron no ir, por lo que permanecieron en el glácil.

Por la mañana cuando Mon empezó a achicar la vaca para ordeñarla ya Pepito estaba a su lado. El buen hombre, extrañado le preguntó:

"Diache Negrito, ¿qué diablos te picó qué te levantaste tan temprano?"

"Na' me picó, es que pensando en las fiestas Patronales no podía dormir."

"Malo eso negrito, a lo mejó a la jora de divertirte estás achoca'o."

"No lo creo, hace dos años cuando era chiquito fui y no me dormí, ahora soy grande."

Aquello de llamarse grande, le dio gracia a Mon. Tan pronto empezó a ordeñar llenó un coco y se lo dio al chico, el cual se lo llevó a la boca y lo tomó de un sorbo. Se lo devolvió a Mon y pidió más. La Gorda, apareció y como no podía ver al chico sin molestarle, le dijo:

"Oye Pichiche, lárgate a lavarte esa boca jidionda, so puerco, te están buscando."

"Puerca eres tú, bola de cebo embustera. Yo me lavé hace rato. Llevo aquí un fracatán de tiempo, ¿verdad Mon?"

Mon, no contestó, sabiendo que La Gorda venía por leche llenó una cacerola y se la entregó. Ella la cogió y al pasar por el lado del muchacho, dijo:

"Pichiche."

"Pelota de grasa, pareces una puerca."

Momentos luego todo era actividad en Casa Grande. De la cocina llegaba el olor a café recién colado, que no solo se esparcía por el área si no que permanecía fijo como el buen perfume. En medio de una sinfonía de sonidos el rancho iba tomando su rutina mañanera. Alto en la cúpula de los pinos unos pitirres cantaban alegremente, y un poco más lejos en una rama del algarrobo un ruiseñor hacía lo mismo. Las gallinas cacareaban, los perros ladraban no se sabía a quién ni porqué, y aunque temprano, por aquello de no ser diferentes los cerdos pedían comida. Arriba en el azul cielo, iluminados por el tenue sol de la mañana los pájaros se cruzaban en diferentes direcciones.

La excitación de La Gorda y Pepito era tanta que ya a las nueve de la mañana estaban vestidos. Una vez en el auto su deseo por llegar les hizo el camino interminable, y cuando llegaron a la esquina de la plaza del mercado donde el auto los dejó, eran todo sonrisas. La Gorda, se quitó los zapatos pintados por el barro colorado y los escondió en un callejón para recogerlos de regreso. Pepito vestía un overol azul y La Gorda un traje de patern leather crema y un chaleco de la misma tela, pero azul. Era la típica familia de las tierras altas. No lucían fuera de moda, ya que de todos lados bajaban familias con vestimentas similares, y hasta peor vestidos.

Había ambiente de carnaval y a medida que avanzaban hacia el área de las fiestas, mayor era la concurrencia. Los revendones daban un toque especial ofreciendo todo tipo de productos en bateas, canastos, latas, bandejas, kioscos y todo tipo de envases.

La Gorda iba adelante escudriñando todo a su alrededor, especialmente muchachos guapos. Pepito, cogido de un dedo de don Lelo no perdía detalles de nada y hacía más preguntas que un fiscal. A la una de la tarde ya estaban en el área de máquinas, habiendo largas filas en todas. A las tres de la tarde aún continuaba saliendo gente a borbotones, parecía no caber un alma más. Don Lelo, les había informado que no montarían en las máquinas hasta que regresaran de la procesión del Santo Patrón, el cual él no se pensaba perder. La Gorda, se sentó en una muralla del atrio desde donde vigilaba los muchachos. Algunos le prestaban atención, no se sabía si por que era bonita o por el sello de montuna. Pepito, que ahora se conceptuaba grande se soltó de la mano de don Lelo, aprovechó que la multitud estaba quieta y zigzagueando entre la multitud cubrió el área en un parpadeo escudriñando todo en corto tiempo. Llegó al lado de su padre justo cuando de la iglesia sacaban las figuras de los Santos Patrones, San Isidro el Labrador y Santa María de la Cabeza. Don Lelo se esforzaba en explicarle el rol de tan insignes personajes, pero era poco o ninguno la atención que le prestaban. La Gorda, solo tenía ojos para un muchacho que le caía simpático y a Pepito porque eso no le importaba un comino.

De momento algo raro parecía pasar, un gran silencio se apoderó del ambiente mientras la muchedumbre miraba hacia la torre mayor de la iglesia. Allá arriba sobre la bola que coronaba la cúpula estaba parado una persona. Tenía una ropa ajustada al cuerpo y con sus manos extendidas hacia los lados semejaba una escultura griega.

Ante la atónita mirada del asombrado público puso sus manos hacia el frente, se dobló hacia adelante, descansó el pecho sobre una cuerda que amarrada desde la cúpula se extendía hasta una toma de incendio localizada en la acera opuesta a la iglesia, ante el asombro de la muda multitud, sin el uso de los brazos los cuales mantenía extendidos hacia los lados, se deslizó de pecho por la soga hasta llegar al piso. Al tocar tierra, aprovechando el asombro de la muda concurrencia un altavoz cuyo sonido dominó el ambiente, en tono jubiloso, dijo:

"Señores y señoras, démosle una calurosa ovación a Relámpago, el hombre que desafió a la muerte."

Ya casi todo estaba listo para salir la procesión, aunque todavía se comentaba la hazaña de Relámpago, cuando el ruido de un avión al acercarse captó la atención de la concurrencia. Cuando la multitud logró divisar el aparato ya el avión parecía ir a estrellarse contra el público. Muchos corrieron, otros se tapaban los ojos, algunos se tiraron al piso y muy pocos se atrevieron mirar, pero no pudieron evitar lanzar gritos de terror. A último momento cuando se temía lo peor el avión volvió a tomar altura y empezó a subir. Se mantuvo subiendo en forma vertical hasta casi parecer un punto en el espacio. De momento pareció perder control y dando volteretas se vino abajo ante la aterrada multitud que volvió a esconderse nuevamente, cuando parecía inminente su caída, de momento enderezó su curso y se perdió en la lejanía. Nuevamente se oyó el altavoz decir:

"Damas y caballeros, tuvieron la oportunidad de ver en acción al Diablo Suelto, aunque no lo pueda oír démosle una gran ovación."

En medio de la expectación creada por las hazañas del Diablo Suelto y Relámpago, de la cual algunos todavía no estaban repuestos, salió la procesión. Poco a poco la mayoría del público se fue uniendo y en poco tiempo la compacta multitud se extendía por varias cuadras.

A los muchachos no les hacía gracia el tener que seguir aquellas dos estatuas por las calles del pueblo siempre con el mismo sonsonete, tum- tum- tum de tum. Contrario a ellos, don Lelo se veía muy complacido, vestido todo de blanco, sombrero pra- pra del mismo color y una leontina de oro cruzándole el pecho, lucía todo un personaje. Eso no impedía que Pepito dejase de pensar en las tonterías que hacían los adultos, a él nadie lo podría convencer de que irse a caminar detrás de unas estatuas por las calles no era otra cosa que una tontería. Tampoco le tenía muy alegre que don Lelo entablaba conversación con muchos desconocidos y no le prestaba atención a sus preguntas. Como en el pueblo él no tenía amigos se aburría, ahora maldecía a Robi por no haber querido venir, el muy condena 'o a última hora se rajó. Lo más lógico era que hablase con La Gorda, pero la muy estúpida solo tenía ojos para los muchachos. Por eso cuando finalmente llegaron al área de la plaza su aburrimiento desapareció, el pensar que montaría en las máquinas logró el milagro.

Mientras La Gorda se las arreglaba para montar en las máquinas a duras penas, Pepito, con la habilidad de un simio se colaba entre la gente y en poco tiempo montó en los caballitos, carros locos, sillas voladoras, botes y en una cosa que le llamaban gusano. Don Lelo, no quiso montar en la estrella y Pepito acordándose de la vez pasada no se atrevió hacerlo solo. Sabía que se exponía a las burlas de La Gorda, pero ya había encontrado la manera de silenciarla. El vio que cuando ella estaba montada en la estrella dejó los pies abiertos y se le veían las pantaletas rojas. Con eso él la controlaría cuando ella intentara ridiculizarle.

En una de las picas Pepito jugó un centavo que don Lelo le había dado y se ganó un osito de peluche. La Gorda, lo quería, alegando que eso era cosa de mujeres. Se inició una discusión y con ello la oportunidad de la muchacha para burlarse, alegando que él era una gallina porque no se atrevió montarse en la estrella. Él le contestó que ella era una puerca, porque al montarse dejó las patas abiertas y se le veían las pantaletas coloras. Eso no pareció molestar a la muchacha, pero si se encolerizó cuando Pepito le dijo que el osito era para Francisca. Discutiendo llegaron a Casa Grande.

Capítulo 8

Lo gozado por lo recibido

Por largo tiempo se había estado hablando del baile que se llevaría a cabo en casa de doña Pilar, todo el mundo lo esperaba. Era famoso en la comarca ya que el respeto que imponía Pilar hacía que los asistentes se abstuviesen de riñas y discusiones. Se bailaba corrido y sin recesos por los tres días que duraba la actividad. La comida era variada y de calidad, el licor corría hasta por las zanjas, asistían muchas mujeres y los asistentes lucían sus mejores galas. El viernes ya a las tres de la tarde se veían bajar los primeros músicos y para las cinco ya el baile estaba encendido. Asistían los mejores cuatristas y guitarristas de la comarca, ya que participar en el baile de Pilar era para ellos un privilegio. Asistían tantos músicos que se relevaban continuamente y por lo mismo no se recesaba para comer. Algo parecido ocurría con los asistentes, estos hacían acto de presencia de acuerdo a sus necesidades y compromisos. En ocasiones llegaban en grupos, parejas y también solos. Era como si en el largo fin de semana todo el mundo tuviese la necesidad u obligación de asistir.

Era una ofensa asistir al baile y negarse a bailar. Si una fémina se negaba a bailar con alguien tendría que abandonar el baile o no bailar con nadie más. El no hacerlo así podía causar una pelea, y eso era algo que Pilar no toleraba. En una manera u otra todo el mundo participaba, desde jóvenes hasta ancianos, los cuales no era raro verlos bailar solos, era cuestión de tener dos tragos arriba. En ocasiones se veía mujeres bailando con otras mujeres.

El menú incluía todo lo que era consumible, especialmente arroz con gandules, lechón asado, pasteles, frituras, arroz con dulce, licores y todo lo que pudiese producir ganancias.

Las mujeres vestían faldas en colores, anchas y con arandelas, blusas, por lo general blancas, en los peinados con frecuencia moños, los adornaban con flores naturales y lazos con cintas gruesas. Gustaban de pintar los labios con crayón rojo intenso y por lo general hasta las de edad avanzada se coloreteaban. Regularmente cuando las mujeres les cansaba bailar con zapatos se desprendían de ellos y continuaban bailando descalzas, pero no se perdían el baile, a eso habían ido.

Había un detalle que muchos por lo regular no entendían, los moradores de Casa Grande nunca asistían a bailes, ni aún cuando se celebraban en casa de Género al que les unía una estrecha amistad. Como doña Mica no asistía, tampoco dejaba ir a las muchachas. Tami, una de las hijas de doña Pilar y cuate de La Gorda tuvo que echar el resto para lograr que ésta diera permiso a que su amiga asistiera, algo que logró parcialmente cuando doña Mica aceptó, con la condición que fuese entre dos y seis de la tarde. Como en esa época oscurecía temprano doña Mica no la quería fuera una vez anochecía. Le advirtió que a esa hora enviaría a Pepito por ella, ya que Robi estaba en casa de la abuela, la cual, contrario a lo que hacía con Pepito, que lo detestaba al extremo de votarlo como bolsa, a éste y a Loria no los dejaba ir cuando llegaban a su casa.

Allá en el baile La Gorda estaba pasando su mejor tiempo. Se dio cuenta que eran más de las seis, pero como no habían enviado por ella siguió gozando. Doña Mica había enviado a Pepito y el chico por la curiosidad de ver el baile salió de inmediato. A él no le dejaban ir a casa de Pilar durante los bailes porque allí se vendía licor, con esto se le presentaba la oportunidad de echar un vistazo. Cuando, ya iba a medio camino, cerca de la casa de Juana se topó con Francisca y ésta le cambió sus planes. Tan pronto lo saludó, le dijo:

"Hola Pepito, ¿vas para el baile?"

"¡No! Es que me enviaron a buscar a la pelota de grasa."

"Sí, allá la vi, está gozando de lo lindo, pero ni me miró."

"Ella es así, no le hagas caso."

"A mí no me importa, ella no es más linda que yo. ¡Qué pena!"

"¿Qué pena qué?"

"Es que venía pensando en ti. ¿Te acuerdas qué te había hecho una promesa?"

"Sí me acuerdo, pero ahora no puede ser, llevo prisa."

"Tú te lo pierdes, es ahora o nunca."

"Eh, ¿y por qué tiene que ser ahora? Yo no me voy a morir."

"Es que me siento contenta, algo así como excitá."

"¿Cómo así?"

"Es que mí may está en el baile pasando un buen rato. Me dio permiso para que bailara con un tipo que yo no sé quién es. Me apretó mucho contra él, y aquello, tú sabes, se le puso bien duro como la maceta del pilón. Me asusté mucho, pero me estaba gustando. Como me dio miedo me salí del baile. Le pedí a mami que se viniera conmigo, pero como está gozando en cantidad me dijo que esperara a que se viniera. Eso hice y he tenido la suerte que te he encontrado. Como todavía me siento diferente estoy dispuesta a saldar mí cuenta contigo. ¿Vienes? No me dejes plantá."

"No sé……es que…."

"No seas bobo, mira la casa de Juana está sola, ellos no están, vamos pa' allá atrás."

Pepito no se animaba, lo habían enviado a buscar a La Gorda y sabía cómo le iría si se tardaba. La muchacha le puso la mano en el hombro y ella misma colocó la mano de él en su cintura. El chico se dejó llevar y juntos caminaron hasta la parte atrás de la casa de Juana, donde se sentaron uno al lado de otro en un tronco de guamá. Fue Pepito el que con curiosidad, preguntó:

"¿Qué es lo que me querías enseñar?"

La chica se alzó la blusa y bajo la tenue luz de la luna, mientras le mostraba sus incipientes senos, le dijo:

"Esto, toca."

El muchacho no reaccionó, parpadeó varias veces pero no separó la mirada de lo que para él era de lo más bello que había visto. Al ver que el chico no se movía, ella le cogió la mano y se la colocó sobre sus excitadas protuberancias, manteniendo la mano de ella sobre la de él para evitar que la retirara. No era necesario, el chico no pensaba hacerlo y ella empezó a sentir una sensación maravillosa. Cuando la excitación de la chica aumentó, ella sin saber cómo, ni porqué, metió la mano por debajo del ruedo del pantalón de su acompañante y empezó a explorar el desconocido territorio. El chico, que ahora se sentía por las nubes no hizo nada por evitar la exploración, la que producía una sensación de que algo quería explotar en cualquier momento. La chica había colocado la otra mano de Pepito bajo su falda y ahora la sensación era inmensa. No hablaban, no era necesario, justo cuando mejor se sentían, se oyó a lo lejos una autoritaria voz, gritar:

"¡Pepito…..Pepito!"

Asustados, frustrados y confundidos suspendieron la actividad de inmediato, quedando uno de pie junto al otro, desde donde el muchacho fuertemente, gritó:

"¡Qéééé.......!"

"Fue entonces que bajó de la nube y llegó a la realidad, acordándose de La Gorda, miró a Francisca con pesar, y dijo:

"Chica, ma'rayo parta, me están llamando. ¡Qué jodienda! Tengo que ir por la pelota y no me puedo tardar. Me da pena tener que irme, gracias por cumplir tu promesa. Nos vemos luego, tengo algo para ti."

"Está bien, no te apures, continuaremos otro día. Una cosa quiero que me prometas, no le digas a nadie lo que hicimos. ¿Lo prometes?"

"Claro que sí, chica. Eso es nuestro secreto."

Cuando La Gorda llegó ya doña Mica estaba esperando, Pepito se había evaporado. La muchacha intentó dar su versión, pero no le dieron tiempo, la madre le cayó encima como a pandereta de Pentecostal. Luego de haberla sonado fue que le permitió dar su explicación. La muchacha en medio del llanto, dijo:

"Tú me dijiste que mandarías a Pichiche para que me buscara, hace rato que estaba esperando y ahora fue que se apareció."

"¡Quééééée....! Repite eso que estás diciendo."

"Te lo juro, ahora fue que llegó a buscarme."

"¿Dónde está ese sinvergüenza?" Preguntó doña Mica encolerizada.

Pepito estaba oyendo la acusación de la hermana desde su escondite tras unas pacas de café en el cuarto almacén. Consciente de lo que le venía encima si permanecía escondido optó por salir, de lo contrario le iría peor que al diablo con San Miguel. Cuando tímidamente salió, más muerto que vivo, no le dieron oportunidad de abrir la boca. Descargando en él todo su mal genio la madre lo sonó como muy pocas veces. Cuando lo soltaron, para no tener que dar explicaciones montó un teatro, gritando como nunca lo había hecho. Una vez desapareció de la escena se calló, pensó que lo había pasado muy bien con Francisca, muy bien valió la pena por la paliza. A su paso encontró a La Gorda que todavía estaba llorando, se acercó a ella y por primera vez lloraron abrazados. Ella también pensó que lo gozado valía por lo recibido.

Capítulo 9

Los Reyes no llegaban

Todo en Casa Grande era animación, siendo la noche víspera del día de Los Reyes los muchachos se encontraban jugando alegremente en el glácil. Don Lelo, luego de haber llegado con Pepito de buscar yerba para los camellos, se fue un rato hasta la tienda de Pellín. Doña Mica, trataba de dormir a la nena más pequeña, que aunque no entendía de Reyes se negaba a coger el sueño. Aprovechando que el momento era propicio, La Gorda, con toda premeditación se acercó a Loria, y le dijo:

"Zángana, tú estás grande para que creas en Los Reyes, eso no existe, todo son embustes."

"Oh no, no puede ser embuste, el Padre Álvarez dijo en la misa que esta noche vienen. Tú también lo oíste."

"Pues el Padre también es un embustero."

"¡Aaaahhhhh!" Dijo Loria al momento de taparse la boca, sorprendida, no se sabía si por lo de los Reyes o por haberle llamado embustero al sacerdote. Iba a contestar a la hermana cuando Robi, que había oído parte de la conversación se acercó, y preguntó:

"¿Qué pasó?"

"Que La Gorda dice que Los Reyes no existen." Contestó Loria.

"Yo oí decir algo así, pero no le di importancia." Dijo, Robi.

"No me crean si no quieren, solo tienen que buscar una caja grande que está encima del estante de libros. Está allí desde hace tiempo." Les informó La Gorda.

Los muchachos habían visto la caja, pero no les interesó esculcarla, por lo que ignoraban su contenido. Aunque el padre no estaba, les era difícil ir a chequearla porque doña Mica estaba frente al estante durmiendo a la nena. La Gorda, les sugirió:

"Lo que tienen que hacer es hacerse los dormidos y velar cuando don Lelo venga a abrir la caja. Si los cree dormidos lo hará tan pronto venga."

Loria, se viró hacia el hermano y como si fuese necesario su aprobación, preguntó:

"¿Qué tú crees?"

"No sé, todo depende de que me pueda quedar despierto."

En verdad para los muchachos no era sorpresa, ya habían oído algo y no lo tomaron en serio. A lo mejor era hora de confirmarlo. Loria, que lucía más indecisa, preguntó:

"¿Y Pepito, lo sabe?"

"Yo lo dudo." Afirmó la muchacha," pero es mejor no decirle nada, si lo decimos va derechito a chismeárselo a don Lelo, son uña y mugre."

Cuando todos en la casa parecían dormir, don Lelo abandonó su cama evitando hacer ruido. Rodó el sofá grande, lo colocó frente al estante y bajó la caja que por varios días había estado allí sin que nadie intentara tocarla. Estaba en ropas menores y descalzo, por lo que se movía en silencio. Como estaba oscuro se le hacía difícil abrir la caja sin que el contenido hiciera ruido, por lo que Robi, que estaba más dormido que despierto lo escuchó. Tratando de imaginar lo que su padre estaba haciendo, para tener un mejor enfoque se movió. Don Lelo creyó haberlo despertado y se sentó tranquilamente en el sofá a esperar que Robi volviese a quedar dormido. Por su parte el muchacho había esperado mucho, estaba cansado, cerró los ojos para hacerse el dormido y eso fue precisamente lo que pasó.

Por la mañana a las seis ya los muchachos estaban en el glácil celebrando la llegada de Los Reyes Magos. Robi, había oído a don Lelo hacer ruido con la caja de los juguetes, pero nunca vio cuando los sacó. Aprovechando que todos estaban en el glácil Robi fue hasta la estantería, abrió la caja y encontró que estaba vacía, no le extrañó ya lo esperaba. Una cosa le atrajo la atención, la yerba, el maíz y el agua que le habían dejado a los camellos, estaban donde la dejaron la noche antes. Decidido, preguntó al papá:

"¿Pa' porqué los camellos no se comieron el maíz y la yerba?"

"No sé hijo, a lo mejor como todo el mundo les deja lo mismo iban jartos y no querían más."

"Ahhhhhh." Se limitó a contestar el muchacho.

Ya para las once de la mañana la mayoría de los muchachos del barrio habían pasado por el glácil de Casa Grande. Unos atraídos por los juguetes que Robi, Loria y Pepito estaban disfrutando y otros acompañando a sus padres en diferentes gestiones. Por lógica en un día como hoy la primera pregunta era siempre la misma, "¿y a ti qué te trajeron?"

Las respuestas variaban muy poco, desde nada, casi nada, algo sencillo o sólo el regalito que nos dio el Padre en la iglesia. Esto llevó a Robi a decirle a Loria:

"Pa' me dijo que los camellos habían dejado el maíz y la yerba porque como todo el mundo les dejaba lo mismo irían jartos. ¿Pero cómo iban a ir jartos si por aquí casi no fueron a ningún sitio?"

"Yo creo que es verdad, los Reyes no existen na' porque...."

No se habían dado cuenta que Pepito los estaba escuchando, y con lo preguntón que era no tardó en meter la cuchara. Preguntó:

"¿De qué hablan?"

Robi y Loria se miraron intrigados, ni sabían ni encontraban la forma de decirle al muchacho el descubrimiento sobre Los Reyes Magos. Finalmente Loria tratando de minimizar el hecho, dijo:

"Es algo sobre Los Reyes."

"¿Qué pasa con Los Reyes?"

Luego de un pequeño silencio, fue Robi quien se decidió decir:

"Es que La Gorda nos dijo que eso de los Reyes es un embuste, que no existen na", y nosotros estamos analizando si eso es verdad o no."

"¡Ja, ni que sean morones!" repuso Pepito como si no pudiese dar crédito a lo que oyó."¿Cómo es posible que ustedes que están en la escuela en Yauco y sean ya grandes no lo sepan? Digo, a menos que estuviesen en un convento de monjas."

Los hermanos miraban al chico como si fuese un fantasma, era su hermano menor y parecía ser más listo que ellos. Robi, con estupor en su semblante, preguntó:

"¿Cómo tú lo supiste?"

"Bah yo hace tiempo que lo sé y me extraña que ustedes no lo sepan. Lo que pasa es que me he quedao callado porque si lo digo entonces no me traen na'. Mejor es seguir haciéndome el bobo y me siguen trayendo."

"¿Quién te lo dijo?" Quiso saber Loria.

"Un día estaba en la iglesia y el Padre dijo que la colecta era para los juguetes de los Reyes Magos. Yo no entendí lo que el Padre quería decir y al terminar la misa le pregunté a Francisca. Ella me dijo que los Reyes no venían na', que son los padres los que compran los juguetes. Por eso es que algunos niños no reciben juguetes y otros sí, porque unos padres tienen dinero para comprarlos y otros no."

"¿No será mejor preguntarle a papá?" Preguntó Loria, la que no podía creer que el chico fuese más aguzado que ellos.

"¡Pues mira que no!" Aclaró Pepito con mucha energía. "Si pa' sabe que lo sabemos no nos traen más na', pero mientras no sepa que lo sabemos continuarán viniendo Los Reyes."

"¿Pero si lo qué dijo Francisca no es verdad?" Continuó cuestionando la muchacha.

"No seas morona, eso lo sabe todo el mundo, aquí en el barrio no hay muchacho que no lo sepa." Añadió Pepito. "Como a ellos no le traen na' le preguntan a los padres y ellos no tienen otro remedio que contarles la verdad, que los Reyes no le traen juguetes porque no tienen chavos pa' comprarlos."

Robi, entendió bien, pero su hermana todavía argumentó:

"Pero es que hay una canción que dice, <Los Reyes que llegaron a Belén anunciando la llegada del Mecías y...."

"Zángana." Le interrumpió el chico. "Porque haya una canción no quiere decir que sea verdad. Eso se refiere a cuando Papá Dios nació. Si fueran los mismos Reyes estarían tan viejos que no podrían ni con los pantalones. Además, piensen que si los Reyes existieran tratarían a todos los niños por igual. No sería justo que siendo Santos a algunos nos llenen de juguetes y a otros los dejen pasmaos. Eso serían Reyes sin corazón."

"Es verdad." Dijo Robi. "Pero no deben de engañarnos, es como si nos estuviesen cogiendo de bobos. Le preguntaré a Pa' el porqué."

"Allá ustedes si quieren arriesgarse a que no le traigan más na', para mí es cuestión de que los traigan. Como sea no me importa, es más ojalá viniesen cada seis meses, eso sí sería chévere."

Dicho eso el chico se alejó persiguiendo bandidos imaginarios con los revólveres que los Reyes le habían traído. Robi y Loria se quedaron como estatuas, pasmados miraban como se alejaba, y solo oían:

"¡Bang….bang…..bang….te maté….te maté…..!"

Capítulo 10

Productos de Casa Grande

Además de su producto principal, el café, Casa Grande también generaba ingresos de otras fuentes. La madera tenía doble utilidad, los árboles buenos o de mejor calidad tales como capá, guaraguao, cedro, ausubo, roble, moralón y otros, se aserraban para madera. Los de guamá, guaba, pomarrosa, chinos y varios otros se usaban para carbón. Se escogían selectivamente ya que no se podía arriesgar la sombra del cafetal. Por muchas décadas casas de la comarca y pueblos aledaños habían sido construidas con maderas de Casa Grande. No era una industria desarrollada y el árbol se aserraba en el área donde se derribaba. Se escogía una ladera, cruzaban unos maderos los cuales descansaban sobre trípodes en forma de horquetas. Con una sierra o serrucho grande de aproximadamente ocho a diez pies de larga hacían los cortes. Era un trabajo duro y fuerte, donde un hombre arriba y otro bajo el madero, en una exhibición de cortes precisos convertían la pieza en tablas y cuartones de varios tamaños. Era un trabajo tan fuerte y preciso que era difícil conseguir gente diestra para llevarlo a cabo. Lencho, el aserrador de Casa Grande era considerado el mejor de la comarca.

Yayo, el dueño de una de las dos tiendas que habían en el área se había convertido en amigo de don Lelo. En contra de la opinión de doña Mica, de don Lelo obtuvo la madera con que construyó su casa de dos plantas, en la cual gozó del privilegio de haber pagado solo los costos de la madera. Doña Mica, se oponía a ese trato preferencial porque no consideraba a Yayo buena persona. Jamita, la esposa del comerciante había muerto de tuberculosis y estando convaleciendo en cama, Yayo sin consideración alguna trajo una amante a vivir no lejos de donde convalecía la esposa. Eso le valió el calificativo de mala persona por parte de doña Mica. Por su parte don Lelo, en su forma de ser consideraba eso como algo personal del amigo. Ellos amparados en la amistad que se había desarrollado se habían comprometido en un compadrastro en el cual Yayo sería el padrino de Zori, la nena más pequeña de la pareja de Casa Grande. Era época de recesión en la que habían escaseado muchos de los principales artículos de consumo, entre ellos la sal. Por boca de Genaro, amigo y respetado arrimado de Casa Grande, don Lelo fue informado que Yayo había recibido dos costales de sal. Don Lelo, envió a Mon donde Yayo para que le vendiese un par de libras y Yayo negó haber recibido dicha sal. Don Lelo, no dijo nada, cuando varios días luego corroboró que en verdad Yayo le había negado el producto no le cuestionó nada a su supuesto amigo. Se limitó a enfriar la amistad, ignoró el compromiso del bautismo y en lo sucesivo las veces que coincidieron, don Lelo en forma impersonal lo llamó Don Yayo. Algún tiempo después Yayo se disculpó, la disculpa fue aceptada pero jamás fue tratado igual. Yayo trató de cerrar la jaula después que el mono había escapado.

Don Rafael Lugo era un pequeño agricultor que tenía una finquita de treinta cuerdas al noreste de Casa Grande colindando por el sector Joya del Perro. Era el padre de dos jóvenes, que con él constituían la trilogía de camorristas del sector. Don Lelo, se había visto precisado de hablar con don Rafael porque en un par de ocasiones le habían tumbado unos árboles de guaraguao para hacerlos carbón. Ellos en una actitud desafiante ignoraron el pedido y como respuesta volvieron a derribarle dos árboles adicionales. Al entender don Lelo que ellos no estaban en actitud de dialogar recurrió a las autoridades. Cuando por medios legales los Lugo fueron obligados a compensar al agricultor, éste supo que se había ganado tres malos enemigos, en efecto los Lugo habían jurado venganza.

Un tiempo después, viernes por la noche, como de costumbre don Lelo fue a su tradicional charla a la tienda de Pellín. Estaba en plena camaradería con don Genaro, Vicente, Chamelo y Pellín, cuando Alfi, el más camorrista de los Lugo empezó a agitarse en el otro extremo del mostrador. El agricultor, aconsejado por Don Genaro, Pellín y Vicente trató de ignorar lo que ahora se estaban convirtiendo en ofensas. Para el camorrista el hecho de ser ignorado era un insulto, por lo cual encontró razón para lo que había planificado. Todos los presentes sabían lo que estaba por ocurrir, e intervinieron con don Lelo para que se fuese de la tienda. Alfi, lo intuyó y se adelantó para evitar la salida de su posible víctima. Del seno extrajo el arma con que pensaba ultimar a su enemigo, un afilado puñal como de diez pulgadas de largo y se dirigió hacia don Lelo. El agricultor no esperó que se acercara, del bolsillo trasero del pantalón saco su colt 38 y apuntó directo al pecho del matón, que al verse madrugado quedó petrificado sin atrever moverse. El agricultor, con calma le advirtió que si daba un paso más no vacilaría en disparar. Alfi, que aún mantenía su puñal en la mano lo dejó caer al piso y empezaba a retirarse humillado, cuando don Lelo con tranquilidad, ordenó:

"Recoja esa porquería y llévesela con usted."

Así lo hizo el matón, no sin antes desde la puerta advertir al rival que se cuidara porque esa humillación se la pagaría muy cara. Don

Lelo, sabía que tendría que cuidarse, pero no fue por mucho tiempo. Seis semanas después, en una riña en el barrio Bartolo de Lares mataron a los dos hermanos y le tumbaron un brazo a don Rafael. Con los Lugo eliminados del panorama, fueron muchos los que vivieron tranquilos en el barrio.

El carbón vegetal también reportaba buenos beneficios a la hacienda. Aunque se producía en cualquier época, el destalle y los excedentes al aserrar eran los mejores momentos por la cantidad de madera variada disponible. De acuerdo a la cantidad de material acumulado era el tipo de carbonera que se erigía. Si el material era mucho se preparaban acostadas, si era poco lo hacían paradas. En la acostada el material se colocaba horizontal, y en la parada la madera se colocaba vertical semejando una caseta india. No era un proceso tan sencillo como a simple vista parecía. La madera se colocaba en capas por tamaños de manera que no dejase espacios o huecos, luego se cubría pareja con ramas verdes y sobre las ramas una gruesa capa de tierra comprimida. Era un proceso muy cuidadoso en el cual se evitaba que una vez encendida la carbonera se formaran bolsillos de aire. Cuando eso ocurría el oxigeno hacía que la madera se incendiase, quemándose con rapidez haciendo de la carbonera una pira, que a su vez la convertía en cenizas.

Para encender la carbonera se dejaba una cavidad en forma de tráquea y con una vara larga en cuyo extremo se ponía una cabeza de trapo, estopa u otro material impregnado en gas kerosene u otro flaméable, se le hacía llegar el fuego hasta el nido de astillas o bruscas donde se iniciaba el proceso. Una vez encendida la madera, se iba quemando de adentro hacia afuera y al terminar el cocimiento quedaba el carbón. La duración del proceso dependía del tamaño, clase de madera, uniformidad del cocimiento y la temperatura exterior del ambiente. Si por alguna razón el cocimiento no era uniforme la carbonera se pasmaba dañando el carbón. El tamaño influía en el tiempo de cocimiento y podía tardar entre una semana hasta un mes, existiendo siempre el riesgo de que se pudiese desarrollar un hueco u hoyo que la pusiera en peligro. Para ello siempre se dejaba a mano una cantidad de ramas y tierra fresca con que resolver las emergencias. Generalmente alguien las vigilaba durante las noches, pero no era garantía de que nada ocurriese. Muchas veces el vigilante para no dormirse trataba de mantenerse despierto tomando pitriche, pero ya fuese porque le gustaba o por contrarrestar el frío de la noche, se dejaba ir de la lengua y terminaba achoca'o borracho no dándose cuenta de las emergencias.

En Casa Grande la tarea de vigilar las carboneras recaía siempre en Mon. Como nunca se podía controlar ingiriendo pitriche se llevaba un galón. Se daba el primer palo y se acostaba a dormir. Cuando don Lelo sabía que ya estaría dormido se acercaba en silencio y se llevaba el galón. Al otro día Mon le daba la queja a don Lelo de que Trompa de Puerco le había robado el pitorro, pero nunca increpó a Trompi por ello. Las chinas nevos injertas por don Lelo eran las de mejor calidad entre todas las fincas y la gente se peleaba por su adquisición, así también las toronjas, las mandarinas, aguacates y las sidras eran de fácil movimiento.

La hortaliza producía gran cantidad de productos entre los que sobresalían repollos, lechugas, cilantrillo, rábanos, zanahorias, remolachas, cebollas y muchos otros que por décadas alimentaron el barrio en las épocas difíciles, así como también se enviaban a la plaza del mercado, por lo general los sábados. En una sección aledaña a la casa de don Genaro había una siembra de arroz, la que también alimentó las familias del sector, mayormente a los arrimados. Fue responsable de parte de la manutención del barrio durante los años duros de la gran recesión.

Regados por diferentes lugares en la hacienda se podían encontrar infinidad de plantas medicinales, entre ellas ruda, albahaca, toronjil, yerba Luisa, sauco, mejorana, yerba buena, menta, diente de león, uña de gato, pasote, mata de gallina y muchas más.

Entre las frutas exóticas se encontraba guamá, granadilla, guayabas peras blancas, mameyes, carambolas, jacanas, gundas, grosellas, piñas pan de azúcar, granadas, nopales y varias otras.

Batatas, yautías, malangas, yuca, guineos, chayotes, panas de grano, panapenes, lerenes, plátanos y gran variedad de granos, entre los que había chicharos, habas, habichuelas, lentejas, guisantes y algunos más. Era lógico que con esa variedad de productos se pudiera salir bien en los momentos más críticos.

Doña Mica era experta en la confesión de dulces de todas clases, quesos de leche de vaca y cabra y también era conocida por los embutidos, entre ellos morcillas, longanizas, chorizos y jamones.

Capítulo 11

Las exigencias de Eligio

La pareja de Casa Grande nunca discutían ni argumentaban y por consiguiente con excepción de los berrinches cuando le pegaban a La Gorda o a Pepito, todo era tranquilo. Una tarde cuando Pepito llegó de la escuela notó algo raro en el ambiente. No hizo preguntas al respecto, algo casi imposible en un chico tan preguntón. En otras circunstancias no le hubiese preguntado a La Gorda, ésta siempre le salía con una mala palabra, pero hoy era diferente, como ahora sabía lo del peo no vaciló en preguntarle:

"Pelota, yo como que notó algo raro en el ambiente. ¿Qué ha pasado?"

"Pelota es tú madre, tizón prieto." Le contestó la hermana de forma insultante.

"Si no me quieres decir no lo hagas, mejor, pero prepárate para que yo le diga a el Dandy lo del peo, no creas que se me a olvida'o."

Dandy era Manuel, un joven del barrio que le gustaba a La Gorda. No hablaban mucho pero se caían bien. Pepito lo averiguó cuando el joven le llamó cuñado. Si el chico le decía a doña Mica lo del Dandy a la muchacha le iba a ir mal, y como si fuese poco la madre también ignoraba lo del peo, La Gorda pensando que luego se desquitaría cedió al chantaje, y dijo:

"Yo no sé na', acabo de llegar de casa de doña Lala."

"Te voy a creer pero no te acostumbres, como me hallas empaqueta'o prepárate."

En verdad el ambiente estaba tenso, Don Lelo había recibido una carta de un abogado de Yauco en la que le informaba que Eligio había iniciado gestiones con el fin de ser reconocido como hijo y llevar el apellido Pierre. A don Lelo eso no le preocupaba, pero no se podía decir lo mismo de doña Mica. En varias ocasiones ellos habían hablado de que en algún momento Eligio exigiría algo así y doña Mica sin exponer razones se oponía férreamente. Ahora que llegó la carta de un tal licenciado López, la señora recrudeció su actitud al extremo de haber sostenido una agria discusión, algo inusual entre ellos. La soberbia mujer que era todo genio y figura estaba que se mordía. Por su parte el esposo se mantenía leyendo en su mecedora, pero estaba tenso y preocupado. Esa energía negativa en el ambiente era imposible que no pudiese ser captada.

Como de costumbre cada día a las cinco de la tarde se servía la cena y cada uno, excepto doña Mica que la servía, tenía que estar sentado. Una vez ella terminaba de servir, tomaba asiento en la esquina opuesta a la del patrón. Por lo general se comía y se charlaba, toda vez que don Lelo siempre tenía alguna historia o chiste que narrar. La esposa por lo regular no hablaba mucho durante la cena. Esa tarde don Lelo apenas habló y la esposa se mantuvo callada, con el ceño fruncido. Los muchachos intrigados por la situación tampoco hablaron ni preguntaron, limitándose a desaparecer cuando la cena terminó. Tan pronto abandonaron la mesa Pepito volvió a preguntar a La Gorda:

"Gorda, tuvo que haber pasado algo, ¿qué fue?"

"Eso quisiera saber yo pero no tengo idea."

"Debe de ser algo serio, Pa' nunca es así y mami estaba como agua pa' chocolate."

"Vamos a ver, ya se sabrá."

Dos días más tarde el agricultor viajo a Yauco para entrevistarse con el abogado López. A eso de las once de la mañana entró a la oficina y minutos luego fue llamado a reunirse con López. Era una oficina sobria, más bien oscura, con una mullida alfombra color marrón que acentuaba la sobridez y sobre ella unos finos muebles tipo Victorianos. Como dato curioso todas las paredes, mesas, escritorios y hasta sobre los archiveros estaban adornados con figuras y retratos de payasos. Inclusive, un rotulo sobre un archivero que leía, confidenciales, estaba siendo aguantado por un payaso. Una secretaria estaba trabajando en la oficina del abogado, por lo que el letrado, con amabilidad dijo:

"Señor Pierre, estamos llevando a cabo una auditoría y la secretaria tiene todo esto revolcado. ¿No le importaría si nos reunimos en la sala de conferencias? Le aseguro que es mucho más cómoda."

"Donde usted diga, licenciado."

Entraron a una sala contigua, espaciosa, fresca y mejor iluminada. Una amplia mesa de conferencias con diez cómodas sillas ocupaba la mayor parte del espacio y la amplia pared del lado norte era ocupada en su totalidad por una impresionante estantería conteniendo la bibliografía del abogado. A través de las puertas de cristal eran visibles los libros, que como asiduo lector, captaron la admiración del agricultor. López, se sentó en un lado e invitó al visitante a hacerlo frente a él. El abogado era de baja estatura, más bien grueso, cara redonda parecida tostada por el sol, amplia sonrisa que lo hacía ver simpático, frente amplia y pelo escaso ya canoso que inútilmente trataba de ocultar la calvicie. Estirando la diestra hacia don Lelo, la que el visitante encontró áspera y fuerte para una persona de su profesión, dijo:

"Perdone que no lo haya hecho antes, soy el licenciado López, gusto en conocerle. Lamento traerle hasta aquí para un asunto que tal vez no sea de su agrado y sea hasta embarazoso."

"Usted dirá."

"El señor Eligio Santana, mi cliente, alega ser hijo suyo y desea que usted lo reconozca como tal. De esa manera poder usar su apellido. De acuerdo a la ley toda persona tiene derecho al debido reconocimiento por su padre y ....."

Don Lelo, le interrumpió y preguntó:

"¿Qué ley, licenciado?"

"Las de nuestro país, por supuesto."

"Mire licenciado, no he tardado en venir donde usted porque este caso en verdad no me preocupa. Tengo y siempre he tenido hacia Eligio el mayor interés, pero por favor no trate de impresionarme con una ley que tanto usted, como yo, sabemos que no existe."

"¿Qué usted insinúa, señor Pierre?" Preguntó el abogado, visiblemente molesto.

"No insinúo nada licenciado, estoy diciendo que esa ley no existe."

El abogado luego de un corto silencio, tratando de ser firme, dijo:

"En este momento no está en vigor, pero ya hay jurisprudencia establecida y entrará en vigor tan......"

"No hay ninguna ley, licenciado, y usted como abogado lo sabe. Solo existe un ante proyecto que todavía no ha logrado llegar al floor. Su futuro está por verse, y aún de ser así no podría tener carácter retroactivo. Pero en fin, ya le dije que no vine a eso."

"¿Y a que vino entonces?"

Don Lelo, no contestó de inmediato, finalmente dijo:

"Digamos que para evitar que ese joven pueda ser engañado."

El abogado palideció ligeramente, su color tostado acentuó la palidez. Estaba molesto, en los años de ejercer su profesión nadie le había hablado así y ahora resultaba que apareció este jíbaro de las ventas del infierno a meterle los cabros al corral. Finamente le había llamado pillo y eso era algo que no podía pasar por alto. Con coraje, le dijo:

"Mire señor Pierre, aquí no se engaña a nadie. Usted no me puede acusar sin conocer lo que se está haciendo."

"Entienda, licenciado, si tanto usted, como yo, sabemos que no hay una ley que le provea agarre para ayudar a Eligio, no hay nada que pueda hacer sobre el caso. Siendo así, ¿qué es lo más lógico que haga? Me imagino que darle largas al asunto y hacer aguajes para que el tiempo pase y así poder cobrar por sus servicios. Si no fuese así, ¿por qué no lo orientó desde un principio? Digamos, a menos que usted no piense cobrar por sus servicios, que lo dudo, de ser así admito que yo pueda estar equivocado y le presento mis excusas."

En el tiempo que López llevaba de notariado nunca se había encontrado en una situación similar, estaba molesto y ansioso por devolver el golpe recibido, en tono molesto, dijo:

"Mire señor, de abogados sin títulos está lleno este bendito país, pero resulta que aquí el abogado soy yo y el que está capacitado para determinar si es factible o no, también lo soy.

"Entiendo perfectamente, pero resulta que el que lo hace factible soy yo y no usted."

López, se molestó aún más, agriamente, preguntó:

"¿Cómo así? Explíquese."

"Lo que pasa es que yo no me opongo, ni me he opuesto nunca a darle mi apellido, ni a reconocerlo como hijo mío. De hecho por siempre él ha estado usando el apellido, se ha estado llamando hijo mío y yo no me he opuesto."

"Si es como usted dice, ¿porqué vino a mi?"

"Eso es lo que me gustaría saber. Si en verdad usted quiere ayudarle me gustaría que se lo aclare. Como ya le he dicho, conmigo no hay problema. Desde ahora puede ir gestionando con el registro el cambio de apellido, que siendo cuestión de ley dudo que lo pueda lograr. Pero por lo menos tendrá una justificación para cobrar por sus servicios. Eso sí, siendo un joven de escasos recursos le agradecería sea razonable con sus honorarios."

"Lo tomaré en consideración, pero se me ocurre que no habiendo oposición de su parte muy bien podría ser un gasto compartido."

"Me temo que eso no es posible."

"¿Por qué no, si usted no se opone a la solicitud?"

"Yo no estoy de acuerdo, pero no me opongo, son dos cosas diferentes. Vea usted, él usa mi apellido, dice que es mi hijo e interactúa como tal, para mí eso hace de su gestión un capricho. ¿Porqué debo yo de pagar por un capricho?"

El licenciado no insistió, la entrevista con el agricultor no resultó lo que en un principio esperó. Cuando supo que era otro agricultor de la montaña pensó que sería otro jíbaro tarado de los que entre tiempos aparecían por su oficina. Pero este viejo resultó ser muy inteligente y aparentaba saber de leyes tanto o más que él, por lo que no le interesaba extender la entrevista. Se levantó, le extendió la mano, y dijo:

"Gracias por haber venido, hasta luego."

Don Lelo, era una persona de educación e instrucción sobre promedio, sin embargo por alguna razón, por su buena fe, su humildad, tremendo corazón, decencia o lo que fuese, en muchas ocasiones se le dormía el gallo. Doña Mica, que en cuanto a eso era la antítesis del esposo, a menudo trataba de que él cambiara su forma de ser. La realidad fue que vino a pensar en lo hablado con el licenciado cuando estuvo a lomos de su noble bruto Alacrán. Él nunca le había negado a Eligio ni el apellido, ni reconocimiento, ¿qué razón podría tener para acudir por ayuda legal? Se concentró tanto en ese pensamiento, que a lomos de su caballo parecía un autómata. Pasó por frente a la casa de don Tomás Blanco, su amigo y albañil sin tan siquiera haberlo notado o parar para saludarlo. Don Tomás lo vio pasar y siguiéndolo con la vista hasta que fue tragado por la curva del camino, le comentó a la esposa:

"Cosa rara, juraría que don Lelo iba inotizao, pasó por mis narices y ni me saludó. No lo comprendo porque tú sabes cómo es él.

"Sabe Dio, a lo mejó va dormio."

Era cierto, allá arriba en el lomo del caballo don Lelo no hacía nada por conducirlo. El noble bruto, como si agradeciera la confianza del amo sorteaba por su cuenta lomos, baches, piedras y hoyos del camino. Una preciosa perdiz cruzó frente a él y el jinete ni tan siquiera la vio, algo inusual en un cazador de su categoría. No fue hasta que los ladridos de Kaki hicieron que el caballo se detuviera, que se dio cuenta de que había llegado. Al pisar el balcón y ser recibido por Pepito y las dos nenas pequeñas fue que regresó a la realidad.

Terminada la cena los muchachos corrieron a disfrutar los dulces que siempre que iba a Yauco el padre les traía, quedando a solas la pareja en la mesa. Doña Mica, estaba ansiosa por preguntar y al notar cierta preocupación en su esposo, lo hizo, preguntó:

"¿En qué paró la visita al licenciado?"

"El agricultor no contestó de inmediato, tenía que saber cómo plantear la situación a la esposa. La sincera y franca comunicación que siempre hubo entre ellos, se esfumaba cuando de Eligio se trataba. Por razones que ella nunca había querido explicar o no había podido, el asunto de Eligio para ella era veneno. Tiempo atrás esa situación llegó a ser indiferente, pero ahora se había agudizado al extremo de que ella no ocultaba su aversión por el hijastro. Conforme pasaba el tiempo el rechazo fue consistente, y don Lelo para evitar confrontaciones no había hecho mucho por mejorar la situación. Ahora se arrepentía de no haber hecho valer su derecho. Tímidamente, contestó:

"Eligio, recurrió a ayuda legal para ser reconocido como hijo legitimo."

"Estará loco ese tipo, ¿a qué acuerdo llegaste?"

"Le informé al licenciado que para mí era académico, ya que él lo ha estado usando de todos modos."

"¿Y cómo es posible qué le hayas dicho eso?" Preguntó bien molesta.

"Porque es la verdad, ¿qué otra cosa podía decir?"

La señora se había exaltado, el hablar de Eligio siempre le molestaba, pero más molestaba ver con la tranquilidad que su esposo lo decía, casi gritando, dijo:

"Eso no es verdad, que yo sepa aquí nadie le ha autorizado a ello."

"Nadie tiene que autorizarlo, es un derecho que tiene." Afirmó don Lelo muy tranquilo.

"Estás equivocado, eso no es así." Gritó doña Mica, indignada. "No es lo mismo que lo haya estado haciendo por sus sucios pantalones, a que lo hayan autorizado."

"Mira, Mica. Eligio es hijo mío. Yo no tengo ni razón, ni corazón para negarle y mucho menos quitarle un derecho que como hijo tiene. Por eso es que este mundo está como está, por la renuencia de muchos sinvergüenzas a enfrentar responsabilidades. Yo cometí una mala acción la que como consecuencia no tuvo los mejores resultados. ¿Qué culpa tiene él de lo que sin su consentimiento pasó, deja por eso de ser hijo mío?"

Doña Mica, estaba colérica, su rostro era una máscara de coraje que parecía querer explotar en cualquier momento, solo el gran respeto que sentía por su compañero lo había evitado. Aún así, dijo:

"¡Es que él no es hijo, es un bastardo!"

"Calma, Mica, no pronuncien tus labios todo lo que a tu mente aflora. Recuerda, no existen bastardos, hay seres humanos, que aunque no sean del mismo linaje o del mismo color que otros, también tienen un alma, un espíritu y un corazón que no solo es igual, si no que muchas veces es mejor que el de aquellos que les rechazamos. Tú tendrás tus razones para rechazarlo, las mismas que nunca me has dado y yo he respetado tu opinión. Pero el que la haya respetado no necesariamente implica que esté de acuerdo. Quiero dejar esto claro de una vez y por todas, él es mi hijo y soy yo quien decidirá lo que hay que hacer. ¿Entendido?"

"¡No, no lo entiendo, ni lo quiero entender! ¿Cómo vamos a ignorarlo si esto es algo que nos compete a los dos?"

"No te he pedido que lo ignores, de sobra sé cual es tú opinión sobre ello, pero mientras no me des razones válidas para ese rechazo, pido que me respetes mi opinión. Déjame manejar este asunto, es mi responsabilidad y no pienso rehuirla."

"Tú responsabilidad no tiene por qué ser diferente a la de otros."

"¿A qué te refieres?"

"Que tú no eres único ni exclusivo." Contestó ella en tono cuasi sarcástico. "Todos los hacendados tienen montones de hijos ilegítimos y ninguno anda por allí pregonando que son suyos. Sólo a ti se te ocurre."

"Allí está tú error, ese no es el tipo de hacendado que yo quiero ser. No me interesa ser uno de esa bola de irresponsables que van por el mundo abusando hasta de nenas chiquitas que muchas veces pueden ser sus nietas. Esos que abusan de esta pobre gente humilde que por pequeños favores, dinero o hasta por canecas de ron, entregan niñas inocentes y hasta sus mujeres a regar hijos para luego humillarlos con sus negaciones. Segundo; si ellos no se quieren responsabilizar por sus canalladas no quiere decir que yo pretenda ser igual. Si hasta el momento no hay nada que los obligue a responder, eso no quiere decir que estén correctos. Ya llegará el momento que tengan que responder por sus abusos, tarde o temprano así será. Tercero; Yo cometí un error siendo muy joven el cual tuvo como resultado un ser humano que en este momento clama por lo que es justo. ¿Debo yo perpetuar ese error o tratar de enmendarlo? Mica, ese no soy yo."

La señora tenía tanto coraje que no oía los razonamientos del esposo. Al tratar este mismo asunto anteriormente nunca lo había visto tan firme en la defensa del hijo, por lo que se limitó a decir:

"Sé que finalmente se hará tú voluntad, pero que quede claro que yo no lo apruebo, es más haré lo imposible por evitarlo."

"Mira, Mica, la verdad es que yo no comprendo tú actitud, dame aunque sea solo una razón lógica y te aseguro que trataré de entenderte. Pero oponerte así porque así, para mí no es suficiente."

"Tengo mis razones y en su momento las sabrás."

"El momento es ahora, yo……"

Nunca había pasado, la furiosa mujer se paró, dio la espalda y abandonó el lugar dejando al esposo con la palabra en la boca. Él, se quedó en la mesa pensando en cómo iba a manejar la escabrosa situación.

Ella por su parte no pudo evitar que a su mente llegase el recuerdo cruel de la tarde aquella que marcó el comienzo de lo que cambió radicalmente su vida.

Ella y el apuesto joven Lelo estaban en los últimos preparativos para su boda. Casa Grande, donde se iba a llevar a cabo el enlace estaba recibiendo los toques finales para la celebración. Mica, estaba justo en el momento que toda joven sueña, esa tarde visitaría a doña Providencia, la costurera, para medirse el ajuar. Justo en el momento que se tiraba para la casa de doña Providencia, llegó la tía Nicolasa y preguntó:

"¿Dónde está Carmela?"

"Está en el pozo, ya tiene que venir por allí porque vamos a salir."

La tía Nicolasa nunca visitaba a la cuñada. Regularmente era Carmela la que hacía el largo viaje hasta Ritalón para visitar a su hermana. Pensando en ello, Mica, que notaba cierto nerviosismo en la tía, preguntó:

"¿Qué te trae por aquí, tía?"

"Na', tengo que jablar un asuntito con la Mela."

Tan pronto Carmela llegó y vio a Nicolasa, supo que algo anormal pasaría, su cuñada solo abandonaba la casa para llevar chismes. La saludó, diciendo:

"Hola Nica, ¿viniste sola, cómo está mí hermano?"

"Jestamoh bien, quiero jablar contigo algo, pa eso jevenido."

"Empepita de unah veh" Pidió Carmela.

"Me gustaría jablar a solah, cuña."

"Mica, era una joven de carácter volátil, en otras circunstancias hubiese protestado por la exigencia de la tía, pero el momento pre nupcial que estaba viviendo no era como para dañarlo con chismes, era lo que por lo general la tía Nicolasa traía. Carmela, pasó al cuarto seguida por su cuñada, se sentaron en la cama y rápido preguntó:

"Bien, ¿qué eh eso tan importante que te trai?"

"Mira Carmela, yo ej venio a decirte jesto en contra de Nico, jel alega que jeh un asunto muy serio pa' venir diciéndolo por allí."

"No deh mah rodeoh condená y desmbucha de juna veh."

"Pueh que nojotroh supimoh que la negra Juana va a tene un jijo del joven Lelo. Jimaginate que la cosa jestá por jehplotáh."

"¿Tas segura deso, cómo tú lo sabeh?"

"Ya mucha genti lo sabi, alguien en Casa Grandi se lo sopló a Nico."

Doña Carmela palideció, sus manos temblaron visiblemente, dos lágrimas mojaron sus mejillas y se mordió los labios hasta dejar los dientes marcados. Luego, dijo:

"Jea rayete, ¿y ajora qué carajo vamoh a jacer? Yo no me quiero jencontrar en jel pellejo de Mica, vamoh a llamarla."

Cuando Mica entró al cuarto doña Carmela estaba llorando, la tía se mordía las uñas, y la joven, asustada preguntó:

"¿Qué pasó?"

La cuña vieneh a deci que la negra Juana va a teneh un jijo de Lelo."

La hija de doña Carmela era una joven bonita, cariñosa, trabajadora, de carácter muy fuerte, tan fuerte que cuando le daba coraje había que dejarla sola. Al recibir la noticia la tierra pareció temblar bajo sus pies. Pasó un rato en silencio, no lloró, ella no era de las que lloraban, lanzó todo lo que encontró a su alrededor. Fue tan violenta la reacción que la tía se arrepintió de haber traído la mala nueva. Mica, era colorada, pero ahora estaba más roja que una manzana, se asomó a la puerta y desde la entrada miró hacia

Casa Grande, donde todo parecía estar normal. Mientras se tiró del soberao al batey, dijo:

"Este hijo de puta me las va a pagar."

Doña Carmen se aterrorizó, conociendo el genio de la colorá sabía que ardería Casa Grande. No temía ni por Lelo ni por Juana, ellos sabrían defenderse. Le aterrorizaba pensar que la hija fuese a ofender a los patrones, que eran dos bellas personas y adoraban a la muchacha. Don Emilio, la quería tanto que le llamaba, hija.

Cuando Blanca, una de las empleadas de la casa vio bajar a Mica por la cuesta del camino real, imaginándose a lo que venía avisó a doña Coty, la madre de Lelo. La señora capeó el temporal como pudo en lo que llegó don Emilio, que haciendo gala del cariño que sentía por Mica, logró apaciguarla. El joven Lelo no estaba y cuando llegó, Mica, por toda conversación le saltó encima y poco faltó para matarlo. Fue necesaria la intervención de todos los presentes para poder quitársela de encima. Cuando eso se logró ya el joven parecía un guiñapo, le había roto la ropa, arañado la cara, mordido en varias partes y hasta sangraba por la nariz. Él no movió una mano para agredirla, limitándose a defenderse, que a juzgar por los resultados no le sirvió de mucho.

Esos eran casos muy comunes en la época, donde las empleadas, hijas y mujeres de los arrimados eran víctimas sexuales de los hacendados y sus hijos, que también perpetuaban el abuso. Por ser algo en cierto aspecto normal en la época, fue que los patrones de Casa Grande, amparados en el cariño que le tenían a la joven Mica, trataron de arreglar la situación. Le hablaron de los muchos casos ocurridos en la comarca, en lo que hacendados abusaban de niñas y mujeres de los arrimados, de los que las cogían como concubinas y muchos otros casos. Le pidieron excusas por la canallada del hijo y le aseguraron no estar de acuerdo. Cuando creían tener la situación bajo control y volver a señalar día para la boda, la joven Mica desapareció del barrio y nadie más volvió a saber de ella.

Años más tarde, cuando nadie lo esperaba regresó al barrio. Traía con ella una niña, producto de una relación que había tenido. Ya tanto don Emilio, como doña Coty habían sido llamados a morar con Él Señor. Lelo, soltero aún, era dueño absoluto de la hacienda, Juana se había unido a don Yeyo, hermano de doña Carmela, tío de Mica. Tenían un hijo al que llamaron Kemuel, que crecía junto a su medio hermano Eligio, que sin tener culpa había sido sin saberlo, el germen de la discordia. Finalmente Lelo y Mica se unieron formando una nueva familia en la que Lelo aceptó la niña de Mica como suya, pero el hijo que tuvo Juana permaneció con la morena. Al momento de su unión con Lelo, Mica lo exigió como condición y así había sido aceptado.

Por su parte, don Lelo siempre reconoció su responsabilidad para con el niño, y doña Mica, consciente de ello se sentía impotente para lograr que su esposo lo marginara, como era costumbre de otros hacendados. Aún así no se rendía y esperaba de una u otra forma algún día lograrlo. A ella en su carácter fuerte y su forma de ser, por más que en un principio trató no podía lograr cogerle cariño al chico y eso le carcomía su ego. El chico, que como todos los niños perciben la sinceridad de quien los trata, también resentía la indiferencia de la madrastra y era reciproco en cuanto el cariño hacia la señora. Don Lelo estaba consciente de ello, pero esperaba que al pasar el tiempo y el niño crecer tanto la esposa como el chico cambiaran de parecer. El buen hombre parecía ignorar el fuerte temperamento de su consorte que ya se había ganado en el barrio el mote de buen corazón y mano de hierro. Por algún tiempo esperó que la situación se normalizara y tal vez pudo haber sido ya que el chico como todos los de su edad solo le importaba el juego, pero la señora nunca mostró interés en mejorar su apatía. Era algo que el agricultor no entendía, Mica llegó a él con la niña que había sido producto de otra relación y él la había adoptado como suya, ¿por qué ella no podía hacer lo mismo? Reconocía que cuando se fueron a unir él aceptó la condición desigual impuesta por ella, había cometido un error y ya era muy tarde para rectificar.

Por su parte doña Mica en varias ocasiones pensaba que el chico no tenía culpa y que su proceder no era justo, pero no pasaba de un pensamiento momentáneo. Para una persona cuyo carácter a veces rayaba en lo soberbio no podía ni olvidar, ni perdonar lo que había sucedido varios años atrás. Fue una afrenta que le robó la felicidad ya que en el resto de su vida había podido olvidar aquel funesto día. Nunca guardó rencor contra Juana a quien consideraba ingenua, por no decir anormal, sabía que el hijo no tenía culpa, pero para ella era la representación de un recuerdo que nunca pudo dejar atrás.

Capítulo 12

Los muchachos se vuelven a encontrar

Hacía días que doña Mica le había pedido a Mon que averiguara donde la gallina jerezana estaba anidando. Estaba votando los huevos y se había hecho difícil dar con el nido. El problema era que Mon no aparecía ni por los centros espiritistas. Aprovechando un descuido mientras comía, agarraron la gallina y para poder ser seguida le amarraron una beta blanca a la pata y le asignaron la tarea de seguirla a Pepito, que en lugar de Mon era el indicado para esa labor. Era tan o más listo que la jerezana y conocía cuanto recoveco tenía Casa Grande. Pepito, empezó a seguirla desde lejos ya que la jerezana sospechaba nerviosamente que era seguida. La gallina se sentía incómoda y trató de soltarse la beta con el pico pero no pudo. Meneó la pata, movió su trasero como si fuese una vedette y mirando a los lados como si supiera que era seguida continuó su camino. Entre ratos se paraba y al constatar que no era seguida continuaba. Si ágil era la jerezana, más lo era Pepito, que acordándose de los consejos de don Lelo, tomaba en consideración la dirección del viento para que la hábil gallina no lo descubriese por el olor que cargaba la brisa. No la veía, pero a esa hora, las 11:00 AM por lo regular le gallina cacareaba anunciando su regalo.

Hoy no lo había hecho así, porque era una competencia de quien era el más listo de los dos. Pepito, no pensaba dejarse vencer, pero algo se interpuso en su camino, cuando de momento oyó:

"Hola amor, hace días que no nos vemos, ¿cómo estás?"

"Ni yo a ti, ¿qué te has hecho?"

"No he podido salir de casa, mami está trabajando y yo cuido a mis hermanitos. Tenía ganas de verte pero no podía venir."

Pepito, estaba comiéndose una jacana, le ofreció a la chica, y esta, dijo:

"Uy no, eso no me gusta, apesta a mierda."

"Zángana tú no has comido mierda."

"No la habré comido, pero esa porquería apesta igual."

"¿Qué te trae por aquí?" Preguntó Pepito, ignorando lo de la jacana.

"Mami no fue a trabajar y me mandó a casa de Melín para un mandado. ¿Quieres venir?"

"Encantado iría contigo, pero estoy siguiendo a esa condená gallina, porque Mon no se ha aparecido y nadie sabe de su paradero."

"Ja ni te preocupes tú sabes que cuando Carmen se va con el otro novio él se pone las botas. Vente y olvídate de Mon."

"No puedo, vengo siguiendo a la gallina."

"¿Qué gallina?"

Pepito, fue a señalarle, pero la jerezana como si hubiese estado esperando el descuido de su perseguidor, lo burló desapareciendo. Entre los dos la buscaron pero no dieron con ella. Pepito, sabía que la gallina tenía que estar cerca y decidió esperar que saliera celebrando haber puesto el huevo. Estimaba que sería pronto y decidió sentarse en una de las murallas de un viejo abrevadero. Estaban en las ruinas de un antiguo establo y allí se sentaron a esperar por la plumífera, pero a ésta parecía habérsela tragado la tierra. Era un antiguo establo, que fue relocalizado más cerca de la casa para que en tiempos de mucha lluvia tener a los animales a mano. Los arrimados se habían llevado el zinc y la madera para sus viviendas, pero las ruinas en cemento y piedra permanecían en pie.

Luego de aplastar con una vara las ortigas, rábanos, anamúes y otros abrojos, se sentaron en el borde de lo que era el abrevadero en espera de ver salir la gallina. Francisca, dos años mayor que el chico estaba en su edad pre adolescencia y sentía cierta atracción hacia quien ella decía era su novio. Él no sentía los mismos impulsos que ella, pero le agradaba su compañía. Recordaba la noche en que lo besó en la fiesta del acabe y lo que hicieron la vez del baile detrás de la casa de Juana María.

Mientras estaban pendientes a ver salir la gallina, ella, sentada a su lado puso su mano sobre el muslo del muchacho. Al rato subió su mano un poco más y notó un levantón en la falda del chico. Eso siempre inquietaba a la muchacha y no tardó en subir la mano hasta terreno más privado, pero que el chico no hizo nada por retirar. La chica, un poco más avispada agarró la mano de Pepito y se la colocó bajo su falda, que visiblemente asustado el chico tampoco retiró. Ella parecía saber lo que quería y se colocó la otra mano del muchacho bajo su blusa sobre el incipiente seno. Habían iniciado un juego con diferentes connotaciones, para Pepito algo que le agradaba, para ella la satisfacción de una curiosidad. Ella pensaba que lo que hacía no podía ser malo, era algo que su mamá disfrutaba mucho y su madre era muy buena. Su papá había salido hacía mucho tiempo a trabajar en las fincas de Florida y unos señores que la madre llamaba sus amigos venían a visitarla. En ocasiones cuando llegaban, la madre aunque ella no tuviese sueño y fuese temprano la mandaba a dormir. A veces dormía, otras no y aunque estaba oscuro y no veía lo que hacían, muchas veces podía oír parte de lo que hablaban. Recordaba haber oído a su mamá decir, ay, ay, ay, me muero del gusto. Esa noche ella asustada retiró la sabana para ver que le pasaba a la mamá, pero por la oscuridad no vio nada y finalmente se quedó dormida. Esa continua reunión de su madre con los que llamaba sus amigos, le había creado a la niña una excesiva curiosidad por lo sexual y nadie mejor que el chico, a quién llamaba su novio, para descubrirla. Si era con él no podía ser malo, porque desde que lo besó en la mejilla la noche del acabe era su novio.

Ambos disfrutaban el momento sentados uno al lado del otro, la gallina había pasado a un segundo plano cuando de momento un extraño gemido a sus espaldas los paralizó. Asustados quedaron en pie como activados por un resorte, se miraron sin saber qué hacer y ella tomó la iniciativa, pasó su brazo por el hombro del chico y lo condujo a buscar el origen del gemido. No tardaron mucho, allí en uno de los abandonados cubículos, acostado cuan largo era estaba Mon durmiendo una de sus famosas borracheras. Pasado el momento del susto se acordaron de la gallina, si salió no se habían dado cuenta, ni vieron ni oyeron nada. Pepito, reacio a reconocer que la jerezana lo había burlado decidió continuar buscándola, mientras la chica continuó su viaje a casa de Melín.

Capítulo 13

Condenan la actitud de Din

Don Lelo, había perdido la oportunidad de hablar con Margarita, su prima, el día que visitó al abogado, por lo cual tuvo que hacer otro viaje a Yauco para plantearle la situación de Robi y Loria. Había planificado ir a casa de su hermano Din, pero no pudo, Margarita nunca lo dejaba ir sin compartir con él el almuerzo y toda vez que la transportación vía Sabana Grande tenía que agarrarla antes de las dos de la tarde, no tendría tiempo. Margarita, era tal vez la prima más apegada al agricultor, ambos compartían mutuamente un gran afecto y cuando se reunían pasaban un buen rato. Cuando a las diez de la mañana don Lelo tocó a su puerta y Amelia, la criada, le avisó a Margarita que era su primo Lelo, ella corrió a su encuentro. En medio de un efusivo abrazo, ella preguntó:

"¡Primo, que alegría! ¿Qué pasaba qué no me habías venido a ver?"

"Nada Margie, sencillamente que la cosecha me amarró demasiado y el tiempo pasa volando. Es más, para ser sincero contigo este viaje no lo había planificado."

"Pues que bueno porque si no es así no te veo. ¿Cómo está Mica y los nenes?"

"En casa todos estamos bien a Dios gracias, pero me ha surgido un problemita y he venido a ver si me puedes tirar una mano. Tú sabes que yo nunca pido ayuda, ahora la necesito."

"Lelo, tú sabes que conmigo siempre podrás contar, ¿qué necesitas?"

"Me gustaría saber si puedes tener a mis dos muchachos acá para el próximo año escolar."

"Bueno primo, tú sabes que para mí eso no es problema, espacio es lo más que tengo aquí. ¿Pero le ha pasado algo malo a Din?"

"La verdad que no sé, pero me envió una nota informándome que no los puede tener más allá. Me pidió que buscara otro lugar donde enviarlos."

Margie, quedó pensativa por un rato, como el primo no dijo nada más, volvió a preguntar:

"Lelo, ¿no habrá algún mal entendido?"

"No lo creo, en la misma nota me envió un cobro por todos los gastos que generaron mis niños durante el semestre."

"¡Quééééé....!" Reaccionó Margie sorprendida.

"Así como lo oyes."

"Será que Din se está volviendo loco. Todos en la familia sabemos lo codo que es él y podríamos entender que haga algo así, pero que te lo haya hecho a ti es algo que jamás nadie podrá entender. ¿Qué le pasa a este loco?"

"Bueno prima, las cosas pasan y lo hecho, hecho está. Lo importante es saber que pueda contar contigo."

"Eso no se pregunta, Lelo. Pero te advierto que esto lo tendré que hablar con Din, eso no se le hace a nadie y a la familia menos."

"Mira Margie, yo entiendo tú buena intención pero no te lo recomendaría. A lo mejor te mal interpreta y te gasta una de sus famosas groserías. Bien sabes lo rebascoso que es y no va a cambiar. No te preocupes, después de todo ya tomé mí decisión."

"¿Qué piensas hacer?"

"Venderé mí parte de La Quinta."

"Diantre, Lelo, ¿no crees que eso sea poco práctico?"

"Tal vez sí, pero míralo de esta manera. Para comprar La Quinta, yo puse todo el dinero que obtuve por la venta del cafetín. Fue mucho más de la mitad, y a pesar de eso Din nunca me ha reportado ganancias de las cosechas, aún cuando en la mayoría de las veces yo he tenido que venir a atenderla porque la gente no quiere trabajar con él. Siendo La Quinta más mía que de él, votó a mis hijos como bolsas. ¿Qué tú harías?"

"A lo mejor lo mismo, pero no me gustaría que vendieras."

"Yo lo he pensado pero no me deja otra opción."

"¿Y por qué no vendes Casa Grande y mudas la familia para La Quinta? Así resolverás varios problemas en uno."

"No muchacha, no. Eso implicaría vivir todos allí y hay muchas cosas que no lo hacen práctico."

"¿Cómo cuales?"

"Din pretende adueñarse de todo y sabiendo cómo es él sé que nos haría la vida imposible. Él, nunca ha querido a Mica y ella tampoco lo soporta, Pola y Mica tampoco se llevan, el aborrece los muchachos y encima de eso tampoco soportaría que yo fiscalice lo que es mío. Eso sería un infierno y ya tengo suficientes problemas con él para buscarme más."

"Eso es cierto, Lelo, pero tienes algo a tú favor, sus hijas son locuras contigo. Te quieren a ti más que a él."

"Eso me consta, pero ya ellas no están allí. Desde que se fueron a la UPI se han dedicado a hacer vida capitalina y ni quieren venir para acá. Ellas están muy envueltas en su vida del Casino, El Escambrón, Normandie y El Condado. Por eso es que él está arrancado, las muchachas le están sacando el alma."

Lelo, nosotros sabemos que tú le has estado pagando los estudios, así como que están un poco alborotadas. Siendo Din tan tacaño, ¿tú crees que esté gastando tanto?"

"La verdad que de cantidades no sé, pero a mí no me ha reportado nada de la producción de la finca, y yo que he tenido que venir a bregar con los trabajadores sé lo que hay."

Hablaron por mucho rato, luego en unión a Amelia almorzaron en camaradería. Cuando se fue a despedir, Margarita insistió:

"No importa la decisión que tomes cuenta conmigo. Dado que ahora los muchachos estarán acá sé que no te perderás por mucho tiempo."

"Cuídate prima y gracias."

Capítulo 14

Eligio vuelve al abogado

Fue un milagro que don Lelo y el hijo no coincidiesen en Yauco. El hijo había entrado a la oficina del abogado en el mismo momento que el padre se despedía de Margarita. El abogado llegó tarde y la espera para Eligio resultó maratónica. No era un lector consumado, por lo que decidió esperar mirando la curiosa colección de payasos que arropaba todos los rincones del consultorio. Aunque su personalidad era típica de hombre de campo no era mal parecido, razón por la cual una señora de mediana edad, pero muy bien conservada se interesó en iniciarle una conversación, la cual Eligio minimizaba con monosílabos. Ante el fracaso en el diálogo la mujer recurrió al efectivo truco de pronunciar su interesante busto y cruzar descuidadamente sus piernas. Tampoco le funcionó y tuvo que conformarse en devorarlo maliciosamente con la mirada, algo que también fue ignorado por el jíbaro.

A eso de las dos y media llegó el licenciado. Traía una pila de cartapacios bajo el brazo que le daban aspecto de vendedor de periódicos. Saludó a todos sin dirigirse a nadie en particular y prometió estar con ellos al momento. No fue así, casi media hora más tarde fue que la secretaria, desde el escritorio donde se encontraba, llamó:

"Señor Santana, adelante."

"Gracias."

Fue recibido en la sala de conferencias cuya mesa estaba repleta de libros y carpetas en forma desorganizada. López, los separó de un manotazo y en el espacio colocó una libreta de tomar notas blancas con rayas verdes. Saludó breve pero cortes al visitante y luego fue al grano, diciendo:

"Eligio, tú padre estuvo aquí. Luego de haber hablado con él a mí no me queda claro el propósito de tú demanda."

"¿A qué se refiere, licenciado?"

"Tú has venido a mí para obtener por medios legales reconocimiento como hijo y por ende el uso de su apellido. Sin embargo, él alega no entender tú propósito. Según dijo tú has estado usando su apellido y pregonando que él es tú padre, a lo cual él no se ha opuesto ni se opondrá, porque él reconoce que tú eres su hijo. Como yo entiendo la posición de don Lelo, me gustaría saber, ¿qué tú persigues?"

"Quiero eso mismo, pero que tenga fuerza legal."

"Mira Eligio, tengo que confesarte que por el momento eso no va a poder ser posible. Aunque se ha estado estudiando para presentar legislación al respecto, todavía no hay nada presentado."

"Eso lo sabe usted como abogado, pero él lo desconocerá."

"Allí está tú error muchacho, ese es un viejo zorro que resultó ser más abogado que yo. Además parece ser una persona muy educada."

Acto seguido le contó a Eligio la entrevista sostenida con el agricultor, cuidando de no omitir detalles. No se escondió para decirle como don Lelo lo había impresionado, al extremo de casi decirle pillo, sin él poder hacer nada para defenderse. Le dijo sentir admiración por su padre y lo orgulloso que él debía de estar. A eso Eligio, contestó:

"Mire licenciado yo sé que él no se ha opuesto a nada, pero vea usted." Sacó del bolsillo izquierdo de su camisa un certificado de nacimiento y entregándoselo, continuó. "Vea esto, la solicité no hace mucho y como podrá ver el apellido, dice, Santana. Yo quiero que diga Pierre. ¿Entiende ahora?"

"Caramba Eligio, por supuesto que entiendo pero tú no quieres entender. Te expliqué que eso es cuestión de ley y mientras no se apruebe legislación no hay nada que hacer. Yo tengo la mejor buena fe para ayudarte, pero no puedo hacer milagros. Piensa que el hecho de que tú padre no se oponga a nada hace del proceso uno académico."

"Para usted puede que sea académico, pero no para mí."

"Mira Eligio, si quieres que yo sea tú representante legal y que lo haga con éxito tienes que proporcionarme herramientas para luchar. Aquí hay algo que no veo claro, dime la verdad, si don Lelo, que dicho sea de paso luce una persona seria y él mismo me aseguró que no se opone a nada, ¿porqué tú insistencia en pelear por lo que voluntariamente te ha estado dando? Háblame con la verdad."

Eligio, no esperaba entrar en ese tipo de detalles, pero si esperaba la ayuda del abogado no tenía otra alternativa. Vaciló un momento y luego, dijo:

"Licenciado, es verdad, don Lelo es una persona seria, educada, honesta y un montón de cosas más. Sin embargo, la señora esa, su mujer, es lo más hija de puta que se puede conocer. Esa es una arpía. Esa jodía vieja nunca me ha querido y no se esconde para decir que mientras ella viva nunca permitirá que yo sea reconocido. A esa jodía vieja es que yo quiero chavar, no la soporto."

Al licenciado las expresiones de Eligio le estuvieron graciosas, se rió, para luego añadir:

"Eso lo entiendo, pero no deben de pagar justos por pecadores. ¿No te das cuenta que por querer sacarle un ojo a ella, lo estás perdiendo a él?"

"En otras circunstancias sí, pero no es el caso ahora. Si yo no he podido disfrutar de los derechos que como hijo tengo se lo debo a esa jodía perra. Él por no llevarle la contraria no ha actuado, y eso para mí lo hace tan responsable como a ella. No sé qué carajo esa trapo de vieja le ha dado."

"Tonto, lo que tú nunca podrás darle." Contestó el abogado con picardía.

Eligio, sonrió ante la contestación de López, mientras el abogado, le dijo:

"Mira Eligio, tú eres un muchacho joven, lo más probable es que en cualquier momento esa ley sea aprobada, cuando eso sea tú no vas a tener problema alguno. Cógelo con calma, todo a su tiempo, las fechas llegan."

"Si la ley pasa lo que yo estoy luchando pierde importancia. Por eso he venido por su ayuda, quiero ese reconocimiento ahora, antes que esa ley se apruebe. Esa será mí venganza para poder restregarle el documento en la cara a esa víbora. ¿Me entiende, licenciado?"

"Yo te entiendo, pero permíteme darte mí humilde opinión. Después de conocer a tú padre creo que no estás siendo justo con él. Piensa que como quiera que sea esa es su esposa y ….."

Eligio, no le dejó continuar, lo interrumpió para decir en forma despectiva:

"Esposa no, ella es solo otra corteja como muchas otras que hay por aquí. No son casados y por lo tanto los hijos de ellos son tan bastardos como yo. Eso es lo que me duele, esa vieja se cree mierda y no se equivoca. Ella no es mejor que yo."

"Mira Eligio, casados o no esa es la compañera que él escogió. Sí tú piensas en algún momento tener derecho a algo, mejor ve pensando en mejorar esa actitud. Con o sin razón estas lleno de odio y eso a quien terminará haciendo daño es a ti."

"Para el que no está en mí situación es fácil decirlo, pero en el pellejo se vive otra cosa."

"Ahí está tú error. Estás tan aferrado a tú situación que no eres capaz de ver más allá de tus pestañas. Tú condición no es única ni exclusiva, hoy en día la mayoría de los muchachos son ilegítimos. No es tú condición lo que te da valor como persona, es lo que tú seas, como eres y como te superes. Tú por lo menos tienes un padre que ni te niega ni te oculta. Yo nunca conocí al mío, soy hijo de una pobre lavandera que me crió sola, sin otro sustento que el que le proveía la ropa que lavaba en el río. Aquella santa se molió las espaldas para darme lo que pudo, tal vez menos de lo que le dieron a otros, pero era lo que podía. Asistí a la escuela descalzo, siempre con la misma remuda, aunque limpia, con el estomago vacío y las tripas bailando un son. Todavía mientras asistí a la universidad corté caña, deshile tabaco y si miras mis manos están llenas de callos."

Les extendió las manos para que Eligio las palpara, luego continuó:

"Coge mí consejo, si quieres molestar a la vieja hazle algunas travesuras, pero nada que haga daño, porque se revertirá contra ti."

Eligio, estaba callado, escuchó y se gravó toda la andanada del abogado. Le había hablado con el corazón y en su yo interno agradeció la sinceridad con que le habló. Recordó la idea de jugarle alguna trampita a la señora y eso le alegró. El abogado, le dijo:

"Bien Eligio, escudriñaré a ver por dónde me puedo agarrar, pero no te garantizo nada. Ya te expliqué que es cuestión de ley."

"Gracias licenciado, se lo agradeceré."

Eligio, no había conseguido lo que esperaba, entendía que por ser cuestión de ley por el momento no podría ser. Sin embargo venía alegre, la recomendación del abogado de que le jugara una que otra bromita a la vieja víbora le simpatizaba y se extasiaba pensando en lo que le haría. Ahora la vieja iba a saber quién era Eligio. Durante el viaje se concentró tanto en su posible venganza que casi no se dio cuenta cuando llegó al sector 22, desde donde haría el viaje en su yegua hasta la casa.

Capítulo 15

Chantajes

El nuevo gobierno había sido electo hacía varios meses. En verdad excepto a los grandes industriales, hacendados y latifundistas, no había sorprendido a nadie. En un pueblo donde prácticamente solo había dos niveles sociales, en que la de más alto nivel abusaba y oprimía a la inferior, poco o nada le importaban las eleccines a esa clase humilde. Hacía un tiempo el fundador del partido ganador había visitado campos y pueblos haciendo promesas. Tal como había prometido, una serie de programas sociales habían empezado a aliviar en algo las precarias condiciones del pueblo. No se podía decir que respondían a que había un nuevo gobierno, ya que la realidad era que respondían a una serie de programas federales que tras el boom de la guerra estaban surgiendo y que hacían a la isla participe de los mismos. Pero tampoco se podía negar que el ofrecimiento hecho por el líder del nuevo partido estaba respondiendo a las expectativas de las clases humildes. Tal vez si esos mismos programas federales hubiesen sido administrados por los mañosos de los antiguos gobiernos, los muy abusadores no los hubiesen repartido equitativamente y los habrían desviado para continuar enriqueciéndose.

Allá en la montaña todavía el efecto de esos planes no habían llegado y la rularía seguía su apacible vida cotidiana. Gente que no leía, carecían de medios de comunicación y acostumbrados a vivir en precarias condiciones se podía decir que ignoraban que había un nuevo gobierno. Ese no era el caso de don Lelo, que siendo un consumado lector recibía cada dos días el periódico y estaba al tanto de todo lo que estaba sucediendo en la política nacional. El agricultor no era del partido ganador, y por lo que leía que estaba sucediendo en otros lugares estaba consciente de que en algún momento recibiría un acercamiento para que se uniera al nuevo gobierno. Él simpatizaba con lo que estaba haciendo el nuevo gobierno, pero no había tomado en consideración cambiar de ideología. El nuevo gobierno estaba lleno de líderes que simpatizaban con la independencia para la isla, y él era ferviente admirador de la filosofía norte americana.

Un viernes por la tarde apenas llegado de la finca recibió lo que para él fue una desagradable visita. Pedro el lambio, un individuo conocido por muchos y apreciado por pocos, se acercó al balcón donde el agricultor estaba leyendo. Pedro no era querido en la comarca, era un individuo conocido como lambe ojos, chismoso, chota y servil. Haciendo gala a su fama de indeseable se acercó al balcón sin saludar, y fue directo a lo que venía, diciendo:

"Don Lelo, tengo la encomienda de venir a invitarle que se una a nuestro partido."

El lector no soltó el periódico, pero sí lo miró fijamente, y preguntó:

"¿Encomienda de quién?"

"Del partido."

"¿Qué partido?"

"Qué partido va a ser, el nuestro, los que ganamos las elecciones."

"Mire Pedro, empezaré por decirle que yo a usted no le reconozco como líder de ningún partido político, y terminaré diciéndole que el día que yo considere un cambio a otro partido, no necesitaré de emisarios como usted, sólo me basto."

Pedro, respingó ante la agresividad del agricultor y despectivamente, dijo:

"Bueno, lo que yo tenía que decirle ya lo dije, pero le advierto que si deja pasar la oportunidad de unirse a los ganadores corre el riesgo de ser considerado enemigo del gobierno y como tal ser perseguido."

Fue una amenaza directa, hecha por un indeseable que gozaba de una maltrecha reputación en la comarca y eso era algo que don Lelo, como persona seria que era, no podía ignorar. Al sentirse amenazado por el intruso, se levantó para expulsarlo, pero no fue necesario, el lambio, al prever las intenciones del lector corrió abandonando el lugar.

Doña Mica, como era usual en la época se cuidaba de no intervenir en los asuntos de don Lelo. Por ello al oír la conversación de su esposo con el lambio, no intervino pero se molestó. Como en otras ocasiones, también pensó que su esposo había sido muy leniente con el intruso. Esa molestia se convirtió en ira cuando el Tu Yeyo vino a informarle que el lambio estaba cenando con Nathaniel en casa de Carmela, su madre. Ella de por si estaba molesta con su hermano, porque este le informó que se había unido al nuevo partido para joder a don Lelo. Dado que don Lelo como todos los viernes se había ido a la tienda de Pellín y los muchachos estaban solos, doña Mica no pudo ir a ajustarle cuentas a su hermano, y por ello estaba como agua para chocolate. Los muchachos que sabían de lo que era capaz cuando tenía coraje aún sin sueño se fueron a la cama. Cuando llegó Pepito, por haberse quedado mucho tiempo en casa de

Juana María, fue recibido con un pescozón. La Gorda, apenas tuvo tiempo de tocarle la guitarrita y corrió a la cama. En su apuro no se arropó los pies y cuando la señora vio que los tenía sucios, le quitó la sabana, le atracó par de sopapos y la mandó a que se lavara. Loria, corrió a lavarse, y Pepito que esperaba por La Gorda para tocarle la guitarrita al ver malas y no buenas corrió a meterse a la cama en lo que pasaba el huracán.

Como si las palabras del lambio hubiesen sido una premonición, las presiones del nuevo gobierno empezaron a sentirse en Casa Grande. Cuando don Lelo se negó a ingresar al nuevo partido ignorando el chantaje ofrecido, le expropiaron una de las áreas más valiosas de la hacienda para un programa de parcelas. No se escondieron para recordarle que la expropiación pudo haber sido evitada si se hubiese unido a los ganadores. Don Lelo, no era indiferente a la obra de justicia social que estaban tratando de implementar, pero la manera tan desconsiderada como lo estaban haciendo lo convirtió en un opositor acérrimo.

Para el nuevo partido era beneficioso contar con el respaldo de don Lelo, persona muy querida y respetada en la comarca y unos meses más tarde volvieron a intentar un acercamiento. Justo antes del cambio de administración el agricultor había sido tomado en consideración para director del programa de Conservación de Suelos en la región central de la isla. El ofrecimiento había sido rechazado por que don Lelo no estaba en posición de abandonar su hacienda en ese momento. Dado que ese ofrecimiento todavía estaba en los records de la agencia, al encontrarlo creyeron tener la herramienta para atraer al agricultor al partido. Le enviaron una carta la cual don Lelo nunca contestó, y unos meses luego le visitaron. Don Lelo, acompañaba a Mon en el arreglo de un torniquete en la parte baja de la vega, cuando un desconocido se acercó. Traía consigo una vara utilizándola como bastón, algo que parecía innecesario por tratarse de un hombre relativamente joven. Se paró cerca de ellos, a unos pasos de la alambrada, sacó un pañuelo mojado por el sudor y luego de volver a secarse, preguntó:

"Buenas tardes, estoy buscando a don Lelo Pierre, ¿me pueden informar como encontrarlo?"

"Buenas tardes, yo soy Lelo Pierre."

"Señor Pierre, yo soy Manuel Torres y he sido enviado a hablar con usted."

"Encantado, señor Torres, adelante."

"¿Aquí?"

"Sí, ¿por qué no? A menos que prefiera hacerlo en mi casa, pero tendría que esperar un momentito en lo que terminamos aquí."

"Está bien aquí."

"Pues adelante entonces."

Era un hombre bastante joven, de cara simpática, mediana estatura, trigueño, pelo lacio negro, bien vestido y traía un sobre de manila grande tipo acordeón atrapado bajo el brazo. Soltó el bastón, carraspeó ligeramente y luego, dijo:

"Verá usted, revisando los archivos de la agencia hemos encontrado que usted había sido tomado en consideración para administrador regional del Programa de Conservación de Suelos, en la región Central. Estudiando su currículo entendemos que usted es la persona idónea para la posición y estamos interesados en sus servicios."

"Agradezco su ofrecimiento, pero como podrán haber encontrado en los mismos archivos, ya la he rechazado. ¿Qué les hace pensar que reconsideraría?"

"Hay varias razones, pero la principal es que en esta ocasión se trata de mejor dinero. Anteriormente no ameritaba dejar su hacienda por un sueldo bajo, pero ahora se trata de mejor remuneración."

"¿De cuánto estaríamos hablando?"

"No creo poder decirle, eso estaría sujeto a discusión y yo no soy el indicado para hacerlo, pero le puedo garantizar que el dinero no será problema."

El agricultor sabía lo que venía, este era una persona mejor preparada que las anteriores y se estaba cuidando mucho de no ser mal interpretado, por lo que fue él el que facilitó la presentación y preguntó:

"¿Alguna consideración en especial?"

"No que yo sepa."

"¿Está usted siendo honesto conmigo?"

"Bueno……." Torres, no terminó la respuesta cuando don Lelo preguntó:

"¿Me va usted a decir qué reclutarán los servicios de una persona que les consta que es de otro partido?"

"Mire, señor Pierre, le mentiría si le dijese que eso no está implicado, pero también le digo que por lo menos a mí nadie me habló de imponer condiciones. Las investigaciones que hemos realizado nos indican que usted tiene tantos los meritos, como la honestidad para poder ejercer cualquier posición libre de influencias políticas. Créame yo no me hubiese atrevido llegar hasta aquí si no estuviese convencido de su integridad. Sin embargo, tengo que ser honesto y decirle que esto es algo que no está en mis manos. Si de mí se tratase ahora mismo le extendería el nombramiento, pero usted sabe como esto funciona."

Se despidieron cordialmente, cada uno pensando que tal vez nunca más volverían a encontrarse.

Don Lelo, agradeció la sinceridad del visitante. Se había cuidado mucho en presentar la propuesta y había sido honesto en su trato, pero no estaba inclinado a cruzar líneas.

Misla, era un abogado que por muchos años había pertenecido al mismo partido de don Lelo, pero se había unido al nuevo gobierno. Eso nunca opacó la amistad que entre ellos había, guardándose admiración y respeto mutuamente. Conociendo a don Lelo como pocos, Misla, que ahora ocupaba una posición prominente en el nuevo gobierno, decidió jugarle una broma a su amigo. Envió a dos de sus ayudantes para que a nombre de él, le invitara a unirse al nuevo partido. Una tarde a poco rato de haber llegado de la finca, tres individuos lo esperaban frente al balcón. Uno de ellos resultó ser Pedro el lambío, personaje non grato en Casa Grande, razón por lo cual doña Mica ignoró la famosa cortesía isleña de invitarlos a entrar, los otros dos con apariencia de gente de ciudad, eran desconocidos. Don Lelo, al llegar invitó a los desconocidos a pasar a la sala, pero al lambío lo ignoró por completo y el indeseable permaneció en el batey cerca del balcón. Una vez sentados el de mayor edad, dijo:

"Don Lelo, mi nombre es Sixto y me acompaña Rey, somos ayudantes del representante Misla. Revisando unos expedientes hemos encontrado que en cierta ocasión usted había sido considerado para administrar la oficina de Conservación de Suelos. Entendemos que usted es la persona idónea y hemos venido para conocerlo y saber de su disponibilidad."

El agricultor era un mono muy viejo para que le vinieran a hacer morisquetas, estuvo tentado a enviarlos al infierno, sabía lo que había detrás de todo y optó por seguirle la corriente. Tal vez Misla ni les dijo que era una broma y los bromistas, sin saberlo, estaban siendo embromados. Don Lelo, contestó:

"Depende."

"¿De qué?" Quiso saber Sixto.

"De lo que exijan a cambio."

"Nada que usted no pueda cumplir." Dijo, Rey.

"¿Cómo qué?"

"Una labor que esté a tono con los planes de la agencia." Dijo. Sixto.

Solamente habían hablado Sixto y Rey, Pedro el lambío se mantenía afuera pegado al balcón, pero como era su sucia costumbre se mantenía con el oído puesto en la conversación. Don Lelo, les dijo:

"Miren muchachos, ustedes no han venido aquí a ofrecer nada, porque no tienen autoridad para ello. ¿Por qué no desembuchan de una vez? Ustedes saben que siendo Misla el representante si tuviese algo que ofrecerme me citaría a su oficina. El muy desgraciado les ha jugado a ustedes una broma porque a lo mejor no tiene nada más que hacer. ¿Qué les recomendó averiguar, saber si estoy en disposición de venderme? ¡Pues no! Pregúntenle a ese mequetrefe que les acompaña, ya suciamente, como es él, lo intentó y les puede decir cómo le fue."

El lambío al oír la descarga cambió de color y se alejó del balcón, como si en la distancia estuviese más seguro. Sixto, que todavía no entendía lo que pasaba, tímidamente, dijo:

"Don Lelo, el Representante nos intuyó a ser muy cuidadosos con usted, al que considera una gran persona y su amigo personal."

"Porque tengo amistad con él es por lo que todavía están allí sentados. Lo conozco como nadie, y en este momento les aseguro que se estará riendo de ustedes. No se sientan mal, este humilde hogar estará a sus órdenes, siempre y cuando no se hagan acompañar por un indeseable como ese. Ese tipo de rata jamás es bienvenido a esta casa."

Al oír la nueva descarga, el lambío se olvido de los acompañantes y corrió hacia el camino real, allí lejos se sintió seguro fuera del alcance de don Lelo.

"Muchachos, ustedes lucen buenas personas, pero tengan cuidado con Misla, ese bandido le juega una broma hasta su madre. Conociendo el humor de esa vaca, sé que en este momento se estará riendo de ustedes. Sin embargo, hablando serio les diré que es una gran persona y si en verdad quieren ayudarlo jamás se hagan acompañar de individuos de esa calaña, no va a tono con la posición que ustedes ocupan."

Los ayudantes de Misla estaban riendo porque el agricultor le había llamado al Representante, vaca, y mequetrefe al lambio. Lo del Representante era en alusión al su peso, que estaba sobre las cuatrocientas libras. Luego de charlar un rato, don Lelo, les dijo:

"Gracias por la visita, saluden a la vaca de mí parte."

Meses después el nuevo gobierno empezó la repartición de las parcelas. Las humildes familias eran chantajeadas, les entregaban las parcelas a cambio de que ingresaran al partido. Para asegurarse de que no eran engañados por los pobres arrimados, les obligaban a poner banderas del partido en los techos de las casas. Eso hizo que muchos de los que adquirieron parcelas no se atrevían ir por Casa Grande. Cuando se mudaron a sus nuevos hogares, en la hacienda quedaron libres las casas que ellos ocupaban, pero ellos eran libres de continuar trabajando en la hacienda. Unos lo hicieron, otros no y como consecuencia para los efectos de ellos perdieron la oportunidad de alimentarse con los productos de la hacienda. Para algunos era una situación seria, por los efectos de la guerra habían escaseado muchos productos de primera necesidad, como arroz, bacalao, manteca, cereales, granos, sal y muchos otros. Era una situación de incertidumbre, si mala había sido la recesión, que apenas había pasado, peor resultaba la guerra. Los Estados Unidos habían sido bombardeados por sorpresa en Pearl Harbor y se temía que algo similar pudiese ocurrir en cualquier momento. Cuando se oía el ruido de un avión la ciudadanía temblaba de miedo, si era por la noche se convertía en terror. Había que apagar las luces, mantener silencio y esperar, no se sabía qué. A los muchachos no les importaba la guerra, no sabían que era eso, pero no debía de ser buena porque todo lo malo se le achacaba. Si no había trabajo era por culpa de la guerra, no había que comer, también la guerra, y para colmo de colmos por la guerra no podían dormir tranquilos. Odiaban el black out o blacau, como lo pronunciaban, porque por culpa del mismo los enviaban a dormir sin sueño.

Aunque en Casa Grande como en casi todos sitios la situación era caótica, contaban con la producción de la finca, mayormente limitada a frutos menores, vegetales, hortalizas, café, aves, carne de cerdo y huevos. La situación era tan caótica que muchos recurrieron al robo para poder llevar algo a su familia. Algunos de los que se mudaron a las parcelas, mayormente los que continuaron trabajando no se cohibieron para pedir ayuda a don Lelo, pero otros no se atrevieron porque habían sido chantajeados, obligándoles a identificarse con banderas en los techos de las casas. La mayoría era gente sencilla, honesta y buena. Aunque algunos habían sido envenenados por gente mal intencionada, como Nathaniel y Kemuel. En sí eran almas buenas, auténticos jíbaros de noble corazón y gran nobleza. Don Lelo, que sabía de su situación, los mandó a citar con Mon a una reunión en la hacienda, en la que todos asistieron. Una vez reunidos, les dijo:

"Amigos aquí todos nos conocemos y no hay nada que en una forma u otra no se sepa. Ustedes, algunos por criterio propio, otros porque les han comido el celebro, o la razón que sea, han cambiado de partido. Para que no puedan fingir los han chantajeado obligándolos a poner bandera en sus casas. Sé que algunos se sienten mal porque piensan que nos han traicionado y habiendo necesitado no se han atrevido venir a nosotros. Quiero que sepan que eso de haber cambiado de partido no nos ha molestado en lo más mínimo. No por eso vamos a apreciarlos menos, recuerden que somos una gran familia. En lo que les podamos ayudar aquí estaremos."

A ninguno sorprendió el ofrecimiento del agricultor, habiendo sido trabajadores de la hacienda conocían su generosidad. Don Cheo Mercader habló por el grupo, y dijo:

"Don Lelo, toitos sabemos que con ustedes se puede contar, pero es tanto lo que nos han dicho en su contra que nos han hecho sentir mal. Es bueno saber que ustedes son siempre los mismos. Gracias por su ofrecimiento."

"Don Lelo, sabía a lo que Cheo se refería y quienes fueron los que hablaron en su contra. Aún así la curiosidad le picó y preguntó:

"¿Qué les han dicho?"

El humilde hombre no se atrevía decir y guardó silencio. Fue don Wenceslao, el que dijo:

"Nos dijeron que ustedes son unos afrentaos, que solo quieren jacer chavos a cuenta nuestra, que nojotros no les importamos un carajo y otras cosas más."

"A mí eso no me sorprende, a lo mejor es gente que no nos conoce y……"

"No, don Lelo" Dijo Wenceslao." Si el que más está hablando pestes de ustedes es su cuñado Nathaniel."

"Sus razones tendrá, pero aún no siendo él, puede haber muchos que aunque no bien expresado no dejan de tener razón. Hay algunos grandes hacendados que solo les importa el dinero, son abusadores y ustedes les importan un comino. Los que han tenido la oportunidad de trabajar en otros sitios saben que muchos patrones no hablan con los trabajadores, si lo hacen es a través del capataz, que no les permiten visitar sus casas, si lo hacen tienen que entrar por las cocinas y tanto ellos como sus hijos mayores abusan de sus hijas y mujeres. Pero por aquí en este sector de la montaña a ustedes les consta que no es así. De todos modos nuestro ofrecimiento está hecho."

Casa Grande, continuó su usual trato con los vecinos de la comarca, y la buena tierra, con la ayuda de Dios, no les negó producción para ello.

Precisamente por los escases de la época, en la hacienda se iban a matar dos lechones grandes, casi verracos. Para los muchachos el acontecimiento adquiría carácter de festividad, no por la matanza y si por los preparativos que se llevaban a cabo. Por la tarde se limpiaba la mesa que estaba enclavada en uno de los pinos, se preparaban fogones, amolaban cuchillos, preparaban latones y bateas, altezas para recoger la sangre, latones para calentar el agua, sogas para amarrarles las patas, mechones para alumbrarse y otras faenas relativas a la matanza. Los mataban grandes por la necesidad tanto de carne, como de manteca. Uno sería para uso de la casa y el otro se repartiría entre los vecinos. Aunque los muchachos disfrutaban el ambiente pre matanza, la tarea del repartido no era de su agrado. Se levantaban a las tres de la mañana y ya para las seis los marranos estaban cortados en pedazos. Recaía en Pepito y La Gorda llevar la carne a los vecinos, tarea que no era muy fácil. Algunos pedazos eran pesados, lugares muy retirados en cuyos caminos las pilas de mierda les embarraban los pies y tenían que darse prisa para entregar a otros vecinos antes que se fuesen a sus trabajos. En Casa Grande la terea no era menos, doña Mica tenía mucho trabajo. Juana María llegaba para ayudarle en el lavado de tripas, las cuales había que limpiar en la quebrada por que el agua era corriente. Tenían que preparar morcillas, longanizas, embutidos, preservar las carnes y condimentar la que iban a usar.

Pepito y La Gorda detestaban repartir temprano, pero no tenían otra alternativa. Era imperativo que los vecinos recibiesen su carne temprano, algunos trabajaban y tenían que salarla antes de irse, de lo contrario se les dañaría. Casi no había letrinas y la gente vaciaba sus estómagos a la intemperie, con frecuencia en los caminos. Toda vez que era temprano y estaba oscuro los muchachos se embarraban con las pilas y en el proceso de limpiarse los pies en las yerbas a menudo se embarraban en otras. Cuando los transeúntes hacían la necesidad durante el día buscaban lugares más reservados, pero si era de noche lo realizaban en pleno camino. No había nadie que en un momento u otro no hubiese experimentado la desagradable experiencia, eran consecuencias de la época.

El problema era tan serio que estaba resultando ser el mayor foco de contaminación tanto en niños como en adultos. Los niños con sus cuerpos flacos y las barrigas grandes eran la personificación de la epidemia del momento. Las lombrices, anemia, parásitos y las huellas del hambre en sus caras, marcaban sus rostros con expresiones de dolor y tristeza. La tuberculosis amenazaba con extinguir la población y en el barrio adquirió proporción de epidemia. En el sector habían muerto varias personas por la enfermedad, y otras recién diagnosticadas con el mal, entre ellas Amanda, la joven y bonita esposa de Eligio.

En la escuela se estaban combatiendo las enfermedades y para ello purgaban a los estudiantes con sal sosa y aceite de castor. El día que los suministraban, luego de haberlos tomado, los estudiantes permanecían en los alrededores del salón. Tan pronto sentían los primeros síntomas se iban a la loma de la escuela y se acostaban boca abajo para aguantar el dolor en lo que el purgante le hacía efecto. La letrina de la escuela ese día era solo usada por las niñas y los varones se internaban en el guayabal, donde vaciaban sus estómagos. Luego de varios tratamientos entre los estudiantes se mostró una ligera mejoría, pero ante la caótica condición general perdía su efectividad.

Tratando de encontrar solución, el nuevo gobierno aprovechó un plan federal y a través del Departamento de Salud estableció el programa de letrinas. A cada casa se le proveía de una unidad, la cual recibían desmontada en tres partes, una base en cemento con un hueco cuadrado en el centro, un cajón del mismo material que se colocaba sobre el hueco y la estructura o caseta en aluminio. Las personas solo tenían que preocuparse por hacer el hoyo sobre el cual montaban la letrina. Fue un gran acierto, el lograr que la gente dejase de hacer las necesidades a la intemperie logró reducir el ciclo de contaminación. Las aguas de los ríos, quebradas y pozos mejoraron, los caminos quedaron libres de excrementos y muchas plantas comestibles que anteriormente no se podían consumir por estar contaminadas, ahora podían consumirse.

Capítulo 16

El invernazo

Una vez terminada la cosecha del café, el principal cultivo de la montaña, llegaba lo que se conocía como invernazo y la situación de los arrimados variaba. En las haciendas el trabajo amainaba, limitándose al destalle, abonado, venta de cítricas y frutos menores, así como al carbón. Algunos trabajadores se mudaban a la bajura a trabajar en la caña de azúcar, otros se mantenían haciendo chiripas y los más destilando pitorro, el ron clandestino, que aún siendo ilegal les reportaba buenos beneficios, suficientes para ayudarlos a sobrevivir. Solo en Casa Grande, regados por las hondonadas, quebradas y arroyos había como ocho alambiques. Ya hasta en las parcelas recién repartidas se estaba destilando. A menudo los dueños de los alambiques dejaban sus hijos atendiendo el destilado, alimentando el fuego y cambiando galones conforme se llenaban. Entre tiempos los agentes de Rentas Internas y la Policía llevaban a cabo redadas para descubrir alambiques, los que casi siempre encontraban vacíos. Cuando desde la loma de Juana María se veía venir alguien extraño, sonaban el caracol y todos quedaban alertados. Desmontaban lo que podían, escondían las serpentinas, se llevaban el pitriche y los agentes nunca arrestaban a nadie, aunque muy poco les importaba.

Al encontrar desierto el alambique, se repartían el licor que encontraban, viraban o rompían los artefactos, se atracaban un par de palos y aquí no ha pasado nada. De hecho, las pocas redadas que llevaban a cabo las hacían en noviembre o diciembre, de manera que al encontrar pitorro se lo repartían entre ellos y tenían licor para las navidades. Algunos agentes arrasaban con todo lo que encontraban a su paso, no envidiando nada a cualquier vulgar ladrón. De hecho muchos eso era lo que mejor hacían, robar.

Cuando Pepito salía de la escuela, así como sábados y domingos se iba a jugar con sus amigos, pero terminaba con ellos vigilando alambiques. Allí, jugando con los amigos y probando pizcas supo lo que era el pitorro. En más de una ocasión llegó a marearse y temiéndole a doña Mica, la cual según él movía las manos más ligero que aspas de molino, tenía que neutralizar el tufo. El peculiar olor lo eliminaba masticando hojas de perejil y el mareo, masticando hojas de guayaba. En una ocasión La Gorda acompañando a Nita mientras buscaba agua en el pozo, vio a Pepito probando una pizca de pitriche y corrió a chismeárselo a doña Mica. La madre esperó que el chico llegase y tan pronto apareció le olió el aliento, como estaba masticando perejil no pudo detectar olor alguno y la paliza fue para La Gorda. Pepito, le sonó la guitarrita.

Los robos en las fincas acrecentaban en el invernazo y en Casa Grande no era excepción. Don Lelo, sabía quiénes le estaban robando y a un par de ellos les dijo que no tenían que recurrir al robo porque él sabía que lo hacían para que sus hijos tuviesen qué comer y ellos no le robaron más. Sin embargo, había una pareja que le robaban para revender y eso a él no le gustaba. Llamó a Cindo, uno de ellos, le habló en buena manera y la gestión fue positiva. No tuvo la misma suerte con el Gago, éste era más escurridizo y sentía orgullo por lo que hacía. Se llenaba su ego jactándose de su habilidad en el oficio. Traía loco a don Lelo porque siempre le robaba las mejores chinas nevos, mandarinas, toronjas, enanos y guaranes. Al coincidir con él en casa de Pellín, don Lelo, muy educadamente, le dijo:

"Mira Gago, yo sé que tú me estás robando. Si fuese para tu comer no me importaría, pero es para venderlo y me estás llevando mis mejores productos. No me obligues a hacerte daño, no me gustaría."

El Gago sentía orgullo de su habilidad como ladrón. El que el agricultor le dijese que no quería hacerle daño le hirió su ego, por lo que retadoramente, dijo:

"Mire don Lelo, usted sabe que yo lo respeto mucho, pero permítame decirle que todavía no ha nacido el varón que pueda decir que me ha visto robando. Si quiere hablar, cójame primero y después lo hace. ¡Claro, si es que puede!"

"Muchacho, no me retes, me estás obligando a pegarte un tiro."

"Ja, ja, ja, ja, hágalo si es que me llega a coger."

Don Lelo, no habló más, el Gago tampoco. El agricultor sabía que el Gago le robaba los viernes, para vender los productos el sábado. El viernes don Lelo pasaba todo el día en la finca y el hábil ladrón lo chequeaba antes de entrar al área de las cítricas. Mon, se quedaba en el área, pero se podía caer el mundo y no se daba cuenta de nada. Don Lelo, consciente de que el Gago lo estría vigilando salió para la finca como de costumbre, pero dio un rodeo y regresó al área de las chinas nevos. Con la agilidad de un felino trepó un frondoso árbol de quenepa desde donde vigilaba toda el área, y se dedicó a esperar. Apenas media hora luego vio cuando el Gago llegó y empezó a seleccionar las mejores chinas, las que procedía a meter en un saco de pita. El Gago, no tenía apuro, llenó el saco, lo amarró y luego de sentarse en una rama caída procedió a mondar una preciosa china que había reservado para él. La estaba empezando a saborear cuando don Lelo, le disparó dos veces, no tiró a herirlo, pero si lo suficiente cerca como para que el Gago lo sintiese. El ladrón sintió el ruido de las balas y como rompían las hojas al pasar casi sobre su cabeza. Tiró la china que estaba devorando, lanzó la cuchilla no supo dónde, olvidó el saco con las chinas y a una velocidad que superaba la de las balas, rompió maleza y no paró hasta que estuvo fuera de los límites de la hacienda. Allí se chequeó a ver si estaba herido, no lo estaba por las balas, pero si por la maleza, la cual al romper con el pecho mientras corría, las ortigas, salsas, fresas, cadillos y otros abrojos lo habían destrozado. Luego de haberse esculcado el cuerpo pulgada por pulgada y cerciorarse que no estaba herido, solo se le ocurrió decir:

"Carajo, condena'o viejo, por poco me limpia el pico."

Don Lelo, nunca contó lo sucedido con el Gago, pero Mon lo llegó a comentar en casa de Pilar y eso fue suficiente para que el barrio se enterara. Cada vez que se aparecía en un lugar público, le gritaban, ¡allí viene don Lelo! Eso le hirió el ego al extremo que por largo tiempo se exiló en casa de una hermana que vivía en Maricao y no regresó al barrio hasta cuando creyó que la gente había olvidado el incidente.

Capítulo 17

Juana paga los platos rotos

Hacía algunos días que Eligio no había podido ver a Juana, aunque ésta durante el día siempre pasaba a ver la nena y cuidar a Amanda, en esos días Eli, por haber inventarios en La Fina, estaba trabajando hasta tarde y cuando llegaba a su casa ya Juana se había ido. Decidió visitarla en la casa, algo que no le gustaba hacer cuando Kemuel, su medio hermano, estaba presente. Sus relaciones eran muy acidas, mayormente debido al comportamiento de su hermano que no se ocultaba para ofenderlo e insultarlo. Kemuel, era un vago pendenciero, bebedor, malcriado, rencoroso y de bajos instintos. Eligio, por el contrario, era educado, tranquilo, buen hijo, gran esposo y amoroso padre. Había regresado al barrio casado con una bella joven mayagüezana, cuyo matrimonio había sido bendecido con una niña que era su adoración. Había sido inmensamente feliz en su matrimonio hasta que su querida esposa fue diagnosticada con tuberculosis, hecho que lo hundió en una profunda depresión, que se agravaba con el esfuerzo que tenía que hacer para ocultar la pena y frustración que sentía. Eso no impidió que continuase siendo una persona trabajadora y responsable, pero ese asunto y la situación creada por su condición de hijo ilegítimo, a veces no le permitía ni pensar con claridad. De todos modos pensando que no tenía por qué hacerle caso a las majaderías de Kemuel, decidió ir a ver a Juana, sin antes parar en su propia casa.

El nuevo gobierno había tomado como suyo un nuevo programa federal de distribución de alimentos, que los jíbaros en su agudeza mental le llamaron, mantengo. Empezaron a distribuirlo con la consigna de que les era enviado por Muñiz, el nuevo gobernador, tal y como les había prometido cuando caminó por los campos. No era una consigna correcta, pero aquella gente buena y humilde, en su mayoría analfabeta sí lo creyó ciegamente. Para ellos lo importante era que les aliviaba la caótica situación, y no su procedencia.

En el momento que Eligio entró al humilde hogar, Juana, acomodaba en unas latas de galletas vacías que tenía sobre la rústica mesa el mantengo recién recibido. Luego de contestarle la bendición pedida por Eligio, Juana, en su sencilla manera de ser, dijo a Eligio:

"Mí jijo, mira lo que me jenvió Muñi, noh jestá enviando compras a toitos. Lah jestoy metiendo en jestas latas que me dio doña Mica, pa'que no se me dañen."

Eligio, era de los pocos en el barrio que la gente del nuevo partido no había logrado convencer, estaba mejor instruido que la mayoría de los de su edad y entendía la procedencia de esos programas, de buena fe, dijo:

"Ma', no sea lela, eso no lo envía el tal Muñiz, es un programa federal que viene del norte. Ha sido creado con dos propósitos, hacer llegar alimentos a familias necesitadas y a su vez estimular la agricultura de los estados, mayormente en la disposición de excedentes."

La humilde mujer, que como la gran mayoría no entendía de esas cosas, dijo:

"Yo no jentiendo de jesos emburujos, pero fue lo que me dijeron cuando me loh jentregaron."

"Lo sé, ma', solo le digo lo que ellos pretenden, eso no es así. No está bien que la pretendan comprar con algo que por obligación tienen que dar a todo el que cualifique. No crea lo que le digan todos esos politiqueros."

Kemuel, estaba acostado y al oír lo que Eligio le explicaba a la madre decidió intervenir. Detestaba a su medio hermano, siempre lo había repudiado, lo llamaba, bastardo, y en sus frecuentes insultos la última vez que discutieron Eligio le advirtió que no le toleraría que jamás le volviese a llamar bastardo. Kemuel, salió del cuarto a medio vestir, sin camisa y descalzo. Desde la puerta del cuarto, en forma de amenaza, preguntó:

"¿Qué carajo te pasa a ti?"

Eligio, ignoró tanto a la pregunta, como al que la formuló y eso molestó más a Kemuel, que con coraje, dijo:

"¿Quién carajo eres tú para hablar así de Muñiz?"

"No estoy hablando contigo, es con ma'."

"Es como si fuera conmigo, yo soy del partido y tú has dicho que somos unos politiqueros."

"Solo dije la verdad, llevan poco en el poder y pretenden adueñarse del pueblo a base de engaños y falsedades."

"No se engaña a nadie. Lo que pasa es que tú eres un alcahuete guele culos de esos hacendados que nos explotan y nos tratan como esclavos."

"Si eso lo dijesen otros tal vez tendrían razón, pero no tú, que eres un vago vividor que no das un tajo ni en defensa propia."

"Eso no te importa a ti, bastardo alcahuete."

Ya Kemuel había sido advertido por el hermano de que jamás le llamase así. Haciendo buena su advertencia no espero seguir discutiendo y atacó a su ofensor. Rodaron por el piso mientras Juana trataba de separarlos en una gresca en la que Kemuel llevaba la peor parte. Eligio, era más bajo, pero mucho más ágil y el medio hermano estaba siendo apabullado. Kemuel, se separó y fue al cuarto por una cuchilla curva y salió con ella dispuesto a matar a su hermano. Al ver eso Juana se interpuso colocándose entre los dos. Kemuel, no se inmutó y lanzó una cuchillada a Eligio, que estando Juana en el medio fue quien la recibió. La herida fue en el brazo, pero larga y profunda en la que se le podía ver hasta el hueso. La sangre salía a borbotones y Eligio al ver herida a su madre, corrió a su casa por un machete para matar a Kemuel. El mal hijo al ver tanta sangre brotando de algún lugar en el cuerpo de su madre, se acobardó, ignoró la herida y corrió a internarse en el cafetal. Los gritos y la discusión habían sido oídos en el vecindario, alertando a doña Mica, a Mon, Pilar y Juan López, que junto a Eligio no tardaron en socorrer a la Juana. Entre doña Mica y Pilar lograron controlarle la hemorragia y haciendo uso de experiencias de la época lograron curarla. Tanto el Tu Yeyo como otras personas aconsejaron a Juana para que llevase el caso a la policía, pero la humilde madre se negó siquiera a tomarlo en consideración y se mantenía suplicando a Eligio para que olvidara lo acontecido y dejase de buscar al hermano.

Mientras eso sucedía, Kemuel, quien creía que estaba siendo perseguido permaneció huyendo. Se refugiaba en piedra redonda, una gran cueva bajo la roca inmensa que formaba el nacimiento del río Guanajibo. Al pasar los días y encontrar que no estaba siendo perseguido empezó a rondar la casa, hasta que Juana y el Tu Yeyo empezaron a recibirlo cuando no había nadie por los alrededores.

Las casas de la comarca empezaron a ser robadas y los moradores pensaron que el que lo estaba llevando a cabo era alguien con conocimientos del área, toda vez que los robos ocurrían cuando las personas salían a trabajar. Excepto Juana y el Tu Yeyo, todos en el barrio empezaron a sospechar de Kemuel, de quien se decía habían visto rondando por el barrio. Estas sospechas tuvieron su cenit cuando un acontecimiento que estremeció el barrio ocurrió un viernes por la mañana. Santi, la hija de don Tomás, el cuidador del potrero en la hacienda La Fina había ido al pozo. Estaba tratando de espantar las cocolías que usualmente nadaban en la superficie del agua, cuando reflejada en la misma vio una imagen de una persona. Se viró, aún con la jataca en la mano y encontró a Kemuel a su espalda. El muy desalmado aprovechó la soledad del lugar y abusó sexualmente de la joven, la cual al tratar de defenderse del ataque fue brutalmente agredida. La muchacha, no pudiendo ocultar lo sucedido por tener el rostro casi desfigurado, confesó a sus padres lo ocurrido. Don Tomás, como persona buena, amante de la ley notificó a las autoridades, pero como ocurría siempre en casos ocurridos montaña adentro, la policía lo ignoró, se desentendieron o tardaron en responder. Ante esta realidad don Tomás se decidió tomar la justicia en sus manos y empezó a buscar a Kemuel para matarlo. Algunos vecinos más por sacar pecho que por convicción, se unieron a don Tomás, pero al sinvergüenza parecía habérselo tragado la tierra. Así pasaron varios días luego de lo cual vecinos que acompañaban a don Tomás se cansaron y lo dejaron solo en su búsqueda del bandido. Kemuel, que seguía los movimientos su perseguidor, al ver que la tensión había bajado empezó a acercarse nuevamente a la casa y tanto Juana, como el Tu Yeyo, que creyeron convencerlo de que se entregara a las autoridades y fracasaron en el intento, terminaron aceptando que se escondiera en el cuarto. Alguien informó a don Tomás el escondite del violador de la hija. Éste amoló su perrillo hasta el cabo y se dirigió a la casa de Juana para ajustar cuentas, pensando que lo picaría como para pasteles. Gangi, el hijo de Trompi, estaba en casa de Juana y vio cuando don

Tomás bajaba por el camino real. Se lo dijo a Kemuel, que en un principio creyó que el muchacho bromeaba, pero cuando vio a don Tomás empezar a subir la vereda hacia la casa, brincó por la ventana del fregadero y muerto de miedo volvió a refugiarse en el cafetal. Don Tomás se sintió burlado, y aunque apreciaba a Juana y al Tu Yeyo, se internó en el cafetal para matar a Kemuel.

Al otro día por la mañana Pepito fue hasta casa de Juana. La buena mujer había llorado toda la noche, tenía los ojos rojos e hinchados y su aspecto era digno de compasión. Al verla así, el chico que como de costumbre se había atravesado en la puerta, sintió pena por ella. Esa era su amiga, la que tanto él quería, con preocupación le preguntó:

"Juana, ¿se siente bien?"

"Sí." Contestó, sin despegar el pañuelo de la cara.

"¿Es por Kemuel, verdad?"

"Sí, sinyo Tomá lo janda buscando pa' picarlo."

Pepito sintió la necesidad de tranquilizar a su amiga, y le dijo:

"No se debe de apurar, Juana, pa' eso primero tiene que agarrarlo y con esas patotas tan largas que tiene Kemuel en lo que don Toma mueve una pata él ha corrido un montón."

Mucha gente por el cariño a la buena mujer habían tratado de consolarla, pero ninguno había logrado tanto como el niño con sus sencillas palabras.

Pepito, que había oído eso de ultrajar que Kemuel había hecho sentía curiosidad por saber lo que era. Se imaginaba que era algo bien malo, porque por ello don Toma lo buscaba para picarlo. Como no sabía qué era, le preguntó a Juana:

"Doña Juana, ¿qué es eso de ultrajar qué Kemuel hizo?"

"Mira mí niño, jeso mejó se lo pregunta no se ja quien, poh que yo no se jesplica jeso. Mejó dile a tú pai que te lo jesplique."

Pepito, no insistió, era la tercera vez que preguntaba a alguien y nadie parecía saber o quería explicarle. Había ido donde Juana porque ella siempre le daba fritas de harina o sorullos, pero hoy no parecía tener nada y optó por dejar a Juana sola.

Esa misma noche como a las dos de la mañana alguien tocó a la puerta de doña Carmela. Grande fue la sorpresa cuando al abrir se encontró que el nocturno visitante, era Kemuel. Con rostro que demostraba estar pasando un mal momento y mirando asustado como si esperase lo peor, le rogó a la tía:

"Tía por favor déjenme entrar antes de que nadie me vea."

Doña Carmela no reaccionaba de momento, estaba indecisa, pero desde el cuarto se oyó la voz de Nataniel, decir:

"Déjelo que entre, madre, no lo podemos dejar allí."

Una vez dentro Kemuel permaneció mudo, esperó por Nathaniel, que casi de inmediato salió del cuarto a medio vestir. Tan pronto Kemuel lo vio, sin que le preguntaran, dijo:

"Necesito que me ayudes tengo que poner pies en pólvora y es ya."

"¿Y qué diablos puedo yo hacer por ti."

"Necesito algo de cascajo y ropa."

"Pero chico tú sabes lo jodía que está la situación. En cuanto a ropa a lo mejor te pueda conseguir unos trapos, pero dinero no sé cómo. ¿Porqué no buscas a Jesús o a Tomás? Ellos son jugadores, siempre tienen chavos y son tus amigos."

"Lo sé, pero no son de confiar, ¿quién dice que no corran a soplarle a ese viejo que me está buscando para picarme?"

"Doña Carmela, que no había dicho ni está boca es mía, intervino para decir:

"Tú jiciste una cosa muy fea, ¿no cree qué ej mejó que te jentregueh?"

"Ni pensarlo, tía, yo no quiero ir a la cárcel, por eso vine a ustedes."

"Eh que nojotroh no tenemoh la culpa de tuh pocah verguenzah. Tú metiste lah patah y ajora vieneh a que te ayudemoh. ¡Qué bonito, ehhhhh!"

"Tú tal vez no, tía, pero Nathaniel que me ha estado diciendo tantas cosas malas que Eligio ha dicho de mí, sí. Por eso yo le cogí tanto odio a Eligio. No ha sido hasta ahora que he estado huyendo y he tenido tiempo para pensar que he llegado a creer que muchas de esas cosas tal vez no eran verdad."

Doña Carmela miró a Nathaniel esperando que dijese algo al respecto, pero él trató de ignorarla y finalmente, dijo:

"Ta' bien madre, eso es asunto nuestro."

"Asunto de justedes no. Jentonce lo que dice Mica es veldá. En jesa mesma forma que jah metió en mal a Eligio también loh jestah jaciendo con don Lelo. Yo no le creí a Mica porque creí que jeran jesageracioneh, pero ahora veo que eh verdá, y quiero que me jaclareh eso."

"No hay nada que aclarar madre, eso lo hablaremos en otra ocasión, ahora lo importante es ayudar a Kemuel."

La señora no cuestionó, nunca lo hacía cuando se trataba de su hijo. Nathaniel, era su vida y ella daba por bueno todas las perversiones de su malvado hijo. Ahora no fue diferente, pasó por alto el fingido coraje y terminó guardando silencio. Nathaniel, se rascó la cabeza como si ello le ayudase a pensar mejor y tomó una decisión, diciendo:

"La verdad es que en este momento no sé que se pueda hacer, hagamos una cosa, vamos a dejarte aquí por algún rincón y por la mañana veremos que se puede resolver. ¿Está bien?"

Kemuel, sabía que su vida dependía de la secretividad de su tía y el primo, en su imaginación veía a don Tomás con su machete en cada recoveco del barrio, y con miedo, dijo:

"Ay yo no sé, imagínate que ese viejo logre averiguar que yo estoy aquí, entonces sí que mí vida no vale ni un carajo."

"Si no sacas tú hocico no hay problema, aquí nunca viene nadie y si alguien viniese nunca entran arriba." Le tranquilizó Nathaniel.

"Sí, pero, ¿y si viene Mica o los muchachos?"

"De eso ni te apures, nosotros nos encargamos." Contestó, Nathaniel.

Aquella noche Kemuel no pudo dormir y no lo pudo lograr hasta la mañana siguiente. Tan pronto Nathaniel salió para trabajar se tumbó en la cama del primo y durmió durante todo el día. Doña Carmela para protegerlo cerraba la casa con candado cuando salió tanto al pozo como a recoger leña. Tan pronto Nathaniel regresó puso al primo al tanto de lo que se rumoraba en el barrio. Kemuel, asustado por la persecución de don Tomás solo le importaba saber sobre su perseguidor y cuando Nathaniel le dijo que nadie sospechaba de su presencia en la casa fue cuando pudo dormir tranquilamente. Nathaniel se esforzó en ayudar a su primo y prohibió a doña Carmela a ni tan siquiera abrir la boca.

Dos días después, Nathaniel, acudiendo a diferentes artimañas logró conseguirle a Kemuel ropa y dinero para que abandonara el barrio. Cuando Juana y el Tu Yeyo, por voz de doña Mica, que a su vez había sido informada por la madre supieron del hijo, ya el muy sinvergüenza había abandonado el barrio. Escapó impune a una serie de delitos que iban desde haber herido a la madre, violado a la hija de don Tomás, robado las casas de la comarca y muchas otras fechorías que había cometido junto a sus compinches desde que eran adolescentes. Esas sin embargo solo fueron acciones delictivas, la maldad que por tantos años llevó contra su medio hermano al que con su traición, odio, rencor, descredito y envidia logró que el barrio odiara a un hombre bueno, fue toda una vileza orquestada de la cual nunca se arrepintió. El resultado final todavía no se había visto, pero el fantasma de Kemuel rondaría el barrio por secura seculorum.

Capítulo 18

La gravedad de Pepito

Como por épocas sucedía en la montaña, había estado lloviendo mucho por varios días, más de lo acostumbrado en un área que de por sí era muy húmeda. El sol se había enajenado por varios días, los caminos y veredas todavía eran meras corrientes, las nubes presagiaban más lluvias y el mal tiempo no parecía abandonar la montaña.

Pepito, contrario a su costumbre no se levantó temprano, lo que por ser sábado, momentáneamente no llamó la atención de sus padres. Cuando a eso de las nueve de la mañana doña Mica lo fue a despertar lo encontró demasiado caliente y al consultar con don Lelo llegaron a la conclusión de que la fiebre se debía a un ataque de asma. Esto no era nuevo para el niño, había empezado a atacarle intermitentemente hacía algún tiempo y parecía acrecentarse conforme iba creciendo. No era raro que esto le sucediese, toda vez que el ambiente en que se envolvía reunía las condiciones para que la condición se agravara.

El pelo de los animales, entre los que se encontraban su perro Kaki, su yegua Linda, su burro Don, la vaca Maravilla, sus conejos Tin y Tan, el cabro Pepe, más de cien güimos que por ser tantos no le tenía nombres y gran cantidad de gallinas, eran causa de enfermedad. A eso había que añadirle el polvo de todos los rincones de la hacienda a los que a diario rebuscaba, los matojos por dónde se deslizaba, el agua fría de la quebrada, el polen de las muchas flores que habían en el jardín y el hecho de que casi siempre andaba sin camisa, eran condiciones suficientes para enfermar a un elefante.

Siendo sábado por la tarde a don Lelo se le hacía difícil llevarlo a un médico, por lo que decidieron vigilarlo y si no mejoraba harían el viaje temprano el lunes. No mejoró y el domingo apenas podía respirar, la fiebre continuaba alta y apenas había ingerido alimentos. Luego de la misa el Padre Álvarez fue a verlo y le aconsejó a la pareja que no dejasen de llevarlo al médico, pues estimaba que estaba en muy malas condiciones. Le recomendó a doña Mica varios remedios para controlar la fiebre, pero ninguno dio el resultado esperado. El lunes fue de lluvia torrencial y aún reconociendo la urgencia de la condición fue imposible moverlo y el tiempo no varió hasta el miércoles, que finalmente don Lelo lo pudo llevar al consultorio del doctor Roca, en Yauco. El doctor lo encontró en muy malas condiciones, trató de hospitalizarlo pero no había espacio disponible en el hospital y luego de recibir las concebidas recomendaciones don Lelo terminó regresando con él a Casa Grande. Por varios días la condición no mejoró, la fiebre se tornaba intermitente tendiendo a bajar ligeramente durante las tardes, para volver a subir con la humedad de la noche agravado por las continuas lluvias. Luego de una semana la condición empeoró al extremo que se temió por su vida, la fiebre era alta y no bajaba. Ante la necesidad de controlar la fiebre, don Lelo ordenó que lo introdujeran en un baño de agua fría, en lo que él viajaba a la hacienda de su muy buen amigo Pipo Buitrago a buscar hielo, ya que éste poseía la única nevera que había en los tres pueblos circundantes. Llegó a la hacienda del amigo, que al verlo saludó efusivo, diciendo:

"Hola Lelo, que bueno verte, hace tiempo que no charlamos, ¿cómo estás?"

"Estoy bien, mi amigo, pero hoy no creo que podamos charlar, vengo en una emergencia."

"¿Pasa algo malo, Lelo?" Preguntó, Buitrago.

"Sí, hace unos días tengo al negrito con un ataque de asma que tememos por su vida. Tiene una fiebre altísima que no le podemos controlar y eso es peligroso por las meninges. Como eres el único que tiene hielo por los alrededores he venido a abusar de tú confianza en la esperanza que me puedas brindar alguno. ¿Puedes?"

"Ah caray, Lelo, eso ni se pregunta. Ya iba a preguntarte por el nene, me extrañó no verlo contigo. Ven vamos adentro para que Erika te lo prepare, hay que envolverlo bien para que no se te derrita en el camino."

Pasaron a la casa, donde Erika fue informada del propósito de la visita. La hermosa mujer, consciente de la urgencia se apresuró a ir por el hielo, era para el Negrito, por quien ella guardaba un cariño especial. Cuando su esposo y el agricultor se envolvían en sus maratónicas charlas, ella se entretenía hablando y contestando las innumerables preguntas que el chico siempre hacía. Le entregó el hielo bien empaquetado en papeles y tela y dijo:

"Don Lelo, vamos a hacer más hielo para que envíe por el."

"No tienes que venir" Dijo Buitrago. "Enviaremos a Toño para que se lo lleve temprano en la mañana."

"Gracias mis amigos, se lo agradeceremos toda la vida."

Cuando don Lelo llegó a Casa Grande todavía tenían a Pepito en el baño con agua fría. La fiebre no había disminuido por completo, pero aparentaba estar controlada. El hielo lograba que se redujera, pero volvía a subir tan pronto se agotaba el mismo. Buitrago, cumplió su palabra y por las mañanas, Toño, el capataz, aparecía con la preciada carga. Durante esos días todo el vecindario pasó por Casa Grande a ver al enfermo, trayendo con ellos innumerables recetas y remedios para aliviar el asma. Unos los traían preparados, otros las recetas y no faltó quien pidiese permiso para rezarle. Una tarde apareció Mon, que se había ausentado por dos días, con un coco del cual brotaba una pequeña palmita. No le había mencionado nada a doña Mica, pero había ido hasta el pueblo de Guánica para conseguirlo. Al llegar, dijo:

"Voy a sembrar esta palmita allí directamente detrás del cuarto del Negrito, si de aquí a siete días la matita no se ha muerto, quiere decir que el nene se va a poner bien."

Todos agradecieron el sacrificio del humilde hombre, pero fue poca la credibilidad que le concedieron. Mon, fue y plantó la palmita exactamente en dirección al cuarto del enfermo.

Por medio de Toño, que cada mañana venía con la preciada carga a Casa Grande, Buitrago se enteró de la condición del chico. No había tenido la oportunidad de visitarlo, pero por la estrecha amistad que le unía con don Lelo era lo menos que podía hacer, aunque también el chico con su cariño se había ganado el aprecio de la pareja. Cuando visitaba la hacienda con don Lelo, sacaba del aburrimiento a Erika, que en el paraje tan solitario donde vivían, para ella la conversación con el chico era un oasis. Mon se encontraba en el batey hablando con el patrón, cuando vieron llegar a Buitrago sobre su hermoso caballo rucio. Cónsono con la estrecha amistad que los unía el abrazo fue muy efusivo, y todavía sin separarse, don Lelo, preguntó:

"Bien amigo, ¿a qué debo tan agradable sorpresa?"

"Lelo, no podía hacer más, por Toño le ha dado seguimiento a la salud del Negrito y sé que sigue malito. No pude venir antes y te pido disculpas, pero en fin aquí estoy."

"Desgraciadamente así es, y lo más triste es saber que ya no se qué pueda suceder. Es más te diré, que si no fuese por la ayuda que me has estado dando con el hielo sabe Dios que hubiese pasado."

"Lo hemos hecho de corazón, ¿cómo está hoy?"

"'Ven, pasa adentro para que lo veas."

"Gracias."

Buitrago, sabía que el chico estaba mal, pero nunca imaginó que fuese tanto. Esperaba ver que el chico le reconociese, pero prácticamente lo que vio fue un cadáver. Impactado por la condición del enfermo, que parecía un cadáver entre la blanca sabana, guardó silencio por un rato hasta llegar fuera del cuarto, para luego dirigirse a doña Mica, y preguntar:

"¿Cuánto hace qué está así?"

"Hoy hace tres días."

Luego dirigiéndose a la pareja, preguntó:

"¿No han pensado llevarlo a un médico?"

"Sí, lo hemos intentado pero las continuas lluvias no lo han permitido. Ahora que no ha llovido el Padre Álvarez nos ha dicho que su condición no resistiría el viaje, y que pudiese ser peor." Contestó, don Lelo.

"Tal vez el sacerdote pueda tener razón, pero algo habrá que hacer, peor será no intentar nada." Dijo Buitrago, demostrando preocupación.

"¿Qué tú sugieres?"

Buitrago, no habló de momento, pensaba y luego de meditar un rato, dijo:

"Lelo, si la montaña no va a Mahoma, Mahoma va a la montaña."

"¿En qué estás pensando?" Preguntó, don Lelo.

"En traer el doctor acá." Contestó el visitante.

Doña Mica, que estaba atenta a lo que se hablaba, dijo:

"Cierto Lelo, ¿cómo no pensamos en eso?"

"Yo lo he pensado, pero mi doctor de confianza es Roca y recién salió para España. Fuera de él no creo que ningún otro se atreva venir hasta acá. Tú sabes cómo son los doctores, que ni aún en los pueblos quieren hacer visitas."

"Lelo, lo que tú dices es una realidad, pero yo tengo un amigo que si yo se lo pido no se me va a negar, es como si fuera mi hermano."

"¿Quién?"

"Yo no sé si tú lo conoces, es Julio Montalvo, todo el mundo lo conoce como Yaco. No es porque sea como un hermano mío, pero es el mejor ser humano que existe. Si tu quieres yo lo intento, no hay peor gestión que la que no se hace."

Don Lelo, estaba interesado, pero desconociendo quien era el tal Yaco y el hecho que no era fácil hacerlo llegar a la montaña disminuían su optimismo, por lo que dijo:

"Ay Buitrago, por supuesto que me interesa, pero comprenderás que no es fácil que venga hasta este rincón de la cordillera, y menos si no me conoce."

"Lelo, es natural que pienses así, en tú situación yo también lo pensaría, pero yo que soy su amigo te garantizo que no solo vendrá, si-no que a lo mejor ni te cobra. Es una persona de un corazón que no le cabe en el pecho."

"Pues no se diga más vamos para adelante, yo te acompaño."

"No Lelo, me agradaría pero tú debes de permanecer aquí, por si Dios no lo quiera y pasa algo. Vendré tan rápido como pueda." Le aclaró Buitrago.

Dos días más tarde, Buitrago acompañado del doctor Montalvo, llegó a Casa Grande. De primera ocasión los moradores de Casa

Grande dudaron de la capacidad que el galeno pudiese tener. Era un hombre joven, delgado, tal vez demasiado, de baja estatura, pelo lacio negro, tez blanca, jovial y simpático. Como si los conociera de toda la vida, antes de preguntar por el chico, dijo:

"Buitrago me ha hablado mucho de ustedes, pero no le creeré nada hasta que me ofrezcan un pocillito de ese café tan especial que él dice que tienen."

"En un momentito lo tiene." Dijo, doña Mica.

"Bien, pues vamos a ver qué podemos hacer por el amiguito de mi amigo." Dijo, el doctor, en referencia al cariño que Buitrago decía sentir por el chico.

Don Lelo, lo condujo al cuarto y a solicitud del galeno abrió las ventanas y abandonó la habitación dejando al médico solo con el enfermo. Diez minutos luego el doctor se unió a ellos en el comedor. Doña Mica sirvió café para todos y mientras lo saboreaban, el doctor, dejando a un lado la taza de café, dijo:

"No les puedo albergar falsas esperanzas, el niño está muy grave. Ese chico debió haber sido hospitalizado."

"Al principio de ese ataque el doctor Roca lo vio y opinó lo mismo, pero nos fue imposible conseguir espacio en Yauco. Nos lo trajimos en espera de regresarlo pero las constantes lluvias no nos han permitido moverlo. En el transcurso de la espera se agravó tanto que el Padre Álvarez nos recomendó que estaba muy delicado para un viaje tan fuerte, porque no lo resistiría. Por eso nuestro mutuo amigo Buitrago nos recomendó traerlo a usted."

"Y estaba en lo correcto, no está en condiciones de moverlo." Dijo el doctor. "Manténganlo lo más abrigado posible para evitar que la alta humedad le comprima los pulmones, pero cuando la fiebre le aumente continúen con el hielo y en ese momento desabróchenlo un poco. Veré como les puedo hacer llegar un jarabe que tal vez le ayude, pero les advierto que la condición es de cuidado y estén preparados por que cualquier cosa puede pasar. Haré lo posible por volver a verlo en unos días."

"¿Qué debemos darle en lo que nos llega el jarabe?" Quiso saber doña Mica.

"De momento continúen con lo que han estado haciendo, las curas caseras también ayudan, y si no ayudan no desayudan. Yo le apliqué una inyección y eso tal vez le ayude. De todas maneras, como les dije, regresaré a verlo en unos días."

Dos días luego se recibió el jarabe enviado por el doctor, pero Pepito no parecía mejorar. Continuaba en una nube de incertidumbre caracterizada por altibajos en la fiebre y la apenas perceptible respiración. La familia estaba pasando un mal momento porque la condición empeoraba por las noches y no les permitía dormir adecuadamente.

Los vecinos, arrimados y amigos desfilaron casi en su totalidad por Casa Grande. No hubo remedio traído por los visitantes que en su desesperación doña Mica no probase, pero nada parecía ayudar.

El doctor cumplió su palabra y volvió a ver al enfermo, trayendo con él otra nueva porción, lo volvió a inyectar y les dio nuevas recomendaciones, cuidándose mucho de no crear falsas expectativas toda vez que todavía encontraba al chico en mal estado. Tratando de no ser mal interpretado se reunió con la pareja, y preguntó:

"¿Cuánto hace que no abre los ojos?"

"Cinco días," Contestó la señora.

"Ha hablado, comido o tomado algo?"

"Hemos logrado hacerle tragar unos caldos y algunos mejunjes." Dijo, doña Mica.

"Bueno, ya eso es algo. El problema es que está tan débil que no se sabe cuanto pueda resistir. Con eso es con lo que debemos de luchar."

"¿Qué nos recomienda hacer?"

"Esperemos a ver como progresa, con lo que le he hecho y de acuerdo a como siga me lo hacen saber. Yo con gusto vendré a verlo, eso sí, siempre y cuando me tengan el pocillito de café, ya me estoy volviendo adicto a ello."

"Cuente con ello." Contestó, doña Mica.

La naturaleza se negaba a cooperar, las continuas lluvias mantenían la humedad alta, el sol se negaba a ser más agresivo y desaparecía tan pronto las cumulus arropaban el espacio. Así pasaban los días y aunque el trajín de la enfermedad los tenía agotados, nadie en Casa Grande perdía la fe, a menudo reforzada por la labor espiritual del Padre Álvarez, que resultó el gran soporte de la familia.

Mientras, pasaban los días y el chico no mejoraba, estaba inerte en la cama, no hablaba, su respiración casi no se notaba y no abría los ojos. La familia temía lo peor y al saberse que la condición había empeorado se continuaban recibiendo visitas de apoyo. Don Lelo, pensó en llevarlo para ser hospitalizado, pero el Padre Álvarez le convenció de lo contrario, aduciendo que la débil condición no aguantaría el viaje. Como religioso al fin, les pidió que confiasen en Dios, que el chico se iba a mejorar.

Entre las muchas visitas una tarde vino Sica, que de hecho, por el cariño que sentía por doña Mica venía a menudo, solo que en esta ocasión vino acompañada de Francisca, su hija, la que se llamaba novia de Pepito. Sica, era una persona altamente servicial, a la cual doña Mica le guardaba mucho afecto. A pesar de su gran disposición para ayudar a todo el mundo, mucha gente la criticaba a sus espaldas por su afición al sexo opuesto. No así doña Mica, que alegaba que eso era un asunto personal de ella y nadie tenía derecho a inmiscuirse. Aprovechando que Raquel, su comadre se ofreció para cuidarle los niños, se hizo acompañar de Francisca para visitar al enfermo. Doña Mica, la recibió con el cariño de siempre, y luego del saludo, Sica, preguntó:

"¿Cómo sigue el Negrito?"

"Más o menos igual, entra para que lo veas."

Entraron al cuarto, allí entre la blancura de la sábana estaba la inerte figura de Pepito. Sica, lo contempló con tristeza, Francisca con ganas de llorar, ya que no se hacía de la idea de perder a quien ella llamaba su novio. En medio del silencio, Sica, preguntó:

"¿Desde cuándo está así?"

Doña Mica, que recordando las palabras del médico sabía que aunque el niño estuviese en coma podía estar oyendo, dijo:

"Acompáñame y hablamos en la cocina, la nena cuidara a Pepito."

Francisca, se sentó al borde de la cama en la cabecera. En verdad no sabía qué hacer, tenía ganas de llorar, verlo así le causaba algo que ella no sabía qué. Pepito no hablaba, tenía los ojos cerrados y tampoco se movía. Lo contempló por un rato con un sentimiento entre pena y tristeza. Ese era su amigo, novio, cuate y fiel compañero con el que compartía sus secretos. Luego de dudar un momento le pasó la mano por la frente, se medio asustó ya que en ese momento estaba caliente, bien caliente. Al verlo allí un par de lagrimas rodaron por sus mejillas, pensaba en qué pasaría si como se esperaba el amigo moría. No, no, eso no lo podría soportar, ella estaba muy joven para quedarse viuda. Con todo el cariño del mundo le continuó acariciando la frente, la cara, el pelo y los brazos a la vez que le hablaba en susurros. Una y otra vez le repetía al oído, "Pepito, soy yo Francisca, tú amor, óyeme no te puedes morir, no quiero quedarme sola. ¿Me oyes?" Con la mayor dulzura hizo de su ruego una letanía, que repetía una y otra vez. ¡Por Dios, óyeme! En esa plegaria se mantuvo, no sabía por qué, ni para qué, pero surtió efecto, el enfermo levantó sus cansados parpados casi imperceptiblemente y los volvió a dejar caer. Fue una reacción tan somera que la niña no se dio cuenta, pero casi de inmediato abrió los ojos, los volvió a cerrar y nuevamente los volvió abrir. No sabía si estaba soñando o era realidad, pero junto a él, acariciándolo con todo el amor del mundo estaba Francisca, su novia, amiga, su compañera que le hablaba dulcemente al oído. Como si regresara de un largo viaje, de entre la blanca sabana sacó su mano y cogió la de ella. Francisca corrió a la cocina y avisó a las dos mujeres, que poco entendieron lo que la niña había dicho, ya que ésta como si temiese que con su ausencia el muchacho volviese a recaer regresó corriendo donde Pepito, le agarró la mano y así los encontraron cuando las dos mujeres entraron al cuarto. Doña Mica, no pudo evitar que sus ojos se le humedecieran. No sabía si de emoción, agradecimiento a Dios, sentirse libre de la congoja que por varios días le oprimía el corazón o por todo, pero el chico se había salvado. Por su mente pasaron todos los esfuerzos de los días que estuvo grave, las visitas de los vecinos con sus variados y espontáneos remedios, la ayuda de su amigo Buitrago, los inconvenientes que le impidieron llevarlo al hospital, las oraciones y consejos del Padre Álvarez, las noches sin dormir que pasaron en vela y un rosario de otros acontecimientos que tuvieron su cenit con la posible milagrosa intervención de la Chica. Frente a la cama, con Francisca y Sica a su lado fue a empezar una oración de agradecimiento y quedó de frente a la ventana, entonces miró hacia donde Mon había plantado la palmita, estaba reluciente con un verdor único, diferente. Las palabras del humilde capataz habían sido divinas, Pepito se habría salvado si la palmita vivía.

Capítulo 19

Por poco los muertos son cuatro

Otra gran cosecha estaba en su apogeo y don Lelo no tenía tiempo ni para venir a desayunar, por lo que doña Mica tenía que enviarle la parva con Mon. En esta ocasión la hacienda no estaba supliendo almuerzos, y los recogedores llevaban sus respectivas parvas. Éstas por lo general consistían de guineos, yautías, lerenes, batatas o cualquier otra vianda, acompañada con bacalao, cebolla, ajos, cilantrillo y aceite, muchas veces de oliva. El agradable olor de las parvas impregnaba el cafeto de tal forma que todavía a las doce del medio día permanecía intacto como el buen perfume. Cuando no había clases Pepito acompañaba a Mon a llevar la parva, eso lo disfrutaba mucho porque algunos recogedores compartían la suyas con él. Había una pareja que su parva siempre consistía de lo mismo, harina de maíz con azúcar, siempre le separaban una porción al chico. Pepito, no tomaba café, pero eso no era problema, Genaro siempre llevaba chocolate y compartía el de él con su cuate, como le llamaba al muchacho. Los recogedores desayunaban fuerte, ya que trabajaban corrido desde las seis de la mañana hasta las dos de la tarde y no almorzaban. Si alguno quería almorzar le enviaban el almuerzo desde la casa, consistiendo casi siempre de lo mismo, arroz blanco, habichuelas rosadas guisadas y un pedazo de bacalao.

En ocasiones llevaban un pedazo de pan, el que acompañaban con guineos maduros o aguacates de la misma finca.

Una serie de aguaceros fuera de tiempo amenazaban con acelerar que el grano madurara con rapidez, por lo que había que apresurar la recogida. La lluvia si caía en el momento preciso era una bendición para el café, pero si caía fuera de tiempo era un dolor de cabeza. lluvia durante la florecida tumbaba la flor, si el grano estaba hecho lo maduraba con rapidez y si no llovía le afectaba la calidad. Tal vez por eso el café de una parte de la finca era tan especial, aunque las lluvias no fuesen tan precisas, las finas lloviznas mañaneras o norte de gandules, como algunos le llamaban, mantenían una humedad que le era favorable al grano. Casa Grande, contraria a otras haciendas, no perdía mucho café, la condición topográfica de sus terrenos mayormente llanos hacía que nunca le faltasen brazos para la recogida. A muchos jíbaros no les gustaba recoger en haciendas con terrenos escabrosos, ya que las ortigas, rábanos, salsas, cadillos, fresas silvestres, avallardes y otros inconvenientes adicionales al terreno escabroso les hacían la vida imposible.

En Casa Grande los gláciles estaban llenos, el tanque de lavado con granos sin lavar, el cuarto de abastecimiento hasta el tope y los balcones llenos del grano en sus sacos. Eso hacía que el grano que se recogía hoy tenía que ser procesado a la mañana siguiente.

El sábado por la tarde, después de las cuatro era día de pago y la hacienda adquiría movimiento total. Los revendones estaban empezando a llegar. A la entrada del portón Luis Elena, desplegó su quincalla, Chencho, montó su batea de dulces en el borde del glácil, José Ángel, su latón de pasteles bajo la sombra de un pino, Meca, su canasta de carne frita en la muralla del glácil y Vicente, apareció con un saco de pan fresco. Subiendo la cuesta se veía venir a Adón con su lata de empanadas de yuca y como si eso no fuese suficiente, apareció Minguito con sus topos, dispuesto a desplumar al primer incauto dispuesto a dejar parte de su arduo trabajo de la semana en los dados. Al lado del balcón, Perico pelaba a Juan López y Chubasco sonaba su harmónica en algún punto del batey.

Ese ambiente carnavalesco terminaba cuando los vendedores liquidaban su mercancía o cuando don Lelo cerraba los portones, por lo regular tan pronto empezaba a oscurecer. Algunos continuaban el jolgorio en la tienda de Pellín, donde el Palo Viejo, pitriche y el Bocoy hacían de las suyas entre dados, barajas, charlas y en ocasiones una que otra garata.

El domingo era día de asueto, pero activo. Unos iban a la misa dominical que ofrecía el Padre Álvarez en la iglesia Episcopal, localizada en el camino real justo entre Casa Grande y la tienda de Pellín. El Padre Álvarez viajaba los jueves desde Yauco, donde vivía y estaba la diócesis Episcopal y ya para las dos de la tarde le estaba rindiendo servicios al barrio. Por su extraordinaria labor social, la cual ejercía con entusiasmo y sin discriminación se había ganado el respeto y admiración de todos. Desde el día que llegaba abría la iglesia para consultas, los viernes visitaba enfermos y necesitados, la mañana del sábado era para catecismo y por la tarde enseñaba a leer y escribir tanto a adultos como a niños. El desinteresado amor por la gente logró que confiaran en él y como resultado conocía vida y milagros de todos, sin embargo nunca se le oyó recriminando a nadie. Tan era así que en la misa era común ver a Tico, el borracho del barrio, ayudándole en la misa, a Trompa de Puerco, fabricante de ron pitorro, recogiendo las ofrendas, y hasta Alfi, un matón que ni en la iglesia se desprendía del puñal, ayudándole en la Eucaristía. De sus labios nunca se oyó censuras, siempre salían testimonios de amor, respeto, consideración y cariño, tanto para grandes como a chicos. Ese desprendimiento de calidad humana lo hizo ganarse el cariño de todos y era bien recibido hasta en los bautismos de muñecas.

Los domingos tanto hombres como mujeres lucían sus mejores galas. Los hombres, que se vestían de blanco, era común verlos añingotados sobre un solo pie para que el barro colorado no les pintase la ropa. Las mujeres jóvenes se adornaban los peinados con flores naturales, pintaban los labios de color rojo intenso y se coloreaban las mejillas con intensidad. En la vestimenta dominical usaban blusas acompañadas de faldas anchas con arandelas y colores vivos. Los que tenían sillas de montar ese día sustituían los aparejos y banastas por vistosas azaleas, que daban lustre a sus monturas. Se vestían de blanco, con sombreros tipo pra-pra y aunque no entendieran como leer la hora se cruzaban el pecho con una leontina (muchas veces baratas) para poder exhibir su reloj cebolla.

También era día de galleros y los aficionados a ese deporte inscribían sus postas desde temprano, ya que las peleas empezaban a la una de la tarde. Los gallos, considerado deporte de caballeros allí no era la excepción, los aficionados respondían a las apuestas con seriedad. De no ser así los machetes respondían por que se cumpliesen, ya que cada asistente cargaba con su perrillo, el cual clavaban en el terreno a su lado o en la barranca. Si había un mal entendido cada oponente echaba mano al perrillo, que no necesariamente tenía que ser el propio porque ante la urgencia para defenderse le echaban mano al más cercano. Los que resultaban mal heridos eran cargados en hamacas hasta el hospital del pueblo. Muchas veces morían en el camino cuando se desangraban antes de llegar por lo largo del trayecto. Esto hacía que en ocasiones aunque las heridas fuesen graves y las curas de los campesinos no tan modernas, preferían curarse allá en la montaña en lugar de morir desangrados en el largo trayecto. Las heridas por graves que fueran eran tratadas con efectividad usando ceniza, gas kerosene, miel, ajos, tunas, hojas de calabaza, suelda con suelda, barro y otros remedios que bien aplicados eran tan o más efectivos que los del hospital, que por lo general carecía de medicamentos adecuados.

Un domingo en el que había jugada de gallos, la gritería llegaba hasta la loma de Juana María donde los muchachos se estaban divirtiendo tirándose en los tigüeros. La enorme gritería llegaba clara donde ellos estaban y al no saber a qué se debía les picó la curiosidad. El área de la valla era terreno prohibido para ellos, pero pudo más la curiosidad que la razón y evitando el camino real para no ser vistos, cruzaron el cafetal hasta llegar al lugar de la improvisada gallera. Como por ser niños no le permitían estar presentes, para no ser vistos se encaramaron en una hilera de frondosas pomarrosas desde donde podían ver todo a la perfección. Lo que más le picaba su curiosidad era oír cómo se gritaban unos a otros y que en medio del bochinche se pudiesen entender. Luego de un rato, en un determinado momento la gritería cambió de tono, se había armado una garata de mayores proporciones. Ante la aterradora mirada de los muchachos y la escapada corriendo de muchos asistentes, salieron a relucir puñales y machetes. Unos corrían a buscar refugio, otros a echar mano a los perrillos aunque no fuesen los suyos, y había uno que se defendía con un estacón. Los muchachos aterrados no pudieron evitar ver como dos personas cayeron al piso víctimas de machetazos, varios brazos fueron desmembrados de sus cuerpos, y aún fuera del cuerpo continuaban moviéndose, otro llegó a caminar sin cabeza para luego caer, había sido decapitado. La sangre manaba de las diferentes heridas con la intensidad de cuando mataban un lechón y uno de los agresores continuaba picando en pedazos a uno que ya estaba posiblemente muerto en el piso. En una escena que era demasiado impactante para cualquier adulto, para los niños resultaba indescriptible, al extremo que por largo rato quedaron mudos y frisados. Al mucho rato Pepito, todavía en estado de pánico, nunca supo cuando ni como, pero saltó del árbol de pomarrosa y salió corriendo. Solo movía los pies de las rodillas para abajo, ya que sus brazos permanecían como pegados verticalmente al cuerpo, sus ojos estaban abiertos sin parpadear y su cara desfigurada por el horror. Llegó a su casa sin color, temblando y teso, sin poder pronunciar palabra alguna. Sudaba frio y como estaba teso solo pudo detenerse y permanecer quieto como un maniquí. Se había orinado en la ropa. Al ver eso tanto don Lelo, como doña Mica no sabían qué hacer, y La Gorda, más por chavarlo que por ayudarle le lanzó un balde con agua fría a la cara. Volvió a la realidad y cuando pudo hablar narró lo que había visto en la valla, como mataron a tres personas, otros fueron heridos y el que vio caminando sin cabeza. Parecía que hablaba bajo hipnosis, pues todavía permanecía sin parpadear y así narró la terrible odisea. Como se había ido para la valla sin permiso poco faltó para que los muertos fuesen cuatro, doña Mica por poco acaba con él de la paliza que le dio, fue tan grande que don Lelo intervino para evitarle mayor castigo. Esta vez La Gorda no se atrevió tocarle la guitarrita.

Capítulo 20

Por seguir el consejo del licenciado

La cosecha había sido productiva y don Lelo quiso celebrarla con otra fiesta de acabe. Contrario al año anterior muchos de los preparativos estaban listos, por lo que esperó hasta el mismo viernes para enviar a Mon por víveres a La Fina. Siendo viernes feriado Mon no iría solo, ya que cuando se trataba de ir a La Fina, Pepito le encantaba acompañarlo. La Fina, era una enorme hacienda de más de dos mil cuerdas, en su mayoría dedicadas al café, aunque por su tamaño también producían gran cantidad de frutos menores y cítricos. Las estructuras donde estaban las facilidades de por si eran como un pueblo pequeño, en la que además de la casa principal estaban los almacenes, salón de maquinarias, despensa, cajones de secado, potrero, corrales de ganado, hortaliza, una gran laguna y un hermoso paisaje. El chico disfrutaba mucho la laguna con sus gansos, patos y pelícanos que en su hábitat natural añadían belleza al lugar. La pasión de Pepito eran los caballos y le pedía a Mon que lo dejase en las caballerizas mientras iba por los víveres, luego de lo cual lo recogía una vez comprara. Ese tiempo lo utilizaba para curiosear por los establos, donde además de los caballos había también burros, vacas y gran cantidad de mulas. Las ovejas estaban sueltas en una loma, con alambre de púas trenzadas a seis hilos, protegiéndolas contra robos. Un hermoso caballo que lo llamaban Raja de Leña, era el preferido del muchacho y no se podía ir sin acariciarlo entre las varas que lo protegían. Por el mucho rato que Mon tardaba en ser atendido, a Pepito le sobraba tiempo para curiosear. Como metía la nariz en todo, era cariñoso y preguntón, el administrador, que era amigo de don Lelo, le agarró mucho cariño al extremo que terminó siendo su padrino de confirmación, la cual se llevó a cabo en la iglesia Católica del sector.

Algo que le llamaba la atención era el proceso del secado de café. No se secaba en gláciles como en Casa Grande, tenían unos gigantescos cajones llanos, con ruedas, que por rieles entraban y salían de unos inmensos gabeteros en cuyo interior se acomodaban de diez a doce cajones en cada uno. Eso hacía posible que cuando iba a llover, una sola persona guardase el café en cuestión de minutos. Cuando Mon terminaba de hacer la compra, daba un pitido y Pepito salía de donde estaba para unirse a él.

Cuando Mon llegó a Casa Grande se unió a los preparativos. Temprano en la mañana había caído una llovizna que pareció con intención de dañar la fiesta, pero no contó con el sol, que apareció a las once de la mañana y ya para la una de la tarde todo estaba seco. Este acabe contaría con la presencia de algunos arrimados nuevos, los que durante la cosecha ocuparon las casas de los que se mudaron a las parcelas. Por aquello de mantener su invicto, Luis Elena fue el primero en llegar y como de costumbre luego de atender a doña Mica, acomodó su canasta de quincalla a la entrada del portón. Minguito, como buitre al acecho apareció con sus dados en espera de un incauto, las hijas de don Genaro llegaron pero fueron directo a la casa y a ellas le siguieron varios de los nuevos arrimados, los que se acomodaron en las tres murallas del glácil. Don Lelo, había improvisado una larga mesa con tablas de guaraguao, las que descansó sobre pipas de las usadas para vino y ya estaban siendo llenadas con diferentes comidas. Un novillo que todavía estaba sin terminarse de asar, pero cuyo rico efluvio impregnaba el ambiente, sería colocado entre las comidas más tarde. El cuarteto de músicos encabezado por Verno, luego de ver a don Salva tomarse su vaso de pitorro, inició con un mapeyé que nadie bailó, pero no así con el seis chorreao que llevó las primeras parejas a la pista. Unas carcajadas anunciaban la llegada de alguien y aún los que no lo habían visto sabían que se trataba de Chubasco. Llegó con la ropa invertida, abotonada por la espalda, los zapatos al revés, el sombrero hacia atrás y la chalina por la espalda. Intentó bailar con don Genaro y cuando éste salió corriendo, ver como Chubasco lo perseguía era para morirse de la risa. Al no poder alcanzarlo agarró una escoba de palma real y al son de su harmónica siguió bailando. Todo era alegría, buena música, baile, comida, risas, y el licor ya estaba alegrando el ambiente, que se mantuvo así como dos horas, hasta que algo lo opacó. Eligio, el hijo ilegítimo de don Lelo y acérrimo enemigo de doña Mica, apareció a la fiesta. En otras circunstancias no hubiese despertado interés, no era la primera vez que asistía a un acabe, pero no era el caso en este momento. Era del conocimiento de todo el barrio que Eligio había recurrido a ayuda legal contra el padre, exigiendo ser reconocido como hijo legitimo. Aunque ignoraban el resultado de sus gestiones pensaban que algo no le había salido bien, ya que tenía una faena montada contra doña Mica, en la que no se escondía para proferir ofensas y hablar pestes de ella. Lo que más llamaba la atención era que estaba visiblemente borracho.

Cuando Juana María y el Tu Yeyo lo vieron llegar se imaginaron que lo peor estaba por venir y abandonaron Casa Grande por la puerta de la cocina. No querían encontrarse allí cuando estallase el volcán, que no tardaría.

El borracho al notar que el bullicio había desaparecido se sintió importante, se dirigió a la mesa de las bebidas, con visible dificultad se sirvió un vaso grande de pitorro el cual por su temblor en la mano desparramó en su mayoría y se disponía a hablar, cuando Mon intentó intervenir, pero don Lelo, le pidió al capataz que le permitiese manejar la situación. Antes de llegar donde el borracho, don Lelo para disipar la tensión del momento le pidió a Verno que continuase con la música. Verno, continuó el seis chorreao y don Lelo se dirigió hacia Eligio, que grotescamente estaba recostado sobre la mesa de las bebidas. Al ver que su padre se acercaba, Eligio intentó sacar pecho, pero la borrachera le hacía ver ridículo. Mantuvo en su mano el vaso de licor, que por falta de coordinación apenas estaba medio y esperó por su padre. Don Lelo trató de ponerle su mano en el hombro, la cual agresivamente Eligio le retiró de un manotazo con su mano libre. La escena hizo que los asistentes pusieran su atención en lo que sucedía y eso inspiró más al borracho. Don Lelo, como era usual en él, no perdió la serenidad y paternalmente, le dijo:

"Eligio, tú no estás en condiciones de mantenerte en pie, ¿porqué no tomas asiento y....?"

"Yo no tengo que tomar hic.... ningún asiento, no vine a eso. Hic...he venido hic...a brindar, hic...eso es a brindar....hic...."

Diciendo eso levanto el casi vacío vaso con pitriche, dio otro fuerte eructo, se tambaleó y con la lengua trabada, dijo:

''Voy a brindar.... Hic... por este trapo de viejo....hic....que se quiere hacer el santo...hic....y es peor que el más....hic....malo de los que están aquí....hic. Todos saben lo que en combinación.... hic....con esa vieja bruja que se cree mierda y....hic.... no se equivoca me han hecho."

Todo estaba en silencio, los asistentes se mantuvieron a la expectativa, la música dejó de tocar por que las parejas cesaron de bailar, los que estaban comiendo ni masticaban y sus cubiertos quedaron a medio movimiento. Don Lelo, trató de tranquilizar al hijo, pero este lo retiró de un empujón y viendo que tenía tribuna libre continuó, casi gritando:

"Sí, porque es bueno que….hic…..sepan que esa vieja víbora…. hic….es la que….hic….."

No pudo continuar, Juan López, el capataz, al ver que Eligio había empujado a don Lelo se acercó y le metió el puño en la boca. No se sabía si por la fuerza del puño, o porque estaba ebrio, pero el borracho cayó al piso como fulminado por un rayo. Muchos creyeron que lo había matado, pero al auscultarlo encontraron que estaba más borracho que herido. Tres de los presentes lo cargaron por pies y manos en forma de hamaca y lo llevaron hasta su casa, dejándolo tirado en el batey como un fardo de batatas o yautías. Aunque no con la misma animación la fiesta continuó, una hora más tarde nadie se acordaba del suceso.

Quien no había retornado a la normalidad era doña Mica. Por el carácter volátil que tenía y la forma como había sido ofendida, estaba que no había quien le cogiera un fumón. Lo que más le molestaba era que por ella haber estado en la cocina cuando pasó el incidente, no fue ella la que repartió el cantazo. El esposo, que la conocía mejor que nadie se imaginaba como podía estarse sintiendo. Fingiendo estar ocupado se mantuvo alejado de ella, pero tarde o temprano el enfrentamiento tenía que llegar.

La fiesta terminó, los últimos participantes se fueron a las casas y don Lelo, luego de ayudar a Mon y a Juan López a recoger no pudo atrasar más la entrada a la casa. El incidente había sido demasiado serio para ignorarlo. Preocupado, pareciendo contemplar una luna llena que miraba pero no veía, se mantuvo pensativo en el sillón del balcón sin saber qué actitud asumir, sabía que de un momento a otro aparecería la furiosa compañera.

Doña Mica, nunca había estado tan enfadada. Esperó que los muchachos, que ya estaban acostados se quedaran dormidos y una vez constató que así era, como gata parida decidió enfrentar al esposo. Éste, que sabía que el ciclón se acercaba permaneció quieto esperando la sacudida. Al clap...clap.... de las chanclas silenciarse de inmediato tuvo frente a él su compañera. Ella no anduvo con rodeos ni doró píldoras, con agresividad, preguntó:

"¿Ahora quiero que me digas que piensas hacer con eso?"

"¿Con qué?" preguntó él, sabiendo a qué se refería.

Si había algo que sacaba de sus casillas a la doña era la serenidad con que el esposo enfrentaba las situaciones. Si él tuviese un temperamento como el de ella, en vez de ser dueños de Casa Grande, lo fuesen de la comarca entera. Oportunidades demás habían tenido y el buen hombre nunca se interesó. Con mucho coraje, casi gritó:

"¡Con qué va a ser! Con ese bastardo asqueroso que tuvo la osadía de venirnos a insultar a nuestra propia casa. Con eso mismo."

"Yo reconozco que estuvo mal, estaba ebrio y no sabía lo que hacía."

"Bájate de esa nube, solo eso faltaba, que trates de justificar esa puercada. Tú bien sabes que el borracho pierde la vergüenza, pero sabe lo que hace. Ese desgraciado ha estado planificando esto por mucho tiempo, no son pocos los que me han dicho que él se pasa destilando veneno en contra nuestra donde quiera que se para. ¿Tú piensas seguir tolerando esto? Si es así dímelo, porque yo no soy como tú, conmigo no va a jugar."

"Mica, lo que tú dices es cierto, ¿pero qué quieres qué yo haga?"

"¿Y te atreves preguntarme lo qué quiero? Quiero que pares esto y es ya. ¡Eso mismo!"

"Eso es algo que está fuera de nuestro control, dime, ¿qué tú harías?"

"¿Yo? Dijo ella con coraje, lo mataría como a un perro, de mí no se reiría ese bastardo asqueroso. Suerte tuvo que yo no lo vi."

"Tú sabes que eso tampoco puede ser así, cógelo con calma que......."

"Qué calma ni que ocho cuartos." Interrumpió ella furiosa sin dejarlo terminar. "Óyeme bien lo que te voy a decir, porque no te lo pienso volver a repetir. Si tú no paras a ese bastardo lo voy a hacer yo, y te garantizo que jamás ofenderá a nadie más. Así que tú, que le das tanto rodeo a las cosas, soluciona. De no ser así me haré cargo de la situación y te aseguro que te arrepentirás toda la vida."

"¿Y por qué yo?"

"Porque tú, por andar con blandenguerías eres quien le ha dado alas a ese bastardo. Si desde que empezó con jodiendas le hubieses parado el caballito, esto no estaría sucediendo."

"Nunca pensé que pudiese llegar a estos extremos."

"Ya ves lo equivocado que estabas, hay que darle gracias a Juan que hizo lo que tú debiste haber hecho, poco faltó para que te agrediese."

"Vamos, Mica, ni tanto ni tan poco, no exageres."

"Yo no estaba allí, pero me dijeron que Juan le metió el puño en la boca porque te empujó, o ¿es qué vas a negar eso también?"

"Tanto como negarlo no, pero hay que reconocer que estaba borracho."

"Lo que no se puede negar es lo ciego que estás. Recuerda esto, si tú quieres que ese sucio bastardo siga con vida, para esto ahora, porque de lo contrario lo voy a matar, y tú sabes que yo nunca amenazo en vano."

Don Lelo, se quedó mudo. Si continuaba hablando ella seguiría amenazando, pero de una cosa estaba seguro, en este momento no sabía qué, pero tenía que bregar con el asunto, era verdad, su señora nunca amenazaba en vano.

La señora estaba enfadada, toda su vida conyugal había respetado al esposo, pero en esta ocasión no pudo. Lo dejó con la palabra en la boca, dio la espalda y se fue al cuarto. Don Lelo, estaba demasiado preocupado, permaneció en el sillón pensando en que haría sobre el particular. Conocía a su esposa y sabía que hablaba en serio, tenía que hacer algo, y era ya.

Eligio, despertó como si un camión le hubiese pasado por encima. No se acordaba de mucho de lo pasado, pero sí sabía que había ido a Casa Grande siguiendo los consejos del abogado a jugarle una trampita a la vieja. Esa jugadita le había salido cara, tenía la boca hinchada, el cuerpo le dolía y casi no podía comer. Como si eso fuese poco, Amanda, su dulce esposa todavía no sabía lo sucedido y él tenía que decidir si decirle la verdad o permanecer callado para que ella no sufriera. Sabía que tan pronto Juana llegara a la casa se lo diría a la esposa, y decidió ir a verla antes de que Juana viniese a cuidar la nena.

Juana, no estaba, había ido a la tienda un momento y decidió esperarla. El Tu Yeyo estaba remendando una hamaca, pero con él no valía la pena hablar. Nunca le había gustado intervenir en las cosas del hijastro, y por otro lado como él no iba mucho a casa de Eligio, por su boca Amanda no se enteraría. Si le decía o preguntaba algo, se limitaría a su famoso, umjú.

Juana no tardó, al ver que Eligio la esperaba arrugó el ceño demostrando tener coraje y no le habló. Mala cosa para Eligio, la madre era un ser humano humilde y bueno, pero cuando tenía coraje no vacilaba en romperle un leño encima. Más con miedo que con deseos, dijo:

"Bendición ma', quiero pedirle un favor."

"Ajá." Solo eso, ajá, el monosílabo indicaba que no quería hablar con él.

Tímidamente volvió a intentar:

"Ma, ¿me oyó? Quiero hablar con usted."

"Pero yo no quiero jablar contigo, jasme el favoh y veti que no jestoy contenta con la poca vergüenza que jiciste."

"Pero ma, es que......"

"Veti, veti, veti veti, no quiero jablar contigo." Dio la espalda y lo dejó solo en el batey.

Ahora si se le había llenado el cuarto de agua, Juana pronto subiría hacia su casa y como estaba molesta con él, lo más probable era que le contara a su Amanda lo ocurrido. No quería que Amanda se enterara por terceras personas y si no lograba hablar con Juana eso sería precisamente lo que pasaría. La madre no quiso hablar con él y al regresar se quedó un rato bajo la sombra del mangó que estaba a medio camino, pensando en cómo le diría lo sucedido. Al llegar encontró que Amanda estaba dormida, su condición cada día la debilitaba más conforme pasaba el tiempo. Estuvo un momento contemplándola, cubrió a la nena con su sabanita y salió del cuarto. Estaba preparando café cuando llegó Juana, pero allí no quería hablar con ella, en la forma de hablar Juana, que parecía una gallareta, si se alteraba lo oiría el barrio entero. Como el día anterior por jugarle una trampita a doña Mica solo había trabajado medio día, se fue a La Fina a reponer el tiempo perdido.

En su ausencia Juana le contó a Amanda lo sucedido, la joven esposa jamás aprobaría ese tipo de conducta, por lo que de momento decidió ignorar el asunto, no creía que era el momento adecuado. Tarde o temprano él mismo se lo diría, y entonces le haría saber su opinión. Ella estaba consciente de que él estaba pasando un mal momento, allí en cama repasaba a menudo el momento cuando su Eli dio el cambio radical. Con ella y la nena seguía siendo el padre y esposo ideal, pero en lo personal lo veía distraído, amargado, huraño y en más de una ocasión, aunque él trató de ocultarlo, ella notó que había estado llorando. Eso, para la inteligente mujer era síntoma de depresión y no quería poner más peso sobre la persona que tanto ella amaba. Esperaría el momento adecuado.

Capítulo 21

Trompi nos sorprende

Sorprendiendo a todo el barrio, ya que aparentaba estar en buen estado de salud, Trompa de Puerco, amaneció muerto en el mismo catre donde se acostó la noche anterior. La noche pasada había estado en el acabe. Como de costumbre comió, bebió, bailó, y gufeó. Para completar su faena fue uno de los que junto a Pichón y al Ganso ayudó a cargar a Eligio cuando Juan López lo noqueó. No se había emborrachado, inclusive, sin que don Lelo se lo pidiese había ayudado a Mon y a Juan en la limpieza del área.

Vivía sólo con su hijo Gangi, ya que su esposa Angelita se le había adelantado en dejar este mundo hacía un par de años, víctima de la cruel tuberculosis que amenazaba con extinguir al país. Luego de quedar viudo, él no pudo o se interesó en conseguir compañera. Trompi, como cariñosamente algunos le llamaban era todo un personaje, versátil, alegre, cooperador y en cierto modo polifacético, hacía de todo y estaba en todo. Su verdadero nombre, Nicanor, solo los más allegados lo conocían y él mismo nunca lo usaba. Tenía la nariz levantada, con los agujeros bien grandes apuntando hacia el frente. Esto dio lugar a que años atrás, tantos que ya nadie se acordaba, un apostador en una jugada de gallos al concertar una apuesta y no saber su nombre, lo llamó Trompa de Puerco. En tono humorístico, como era él, en lugar de molestarse con el individuo empezó el mismo a llamarse Trompa de Puerco y así se quedó. Angelita, su esposa, que todavía estaba viva no le gustaba que le llamasen así, pero él no le hacía caso, se reía y le contestaba que el que tenía que ofenderse era el lechón.

Como buen jíbaro de la montaña siempre se levantaba temprano. Ese día cuando a las diez de la mañana, Gangi, su hijo, notó que no se había levantado se acercó y al tocarlo lo encontró más frío que el agua del charco de los coyuntos. El muchacho, que luego de la muerte de la madre había madurado mucho, comprendió inmediatamente lo ocurrido. No lo bregó y aprovechando que era día de asueto corrió a Casa Grande para avisar a don Lelo. Al llegar don Lelo comprobó que efectivamente había pasado a mejor vida y con el mismo Gangi envió por el Padre Álvarez. Entre don Lelo y el Padre tomaron las primeras decisiones, ya que con excepción del hijo no se le conocía ningún otro familiar. Don Lelo, llamó a don Felipe, el carpintero del barrio y le encomendó que usando unas tablas de guaraguao que tenía en los bajos de la casa, le preparara un ataúd. Siendo Trompi todo un personaje en el barrio, la noticia corrió como pólvora. Doña Andrea, la rezadora, y Carmen, la de Mon, lo prepararon y vistieron como mejor pudieron, de hecho con la misma remuda que usó la noche anterior en el acabe. Tratando de darle un color natural a la cara le pusieron unos polvos blancos, que la mayoría pensó que parecía una dona empolvorada. Unos lo veían gracioso, otros raro y para algunos era algo que no les importaba. Los que mejor conocían al Trompi opinaban que si él se estuviese viendo estaría encantado. Si es como algunos opinan, que desde otra dimensión en el más allá los que mueren están viendo lo que pasa en su contorno, el Trompi estaría contento con su facial. Así era él, se reía por todo y hasta se gufeaba él mismo. Por un momento se pensó velarlo en la iglesia, ya que además de ser pendenciero, borrachín, jugador, destilador de pitriche, bonachón y un montón de cosas más, también era ayudante del Padre en la misa. Era el encargado de pasar la canasta para colectar las ofrendas.

El sacerdote, conociendo mejor que nadie a la gente del barrio y sabiendo a lo que la mayoría vendría al velorio, por razones obvias decidió que lo velaran en la casa, de hecho a poca distancia de la iglesia y así se hizo. El carpintero, que como todo el mundo también era amigo del Trompi, no perdió tiempo y ya para las tres de la tarde había terminado el encargo. Cubrieron el interior del ataúd con una sabana y en la cabecera colocaron una pequeña almohada enviada por doña Mica, en la que el Trompi recostaría su cabeza para el viaje final. El ataúd tenía tapa, pero la misma no sería cerrada hasta el momento de partir hacia el campo santo. Colocaron el ataúd sobre dos sillas, y bajo el mismo, como una precaución adicional, Gangi le colocó una caja de madera, con unas letras en molde que leían, JABON CAMPEON AZUL. Carmen, la de Mon, aseó la casa, dejándola lista para recibir visitantes, y Juana se encargó de preparar café y chocolate. Pellín, rindiendo honor a su amigo y cliente, envió una lata de galletas de soda y un queso de bola holandés. Como mosca persiguiendo la suciedad apareció Minguito con sus dados, y le siguieron varios borrachines del barrio que sabían que el pitorro correría como en zanjones. Siendo la principal ocupación del occiso el pitorro, no podría ser de otra manera. Ellos estaban dispuestos a contemplar al Trompi toda la noche, aún pareciendo una dona empolvorada, si de tomar pitorro se trataba.

Sabiendo que el hijo era muy joven y no tenía experiencia en cuestiones como esta, todos los vecinos aportaron golosinas para ser repartidas durante la noche. Por falta de espacio algunas fueron colocadas en la mesa contigua al ataúd. La parte más respetada de los visitantes del sector ya para las siete de la noche estaban presentes y el velorio estaba en su apogeo. De momento llegó Verno, íntimo amigo del difunto y líder del conjunto musical del barrio del cual Trompi también era parte. Vino acompañado por Lolo, don Salva y Santos, mientras afinaban sus instrumentos, alegó que entre él y Trompi había un acuerdo para el que primero torciera el hocico, fuese acompañado por la música del segundo, y cumpliendo ese acuerdo ellos estaban allí. Nadie le cuestionó su compromiso y pocos minutos después rompieron con el primer seis chorreao'. Ya para el segundo, luego de don Salva tragarse un tremendo palo de cañita, en el silencio de la triste noche las guitarras sonaron con tanto ímpetu que poco faltó para resucitar al Trompi.

Tan pronto oscureció por completo encontraron que una linterna y un quinqué no era suficiente luz para el lugar. Aunque los visitantes apenas lo miraban y a pesar del facial blanco tipo dona empolvorada, el cadáver casi ni se veía. La linterna apenas alumbraba la mesa que ataponada con las golosinas traídas por los vecinos, una lata de galletas de soda, dos grandes calabazas, una de las cuales le habían sacado un buen pedazo, el queso enviado por Pellín y algunas conservas del mantengo, parecía el mostrador de una tienda de abarrotes. De una pata de la mesa descansaba un saco casi lleno, de lo que podían ser malangas o yautías y de la otra pata descansaba un costal de chinas. Como a seis pies del piso, en una esquina, colgando de una solera un racimo de guaranes maduros lucía tan tentador que ya le habían robado casi todo el primer gajo. En un clavo, casi a la cabeza del muerto, unas mazorcas de maíz sarazo, amarradas unas con otras parecían servirle de corona. De un lado a otro de la sala, una solera cruzada servía de burro a los aparejos de la yegua del Trompi. En un clavo de la misma solera descansaba el foete y al final en lo que parecía un tornillo, estaba enganchado el largo garabato del café, que casi tocaba el piso.

El pitriche se estaba repartiendo en vasitos sanitarios de una onza, los había traído el Padre Álvarez. Muchos inconformes lo protestaron alegando que eso era lo mismo que no tomar nada, pero se lo tomaban. La música estaba como para revivir al difunto y no faltó quien olvidando que era un velorio tirara sus pasitos, los cuales suspendían al ver que los demás asistentes los miraban con reproches. En una raíz del frondoso árbol de mango, Minguito había colocado un mechón para alumbrar mejor la jugada de topos que celebraba con Tomás el búho, Pichón y el Gago. Al compas del chasquido de los dedos y las palabras suerte, crás, doble y par, los que estaban adentro sabían que la jugada estaba prendida. A eso de las ocho llegó Chubasco el hombre que muchos esperaban, especialmente los que pensaban romper noche. Con sus chistes era capaz de hacer reír hasta el mismo Trompi. No bien había llegado ya los que estaban en el batey estaban riendo, pues entró parodiando al Padre Álvarez. Se había colocado un cuello romano, los lentes en la punta de la nariz y un libro que simulaba una Biblia. Imitó a la perfección la manera como el sacerdote se paraba y la gente parecía morir de la risa. Cuando guiado por las risas en el batey el sacerdote se asomó a la puerta, y Chubasco lo vio, se frisó y permaneció en una posición tan graciosa que la gente duplicó las risas. El sacerdote fue de los que más rió.

Como a las nueve de la noche llegó don Lelo, acompañado por Juan López y Kaki, el perro de Pepito. Minutos antes habían repartido carne frita, y Jaya, uno de los asistentes, descuidadamente tiró hacia el lado el hueso que tenía en la mano, de un pedazo de carne que había terminado de comer. Kaki, el perro de Pepito corrió tras el hueso y lo mismo hizo el pastor alemán de Delfín y por apoderarse del hueso se armó la pelea de perros. Era de noche, casi no había luz y don Lelo junto a Verni, que había tenido que dejar de tocar porque la pelea era a su lado, trataban de separar los perros pero no podían. Minguito, que había tenido que suspender la jugada en la que estaba perdiendo unos chavos estaba molesto. Agarró una estaca y le atracó tremendo leñazo en el lomo a uno de los animales. Por ser el más grande resultó ser el perro de Delfín el que recibió el leñaso, que con el lomo adolorido y chillando de dolor se internó en el cafetal. Cuando Delfín vio a su perro herido, cargó contra Minguito y se armó otra pelea, pero esta vez no era de perros. Con excepción del difunto, la casa se vació para ver la garata, la cual necesito la intervención de muchos, incluyendo al sacerdote para que todo volviese a la normalidad.

Verni, estaba preparándose para continuar con la música cuando algo difícil de explicar ocurrió. No hacía brisa, tampoco soplaba el viento, pero las luces tanto de la linterna como la del quinqué empezaron a extinguirse lentamente hasta apagarse. De momento creyeron que el kerosene se les había acabado, pero al revisarlas encontraron que estaban casi llenas, las mechas en buenas condiciones y los biombos limpios. Las volvieron a encender y volvió a repetirse el extraño suceso. Ante el estupor de los asistentes las luces se encendieron por su cuenta y luego se apagaron nuevamente. No había explicación al extraño suceso, que momentáneamente había dejado mudo al auditorio, hasta que alguien en la oscuridad, dijo:

"Hum, esto no me gusta, parece cosa de espíritus."

Algunos habían pensado igual, pero ante la presencia del Padre se abstuvieron de comentarlo. Una vez mencionado lo de los espíritus nadie intentó encenderlos nuevamente, tampoco se atrevían moverse de sus sillas permaneciendo en una oscuridad que solo era débilmente alumbrada por el reflejo de la luz del mechón que Minguito usaba en la jugada de topos, que momentáneamente se había paralizado. Como a los quince minutos de estar sentadas en la oscuridad las luces volvieron a encenderse por su cuenta nuevamente. Los presentes no sabían qué hacer, que decir y mucho menos entendían lo que pasaba. Poco a poco unos por miedo y otros por recelo fueron abandonando la sala y algunos de los que estaban en el batey subieron a ocupar los lugares vacíos. Entre los que subieron estaba Chubasco, que no se atrevía mirar al sacerdote directamente, pero continuó con sus ocurrencias, las cuales con la ayuda del pitorro y las risas de los presentes evitaron que el Trompi se quedara solo toda la noche.

Al empezar el velorio muchos de los presentes se habían propuesto acompañar al Trompi hasta el pueblo para el entierro. Sin embargo, cuando el sol apareció, habían tomado tanto licor durante la noche que estaban borrachos en grotescas posturas por los alrededores. A las diez de la mañana el Padre recibió el cadáver en la iglesia para rendirle el servicio final. Siendo domingo la iglesia estaba llena y los que no habían tenido la oportunidad de asistir al velorio ahora tenían la oportunidad de darle al Trompi el último adiós. Una vez terminado el responso el ataúd fue movido desde el interior de la iglesia hasta la terraza bajo el campanario. De allí lo levantarían los voluntarios que lo acompañarían hasta el pueblo. Los amigos que con sinceridad habían tenido la intención de cargarlo, ahora estaban borrachos regados por los alrededores y no había gente para tan ardua tarea. No era algo sencillo, más bien una tarea larga, fuerte y dura. Requería hombres saludables capaces de cargar un pesado ataúd por más de seis o siete horas atravesando caminos, veredas, ríos y carretera. Mucha gente aún con la buena intensión no tenían la condición física requerida que se necesitaba. Lo irónico del caso era que el Trompi, que siempre fue un voluntario para cargar ataúdes hasta el pueblo, ahora no tenía quien lo cargase. Esto hizo que el Padre Álvarez decidiera tomar cartas en el asunto, fue hasta donde se encontraban los borrachos y les sermoneó con dureza:

"Parece mentira, no es de hombres lo que ustedes están haciendo. Su amigo fue siempre un voluntario para acompañar a todos en sus momentos difíciles, nunca dejó de acompañar los difuntos hasta el pueblo, y ahora que necesita de ustedes, miren como le responden."

El sermón surtió efecto, tenía que surtirlo, no solo venía del sacerdote, si-no también de la persona que por su boca nunca nadie escuchó palabras de censura. Ante la intervención de tan respetada persona los borrachos reaccionaron. Nadie sabe cómo lo hicieron, pero lo hicieron, cerca de las doce del medio día, todavía visiblemente borrachos bajaron por el camino real. Pararon en Casa Grande para pedir un martillo y ajustar los clavos de la plataforma. Allí doña Mica le colocó un clavel rojo sobre el ataúd y se dispusieron a cubrir el difícil camino. Fue la última parada de Trompi en el barrio.

La perdida de una persona tan servicial como Trompi definitivamente se notaba en el barrio. Difícilmente se encontraría alguien con la disposición para ayudar a todos como tan desinteresadamente lo hacía él. Sin embargo el que definitivamente más lo iba a echar de menos era su hijo Gangi. El muchacho hacía tres años había perdido a su madre, luego de lo cual con la ayuda del padre se recuperó de la pérdida. Ahora inesperadamente se quedaba sólo, no tenía más familia y en la confusión del momento era incapaz de buscar una solución. La madurez demostrada luego de la muerte de la madre la puso en práctica y decidió que de allí nadie lo movería. La valiente decisión del muchacho tuvo su reconocimiento, con la asesoría del sacerdote, los consejos de don Lelo y la cooperación de Carmen, la de Mon, el chico saldría adelante.

Sin embargo, si la gente del barrio creyó que habiendo sepultado al Trompi él habría abandonado el lugar se habían equivocado, algo extraño y difícil de entender sucedió. En un principio lo tomaron a relajo, como era lógico si era relacionado al Trompi, pero con el pasar de los días empezaron a preocuparse.

Don Salva, el músico del barrio, persona seria, de respeto y muy mesurado en su forma de actuar se presentó a Casa Grande. Don Lelo leía el periódico en su mecedora del balcón cuando lo vio cruzar el portón, llegó hasta don Lelo y dijo:

"Buenas tardes, compadre. ¿Puedo hablar con usted?"

A invitación de don Lelo se acomodó en el desgastado sillón frente al agricultor, pero permaneció mudo. Don Lelo lo notó raro, nervioso, tal vez taciturno. Le preguntó:

"¿Se siente bien compadre?"

Meneó la cabeza para un lado y otro, apretó los labios hasta parecer una fina línea recta y casi imperceptiblemente, dijo:"

"Don Lelo no quiero que usted crea que le estoy tomando el pelo ni mucho menos, tampoco que estoy loco aunque poco me falta, ¿pero qué diría usted si le digo que acabo de ver y hablar con Trompi?

Don Lelo podía esperar cualquier cosa menos eso. Frunció el ceño y preguntó:

"¿Usted habla en serio compadre? ¡Por favor explíquese!"

"Mire don Lelo, apenas hace media hora entraba por el camino hacia casa y al pasar me puse a talar las matas de la barranca. Cuando me enderezo alguien me dijo que avanzara por que parecía que iba a llover. Me enderecé, le contesté, cambiamos varias palabras y la persona desapareció sin darme cuenta hacia donde.

Seguí hacia casa y entonces fue que me di cuenta de que la persona era el Trompi. No llegue a mi casa, allí mismo me dio una canillera que creo que hasta me orine. Por largo rato no me pude mover y cuando finalmente lo hice me vine hacia usted que es una persona seria y tal vez me ayude."

Don Lelo abrió sus ojos como asustados, de momento no sabía qué hacer o decir. Una cosa era cierta, creía lo que don Salvi decía. Finalmente más por complacer que por informar, dijo:

"Yo he leído algo parecido en algunos libros, pero son historias de meta física, en cuanto a lo suyo no sé qué decirle."

Se miraron fijamente por un momento y a don Lelo se le ocurrió una idea. Le aconsejó que tal vez doña Mica que entendía de eso más que él le podría ayudar. Llamaron a doña Mica y le explicaron la situación. Ésta, luego de escuchar, dijo:

"Tiene sentido, aparentemente Trompi murió de un infarto fulminante y no tuvo tiempo de prepararse, por lo que su alma puede todavía estar en esta dimensión."

" Yo entiendo eso comadre, pero ¿ qué voy a hacer ahora si ni pasar por la casa me atrevo?" Contestó don Salva.

"Esperemos a ver, a lo mejor no pasa de allí." Razonó doña Mica.

La noticia se coló en el barrio y varias personas dijeron que don Salva estaba borracho, otros que estaba loco, algunos que estaba chocho y mucho otros añadieron comentarios no muy elegantes. Por unos días todo pareció normal hasta que otro hecho trajo al Trompi a luz pública nuevamente. Mon alegó haberlo visto sentado en los escalones de la iglesia. Se volvió a formar el sal pa'fuera y no tardaron en surgir los comentarios. Todos decían que no se le podía creer a Mon porque siempre estaba borracho. Cuando el asunto parecía ser ignorado, volvió a suceder, pero a una persona seria, que nunca tomaba licor, hombre de trabajo y de mucha credibilidad, Juan López. Este alegó haberlo visto en la terraza de la iglesia. Ahora la gente del barrio lo tomó muy en serio, tan así que no querían asistir ni a la iglesia. Los niños que para llegar a la escuela tenían que pasar por allí dejaron de asistir a clases. Era como si el movimiento del barrio se hubiese detenido y muchos ni a trabajar se personaban. El padre Álvarez hacía su labor eclesiástica tratando de explicar, pero la gente continuaba con el miedo. Alguien tenía que coger el toro por los cuernos y apareció doña Mica en el panorama. Se presentó con un grupo de señoras, algunos hombres y hasta don Salva. En una pequeña mesita vestida con un paño blanco, una vela roja grande, un vaso de cristal con agua clara y una cruz de madera pulida colocada en la entrada de la casa, rezó y pidió que la acompañaran. Luego de un rato de extraños ritos, se oyó la voz de quien se supuso era el Trompi. Doña Mica le ordenó que él no podía estar allí, que se fuera y no los molestara más porque ya él no pertenecía a este mundo. Le habló con coraje y terminó diciéndole que se fuese para el carajo de todo esto.

Nunca se supo si por respeto a la dama que le despidió con una bella rosa, porque surtió efecto la sección, o la mandada para el carajo, pero Trompi no apareció más.

Capítulo 22

El jacho

Don Lelo, había subido hasta la tienda de Pellín y Mon se había quedado hablando con doña Mica, más bien para hacerle compañía en lo que el patrón regresaba. No hacía luna, la noche estaba oscura, bien oscura, de esas que comparaban con el culo de la olla. Algo raro pasaría o estaba por pasar, las gallinas, que dormían todas juntas en los palos de toronjas no muy cercanas a la casa empezaron a cacarear asustadas. Doña Mica, le pidió a Mon que tirara un vistazo y éste lo hizo acompañado de su cuate, La Gorda, que se ofreció a ir con él. Minutos luego regresaron corriendo y asustados. La Gorda, se escondió en el cuarto, Mon asustado apenas podía hablar, y eso hacía que inútilmente la señora tratara de que le explicaran qué había pasado. Cuando el buen hombre pudo hablar le contó a doña Mica que el jacho los había alumbrado. Eso fue rectificado cuando casi de inmediato a lo lejos se oyó cuando alguien gritó, el jacho, el jacho. Doña Mica trató de que Mon la llevase al lugar, pero no había quien pudiese lograr que éste se moviera. Cuando minutos luego llegó don Lelo, todos juntos fueron al área de la cisterna para desde allí ver si el jacho podía ser localizado.

Efectivamente, luego de estar un rato vigilando, allá lejos, bien lejos por las montañas que formaban la apertura de la laguna

Cartagena y el sector Bélgica de Guánica, se pudo ver la misteriosa luz saltando entre montañas. Era una luz grande, como un gigantesco faro que aparecía entre épocas, a veces entre años, saltando entre montañas. Nadie sabía de qué se trataba, no había versión exacta y por consiguiente todo el mundo especulaba a su antojo.

Decían que se trataba de un alma en pena, otros alegaban que era un espíritu en busca de paz, algunos alegaban que era algo maligno y muchas otras historias, tantas como producía la mente pletórica del jíbaro borincano. Sin embargo, una cosa era cierta, casi todo el mundo en un momento u otro lo había visto y los que no, era porque cuando oían que gritaban el jacho, el jacho, por miedo se encerraban.

Estando reunidos en el área de la cisterna esculcaban la lejanía, pero al volver a oír las palabras que anunciaban el avistamiento, todos menos don Lelo, que prefirió verlo desde su punto de observación, salieron hacia la casa. Apenas habían empezado a caminar una inmensa luz temblorosa que parecía estar siendo azotada por el viento los arropó a todos. Don Lelo, no supieron si por valentía o por traición de los nervios se quedó estático, mientras los demás corrieron asustados a la casa. Al rato, una vez pasada la experiencia del extraño suceso se reunieron en el glácil a comentar la espeluznante experiencia. Fue entonces que el agricultor les confesó que había sentido mucho miedo cuando la inmensa luz le alumbró, pero que decidió quedarse para determinar la naturaleza del fenómeno. Él había leído en un libro de Julio Verne sobre la posible visita de seres de otros planetas y sentía curiosidad por el tema. Mon, que todavía sentía miedo, preguntó:

"Patrón, no me va a deci que eso vino del más allá."

"No Mon, yo no me atrevo decir eso porque fuera de haber sido alumbrado no vi nada más, pero lo que leí en aquel libro siempre me ha hecho pensar en lo del jacho y la relación que tal vez pueda haber."

"Pa', esos seres que decía ese libro, ¿existen de verdad?" Preguntó, Loria.

"No nena, eso es un libro de escritos de un autor que tal vez se adelantó a su época y muchas de las cosas que escribió se han estado viendo. Sin embargo muchos científicos y académicos lo ponen en duda."

Robi, iba a preguntar algo cuando don Genaro se unió al grupo. Regularmente aparecía por las noches según él a consultar cosas con don Lelo, pero la realidad era que lo hacía más bien por esparcimiento. Era una persona muy respetada, nacido en el barrio, y a los 85 años era el decano de los residentes. Conocía vida y milagros de lo acontecido durante décadas, de allí que sus opiniones fuesen siempre respetadas. A los muchachos les encantaba cuando don Geno aparecía, lo encontraban chistoso porque los hacía reír. Vivía en uno de los lugares más apartados de la hacienda con su esposa Socorro y sus tres hijas, amigas de los muchachos de Casa Grande. De por si todos eran muy apreciados por los patrones de la hacienda. Al encontrarlos reunidos no trató de inmediato el asunto al cual venía y optó por unirse al grupo. La Gorda, lo madrugó, preguntándole.

"Don Geno, ¿vio el jacho?"

"No jija, allí donde vivimos no se aparece ni jeso."

"¿Pero lo ha visto antes?" Quiso saber la muchacha.

"Oh, sí, pero no me gusta ver eso, me da'mieo."

"¿Por qué?" preguntó, Robi.

"Eh que jesas cosah me asustan."

"¿Qué más le asusta?" Volvió a preguntar Robi.

"To'lo que no jentiendo."

"Don Geno, yo no he visto nada, pero mucha gente habla de un caballo sin cabeza que sale arrastrando cadenas. ¿Qué hay de eso, es verdad?" Le preguntó, doña Mica.

"Sí, jeso es cierto, pero nosotroh no jemos visto na'."

"¿Pero han tratado de verlo? Preguntó La Gorda.

"A deci verdá yo no je tratao, pero Socorro que es una vieja bragá lo ha tratao, pero tampoco lo ja visto. A mí jeso me da mieo."

"Diantre don Geno, usted le tiene miedo a todo." Dijo, Robi.

"Más respeto con los mayores." Regaño doña Mica.

"No lo regañe doña Mica, eh la veldá."

"¿En qué época aparece?" Preguntó, Loria.

"Que yo sepa no tiene jepoca, japarece jen cualquier momento. A veceh tarda jaños. Algunoh dicen que no japrece en varioh lugareh a la misma veh."

"¿Conoce a alguien que lo haya visto?" Volvió a preguntar Loria.

"¡Qué va! Juste sabe que jesta gente de por aquí no pestañean pa'fajarse a machetasoh con quien sea, pero pa'jesh cosah son mah cobrdeh que el carajo. No se jatreven decir que tienen mieo, pero si lo ven se cagan. Juste debe de jacordarse de Maelo el pelón, se embollaba a tajoh con cualquiera, pero la veh que joyó lah cadenah dos noches corridah, de mieo se fue del barrio y nadie ja sabido mah de jel."

"¿Y por qué si doña Socorro ha tratado de verlo, usted no?" Perguntó, Robi.: Usted es el hombre de la casa."

"Oh no, será pa'que me mee en los calzoneh."

Todos rieron, eso era lo que les agradaba de don Geno, lo gracioso que decía las cosas.

"Si justé eh tan cobarde, me imagino le tendrá mieo a loh entierroh." Preguntó, Mon.

"La verda eh que toito lo que noh jentiendo me da mieo o por lo menoh lo respeto, y esto ej juna de jesas cosah."

"¿Qué es lo que no entiende? Eso es que la persona saca un oro que está enterrado, no hay nada de malo en eso." Dijo, Loria.

"No mí jija, no eh tan sencillo como tú lo veh. Hay un fracatán de cosah de jesoh entieroh que me asustan."

"¿Cuáles?" Volvió a preguntar la muchacha.

"Yo no jentiendo como si lo enterró una persona de tal o cual familia, no lo puedan sacar loh descendienteh."

"Eh, me chavé. ¿Cómo es eso?" se extrañó Robi.

"Puehhhh asina mesmo eh. Supongamoh que aquí donde jestamoh hay un entierro jecho por algún antepasao de don Lelo. A él debía ser que le tocara, pueh no, lo pue sacar cualquiera menoh jél."

"Pero si él sabe dónde está, ¿quién se lo va a impedir?" Quiso saber Robi.

"No jimporta donde está ni que juse pa' sacarrlo. Pue traeh juna puerca de esah grandotah de jacer carreterah, si no eh pa' el no lo jencuentra."

Robi, que no le encontraba lógica a lo dicho por don Geno, volvió a preguntar:

"Don Geno, usted que está entradito en años y siempre ha vivido aquí, ¿ha visto algún enterramiento?"

"Yo no, pero las comadres Lala y Mina, que duraron cien años noh dijeron haber sido testigoh de varioh enterramientoh."

"¿Dónde?" quiso saber, Mon.

"Aquí mesmito en Casa Grande, don Lelo debe de sabeh de jeso."

Todos miraron al agricultor que parecía estar gozando con la conversación de don Geno con los hijos. Luego, sin más rodeos, dijo:

"Sí, me han dicho que aquí en la hacienda hay varios."

Eso de que había varios dejó a los muchachos con la boca abierta, y Robi, que le dio más importancia que las muchachas, inmediatamente, preguntó:

"¿Y por qué no los buscamos?"

"Porque según los que saben de esas cosas si no está para mí no lo encuentro."

"Ah pa', si no lo buscas no lo sabes." Dijo, el muchacho con cierta lógica.

"No Robi, no es jasí. Si jestá pa'él aunque no lo busque lo jencuentra o se le japarece." Dijo, don Geno. "Pero si noh jesta pa'él pierde el tiempo."

"Pa' ¿dónde te han dicho que están?" Preguntó Loria.

La pregunta iba dirigida a don Lelo, pero don Geno la contestó:

"A mí personalmente me dijieron Lala y Mina, que ellah fueron testigos de cuatro enterramientos. Según jellah uno jestá aquí al lao del tanque de lavado, otro jestá en el jiguero en medio de la vega, uno en lah murallah de la antigua casa de la jestancita y otro en el antiguo corral del panapén."

"¿Y porqué ellas sabían eso?" Quiso saber La Gorda.

"Porque ellah desde jovencitah trabajaron con loh antiguoh patrones de Casa Grande. Eran tan de confianza de don Emilio, el patrón de jentonceh, que jél le regaló el terreno y la casa donde vivían."

"¿Porqué lo enterraban?" Preguntó, Robi.

"Esa genti tenía mucho dinero y en esa jepoca no jabía bancoh. Loh dobloneh de oro eran la moneda regular y pa'tenerlo seguro lo jenterraban. Pa' en caso de que pasara algo usaba alguien de confianza como testigoh. Por lah confianza que tenían en jellah lah usaban de testigoh. Esoh jellah me lo contaron anteh de morir."

"¿A usted nunca le picó la curiosidad por buscar alguno? A lo mejor tiene suerte. Preguntó, Loria. "Después de todo usted no era familia de don Emilio."

"Dios me libre, muchacha." Contestó don Geno medio asustado.

"¿Por qué?" volvió Loria a la carga.

Don Geno, se rascó la cabeza como si tuviese piojos, hizo una mueca, se arresmilló a la vez que se rascó el lóbulo de una oreja y con una sonrisa forzada que no era sonrisa, dijo:

"Eh que son muchah lah cosah que se dicen, que jay que llevar velah y crucifijo, que debi ser de noche, que no se pue mirar pa'tras, que jay que ir sólo y un fracatán de cosah mah que me dan mieo. Eso no vah conmigo."

"¿Pero me imagino que usted sepa de alguien que haya sacado alguno?" Pregunto, Robi.

"Que yo conozca nadie, pero por aquí seh dice que Gelo, uno que vino de loh tomateh encontró juno. Poro nadie sabe si fue cierto o no, porque se desapareció de toito esto."

"Don Geno,........."

La Gorda, fue interrumpida por Pepito que en ese momento entró corriendo por el portón como si fuese perseguido por alguien. Estaba visiblemente asustado, por lo que doña Mica, le preguntó:

"¿Qué te pasa, con quién vienes?"

"Sólo."

"¿Cómo qué sólo, Nathaniel no te trajo?"

"¡Qué va! Tú me mandaste a llevarle el nivel y cuando se lo entregué y le dije que tú me habías dicho que le dijera que me llevara, ¿sabes lo qué dijo? Que con ese mocoso asqueroso no iba ni a la letrina. Yo me iba a venir sólo, pero entonces oí cuando por allá gritaron, el jacho, el jacho, y me dio miedo. Me quedé esperando en la escalera porque abuela no me mandó a subir, hasta ahora que ella cerró la puerta y yo me vine corriendo."

Doña Mica, apenas esperó que el chico terminara de hablar, impulsiva como era, se levantó para ir a ajustarle cuentas al hermano, y dijo:

"Espérate, ya verá ese sinvergüenza como lo voy a ajustar."

Ya iba camino hacia el portón, cuando don Lelo intervino, diciendo:

"Calma Mica, este no es el momento para eso, espera a mañana y tendrás oportunidad de ajustar cuentas o hacer lo que desees. Después de todo la culpa es nuestra, que sabiendo que tanto tú hermano, como doña Carmen no quieren al nene, lo enviamos a entregar el nivel."

Doña Mica, tenía un genio de los mil demonios, pero rara vez cuestionaba al esposo. Esta vez controlando el coraje que momentáneamente sintió, abandonó el glácil y subió a la casa para chequear las nenas pequeñas que estaban durmiendo.

Don Geno, iba a hablar con don Lelo sobre una consulta agrícola, pero Loria volvió a preguntar:

"Don Geno, si como usted dice le tiene miedo a muchas cosas, ¿me imagino que le tendrá miedo a los huracanes, verdad?"

"Pues mira, a jeso no, pohque eso eh algo que yo lo veo, me da mieo eh lo que no veo."

"¿Se acuerda que hizo el último huracán que vio?" Preguntó Loria nuevamente.

"Bah, eso fue casi loh jotroh díah. Recuerdo que cuando don Lelo me mandó a avisar con Juan Lópeh, ya yo me sospechaba jalgo. El día amaneció igual a otroh que yo jabía visto en otroh juracáneh. Yo no dudé, aseguramoh lo que pudimoh y achamoh pa'ca. Mon, jabía ido por víveres a La Fina y loh que llegabamoh ayudamoh aquí en lo que jel venía. Cuando Mon llegó con la compra yah casi jabiamoh terminao. Jabía gente aquí y en la iglesia. Allá el Trompi, que en pah descanse, estaba a cargo. Entre toita lah mujereh que jestaban aquí cocinaron temprano para tener tiempo de mandarle comida a loh de la iglesia. Cuando aquello jempezó como a lah sieti de la nochi, ya to jestaba como el culo de la joya, negrecito.

Loh vientoh jeran bien fuerteh, la casa se jestremecía, loh paloh se rompían, el ruido que jacía el viento era infernal, esoj pinoh se doblaban casi jasta tocar jel el suelo. Era en velda algo que metia mieo porque toito estaba oscuro y no veíamoh na'. Sentiamoh como sobre el zinc de la casa caían cosah, pero no se sabía qué. Como a lah treh de la mañana pasó la primera parte y noh tiramoh pa' ver que jabía que componer. Lo que bajaba por el camino real era un río crecío. Estaba bien oscuro pero pudimoh ver que llah casah de la loma jabían desaparecio y la vega se jabía convertio en una laguna que el agua casi llegaba jasta aquí. El jigüero en medio de la vega no se veía porque el agua lo tapaba.

Cuando vino la virazón fue tan mala o peor que la primera. Pero no fue jasta que amaneció que pudimoh ver loh verdaderoh dañoh. Toitas lah casah del barrio jabían desapareció y solo se veían loh jestantes paraos. Loh primeroh díah despueh del desastre jabía que comer por que usamos lo que el juracán jabía tumbao o caío al piso. Pero variah semanah despuéh fue que la cosa se puso color de jormiga brava, si no eh por don Lelo noh jubiesemoh morío de jambre. Lah casah lah jicimoh con su ayuda, él noh dio madera y zinc para jacerlah y noh jayudaron con comida. Despueh de todo tuvimoh suerte, en otroh sitioh fue peor.¿Verda' don Lelo?"

"Genaro, le está haciendo un relato fiel. Recuerdo que como dos semanas luego de haber pasado el huracán, a Mon y a mí nos cogió como diez horas poder llegar hasta el pueblo. Los caminos estaban tapados, las barrancas derrumbadas, los ríos y quebradas todavía crecidas y la carretera con muchísimos derrumbes. Todavía yo no me explico cómo Pancho se apareció por aquí a los tres días. Si malo estaba el camino, peor estaba el pueblo, era todo un desastre.

Casi no quedaron casas en pie, solo se veían escombros, pestes, moscas y perros husmeando entre montones de basura y tablas rotas. Habían muerto unas cuantas personas y las enfermedades estaban acabando.

Yo había ido a ver a Miguel el de la funeraria, que me había enviado una nota con Pancho para que pasara a verlo porque no tenía madera para los ataúdes. Para demostrarme la situación me llevó al cuarto de atrás y me mostró cadáveres envueltos en encerados. Se le habían agotado los encerados y tenía uno en una caja de cartón, con unas letras que leían, hecho en Japón. Yo me reí y a él no le estuvo malo, me dijo que no le quedaba otra alternativa. Cuando salí de casa de Miguel, fui a la tienda y encontré que no tenían comestibles, solo mercancía que no se vendía. Cuando regresamos a la hacienda me di cuenta de que nosotros por lo menos encontrábamos que comer, en el pueblo ni los que tenían dinero encontraban en qué gastarlo. No lo van a creer, pero mucha gente murió a consecuencia del hambre causada por el huracán. Otros ya estaban enfermos y la grave situación acabó con ellos. Muchas muertes no se le acreditan al huracán, pero fue el responsable. Imagínense, el agua estaba contaminada por la cantidad de animales muertos en ríos y quebradas, al extremo que hasta bañarse era un riesgo. Pensándolo bien no sé cómo pudimos sobrevivir. Hay que dar gracias a Dios, que aunque estamos en el Caribe esos fenómenos no pasan con frecuencia."

Pepito, que luego de regresar se había unido a los hermanos, dijo:
"Ah pa', yo que quería ver pasar uno."
"Dios, nos libre, hijo, Dios nos libre."

Capitulo 23

Eligio no se da por vencido

Eligio, se sentía frustrado, estaba perdiendo terreno en su caso contra la vieja, el tiempo pasaba y no recibía noticias del abogado. Su lucha por ser reconocido como hijo legitimo, por la razón que fuera no avanzaba como él esperaba. La última vez que había visitado al licenciado le agradó la idea de jugarle alguna travesura a la vieja y fue lo que trató de hacer el día del acabe. No le había dado resultado por que poco faltó para que perdiese los dientes del puñetazo que recibió. El incidente le había duplicado sus amarguras, no solo fue voz populi en el sector, si- no también le trajo contratiempos con Amanda, la que se molestó mucho con él. En la grave condición por la tuberculosis en que ella se encontraba, el disgustarla era lo que menos quería él, y fue lo que más logró. Le costó mucho trabajo, pero logró limar las asperezas con ella, no sin antes prometerle que trataría de mejorar su actitud hacia ellos. En su fuero interno sabía que le iba a ser difícil, para un corazón que albergaba tanto rencor y odio, no era fácil. Eligio, era un jíbaro inteligente, sabía que con su actitud le hacía daño a su padre que era buena persona, pero su odio hacia la víbora, como él le llamaba, le tenían envenenado el alma. Acordándose de que el abogado le prometió ver que se podía hacer, decidió volver a su oficina. Esta vez no tuvo que esperar mucho, al ser recibido, tan pronto saludó, fue al grano, y dijo:

"Licenciado, vengo a ver qué noticias me tiene."

"Dame un segundo." Le pidió el abogado, mientras decía a Marta, la secretaria, que le consiguiese el expediente de Eligio.

Una vez con el expediente en la mano, le dio una breve leída, y dijo:

"Mira Eligio, aquí está la moción que presenté y la contestación del tribunal. Puedes revisarla tú mismo. Como verás el caso no ha sido denegado, pero no creo poder lograr que lo tomen en consideración."

"¿Cómo así?"

"Porque basado en el expediente, don Lelo voluntariamente no pone objeción a tú pedido. Al no haber legislación aprobada el tribunal entiende que la solicitud no procede."

"Será improcedente, pero para mí es necesaria."

"Para ti es necesaria, ese es tú punto de vista, pero no para ellos. Entienden que no habiendo legislación al respecto, la solicitud puede ser impugnada y no están para perder tiempo en algo que no procede."

"¿En qué estatus está el ante proyecto qué usted me habló?"

"Eso nadie lo sabe, como es de tú conocimiento el nuevo gobierno no lo controla todo, hay una legislatura dividida y eso hace que haya mucha legislación aguantada."

"¿Qué me recomienda hacer?"

"Para mí que lo más sensato es que dejes eso como está, es una pérdida de tiempo luchar por lo que ya tienes. ¿De qué te quejas?"

"Eso para mí no es suficiente, quiero algo que tenga fuerza de ley."

"Te lo acabo de decir, no se puede hacer nada mientras no haya legislación aprobada. Sabiendo eso y con la intención de ayudarte presenté la moción y tú has visto el resultado. Me apena decirte que no hay nada que yo pueda hacer, por lo menos mientras no se apruebe la ley, que no me atrevo pronosticar cuándo será."

Eligio, estaba molesto, se le hacía difícil ocultar su frustración y coraje. Al notarlo, el abogado creyó oportuno aconsejarlo, y le dijo:

"Mira Eligio, vamos a hablar a calzón quita'o, tanto tú como yo sabemos que eso del apellido a ti no te molesta ya que lo has estado usando sin problemas. Ese señor don Lelo es una de las personas más educadas que conozco. Me costa, porque así él me lo dijo, que nunca se ha opuesto a que uses su apellido, ni que digas que es tú padre, ¿por qué hacerle daño? Si tienes algo con su esposa es con ella, no con él, no lo perjudiques."

Ella no es su esposa, es una vulgar corteja como cualquier otra, ellos no se han casado."

"Entiende Eligio, casado o no es la persona que él escogió como su compañera, es con quien ha formado una familia."

"Familia de bastardos como yo."

"No, allí está tú confusión, no son bastardos, son tan legítimos como si ellos estuviesen casados, porque viven felizmente casados bajo el mismo techo y ellos los reconocen a todos como sus hijos legítimos. Coge mí consejo, olvida eso y busca un acercamiento, porque si no enmiendas tú proceder vas a terminar siendo rechazado también por tú padre, se va a cansar, si es que ya no lo está."

"Es que no me es fácil olvidar. ¿Qué me recomienda?"

"¿Quieres la verdad o lo qué te gustaría oír?"

"Lo que sea."

"Que olvides los rencores y la soberbia, son malos enemigos. Tú pierdes tiempo, salud, dinero y estabilidad, para nada. La señora seguirá tan campante como siempre. Trata de establecer comunicación con ella, a lo mejor no es tan mala como tú crees. ¿No has pensado en eso?"

"Ni pensarlo, licenciado, esa vieja se muerde ella misma."

"No debe de ser tan mala cuando él la escogió como esposa."

"Ya le dije, no es esposa es corteja."

"Será lo que será, pero él la escogió, algo bueno vería en ella."

"No sé qué carajo vería."

"Eligio, haz lo que yo te dije, en todo caso limítate a alguna bromita sin importancia."

"Eso fue lo que usted me recomendó y ya lo intenté. ¿Sabe lo qué me pasó? Que por su culpa me atracaron un puñetazo que poco faltó para que me mataran."

"Por mí culpa no, yo no te llevé." Dijo el abogado, riéndose, pues le dio gracia en la forma como lo contó Eligio.

"Dejémoslo allí licenciado, no sea que por sus consejos me maten."

Salió de la oficina dejando a el licenciado riéndose, sin embargo su mente era un caos, no tenía idea sobre qué actitud asumir a su regreso al barrio. Lo mismo que le aconsejó el licenciado era lo que la mayoría de la gente le recomendaba, que echara al olvido los rencores, pero él no podía. Era algo que no estaba en él. En una época cuando tenía mejores relaciones con su padre y la esposa, lo habían tratado bien, pero aún así había una cortina invisible que no permitía un acercamiento sincero. No sabía que podía ser, ni si era una intuición suya o realidad, pero esa sensación existía. La verdad era que algo no le permitía ser amable con la señora y lo que era más raro aún, estaba seguro que ella pensaba igual hacia él. Siendo esa la realidad, ¿cómo iba a olvidar así, porqué así?

Salió de la oficina pensando que no todo le había ido mal, el abogado solo le cobró $25.00 por sus servicios. Por supuesto nunca le dijo que había sido por intervención de don Lelo. Tomó la guagua que lo llevaría hasta el sector 22 y durante el transcurso no podía dejar de pensar en su situación. Una vez en el sector 22, desamarró su yegua y enfiló hacia el barrio. Fue a lomo de su noble animal que se le prendió la luz, ya sabía que le iba a hacer a la víbora. ¿Cómo no se le había ocurrido antes? Sí, recurriría a una hechicera, en muchas ocasiones había oído decir que con un trabajo espiritual se podía lograr cualquier cosa. Ahora sería cuestión de averiguar a dónde acudir, ya que no conocía a nadie. En el barrio no tenía en quien confiar a excepción de Sica y Santia, las que nunca habían cambiado con él, pero no podía ir donde ellas porque eran muy preguntonas y no les podía decir el motivo. Sica, era muy amiga de la vieja víbora e iría con el chisme de inmediato.

Esperó estar trabajando en La Fina para investigar por alguien a quien acudir. Por Toño, el cuidador del café en los cajones, supo de doña Palmira, una señora que trabajaba la obra en el barrio Verdún. Esperó el sábado para visitarla, lo cual hizo engañando a Amanda, diciéndole que tenía trabajo en La Fina. Llegó a casa de la espiritista y esperó como media hora, ya que doña Palmira estaba atendiendo otra persona. Amarró la yegua en el estacón del alambre y se sentó en una gran piedra que había en el batey. Se sintió a gusto allí, era un sitio bien alto y la brisa era constante y agradable. Cuando la señora que estaba adentro salió, sin esperar ser llamado se acercó a la puerta y desde adentro una voz lo invitó a subir. Lo hizo mirando a los lados con visible temor, nunca antes había pensado que algún día visitaría una espiritista. Él no entendía de esas cosas, pero ahora necesitaba y no tenía otra alternativa. Echó un vistazo a la sencilla sala antes de entrar a la habitación donde esperaba doña Palmira. Había una mesa en la esquina opuesta a la entrada y sobre ésta la imagen de una virgen, que él ignoraba cuál era. Al lado de la imagen, un vaso con agua clara en cuyo fondo se veía una peseta, era lo que acompañaba a la virgen. No había flores, ni cruces y nada que indicara lugar de espiritismo.

Entró al cuarto, doña Palmira estaba sentada en una silla de alto espaldar de pajilla frente a una mesa pequeña cubierta con un paño blanco. La habitación no era grande, pero ésta sí tenía apariencia de lugar de espiritismo. En la esquina cerca de la ventana había un altar con imágenes de santos, flores, velas, un retrato del Señor y una pequeña vasija de cristal con agua. Doña Palmira, le señaló asiento en un banco de frente a ella. Sobre sus hombros, a través de la ventana se veía una vista espectacular de lontananza, y una agradable brisa hacía el paisaje más agradable aún.

La señora era desconocida para Eligio, pero con suma amabilidad le preguntó:

"¿Es la primera vez que visitas una espirita?"

"Sí."

"¿Cómo llegaste a mí?"

"Preguntando."

"¿Pero crees en lo que vienes a hacer aquí?"

"Para serle sincero ni creo, ni dejo de creer."

"Veamos."

La señora puso sus manos acocadas sobre el borde en la boca de un envase de cristal con agua que había frente a ella. Dejó las manos deslizarse tres veces hasta tocar la parte de abajo del envase, chasqueó los dedos, cerró los ojos y permaneció un rato en silencio. Cuando rompió el mismo, mirando fijo a Eligio, dijo:

"¿Estás en problemas, verdad?"

"Bueno."

"Aquí puedo ver unas situaciones confusas, te veo muy confundido. No puedo determinar algo muy nebuloso que te asecha, pero veo algo como un entierro. ¿Tienes alguien enfermo?"

"Sí, mi esposa está grave por la tuberculosis."

"¿Te sientes preparado para lo que se avecina?"

"¿Qué ve usted allí?"

Doña Palmira, volvió a repetir el procedimiento de conexión nuevamente, se arresmilló como si estuviese cansada y con sufrimiento en el rostro, dijo:

"Tú situación no es sencilla, además de tú esposa también te aqueja otra todavía más comprometedora, y tú estás aquí por eso, ¿Verdad?"

"Sí."

"¡Explícate!"

Eligio, no dejó de hablar por largo rato, era como una larga confesión en la que al revelarla le alivianaba el cargado basurero mental. Así lo determinó la espirita y dejó que se vaciara. Al terminar fue enfático al decirle que deseaba un trabajo para que su odiada madrasta sufriera tanto o más que lo que estaba sufriendo él. La señora lo miró con pena y le dijo:

"Tú has venido al lugar equivocado, nosotros los santeros no trabajamos la obra para hacer daño, y eso es lo que tú pretendes. Adicional a eso te diré que la persona a quien tú quieres hacerle daño yo jamás movería un dedo contra ella."

"¿Por qué? Yo estoy dispuesto a ser muy generoso por su ayuda."

"Por dos razones, primero, yo no hago trabajos negativos para nadie. Segundo, pero no menos importante, no creo que haya nadie que intente trabajar contra esa señora. En lo que a mí concierne le diré que a esa señora y el esposo, que resulta ser su padre, somos muchos los que le debemos la vida. Cuando el huracán San Ciriaco arrasó con todo lo que teníamos, esos buenos señores nos dieron con que hacer nuestras casas y nos proveyeron de comida en lo que la situación volvió a la normalidad. El huracán había barrido la isla. Por todo este sector que comprende Tabonuco, Las Indieras, La Marrera, La Esperanza y otros sectores no dejó ni una sola casa en pie. Las talas fueron arrasadas, los alambiques desaparecieron y pasó un largo tiempo en lo que pudimos volver a engranar. Para esa época nosotros vivíamos en la loma de Pilar y solo quedaron los estacones de nuestras casas. Esa pareja que Dios los colme de bendiciones nos acogió en la casa como si todos fuéramos una gran familia. Se puede decir que el barrio entero estaba en la hacienda. Nos dieron comida, albergue, madera y zinc para las casas, todo eso sin nunca cobrarnos un centavo. No creo que ninguno de los que fuimos socorridos por ellos jamás mueva un dedo para perjudicarles. Usted debiera sentirse honrado de estar relacionado con gente como ellos. Lo siento señor, aquí jamás lo podré ayudar. No le recomiendo que busque quien le haga el trabajo, porque no creo que usted deba hacerlo. Pero tenga mucho cuidado, lo que yo percibo para usted no es lo mejor y sólo usted puede evitarlo. No existe mal que no se revierta contra el que pretende hacerlo. ¿Me ha entendido, verdad?"

Por supuesto que lo entendió, palideció visiblemente, se mordió los labios, estrujaba sus dedos nerviosamente como si estuviese lavando sus manos, no volvió a mirar a la santera y se levantó sin volver a dirigirle la palabra. Doña Palmira lo vio levantarse y no hizo nada por detenerlo, sin embargo sintió lastima por aquel ser que notó tan confundido y lo bendijo diciendo:

"¡Qué Dios te bendiga, hijo, ve en paz!"

Capítulo 24

La semana mayor

Todo era alegría para los muchachos en Casa Grande, como también lo era para todos los que estaban en la escuela ya que en la Semana Mayor no había clases. Para los muchachos de la hacienda tenía un motivo especial, don Lelo les había prometido llevarlos al pueblo el Viernes Santo. Robi y Loria, recién habían llegado de Yauco y por aquello de darse importancia de que venían de un pueblo grande no les interesó el viaje. Sin embargo, Pepito y La Gorda contaban los días, horas y hasta minutos, en una semana que parecía correr más lenta que las regulares, pero que en verdad era una semana especial, diferente a todas las demás. En sí desde la semana anterior, semana de La Pasión, ya era diferente, pero la Semana Mayor era la que era. Desde el miércoles pasadas las 12:00 del medio día se suspendían todos los trabajos y casi nadie daba un tajo ni en defensa propia. Desde allí hasta el sábado de Gloria todo era recogimiento espiritual. No se tocaba ningún tipo de música y el barrio adquiría solemnidad de campo santo. Durante toda la semana el Padre Álvarez dejaba la iglesia abierta para que en un momento u otro fuese visitada por los feligreses, que podían venir a rezar, meditar o confesarse. En señal de luto todas las imágenes eran cubiertas con paños negros, los cuales eran removidos pasado el sábado de Gloria. El miércoles había confesión toda la tarde y por la noche habría misa a la cual asistía casi todo el mundo, no por que fuesen en extremo religiosos, más bien porque al no haber música, bebida, trabajo ni nada más que hacer, era la única alternativa. Doña Mica y don Lelo, asistieron con toda la familia. Casi no había asientos disponibles y Pepito estaba apretado entre La Gorda y el borde del banco. El muchacho escuchaba el bullicio de los amigos que jugaban fuera de la iglesia y no prestaba atención alguna a lo que estaba ocurriendo en la ceremonia. Trató de escaparse para jugar y doña Mica, que no le perdía de vista lo obligó a estarse quieto. El muchacho maquinaba en qué hacer para escaparse, y doña Mica en qué hacer para evitarlo. Era una pelea similar a la que regularmente tenía al seguir las gallinas. La oportunidad llegó al momento de la Eucaristía. Se puso la mano en los genitales, hizo una muesca de desesperación, y aprovechando el sagrado momento, le dijo a la madre, que tenía ganas de orinar. Doña Mica, dudaba que fuese cierto pero no tenía forma de saberlo. Una vez puso en duda un deseo similar de ir a un baño y el muy bribón terminó orinándose en el pantalón. Ahora ante el temor de que el muy sinverguensita fuese a hacer una de las de él, le dio el permiso. Pepito, no regresó, se quedó jugando con la pandilla. Esa noche el servicio incluía el lavatorio, que es donde El Señor demuestra su humildad lavándoles los pies a los discípulos, y por consiguiente era más extenso que las misas regulares. Pepito nunca regresó al banco.

Fue un bonito servicio donde todos, o mejor dicho casi todos lo disfrutaron, a excepción de La Gorda, que perdió su tiempo entre vigilar a Pepito y pelarle el ojo al Dandy, un chico que le gustaba. Doña Mica se había molestado con el engaño del chico, pero por no alterar la solemnidad de la ocasión decidió pasarlo por alto. La Gorda, que no se explicaba por qué la madre no había soltado la mano, con toda mala intención, dijo:

"Mami, ¿no te diste cuenta de qué el Pichiche no regresó cuando le diste permiso? Se quedó jugando con los títeres."

"¿Y a ti qué te importa, bola de cebo?" Ripostó, Pepito.

Doña Mica, paró allí mismo la discusión, diciendo:

"Háganme el favor y ahora mismo se callan los dos. Respeten que es miércoles Santo, día de recogimiento y espiritualidad. No busquen que los castigue, porque hoy es un día solemne, pero eso no quita para que si siguen molestando les suspenda el viaje al pueblo el viernes."

"Diantre, ellos no pensaron que la madre pudiese sacar una carta como esa de la manga, y como sabían que ella nunca amenazaba en vano y no querían que le suspendieran el viaje optaron por tranquilizarse.

El Jueves Santo, excepto en la comida, no se trabajaba en nada más. La solemnidad llegaba al extremo de que no se cantaba, los chistes brillaban por su ausencia, tampoco se tomaba licor, no se gritaba y por supuesto a los muchachos los pretendían tener quietos en aquel cementerio de solemnidad. En la mesa no se servía carne, la que era sustituida por bacalao, salmón o sardinas, la cual acompañaban con arroz, habichuelas y viandas. La ausencia de la carne en la mesa de aquella humilde gente apenas se notaba, rara vez era parte de su dieta.

Viernes Santo, en otros sitios todo estaría tranquilo, pero en Casa Grande ya a las 5:00 AM había exceso de movimiento. Don Lelo le pidió a Mon que le ensillara el caballo y la yegua, toda vez que tenían que estar temprano en el sector abejas, ya que el truck que los llevaría al pueblo salía a las 8:00 AM. Como Loria y Robi no harían el viaje, don Lelo sería acompañado por La Gorda y Pepito. A Pepito el viajar temprano en la mañana le encantaba y cuando a las cinco de la mañana llegó Mon, ya él estaba como soldado en atención. Mon, puso las banastas a Linda, pero a la hora de hacer el viaje colocó a los muchachos sobre el aparejo y él hizo el viaje a pie para que ellos fuesen más cómodos.

Don Lelo, marchaba al frente en su caballo Alacrán, llevando colgada al pomo de la silla una linterna de kerosene que aunque no alumbraba mucho, si lo suficiente para hacer el viaje, pues a esa hora ya un festón anaranjado mostraba los primeros signos del amanecer. Sin embargo, la oscuridad de las hondonadas a ambos lados del camino ratificaba la utilidad de la linterna. Estaban cruzando un trayecto de tres millas entre caminos con árboles a ambos lados que al parecer besarse formaban un inmenso oscuro túnel. Solo al final del trayecto había un corto tramo sin vegetación.

Cuando pocos minutos después de las 8:00 AM el truck llegó, ya los escasos pasajeros que harían el viaje estaban esperando. En sus viajes regulares el vehículo iba siempre cargado con costales de viandas, frutas, vegetales, carbón u otros productos y los pasajeros se sentaban sobre los costales. Hoy viernes Santo como iba casi vacío los pocos pasajeros iban agarrados a las barandas. Pepito, iba parado sobre una llanta de repuesto asomado por la parte que daba hacia el frente de la cabina mirando hacia la carretera. Como don Lelo y La Gorda ocuparon el asiento del frente, Pepito iba de plácemes porque no había quien le diese órdenes. Allí, con la camisa desbrochada mientras el aire se la echaba hacia atrás, su pecho al descubierto y la brisa acariciando su cara, se sentía el rey del mundo. Antes de llegar al pueblo el camión se detuvo en cuatro lugares y a las 9:30 AM, hizo la parada final al costado de la plaza del mercado, que siendo viernes Santo permanecía cerrada.

En camino a la casa de las primas, a solo dos cuadras del mercado, solo una persona se cruzó en su camino, al estar el comercio cerrado el pueblo estaba desierto. Las primas, dos agradables solteronas, que nadie supo jamás por que prefirieron vestir santos, los recibieron con mucho cariño. Contrario al limón verde, el tío Din, estas primas desbordaban dulzura para con los muchachos. Vivían en una casa grande de dos plantas exactamente frente a la plaza de recreo, directamente de frente a la iglesia católica. Les colocaron dos cómodos sillones de paja en el balcón, les trajeron sendos jugos de peras servidos en grandes copas de cristal que ellos encontraron de maravilla y con la bonita vista de la amplia plaza de recreo se sintieron en la gloria. Desde su atalaya contemplaban como en la plaza y sus alrededores se iban situando revendones con improvisados quioscos y contenidos. Otros con bandejas, canastas, latas y hasta en sacos, gritaban ofreciendo sus productos. Conforme la plaza y sus alrededores se iban congestionando, los muchachos aún sintiéndose cómodos donde estaban sintieron deseos de confundirse con la multitud. Dos horas más tarde, cuando entre pena y alegría se diluyeron en lo que ahora era una compacta masa humana, pudieron ver como por las diferentes esquinas del pueblo llegaban a borbotones gente que por su forma de vestir y andar, como ellos, venían de la rularía. Las familias llegaban juntas, los padres o esposos caminaban al frente, las madres o esposas varios pasos atrás con sus hijos cogidos de la mano. La gran mayoría de adultos, especialmente hombres vestían de blanco y las mujeres ancianas, también.

Los vendedores hacían su agosto ofreciendo la más variada gama de productos, tales como carne frita, morcillas, bacalaítos, chicharrones, empanadas de yuca, empanadillas, pasteles, café y mucho más. Entre el público se confundían otros con tembleque de coco, dulces de todo tipo, pan, gofio, pirulís y una amalgama de otros antojitos. Por un centavo se podía comprar media libra de pan indiscriminadamente embarrado en mantequilla o con un pedazo de chicharrón. A eso de las doce del medio día ya la plaza, iglesia, atrio y alrededores estaba tan compacta de público que se hacía difícil caminar. Afortunadamente como todos los viernes Santos parecía que iba a llover y estaba bien nublado. Eso aliviaba la situación, si por casualidad el sol llegara a salir no sería agradable permanecer allí. Don Lelo, había bajado a reunirse con ellos, pero al encontrarse con varios conocidos entablaba conversación, dando tanto a La Gorda como a Pepito espacio para que se entretuviesen a su manera. La Gorda, lo aprovechó para sonreírle picaresca a un joven que no estaba muy lejos de ella, mientras el chico curioseaba entre la multitud sin alejarse mucho por temor a perderse. Se encontraban en el atrio frente a las puertas de la iglesia. Pepito, le había pedido dos centavos al padre y apareció con un bollo entero de pan embarrado con mantequilla. Se acomodó en la base de dos columnas al lado derecho, de frente a la multitud que se apretaba frente de la amplia puerta y se dispuso a devorar su manjar. Muchos de los que lo vieron pensaban que eso no sería todo para él. Una pareja de adultos que lo estaba mirando les picó la curiosidad. La señora, que pensaba que el chico dañaría la comida, dijo:

"Mira Cheo, ese muchachito parece querer comerse todo ese bollo de pan completo, lo va a dañar y mucho menos si se lo acompaña con ese refresco tan grande."

"¿Qué te hace creer qué no pueda?"

"¿Cómo diablos va a poder? Si el pan solamente es más grande que él, ni que las tripas le lleguen a los tobillos."

"Te aseguro que se lo comerá, ya lo verás."

"Estás loco, eso no se lo come ni un aserrador."

"Ya lo veremos, ¿quieres apostar?"

"Hoy es día sagrado y no se apuesta, de lo contrario te robaría los chavos."

Sentado en su estratégico lugar entre las dos columnas el chico comenzó a devorar su mendrugo de pan. La pareja no le perdía de vista. Sin apuro el chico terminó su apetitosa labor y como si se hubiese quedado con ganas, saboreó todas y cada una de las migajas que le habían caído en la falda, se lamió la mantequilla que le había embarrado los dedos, hizo lo mismo con el papel del pan y luego se tomó el refresco hasta la última gota. Una vez terminó, sacó un dulce de palito rojo en forma de gallina, lo saboreó como si fuese el más rico postre y se quedó tan tranquilo como si nada.

El señor miró a su esposa y le preguntó:

"¿Todavía quieres robarme la apuesta?"

¡Caray, diantre de muchacho!, ¿Dónde meterá tanta comida?"

El chico comió, pero prestaba atención a todo lo que ocurría a su alrededor y había algo que le llamaba la atención, todo el mundo hablaba de las siete palabras, que según la gente empezarían a la 1:00 PM. Unos decían preferir un sacerdote determinado, otros preferían que fuese otro. Pepito, pensaba en cuáles serían esas siete palabras y porque de tanta habladuría. Después de todo, si eran solo siete palabras, ¿qué más daba quién la dijese? En verdad seguía pensando que los adultos a veces hacen cosas bien tontas, entre ellas preocuparse por sólo siete palabras. No creía que ningún niño fuese tan tonto de preocuparse por sólo siete palabras. De eso sí que estaba seguro.

Al sonar el ¡dong!, en que el viejo reloj de la iglesia anunciaba la 1:00 de la tarde, fue como una señal para que todo el mundo se apresurara a apretujarse y como la iglesia estaba llena, mirar desde la puerta de entrada. Los más bajos alzaban sus cuellos, mientras adentro se oía a un sacerdote hablar, hablar y hablar. Pepito, no quería abandonar su estratégica posición y tenía que conformarse con el bla, bla, bla, bla del sacerdote. Se acordó de un discurso político que en una ocasión había oído. En aquella ocasión el que hablaba mencionaba a un tal Muñiz y la gente aplaudía, ahora el que hablaba mencionaba a un tal Jesús y nadie lo hacía. Sí que los mayores hacían cosas bien raras. ¿Será que el tal Muñiz era mejor que ese Jesús?

Como no quería perder su asiento esperó que el sacerdote terminara su largo discurso, el cual notó que nadie aplaudió, para levantarse al ver que la gente empezaba a salir y correr al lado de don Lelo antes que la multitud se lo impidiese. La Gorda, hizo lo mismo y los tres se movieron hasta la parte de la plaza frente a la iglesia. Mientras observaba como la gente bajaba las amplias escaleras, preguntó a su papá:

"Pa', ¿qué pasó con las siete palabras?"

"Acaban de terminar, ¿no las oíste?"

"No, yo no las oí, lo que escuché fue el discurso."

Lo del discurso le dio gracia a don Lelo, luego le aclaró:

"Eso no fue un discurso, fue el sermón de las siete palabras."

"A mí me pareció lo mismo. ¿Cuál es la diferencia?"

"Los discursos son políticos, esto es religioso."

"No sé, a mí me pareció lo mismo."

"Pero no lo es."

"Ahhhhh, ¿y qué vamos a hacer ahora?"

"Ahora viene lo más importante, se celebrará el Santo Entierro."

"¿Y qué es eso?"

"Una procesión por las calles en la que se conmemorará el Santo Entierro de Nuestro Señor Jesucristo."

"Oh, una manifestación."

"No niño, ya te dije que una manifestación es algo político, esto es religioso."

El muchacho seguía pensando que los grandes hacían y decían cosas tontas. Para él el discurso de la iglesia y el que había oído de un político eran iguales, tampoco veía diferencia entre procesión y manifestación. Los dos eran un chorro de gente caminando de vicio por las calles. Permaneció al lado del papá mirando todo con curiosidad y velando a La Gorda, que continuaba coqueteando con el muchacho, que ahora para no perderla de vista se había movido frente a ellos. Don Lelo, se movió al otro lado de la calle y mientras cruzaban, Pepito volvió a preguntar:

"¿Pa' dónde vamos ahora?"

"Vamos a ver como se organizan."

"¿Se organizan pa' qué?"

"Para no ir todos juntos y que el público los pueda ver mejor."

"¿En qué se organizan?"

"Hacen representaciones alegóricas a la época cuando crucificaron a Nuestro Señor."

"¿Aleee quééé? Échele pa' eso es una palabra dominguerra.,

"Alegóricas, quiere decir semejantes a como ocurrió en aquella época."

¿Y por qué se visten como locos?"

"No se visten como locos, así se vestía en aquella época."

Continuaron observando la organización durante lo cual don Lelo tuvo que explicarle todas y cada una de la representaciones. Cuando salió la personificación de Nuestro Señor Jesús vestido con su túnica blanca y pelo largo, el zagal volvió a preguntar:

"¿Pa', Papá Dios era mujer?"

"No Pepito. ¿Cómo se te ocurre preguntar eso? Él era hombre."

"¿Y por qué tiene pelo largo y traje de mujer?"

"En el lugar y la época en que Él vivió mucha gente usaba el pelo largo y lo que vestía era una túnica, no un traje de mujer."

"Yo los veo iguales, ¿qué diferencia hay?"

"La túnica era una especie de capa que usaban sobre la ropa, traje es lo que usan las mujeres aquí."

"¿Pero no todas usan trajes, ¿verdad? Mami usa pantalones."

"No Pepito, Mica nunca usa pantalones."

"Y....¿Por qué yo he oído decir que en casa ella es la que lleva los pantalones?"

Don Lelo, apretó fuerte la mano del chico, y dijo:

"¡Calla, niño, calla."

Por el apretón que don Lelo le dio y la forma en cómo lo mandó a callar, el muchacho pensó que había dicho algo malo. Guardó silencio por un rato y se dedicó a chequear a La Gorda, que pendiente a su conquista no tenía ojos para nada más. De momento un grupo de personas cargando una estatua que él se acordaba haber visto antes, se acercaba. Sí, era el mismo tipo barbú que vio cuando vino a las fiestas patronales. Vestía todo de negro, los zapatos amarrados como el Tu Yeyo y la misma pala en la mano. No tardó en preguntar:

"Pa', ese que tiene las botas amarradas como el Tu Yeyo, ¿quién es?"

"Es San Isidro el Labrador, el Santo Patrón."

"¿Y qué hace aquí? A él ya lo pasearon una vez."

"Mira niño, él es el Patrón del pueblo, esa es su imagen."

"¡Ah, el dueño!"

"Él no es el dueño, es el Santo Patrón."

"Pero es lo mismo, Mon dice que tú eres el patrón."

"No, patrón es el Santo que nos protege."

"¿De qué?"

"De todo, disturbios naturales, enfermedades y otras cosas."

"¿Cómo nos protege?" Preguntó interesado. "A mí no me protegió cuando me enfermé. Yo por poquito las enlío, si no es por la mano de Francisca me lleva jumbetas."

"Los Santos no bajan a hacer las cosas, ellos interceden."

"¿Qué es eso de que interceden?"

"Que interceden para que no ocurran."

"Sí, ¿pero ante quién?"

"Ante Nuestro Señor Jesucristo."

"¡Ehhhh, pero si lo mataron! Ahora no tendrán quien les ayude."

"Pepito, Él es Nuestro Padre, Dios, a Él nadie lo puede matar."

"¿Entonces este entierro es de embuste?"

"No es que sea de embuste, es una forma de recordar. Es una conmemoración de algo que pasó hace muchos años."

"¿Y por qué lo mataron?"

"Para que se cumplieran las escrituras."

"¿Qué escrituras?"

"Lo que dice la Biblia. Y ahora no preguntes más porque cuando vamos a la iglesia los domingos de eso es que habla el Padre, y se supone que tú lo sepas"

El muchacho se mantuvo callado por un rato, ya su padre le había advertido que no preguntase más, pero eso era algo que a él se le olvidaba. Volvió a la carga, preguntando:

"¿Y esa que traen allá enganchá, yo como que también la he visto antes?"

"Es Santa María de la Cabeza, nuestra Patrona."

"¿Cómo qué de Cabeza, yo la veo derecha?"

Don Lelo, se rió. Luego añadió. "De la Cabeza, es su apellido."

"Recorcholis pa', que apellido más cómico. ¿Ella también hace lo mismo que el Patrón? Si es así tampoco me ayudó en mí enfermedad."

"Sí, también."

"¿Porqué, a él no le hacen caso?"

"No es así, no es que no le hagan caso. Es que son una pareja y como tal ella también intercede. ¿Entiendes?"

"Ah ya entiendo, es como en casa que los dos son pareja, pero mami es la que dice lo que hay que hacer."

Otro estrujón y don Lelo volvió a regañar, diciendo, "calla, Pepito, calla."

El travieso chico volvió a pensar que otra vez había hecho algo malo. Don Lelo, estaba bien incómodo, Pepito hablaba en voz alta y los que estaban oyendo se reían ante las curiosidades del muchacho. Como no le había hecho gracia, con el gesto agriado, le dijo:

"Deja de preguntar y dedícate a mirar, tú no ves a La Gorda haciendo tantas preguntas."

"Claro, ella sólo está pendiente a coquetearle al novio."

La Gorda, le tiró un manotazo que si no es por la intervención de don Lelo que paró el pescozón, hubiese alcanzado su objetivo.

La procesión empezó a moverse. Las representaciones de personajes se extendían por varias cuadras, continuaban las figuras de los Santos Patrones, asociaciones religiosas, otras imágenes de vírgenes, y en medio de un conglomerado compacto, ocho hombres cargaban una preciosa urna de cristal con la representación del cadáver de Nuestro Señor, acostado sobre un lecho de flores. La urna bellamente tallada en cedro rojo, era un magnífico ejemplo de fina artesanía. Un grupo de músicos con instrumentos de viento y percusión, todos vestidos de blanco acompañaban al Santo Entierro. La ropa lucía fuera de época, ya que era el único uso que le daban durante el año, pero lo que verdaderamente tenía valor era la solemnidad de la ocasión.

Don Lelo, se unió al nutrido grupo que siguió tras la música y cuando llegó a la parte alta de la calle fue que en verdad pudo apreciar la grandeza de la procesión, una multitud que se extendía por varias cuadras se perdía en la curva del final de la larga calle. Frente a ellos no cesaba de sonar el tum, tum,

tum, tum de tum, el mismo ritmo o sonsonete con que habían empezado. Llegaron al área que casi una hora antes había sido su punto de partida y esta vez se acercaron al atrio. Muchas de las representaciones habían entrado a la iglesia, pero algunos actores se quedaron en el atrio, entre ellos Barrabás, que permanecía encadenado y disfrutaba asustando a los niños lanzándole las pesadas cadenas a los pies. A Pepito aquel personaje le pareció tonto, en la iglesia nunca le hablaron de nadie encadenado, por lo que pregunto, a su padre:

"Pa', ¿ese zángano de las cadenas, quién es?"

"Pepito, no hay razón para que le digas zángano, él, como los otros, está haciendo su personificación y es Barrabás, el bandido a quien le perdonaron la vida para en su lugar crucificar a Jesús."

"Pero yo no entiendo, aquí hay algo raro, no se parece en nada a Eligio."

"Por supuesto que no, niño, ¿de dónde tú sacas eso?"

"Lo dijo mí may en una ocasión. ¿No te acuerdas?"

"¿Mica? Yo no me acuerdo que ella haya dicho eso."

"Sí, en una ocasión yo oí cuando ella dijo que Eligio era un Barrabás."

"Eso es solo un decir, no quiere decir que sea cierto."

"Pero si no es cierto no se debe de decir, se supone que los adultos no digan mentiras, y además mami dice que ella siempre dice las cosas como son."

"Lo que pasa es que en gramática las reglas son flexibles, un dicho puede o no ser verdad, y eso no significa que el que lo aplique, mienta."

No pareció muy convencido, a él, el tal Barrabás con su cara de tonto no le parecía nada importante, por lo que decidió preguntar otra cosa:

"Pa', ¿Cuándo enterraron al Papá Dios de verdad, lo hicieron con música?"

"No hijo, la Biblia no menciona nada de eso."

"Entonces, ¿por qué lo hacen?"

"Ayuda a que el evento luzca mejor."

"El even.... ¿qué?" Preguntó extrañado. "Eso es otra palabra dominguera."

"Evento, quiere decir la procesión que estamos celebrando."

"Ahhhhh, ya entiendo, la manifestación es como un dicho, ¿verdad?"

"No es manifestación, es procesión y no es un dicho, porque es real."

"Pa', tú me tienes más enredao que un bollo de lombrices. Que si una cosa es y otra no es, que si es un dicho y no es dicho. ¿En qué quedamos?"

"Es que tú eres más preguntón que un fiscal, y todavía no tienes capacidad para entender todas las respuestas."

"¿Y qué es un fiscal, y por qué no lo puedo entender?"

Don Lelo, estaba molesto, no por contestar preguntas y sí porque temía que tarde o temprano el chico volviese a preguntar algo comprometido. Lo apretó por el brazo y no habló más. Por su parte, Pepito pensó que había vuelto a decir algo malo y se quedó callado. No sería por largo tiempo.

Don Lelo, no tenía programado regresar a casa de las primas, se detuvo a comprar comida de los revendones que aun permanecían por la plaza. Luego de comer pan con carne de cerdo frita, acompañada de sendos vasos de maví se dirigieron al lugar donde esperarían por la transportación. La Gorda, que todavía seguía siendo gardeada por el joven se había sentado en la baranda de una verja, don Lelo permanecía de pie y como de costumbre Pepito agarrado a su dedo continuaba pendiente a todo. De momento, preguntó:

"Pa', ¿a quién no vi en la iglesia fue al Padre Álvarez, por qué?"

"Por dos razones mi niño. Primero él está ocupado con su iglesia allá arriba, y segundo él es de otra religión, no es católico."

"Pero nosotros vamos a su iglesia, ¿por qué no nos quedamos allá?"

"Lo que sucede es que por muchos años yo siempre he asistido a las procesiones de viernes Santo y quería que ustedes conocieran esa experiencia."

"A mí me gustó esto pero si nos hubiésemos quedado allá me hubiese entretenido más con mis amigos. Tú dijiste que el Padre Álvarez es de otra religión. ¿Cómo se llama?"

"Es la iglesia Episcopal."

"No entiendo, porque para mí que hacen lo mismo."

"Son casi iguales."

"¿En qué son diferentes?"

"Los sacerdotes en la religión Episcopal se casan y los Católicos no, los Episcopales no creen en el Papa y los Católicos sí."

"Pero Pa', todos tenemos que creer en las papas, ¿por qué los del Padre Álvarez no?"

"Negrito, esas no son las papas que comemos, el Papa es el nombre que se le da al jefe de la Iglesia Católica y nosotros los Episcopales no creemos en él."

"Entonces pa' se debe de llamar Papá, no Papa."

"No, le llaman Papa porque es la traducción al español del nombre en inglés que es Pope."

"Je, je, je, je y que Papa, eso es cómico, ¿verdad?"

Don Lelo, estaba cansado de contestar preguntas y al mantener silencio, el chico dijo:

"Pa', por lo que tú dices los curas Episcopales son más listos que los Católicos, ¿Verdá?"

"Yo no he dicho eso, ¿por qué tu lo crees así?"

"Pues porque se casan y los otros no. Dicen que los que no se casan los corre un burro."

"Pepito, eso es otro dicho, eso no es verdad."

"Ya vienes con el mismo enredo de si un dicho es o no es, si no es verdad o lo es, ah no."

Capítulo 25

Las indecisiones de Eligio

Desde el taburete donde estaba sentado, Eligio contempló los pájaros que a esa hora cruzaban el espacio en diferentes direcciones como si regresaran de un día de trabajo. En cierto aspecto estaban como él. El confundido hombre no sabía si los plumíferos iban o venían, pero los pájaros sí sabían su dirección, contrario a él, que estaba perdido no sabiendo que actitud asumir con el asunto del padre. Al no saber qué hacer, ni cómo hacerlo, lo tenían sumergido en una madeja de confusos pensamientos. Todos los que en una u otra forma lo aconsejaban de buena fe le decían que olvidara los rencores y buscara un acercamiento con la pareja. Él lo entendía, pero no era fácil, en su yo interno guardaba cariño por su padre. No así con la señora, que por alguna razón que él mismo no comprendía, la aborrecía. Siempre lo había hecho, pero más ahora que nunca antes. Jamás podría olvidar el día del acabe, en que por querer demostrar su rabia contra la señora, recibió el mayor puñetazo de su vida. No recordaba quién, ni cuando lo llevaron a la casa, pero si sabía que lo habían cargado como a un cerdo y lo dejaron tendido en el batey como a un saco de yerba. El morado de un ojo y las puyas de la gente se encargaron de que no olvidase el incidente. El odio hacia la señora era tan grande que la culpaba de todo lo que le sucedía hasta el extremo de que le era difícil aceptar que el equivocado era él. Sin embargo, eso estaba seguro de poderlo soportar, lo que se le hacía duro era la insistencia de su esposa que desde su lecho de enferma le rogaba porque olvidase todo e hiciera las paces con la pareja. Pensando en ello allí mismo tomó una decisión, hablaría con su padre, pero no con la vieja víbora.

Era viernes por la tarde y su padre como de costumbre subiría hacia la tienda de Pellín. Aprovecharía y hablaría con él, éste nunca lo rechazaba aunque últimamente no parecía estar muy orgulloso de su actitud. Cuando creyó que su papá estaba presto a subir, se adelantó para esperar por él frente a la iglesia, que estaba en el punto medio entre Casa Grande y la tienda de Pellín. Se sentó en la escalera de la iglesia, mientras se entretenía encestando terroncitos de arcilla en un tarro que colocó en medio del camino. Cuando a la distancia vio a su padre venir, abandonó la escalera para recostarse en el estante del portón, justo al borde del camino. Al llegar don Lelo, Eligio abandonó el estante, y secamente, dijo:

"Quiero hablar con usted."

"Lo estás haciendo."

"Sé que estoy hablando, no soy mudo."

"De mudo no tienes nada, de grosero mucho."

Don Lelo, era una persona conocida por su educación. Nunca ofendía, maltrataba o insultaba a nadie. Conocedor de esto Eligio se sorprendió y abrió los ojos extrañado, mientras su padre visiblemente molesto, continuó diciendo:

"Te voy a decir algo, si te has cruzado en mí camino, porque no tengo duda de que me estabas esperando, espero que sea para algo positivo, tus groserías ya me tienen cansado."

"A usted le cansan sin estar en mí pellejo, si estuviese en mí situación no lo vería así."

"¿A qué te refieres?"

"A mí condición de hijo bastardo, ¿a qué va ser?"

Don Lelo, se molestó, había estado hablando mientras caminaba, ahora se detuvo, lo miró de frente y con firmeza, dijo:

"Mira Eligio, tú sabes como yo he sido contigo y no me arrepiento de ello. Si he decidido cambiar se debe a que tú olvidando que eres un adulto te has estado comportando como un niño malcriado. Tú no debes de preocuparte por que seas bastardo o no, porque de personas con tú misma condición está lleno este mundo. Sin embargo son gente buena, sencilla, humilde y conforme, que nadie ve con las ridiculeces tuyas. En cambio tú, mira lo que estás haciendo, te has dejado llevar por tú carácter y ese complejo de inferioridad te ha llevado a convertirte en el hazme reír del barrio. Ya se colmó mí copa, me he cansado y te advierto, no esperes de mí más ayuda de la que te brindé en el pasado."

Eligio, estaba confundido, montones de cosas pasaron por su mente en un segundo, dándose cuenta aunque tarde que no había sido justo con el padre. Queriendo arreglar sus metidas de pata, le contestó:

"Bueno, tal vez pueda reconocer que usted no me ha tratado mal, pero no puedo decir lo mismo de doña Mica, que como usted bien sabe no quiere saber de mí. Ella no pierde oportunidad para referirse a mí despectivamente y como usted debe de comprender eso tiene que dolerme, porque yo no soy un animal."

"Mira muchacho, Mica no siente por ti más de lo que tú sientes por ella. ¿Acaso no fuiste tú el que dejándote llevar por tus complejos iniciaste todo esto? Tú sabes cómo nos portamos contigo en el pasado. Te voy a pedir un favor, que sea la última vez que tú me intervienes para que oiga tus quejas acomplejadas. Si no estás conforme con nuestra actitud, habla con Mica, porque yo no me creo sicólogo para bregar con tus complejos."

El padre no habló más, dio la espalda y continuó su camino dejando al hijo con la boca abierta. Eligio, permaneció parado frente a la iglesia por largo rato, estaba frustrado y enfurecido. Allí mismo tomó una decisión, hablaría con la vieja víbora, pero no para arreglar nada ni pedir disculpas, lo haría para cantárselas claras y ponerla en su sitio.

Llegó a su casa molesto y taciturno, jugó con Geli un rato, en lo que pensaba como enfrentar a su esposa. Amanda, era una gran mujer y quería mucho a su Eli, como ella le llamaba. Sabía que inducido por unos malvados en el barrio la auto estima de Eli estaba maltrecha, y trató de que él perdiese ese complejo de inferioridad que le acosaba, pero había fracasado en el intento. Fue más lejos al sugerirle que debían de mudarse del barrio a otro lugar donde no tuviese la presión del grupo de envidiosos que tanto daño le estaba haciendo y que aún lo continuaban hostigando. Él se negó.

Ella no olvidaba que cuando vinieron a vivir al barrio, tanto el padre, como doña Mica los trataban muy bien. De hecho, todavía a pesar de las metidas de pata de Eligio, tanto el padre como la esposa, continuaban ayudándola a ella y a su pequeña Geli. Si ella ya no iba por Casa Grande con frecuencia se debía a la grave enfermedad que estaba padeciendo, pero eso no impedía que continuara sintiendo cariño y respeto por la pareja. La tuberculosis era la epidemia de la época, altamente contagiosa y mortal. Ella no quería que por un descuido de ella alguien resultase contagiado. Sabía que su futuro estaba ya señalado y pensando en ello en días pasados había discutido con Eli cuando él rechazó su deseo de que al morir ella, doña Mica y don Lelo se hicieran cargo de la pequeña Geli. Amanda, que adoraba a su esposo, no quiso seguir discutiendo, pero albergaba la esperanza de poder convencer al esposo de que era lo más conveniente para la niña. Eli, era un buen esposo, gran padre, excelente proveedor y un buen hijo, siempre lo fue, o por lo menos hasta que la maldad y la insidia de algunos perversos del barrio lograron minar su estima, lo que afectó su manera de ser. Ella veía con pena como él poco a poco fue cambiando, nunca tomaba licor, ahora lo hacía, nunca tuvo mal carácter, ahora lo tenía y todo ello sin ella por su terrible enfermedad poder hacer mucho por remediar la situación. Sabía que él era un gran padre, pero le entristecía pensar lo que pasaría con su pequeña cuando ella faltase, algo que sabía estaba cercano. Cuando vio a Eli pensativo, sin acercarse por temor a contagiarle, le preguntó:

"¿Qué te pasa mí amor?"

"Na."

"No me digas que na', cariño, yo sé que algo te pasa."

Tras un prolongado silencio en el que ninguno habló, pero que ella parecía esperar respuesta, él un poco desganado, dijo:

"Fue que hace un rato me encontré con mí pay, cuando traté de que me aclarara algo, me dijo grosero, acomplejado y que yo parecía un niño malcriado."

"Algo feo tú le dirías que se molestó, porque todos sabemos que es una persona educada que nunca ofende a nadie."

"Yo sólo le pedí que me aclarara mí posición de hijo ilegítimo."

"¿Y qué tú pretendías qué te aclarara?"

Eligio, no contestó, tal vez porque él mismo en su ofuscación no había pensado en lo que verdaderamente quería. Ella ante el silencio de él, continuó:

"Cariño no hay nada que él tenga que aclararte, y tú que para algunas cosas eres tan inteligente, en algo tan sencillo te has vuelto inteliburro."

"Inteliburro no porque……"

Ella no le dejó continuar hablando, con voz dulce, pero firme, dijo:

"Inteliburro sí, porque estás empeñado en que te den explicaciones de algo que no tienen que darte. Eso tú lo debes de saber. No quieres o puedes entender que tú situación no es única ni exclusiva. Aquí el que no es ilegítimo, lo es anónimo, como montones que hay por allí. Tú por lo menos tienes un padre, por aquí están todos esos que tanto daño te han causado que ni siquiera saben quiénes son los de ellos."

"Como si no lo tuviese, ya ves lo que me acaba de decir, que no espere más ayuda de él que la que en un pasado me ha dado. ¡Como si me hubiese ayudado tanto!"

"Mi vida, ese es tú problema, ante la aberración que te acosa has perdido la memoria. Tú parece que ignoras que por aquí todos los hacendados tienen hijos ilegítimos, que los niegan, no permiten que les hablen de ellos, ni aún a las mismas mujeres a quien le hicieron la poca vergüenza. Ese no es tú caso, tú padre nunca te ha negado ni rechaza que le hablen de ti. Si no hubiese sido por que como hijo le preocupabas nunca te habría enviado a estudiar a Castañer y por ello llegaste a trabajar a Mayagüez. Si ahora ha sido tan drástico contigo es por tú mal agradecimiento. No hay nada que no te hayas ganado, porque no se puede negar que nos han ayudado mucho."

Amanda, era una joven inteligente, y aunque era una mujer de la casa, en el tiempo que llevaba en el barrio sabía quién era quién. Por no sembrar cizaña ni crear odio nunca le había dicho nada a Eli, pero sabía fuera de duda que toda la envidia, odio y desprecio acumulado contra Eligio en el barrio había sido originado por Nathaniel. Éste aún siendo primo de Eligio había envenenado a Kemuel para que este aumentara el odio hacia su medio hermano.

Kemuel, pendenciero, jugador, busca pleitos y abusador, no tardó en indisponer al medio hermano con sus cuates, los cuales por envidia iniciaron la serie de ataques y ofensas contra Eligio que terminaron minando su auto estima, y éste a su vez entrar con la serie de ataques que lo había desligado de Casa Grande.

La joven esposa era natural de Mayagüez, donde conoció a Eligio mientras él trabajaba en un almacén de telas en la zona portuaria. Ya estaba en su cuarto año en la escuela superior y dejó los estudios para casarse con Eligio a escondidas de su madre. Los malos tratos de la madre y el acoso sexual que con anuencia de la misma progenitora estaba siendo objeto por parte de su vil padrastro, la empujaron a un matrimonio prematuro. Nunca se arrepintió de ello porque Eligio resultó un gran esposo. Ese reconocimiento hacia el buen compañero hacía que sintiese por él admiración y respeto. Por ello no gustaba de interferir en sus asuntos. Ahora que entendía que su esposo estaba dando metidas de pata, creyó oportuno ayudarlo, por lo que continuó tratando de hacerle entender su error, por ello, dijo:

"Eli, si piensas con detenimiento tienes que reconocer que no hace mucho tiempo nuestra vida transcurría normalmente. Todo empezó el día que Tomás el cuate de Kemuel, en la valla te llamó, bastardo. Luego supe que también lo hicieron Chelo, Aramis, Cleto y no sé quién más. Ahora dime, ¿Quiénes son los padres de ellos, te has puesto a pensar en eso? Es el típico caso de un burro llamándole orejotas a otro. Es más ni eso, porque tú sabes quién es tú papá.

Si piensas en eso sabrás que has ido muy lejos al morder la mano de quien nos da de comer."

"¡Para allí, tampoco así! Yo trabajo, nadie me regala nada."

"Allí está tú error. Es cierto que trabajas y siempre he estado orgullosa de eso, pero eso mismo hacen otros y no sacan los pies del plato. Si vivimos mejor que ellos es por la mano que con frecuencia doña Mica y don Lelo nos tiran. Si miras a tú alrededor verás la mano de ellos en muchas cosas, nos han ayudado tanto que en ocasiones me he sentido abochornada. Es más, te aseguro que yo no he ido a hablar con ellos por esta dichosa enfermedad que me aqueja, pero si continuas con tus impertinencias buscaré la manera de hacerlo. Tal vez sea el último favor que te haga."

El hombre no esperaba que su adorada Amanda le bajase tan fuerte. La quería mucho, más que quererla, la adoraba y no quería contradecirla en la situación que se encontraba. Mucho menos ahora, que con tanta bravura le dio a entender que su fin no estaba lejano. Fue en ese momento que a su mente vino un pensamiento, su gran desilusión y amargura empezó el día que recibió la funesta noticia de su enfermedad. Sí, era cierto que los viciosos ataques que había sido objeto le habían hecho daño, pero fue luego de recibir la funesta noticia, que había caído en una etapa de depresión de la cual a menudo pensaba que no podría superar.

En medio de esa angustia bajó la cabeza, se apretó las sienes con la palma de las manos, y con desesperación, casi gritó:

"¡Basta, basta! No sigas, que esto me está volviendo loco."

"No te estás volviendo loco, te atormenta tú conciencia. Sabes que estás actuando mal y hay algo que te impide rectificar, no sé que pueda ser, pero me niego a creer que alguien como tú haya sido capaz de dejarse influenciar por esos estúpidos que sólo les mueve la maldad. Tú conoces sus casos y las motivaciones que pueden tener, ¡por favor! No te dejes arrastrar, hazlo por mí, quiero irme en paz."

"Mi amor, entiende, me es difícil. Me molesta lo que han dicho de mí."

"¿Qué han dicho?"

"Han hablado pestes."

"¿Te consta, lo has oído? Lo dudo, doña Mica es una persona que tiene un carácter fuerte, pero habla de frente, nunca se esconde para decir lo que siente. Mientras don Lelo es la persona más educada que conozco."

"Pero lo han hecho."

"No seas iluso, eso es una patraña más de los mismos que quieren verte hundido. ¿Tienes pruebas de que sea verdad?

Eli, estaba confundido, las palabras de su esposa le habían penetrado hasta lo más profundo y aún en contra de la mala voluntad que sentía hacia la vieja, meditó. Ella por su parte entendió que había sido demasiado incisiva y volvió al cuido de la nena que en ese momento estaba llorando.

Al otro día Eligio lucía más relajado. Luego de tomar café se sentó en la cama que había perpendicular a la de Amanda, con las manos juntas apretadas entre las rodillas, mientras la miraba profundamente con la ternura que sólo podía traer la nostalgia de saber que pronto tal vez no estaría allí, escogiendo las palabras, dijo:

"¿Sabes cariño?, he estado dando casco a lo que me dijiste y he pensado que tienes razón. Creo que he sido un estúpido dejándome arrastrar por esos, pero el problema es que después de tanta metida de pata no encuentro cómo ir dónde ellos."

"Eso lo entiendo, pero si los ofendiste sólo tú puedes hacerlo. Tienes que buscar la manera de sacar valor para pedir perdón."

"No es fácil, pedir perdón es más difícil que ofender."

"También más de hombres, el ofender degrada al que lo hace, pedir perdón lo dignifica, se necesita valor para hacerlo."

"Eso es verdad, pero no sé si me atreva."

"Tengo una idea, aunque por lo tonto que has sido no debía de dártela."

"Aja."

"Busca a alguien que interceda por ti."

"¿Cómo quién?"

"Puede ser Mon, es el más allegado a ellos, no le negaran nada."

"Ni pensarlo, el pobre tío apenas sabe hablar y puede embarrar más las cosas. Recuerda la vez que lo enviaron a Maricao para que inscribiera a la nena chiquita, le dijeron que se llamaría Flor Alba y la inscribió Zoraida."

Por un rato la pareja pensó, pero nada se le ocurrió. La nena lloró y Amanda corrió a atenderla, mientras Eligio desde la puerta miró hacia Casa Grande. Por un momento pensó ir sólo, pero descartó la idea al instante. Le dijo, adiós, a don José, que en ese momento bajaba por la vereda de la loma hacia la vega, cuando la voz de Amanda lo sacó de su pensamiento. Ella se había vuelto a acostar y tan pronto él entró al cuarto, le dijo:

"Cariño, he pensado que el Padre Álvarez es quién mejor te puede ayudar."

"Ahora si diste en el clavo." Dijo mientras chasqueaba los dedos como si estuviese llamando a un perro." Él sí puede, tiene muy buena relación con ellos. Aunque no sé cómo pedírselo, voy a verlo."

"Sólo ve y dile que quieres hablar con él, como sacerdote sabrá ayudarte."

Sin saber cómo hacerlo, Eligio fue hasta la iglesia. En la confusión que bullía en su mente deseó no encontrar al Padre, pero lo encontró. Estaba podando las rosas, labor que suspendió al ver que Eligio se acercaba. Eligio, llegó, pero no dijo nada, por lo que el sacerdote se adelantó y preguntó:

"Hola Eligio, ¿qué te trae por aquí?"

"Necesito hablar con usted." Contestó visiblemente indeciso.

"¿Aquí o en el confesorio?"

"Dónde usted desee."

"¿Qué tal si nos sentamos en las escaleras de atrás? La brisa nos refrescara."

"Bien."

"Eligio, lo siguió hasta la escalera. El sacerdote enterró el perrillo en el barro al lado del escalón, era un terreno suelto y el machete se mantuvo cimbrando por un rato. El segundo de tres escalones les sirvió de asiento, Eligio no hablaba y el Padre tomó la iniciativa, dijo:

"Y bien, tú dirás, ¿es sobre Amanda?"

"No, no es sobre ella, es de don Lelo."

"¿Qué ha pasado con don Lelo?"

"Es que…." Se le hacía difícil empezar, finalmente lo hizo con una pregunta."¿Usted sabe?"

"¿Qué?"

"Que él es mi padre."

"Sí muchacho, él mismo me lo dijo."

"Ahhhhhh."

"¿Qué pasó con él?"

"Resulta que una vez yo tuve una discusión en la valla. El tipo con quien discutí me llamó, bastardo. Luego de ese incidente otros también hicieron lo mismo. Yo no supe canalizar eso y abrí una serie de ataques contra él y doña Mica, en los que les he ofendido continuamente."

"¿Qué te movió a actuar así?"

"Estaba tan confundido que no me daba cuenta del daño que hacía. Amanda, que nunca ha aprobado mí conducta es la que me ha hecho ver el daño. Yo deseo enmendar mis errores empezando por pedirles perdón, pero la verdad es que me aterra hacerlo. Amanda me recomendó hablar con usted por la buena relación que mantiene con ellos."

"¿Qué tú esperas qué yo haga?"

"No sé, tal vez hablar con ellos y hacerle saber mí intención. Algo así o por el estilo, como sacerdote, usted sabrá."

"Mira Eligio, yo no tengo inconveniente en hacerlo, pero conociéndolos como los conozco, te asegura que es innecesario."

"¿Cómo así?"

"Es que ellos son dos personas de una calidad humana como pocos. Estoy seguro que si vas y le demuestras tú arrepentimiento no vas a tener problemas."

"Eso es precisamente lo que no sé cómo hacer. Por eso he venido para que me ayude."

"Yo te comprendo, tienes miedo a enfrentar la situación. Te recomiendo que hagas lo mismo que hiciste para venir aquí, dar el paso."

"No es tan sencillo, Padre."

"¿Qué te hace creer así?"

"Resulta que ayer abordé a mí padre, precisamente aquí frente a la iglesia, y me advirtió que jamás lo interceptara para que viniese con groserías. Que no esperara de él más ayudas ni comprensión."

"En su caso yo también hubiese hecho lo mismo."

"Usted lo ha dicho, por eso es que no resulta fácil."

"Yo te entiendo, pero ahora es diferente. En esta ocasión tú vas a pedir perdón, no vas a ofenderlo. No es lo mismo."

"Aún así me gustaría contar con su ayuda."

"Bueno, Eligio, hablaré con don Lelo mañana cuando venga a misa, pero te aseguro que con o sin mí ayuda no tendrás problemas."

Al otro día, domingo, después de la misa el Padre habló con don Lelo. Le expuso el pedido de Eligio, haciendo énfasis en que estaba sinceramente arrepentido. No se había equivocado el párroco, el agricultor estuvo completamente receptivo, pero fue enfático al señalar que el hijo tendría que hablar personalmente con doña Mica, porque ella estaba muy ofendida por los comentarios que Eligio había hecho.

Dos días luego Eligio habló con el papá, el que le aceptó las disculpas condicionado a que no se repitiesen. Sin embargo en cuanto a doña Mica, don Lelo fue enfático al señalar que Eligio tendría que ir a hablar con ella, que estaba muy ofendida por los comentarios innecesarios que había hecho.

Para Eligio no era fácil, por lo que no lo hizo de inmediato. El asunto requería prepararse mentalmente. No era secreto para nadie el gran corazón de la señora, pero también era famosa por su endemoniado carácter. En el barrio se decía que era mejor cucar un enjambre de abejas, que enojarla a ella, y de sólo pensar en eso Eligio temblaba. Con esa preocupación llegó a la casa, a la que no tenía deseos de llegar.

Amanda, lo vio llegar, traía expresión Monalisense pero no le preguntó nada. Luego de jugar un rato con Geli, entró al cuarto y se sentó frente a la enferma. Él no dijo nada, ni ella preguntó. La contempló, se veía muy pálida entre las sábanas y él trató de lucir lo más natural posible. La realidad era que estaba destrozado e incapaz de demostrar ni decir nada. Se guardaría el sufrimiento para cuando ella no lo estuviese viendo. Era su querida compañera, el amor de su vida, la razón de su vivir, y tenía que conformarse con la impotencia que le creaba la incertidumbre de su partida, sin tan siquiera poder demostrar la tristeza que le embargaba. Tenía que sonreírle para levantarle el ánimo. ¡Ay cuantas veces al reír se llora! De una cosa estaba seguro, no sabía cuánto tiempo podría resistir verla como poco a poco se iba extinguiendo, como un sirio en la noche, como se evapora el éter que se deja destapado, o como la oscuridad opaca el sol, y él sin poder hacer nada para evitarlo. ¡Dios mío! ¡Cuánto daría por cambiar mi vida por la de ella! ¡Qué rápido habían pasado los años de felicidad! Trató de ocultar su tristeza, pero algo vio la valiente mujer, que pese a saber que sus días estaban contados no perdía el aplomo y con una sonrisa tierna le invitó a hablar, diciendo:

"Tienes una cara inexpresiva, ¿qué te pasa?"

"Hablé con mi padre y todo está aclarado, pero todavía tengo que hablar con la vieja esa."

"Y."

"Que no sé cómo lo voy a hacer, tú sabes que ella es difícil."

"Mira mi amor, tú eres más difícil que ella. Tienes que empezar por cambiar tú actitud. Ya ves que en lugar de llamarla por su nombre, dijiste, la vieja esa. En esa forma das a entender que no hay sinceridad en el pedido de perdón. Eso es bien importante porque perdón sin arrepentimiento, no es perdón. ¿Entiendes?"

"Es que contigo no puedo ser hipócrita, si lo hago es por ti."

"No mi amor, no debe de ser ni por mí, ni por ella, tienes que hacerlo por ti. Tú eres el que está cargando el rencor, el que tiene el alma destrozada y la depresión que te aqueja, por lo que eres tú quien necesita aliviarse. Ese rencor es lo que está acabando con tú tranquilidad de espíritu, que a su vez está afectando tus relaciones con todo el mundo. Por eso tú arrepentimiento tiene que ser sincero y de corazón. Si no estás dispuesto a hacerlo así, mejor no lo hagas."

"Es…..que no sé….., se me hace difícil, le tengo mala voluntad."

"Mi amor, por lo que tú sientas yo no puedo hacer nada, si finalmente terminas haciéndolo o no es bueno que actúes pensando primero en ti, de lo contrario terminarás engañándote a ti mismo y seguirás en el mismo bache."

"No sé, no sé. ¿Qué tú crees?"

"Mi opinión es que primero saques toda esa basura que llevas por dentro, mientras no lo hagas se te va a ser difícil, luego verás que fácil se te hace. Sin embargo quiero pedirte un favor, si lo vas a hacer, hazlo pronto. Tú sabes que mis días están contados, doña Mica nos ha ayudado mucho y me gustaría irme en paz sabiendo que todo está bien entre ustedes."

Eligio, permaneció callado, cada vez que le oía decir algo relacionado a su partida de este mundo, él era el que prefería morir. La miró profundamente a los ojos, ella sostuvo la mirada, pero no era la que él acostumbraba ver, esta vez era melancólica, lejana, cansada y ausente. La garganta de Eli se le cerró al extremo de no poder hablar, sintió que sus ojos se aguaban y para que ella no lo viese llorar, se levantó, dio la espalda y desde la sala, con voz casi ahogada por el dolor que sentía, dijo:

"¡Lo haré, mi amor, te lo prometo!"

Pasaron varios días en que la vida de Eligio fue una tortura. El asunto de la disculpa no le permitía tranquilidad. No era fácil, él aborrecía a la víbora con todas sus fuerzas, en su yo interno eso no era de ahora, siempre lo había sentido. Los incidentes pasados entre ellos habían abonado para que ese sentimiento aumentase y ahora cuando más lo sentía había hecho una promesa a la única persona que jamás le fallaría, su amada esposa. Por su gusto jamás lo hiciera, pero si Amanda llegaba a faltar sin él cumplir su palabra jamás tendría tranquilidad. Pensando en ello, se decidió.

El sábado por la tarde desde la puerta de su casa miró hacia Casa Grande. No era lejos, pero él hubiese deseado que fuesen millas, todo estaba tranquilo y para Eligio era el cadalso. Dirigió su mirada hacia el lugar, como el reo que conoce el lugar dónde será sacrificado. Miró al cielo, se sentiría mejor si un rayo cayese y lo partiese en dos, pero todo estaba claro, el rayo no aparecería. Por un momento se arrepintió de su promesa, pero a su amor no le fallaría. Esperando en que un rayo lo partiera antes de llegar a su tortura, se dirigió al cadalso. Cruzó el camino real, pasó el portón, al llegar a los gláciles vio a Mon con una tolda de café sobre sus hombros que le impedía detenerse para hablar con él, por lo que continuó hacia la casa. Llegó, se limpió los zapatos en el limpia pie, que no era otra cosa que un mocho viejo cruzado entre dos estacas, y subió al balcón para tocar en la puerta. En ese momento oyó como la pesada aldaba era removida, y apareció La Gorda ante él. Entre jovial y sarcástica, como siempre era ella, con malicia y premeditación, dijo:

"¡Hola Eligio! ¿Qué te trae por aquí, se te había perdido el camino?"

"No Gorda, tú sabes más que eso. Hazme el favor y le dices a tú madre que deseo hablar con ella. ¿Puedes?"

"¿Para qué?"

"Eso no es asunto tuyo, ve y avísale."

La seca contestación de Eligio no le agradó a La gorda, arrugó la nariz como si algo le oliese mal y antes de proceder a la solicitud, lo miró con suspicacia, y dijo:

"¡Ja!"

Eligio, quedó parado en el balcón tan sólo como la una, Mon continuaba trabajando en el glácil de arriba y por un momento pensó en salir corriendo. Los muchachos estaban en la vega jugando en el burro y don Lelo había salido con Pepito a pescar camarones. Eligio, estaba molesto, el burlón ja de La Gorda no le presagiaba nada bueno, pero había venido a poner punto final a la situación y lo haría. No esperó mucho aunque le pareció una eternidad. Como si fuese poco pudo ver en el interior a La Gorda que lo miraba mostrando una sonrisa burlona que a él le hizo el efecto de una bofetada. No tuvo que seguirla mirando, se oyó el clap, clap, de las chanclas de doña Mica que se acercaba. Traía el ceño fruncido con expresión de coraje y sin decir nada más, ni tan siquiera mandarlo a entrar, secamente, preguntó:

"¿Qué quiere?"

"Vengo para hablar con usted."

"Diga lo que sea, pero breve, no tengo tiempo que perder."

En su interior Eligio detestaba a la vieja, pensó en lo bueno que sería apretarla por el cuello hasta que sacase la lengua como una yarda de larga, pero le vino a la mente Amanda y por ello, dijo:

"Verá usted, yo dejándome llevar de malas influencias he sido injusto con ustedes y deseo pedirles disculpas."

"A su edad que ya es un viejo, nadie influye en nadie. Usted lo que pasa es que es un grosero malcriado que no sabe lo que significa la palabra agradecimiento. Escuche bien lo que le voy a decir, nosotros no tenemos porque sufrir las consecuencias de su veneno. Hemos escuchado que usted se ha estado vomitando contra nosotros en el barrio, y si no lo voto de aquí como a una bolsa de mierda, no es por miedo ni mucho menos. Es por reverencia a esa buena mujer, ese extraordinario ser humano que una alimaña como usted no se merece."

Mientras la señora barría el piso con él, mil pensamientos, ninguno bueno, pasaron por su mente, pero el recuerdo de lo que había prometido hizo que se aguantara, y dijo:

"Yo sé que está molesta, por eso he venido."

"Pues ya vino. Acepto su disculpa, ahora piérdase de vista porque su presencia me enferma y no quiero saber nada de usted."

Sin dar oportunidad a que él continuara hablando, dio la espalda y acompañada del clap, clap, de sus chanclas regresó al interior de la casa. Eligio, tardó unos segundos en reaccionar al desplante, al abandonar el balcón no pudo evitar ver a La Gorda con una sonrisa burlona y con malicia volver a decir el, ja, que para él era como otra bofetada.

"Salió avergonzado, humillado y cabizbajo, furioso con la condenada vieja que lo trató peor que al trapo de limpiar el piso. Con su estado de ánimo por el piso, sus pensamientos en caos y la indecisión a si se iba a la casa o no, optó por dirigirse a casa de Juana, de manera que tuviese tiempo para organizar sus ideas antes que hablase con Amanda. El delicado estado de salud en que se encontraba Amanda, le hacía ser muy cauteloso. Tenía que minimizar lo ocurrido para no interferir en el cariño que la enferma sentía por la víbora. Él se había hecho el propósito de hacer los días de su esposa los más placenteros posibles, aunque sabía que tendría que echar el resto para poder ocultar el odio que sentía por la vieja, que luego del trato recibido, ahora era mayor que nunca. En su fuero interno no había sido sorprendido, muchos, incluyendo el sacerdote le habían dicho que todo saldría bien, pero él no se había confiado. Lo que siempre sintió hacia la señora era cuestión de percepción y eso sólo él lo podía percibir. Pensó en lo mucho que la señora los había ayudado, en el cariño sincero con que siempre trató tanto a Amanda, como a su pequeña Geli, eso siempre lo pudo ver, pero a pesar de ese trato cariñoso hacia ellas, en cuanto a él se refería siempre percibió algo que no le permitía llegar a ella. Lo increíble del caso era que esa percepción estaba allí, y siendo algo tan sensible, sólo él la podía sentir, se lo había explicado a otros y nunca lo entendieron, tampoco lo entenderían ahora.

Luego de reflexionar un rato llegó a la conclusión que el gran ganador había sido él. Cierto era que mientras Amanda estuviese viva tenía que honrarle la promesa de no agresión y por ella lo haría. Pero ya se encargaría de cobrárselas todas juntas si Dios no quisiera, y su esposa faltase. Era cuestión de esperar con paciencia, las fechas siempre llegan.

Estando hacía rato en casa de Juana, pasó Sica, que le estaba cuidando a Amanda y a la nena. Le informó que las había dejado dormidas y Eligio decidió irse a la casa. Se acostó y quedó dormido, pero para su desgracia no fue un buen sueño. Sufrió varias pesadillas en las que todo el tiempo vio a la víbora acosándolo. Unas veces lo insultaba, otras lo corría con un palo y hasta lo ahogaba en el charco de las buruquenas. Al levantarse estaba más cansado que cuando se acostó y apenas se sentó en la otra cama para dialogar con la esposa, ésta, que la noche antes se durmió sin verlo, preguntó:

"¿Cariño, cómo te fue ayer en Casa Grande."

Eligio, hubiese preferido que Amanda no preguntara, no porque le fuera difícil contestar, más bien por no decirle la verdad, toda vez que la enferma había endiosado a la señora y la verdad le afectaría. Ahora tendría que recurrir a minimizar lo ocurrido o a medias verdades, y él no quería hacerle eso a su esposa. Se limitó a decir:

"No como hubiese querido, pero tampoco me asesinó."

"Sí, ¿pero qué te dijo?"

"Que yo era un grosero mal agradecido."

"¿Eso fue todo?"

"También me dijo que yo no me merecía una esposa como tú."

"¿Porqué te dijo eso?"

"A decir verdad ni me acuerdo, ella apenas me dejó hablar. Me dijo, disculpa aceptada, me dio la espalda y desapareció."

"No sé, me está que me estás ocultando algo."

"No mi vida, para bien o para mal eso fue todo. En realidad, después de tanto revolú en que yo esperaba más, me ignoró dejándome allí parado."

"¿Estaba sola?"

"Sí."

Amanda, no preguntó más, estaba segura de que él no le había contado todo, tampoco sabía si le había dicho la verdad, pero si habían hablado solos esa sería la misma que tal vez nunca sabría.

Capítulo 26

Se colmó la copa

Cómodamente recostado mientras leía el periódico, Din separó su vista de la lectura para seguir la trayectoria de un vehículo que no le era familiar. Acababa de dejar la carretera # 2 y tomó el largo callejón que empezando en la casa de Prieto se extendía casi una milla hasta el frente de la casa. Los que rara vez venían eran siempre conocidos, por lo que Din concentró su atención en el extraño vehículo que minutos luego se detuvo frente a la casa. De la moderna guagua con laterales de madera pulida, conocidas como cocalecas, bajó un hombre relativamente joven. El vehículo tenía una parrilla sobre la capota en la que sobresalía un tránsito de agrimensura y una caja plástica color negra. El joven subió los empañetados escalones hasta el balcón, extendió su mano a Din y se presentó como el agrimensor Antonio Collazo. Rechazó una invitación a sentarse y luego, dijo:

"Señor Pierre, he sido encomendado a realizar una mensura de la finca, y antes de llevarla a cabo he venido a notificarle."

Din, carraspeó varias veces, algo típico en él, pero que se acentuaba cuando se molestaba por algo. Su cara se agrió más de lo usual y con tono seco, dijo:

"Que yo sepa aquí no se ha ordenado ninguna mensura, debe de estar equivocado."

"Está usted en lo correcto, la mensura fue ordenada por el señor Lelo Pierre."

Din hizo una muesca desagradable, las venas del cuello parecían explotar, las manos le temblaron visiblemente, su cara adquirió un pálido grisáceo y preguntó al agrimensor:

"Pero Lelo, ¿y por qué?"

"La razón no la sé, pero la mensura incluye levantar un plano de lo que se supone que sea la parte correspondiente a él."

Din, era una persona soberbia, malcriada e intolerante. Lanzó el periódico contra la pared y con mucho coraje, apuntándole al pecho con el dedo, le dijo a Collazo:

"Aquí usted no tiene nada que medir, nada, si Lelo quiere medir algo que venga él y lo haga, puede indicárselo así:

"Mire don Din, en el problema que usted y su hermano puedan tener yo no tengo inherencia. He sido contratado y pagado para hacer un trabajo, los documentos míos están en regla y si usted no lo quiere permitir iré por una orden legal. Yo vengo desde muy lejos para que usted me haga perder el tiempo."

Cuando Din comprendió que oponiéndose no lograba nada, a regaña dientes permitió que el agrimensor llevara a cabo su mensura. Soberbio como él era, no le brindó al visitante ningún tipo de cortesía ni cooperación, algo inusual en la gente de la época. Su postura fue tan grosera que el joven al terminar su mensura no le notificó ni se despidió.

Por primera vez en largos años, tantos que ni él mismo se acordaba, Din visitó a Casa Grande. No vino sólo, se hizo acompañar por Fernando, un sobrino, hijo de Lito, su fallecido hermano. En su soberbia pensó que su hermano Lelo tal vez lo ofendería, y era una buena precaución traer un testigo. Ese detalle eventualmente alegraría a don Lelo, así se evitaban tergiversaciones.

Cuando arribaron a Casa Grande don Lelo estaba en la finca, y los visitantes fueron atendidos por doña Mica, que ya había sido avisada por Mon al verlos entrar. Din, no era ángel de devoción en el rosario de doña Mica, aversión que databa de muchos años antes cuando Din trató de impedir la unión de la pareja. Con el genio de La Mica, como Din peyorativamente siempre le llamaba, éste sabía que no podía imponer condiciones, por lo que hubiese preferido esperar por su hermano Lelo afuera. En su mente censuró a Mon, que al verlos llegar lo madrugó corriendo a avisar a La Mica. Cuando La Mica lo recibió el encuentro no fue nada de cordial. Ella se limitó a decir:

"Buenas tardes señor Pierre, adelántese y siéntese."

"¡Gracias!, ¿Y Lelo?"

"Salió a la finca, no tardará."

"Que inconveniente, yo venía a verlo."

"Y lo verá, supongo que después de venir de tan lejos no se irá sin verlo."

Din, era un individuo áspero por naturaleza, de esos seres que se creen superiores, dueños de la razón y centros del universo. Físicamente tenía mucho parecido con el hermano, en lo personal eran diferentes como tierra y cielo, amor y odio, agrio y dulce, o noche y día. Don Lelo, era un caballero, el hermano un ser acomplejado que ni reír sabía y las muy pocas veces que lo hacía era con sarcasmos. Desconocía lo que era servir y no movía un dedo para ayudar a nadie. Hacía muchos años que no venía a Casa Grande y si lo había hecho ahora era porque veía en peligro los beneficios que obtenía de La Quinta. Era tan indeseable que en época de zafra don Lelo tenía que ir a bregar con los trabajadores, porque ni pagando la gente quería trabajar con él.

Fernán, el sobrino que lo acompañaba, quería mucho a doña Mica. Durante veranos venía a Casa Grande y se llevaba tanto con su tía política que siempre le llamaba, tía. Era bien apegado a su tío Lelo y pasaba sus mejores días cuando venía a vacacionar. La esposa del tío lo quería mucho y ese cariño era reciproco, lo que hizo que su abrazo fuese efusivo y cariñoso. Le encantaba la comida que su tía le preparaba y por ello, preguntó:

"¿Tía, qué me tienes por ahí?"

El tío Din carraspeó, le extrañó sobre manera aquella familiaridad, la cual él no conocía y que tampoco le gustó. A él ninguno de sus sobrinos le llamaba, tío, y he aquí a Fernan llamándole tía a La Mica y dándole un fuerte abrazo. No fue hasta este momento que se vino a dar cuenta que a él ninguno de sus muchos sobrinos le llamaban tío y nunca recibió abrazo de ellos. También recordó que todos sus hijos, llamaban tío a su hermano, Lelo.

"Ea Fernán, estás en tú casa, ve y coge lo que te apetezca. Si no encuentras me dices lo que quieres, que yo te lo preparo."

"Gracias tía, veré a ver qué te robo, si no encuentro nada te aviso."

Din, se notaba incómodo. La cuñada se había sentado frente a él, pero no le hablaba, limitándose a contestar si él hacía alguna pregunta. Din, que detestaba a su cuñada no podía disimular su incomodidad, la cual demostraba carraspeando continuamente. Sin mirar a La Mica, como él peyorativamente la llamaba, preguntó:

"¿Tardará Lelo?"

"No sé, no llevaba reloj."

"¿Qué hará que tarda tanto?"

"No sé, pregúntele cuando llegue."

"Él hace tiempo que no va por Yauco, ¿verdad?"

"Fue la semana pasada" Enfatizó doña Mica, sabiendo que había alguna intención oculta, añadió. "Fue a casa de Margarita."

"Pero.....no fue por La Quinta."

"No había necesidad de hacerlo, ya los muchachos no están allá."

"Urrr, urr," el carraspeo aumentó, esta vez acompañado de un gesto desagradable.

Consciente de que con su detestada cuñada no lograría nada, agarró el periódico y con toda la descortesía imaginable empezó a leerlo, ignorándola a ella. La señora al ver que su cuñado la ignoró se levantó sin excusarse y lo dejó sólo.

Media hora más tarde llegó don Lelo. Desde la distancia había visto dos caballos amarrados en los pinos, pero jamás se imaginó que la visita sería su hermano. Din hacía años que no pisaba Casa Grande. Al llegar frente al balcón, don Lelo clavó el perrillo que traía, se limpió las botas y tan pronto subió vio a Din. Estaba en un sillón aparentando leer. Don Lelo, Saludó:

"¡Hola hermano, qué sorpresa, bienvenido!"

"¡Hola Lelo!" Contestó, sin soltar el periódico.

"¿Qué te trae por aquí? Preguntó don Lelo, aunque sabía la zazón.

"Pues he venido urrr, urrr," Carraspeó. "A hablar sobre la mensura que mandaste a preparar. ¿Porqué no me lo dijiste?"

"Hace tiempo te lo había dicho, ¿te acuerdas?"

"Pues sí, pero no creí que fuese en serio."

"Yo nunca hablo por hablar, tú lo sabes."

"No es eso, es que tú te olvidas que La Quinta es de los dos. Se supone que para hacer algo así nos pongamos de acuerdo. ¿No crees?"

"Pues ya ves que no. Voy a vender mi parte con o sin tú aval."

A Din no le sorprendió la firme voluntad de su hermano, sabía la razón del por qué y tratando de conciliar, dijo:

"Mira Lelo, yo se que tú quieres hacer eso por el chisme y la habladuría de los muchachos, pero eso son inventos de ellos, que supongo tú no le vas a hacer caso. ¿Le vas a creer a ellos más qué a mí?"

"Me hubiese sido difícil creer algo así, sobre todo de un hermano, pero a ti parece que se te olvidó la carta que me enviaste con Loria. Estaba firmada por ti, ¿o no?"

"Oh, Lelo, eso son pequeñeces."

"¿Y tú llamas pequeñeces a que me pediste que no enviara más a los muchachos allá?"

"Pero Lelo, ¿tú no vas a tomar eso en serio, verdad?"

"Por supuesto que sí. Tan en serio que los muchachos están en Yauco y tú lo sabes. Margarita los trata muy bien."

"Eso es innecesario, no hay razón para eso."

"Mira Din, vamos a hablar claro, a calzón quitao'. Tú nunca vienes a mi casa y no has venido de tan lejos para pedirme que vuelva a enviar los muchachos a tú casa cuando de allí los votaste. Dime de una vez qué me propones para que yo desista de mis planes de venta y olvida los muchachos. Te escucho."

"Yo propongo que olvides eso y te acuerdes que somos hermanos. La Quinta es nuestra y así debe de permanecer."

"Está bien, te prometo acordarme que somos hermanos, pero en cuanto a la venta no hay marcha atrás, voy a vender."

"Pero Lelo tú no me puedes hacer eso a mí, piensa en la familia."

"Yo pienso en la familia, ¿no te acuerdas que fui yo quién le pagó los estudios a tus hijas? Ahora tú me pagas echando a los míos como bolsas. ¿De qué estamos hablando? ¿Has pensado tú en nosotros cuando has despilfarrado el producto de la finca sin nunca haberme rendido cuentas? Ya está bien Din, se acabó el abuso, algún día había que poner freno a tú codicia y egoísmo. ¡Se acabó!"

Din, se sintió derrotado. Toda su vida había estado usando la ley del embudo contra su hermano, y ahora veía esto llegar a su fin. Este era un Lelo diferente, no el que todo lo daba por bien. En un último intento de persuasión, dijo:

"Lelo, todo tiene solución y esto tiene que tenerlo."

"Sí hermano, por supuesto que lo tiene. Te voy a dar la oportunidad de que seas tú quién me compre mí parte."

"No puede ser, bien sabes que tú parte es más que la mía y no tengo el dinero. La cosecha de caña y algodón tiene que ser atendida por ti porque la gente no quiere trabajar conmigo. Tanto si vendes, como si yo compro, no hay quién la atienda. Siendo esa la realidad, ¿cómo voy a levantar el dinero para comprarte?"

"Mira mí hermano, los beneficios de La Quinta han sido utilizados por ti a tú antojo, sin nunca pensar en nosotros. No es que ahora te esté pasando factura, pero debes de entender que si mis hijos no pueden disfrutar de lo que tienen más derecho que tú, no hay nada que pueda hacer. ¡Esto se acabó!"

Din, lucía derrotado, su acostumbrada altanería había desaparecido, carraspeó más que nunca, su cara era un limón y tímidamente, preguntó:

"Lelo, ¿has pensado que si vendes tú parte de La Quinta, el resto de la finca, o sea, mí parte, pierde todo su valor? ¿Quién se interesaría en el resto?"

"Ese es tú problema, Din."

"Pero chico, esa sería mí ruina. ¿Qué clase de hermano eres tú?"

"Hermano, estás perdiendo el tiempo, si no puedes comprar mí parte ve pensando en lo que vas a hacer. Mí decisión es final e irrevocable."

Din, había agotado todos sus recursos, pretendiendo hacer lucir a su hermano como un villano, lo miraba con soberbia. Dijo a Lelo que él estaba seguro que alguien lo estaba influenciando, porque era imposible que hubiese cambiado tanto. La referencia apuntaba hacia doña Mica, la cual nunca fue santa de su devoción. A ello don Lelo, respondió:

"Si te refieres a Mica, estás mal, si por ella fuese hace tiempo, no ahora, te hubiese llevado a las autoridades por apropiación ilegal, ella no soporta que nos has estado estafando."

Hablaron por largo rato, Din trató inútilmente de convencer a su hermano. Cuando doña Mica los llamó para que pasaran a la mesa, la cena fue compartida por don Lelo y Fernan, que se le había consumido el sueño de comer las habichuelas hechas por la tía política. Din, no quiso acompañarlos a la mesa, mientras consumían la cena, montó su caballo y sin importar que su sobrino estuviera cenando, emprendió su camino de regreso sin esperar por él, ni despedirse de nadie.

Capítulo 27

Las turcas

Hacía tiempo que don Lelo notaba como habían ido multiplicándose las palomas turcas que se anidaban en la copa de un alto árbol de capá, allá en el sector de calles largas. Cuando pasaba temprano por el lugar veía cientos de ellas, algunas anidando, otras preparándose para salir a buscar el sustento diario. Eran tantas que pensó que había llegado el momento de cazar algunas. El árbol donde anidaban era bien alto, pero para un tirador de su habilidad eso no era problema alguno. Su escopeta española de largo alcance, recién le había sido entregada por su amigo Tato León, armero de la policía, que le corrigió una falla en el sistema de presión en el gatillo. Al recibirla lo primero que hizo fue probar que estuviese funcionando bien, como de hecho lo estaba. Según León, le había corregido el resorte del gatillo, que no respondía a la presión cuando el sistema se presionaba.

Como casi siempre que iba a la finca, invitó a Pepito para que le acompañara en la cacería. El chico a menudo lo acompañaba, pero ese día sería especial, don Lelo lo necesitaba para que buscara las palomas al caer. Lo accidentado del terreno para el agricultor era bastante duro, pero para un chico con la habilidad de Pepito, era pan quita 'o. Tendría que levantarse temprano, antes que las palomas tomaran vuelo, pero eso al chico le fascinaba. A las cinco y media ya iban de camino a calles largas. El chico iba en las ancas de Alacrán y a paso lento llegarían en apenas quince minutos. Unas leves lloviznas caídas durante la noche y el principio de un norte de gandules mañanero mantenían los caminos, las veredas y la tierra mojada. Las plantas todas cubiertas del frío rocío de la mañana lucían un verdor primaveral. El sol todavía brillaba por su ausencia y en esa parte de la finca debido a la espesura de la vegetación, no empezaría a calentar hasta pasadas las diez de la mañana. Les faltaba un largo trecho por cubrir, pero ya desde la lejanía debido a la altura del capá, cientos de palomas daban a la copa del árbol apariencia de cúpula florecida. Dejaron a Alacrán pastando antes de llegar y decidieron cubrir el resto del trayecto caminando. Se estaban acercando, y don Lelo advirtió al chico:

"Negro, desde aquí en adelante tenemos que guardar silencio y evitar hacer ruido. Tienen un oído muy sensitivo y cualquier ruido las espanta."

"¿Y por qué no cogemos por ese otro lado?" Preguntó Pepito, señalando una vereda que pasaba por la base del tronco.

"Porque la brisa está soplando de ese lado, ellas perciben el olor y se espantan. Cuando salgas a cazar no olvides chequear de qué dirección sopla el viento, y usas el lado opuesto para que la presa no perciba el olor, de lo contrario se asusta."

"¿Y cómo sé de dónde sopla el viento?"

"Si no lo sientes, coges una pajita liviana y la tiras, ella te indicará la dirección."

"Pa', hay algo que yo no entiendo, ¿cómo es posible que unos animalitos tan chiquitos puedan percibir nuestra presencia estando tan altos? Ellas no tienen orejas."

Don Lelo, sonrió por la curiosidad del chico, le revolcó el pelo con la mano, y dijo:

"Negrito, la naturaleza es sabia, dotó a los animales de sistemas sensoriales aún más efectivos que los nuestros. Pueden percibir olores, ver a largas distancias, oír ruidos que nosotros jamás seríamos capases de escuchar, prever con anticipación situaciones tales como desastres y sin palas ni machetes conseguirse diariamente su alimento."

"¡Diache, pa'!, yo no había pensado en eso."

"Cuando lleguemos a casa busca un libro que está en el estante, tiene un águila volando en la caratula, allí podrás encontrar muchas cosas sobre las aves. Ahora no hablemos más"

Habían decidido llegar a un talud o meseta localizada en la parte arriba del árbol, y de allí hasta la base, desde donde el cazador intentaría el disparo. Tuvieron que cruzar en silencio a través de una agreste vegetación compuesta por ortigas, rábanos, fresas silvestres, helechos, salsas espinosas, malangas y otras plantas que a esa hora estaban completamente mojadas por la humedad, la lluvia caída durante la noche, el norte de gandules y el rocío de la mañana. Esas condiciones eran más apropiadas para un simio, pero lograron llegar con éxito. Pepito, se mantuvo al lado del tronco, mientras don Lelo intentaría el disparo desde más arriba. Para evitar cualquier sonido que pudiese espantar las palomas, don Lelo llevaba la escopeta cargada y el gatillo tirado hacia atrás listo para el disparo. Le hizo una seña para que el chico se estuviese quieto, y como el terreno estaba mojado, girando el taco de la bota, hizo sendos hoyos para que al pararse evitar resbalar. Habían sido tan cuidadosos en su travesía que las palomas no habían detectado su presencia. Allá arriba en la copa del capá, las palomas saltaban de una rama a otra, como si estuviesen calentando motores antes de salir por su alimento. A mitad del árbol, un lagarto verde caminaba asustado hacia arriba, mientras en una de las ramas bajas un grupo como de treinta palomas permanecían quietas, y ese fue el punto que el cazador escogió como blanco para el disparo.

Colocó la culata de la escopeta firme contra su hombro, aguantó la respiración, alineó las dos miras con el objetivo y como cazador experto tiró del gatillo con suavidad y clic....la escopeta mascó el tiro. Por suerte las palomas no percibieron ruido. Revisó el gatillo nuevamente, lo encontró normal y luego de volver a apuntar intentó el disparo nuevamente, otro fallo fue el resultado. Se sintió frustrado, apenas se la habían arreglado y León le aseguró que estaba en perfectas condiciones. Molesto, le dio un chequeo visual y todo parecía estar bien. Revisó el área del gatillo tirándolo hacia atrás, lo dejó en posición de tiro, y volvió a revisar el disparador, todo lucía normal. De momento sin darse cuenta tocó el disparador y, ¡bum! El impacto lo cogió por sorpresa y como estaba descuidado perdió el balance. La ladera era empinada, estaba mojada y al estar el cazador fuera de balance rodó cuesta abajo rompiendo maleza, arrasando matas y dejando tras de sí un camino de vegetación doblada por el peso de su cuerpo conforme rodaba ladera abajo por la mojada barranca. La escopeta voló de sus manos cayendo no se sabía dónde, y también volaron las palomas. Como cincuenta pies más abajo otro árbol frenó su rodar, el que le pareció que nunca terminaría, mientras Pepito lo contemplaba asustado, no sabiendo si reír o callar. El cazador se levantó mojado, pintado por el barro colorado, chamusqueado por las espinas y con hojas que se le habían pegado a la ropa a medida que rompía maleza. No mostró interés en buscar la escopeta, que no tenía idea a dónde había ido a caer. Cuando finalmente la encontró, regresó al lado de Pepito. Antes de que el chico empezara a quitarle hojas y espinas adheridas a la ropa, le dijo:

"¡Caray Negrito, me caí!"

"Ya lo vi, pa' ya lo vi."

Capítulo 28

La boda

En aquel apartado rincón de la cordillera los eventos monumentales brillaban por su ausencia, y cuando alguno captaba la atención de todos, pasaban a la historia como inolvidables. A veces entre uno y otro pasaban años o décadas. Estaba por llegar uno de esos eventos especiales, se acercaba la boda de Margarita, la hija de don Ibo Colmenares, con Jorge, el vástago de Don Eusebio Monterrey. Las dos eran familias muy respetadas y les unía una sincera amistad, razón por la cual don Ibo se estaba preparando para ofrecer una recepción que fuese recordada por mucho tiempo. Por lo regular este tipo de enlace era sólo del interés de las familias envueltas, pero no era el caso en esta ocasión. Margarita, era una encantadora joven que desde niña se había ganado el cariño y la simpatía de toda la comarca, ya fuesen ricos o pobres. Desde pequeña se le veía paseando en su caballo negro con manchas blancas, charlando con todo el que se cruzaba en su camino. Compartía con todos los arrimados en sus humildes casas, así como con los hacendados y sus familias. No había nadie en toda la comarca que no conociera a la nena de don Ibo, como cariosamente le llamaban. Los años que la muchacha se ausentó para asistir a la universidad, todo el mundo la echó de menos. Las pocas veces que regresó a la comarca, aún siendo una maestra no olvidaba a sus amigos. A ella no le importaba si era pobre, descalzo, andrajoso, borracho, viejo, joven, mujer, hombre o quien fuese, con todos compartía por igual. Se le podía ver con la familia de un hacendado, en una barranca hablando con un transeúnte o sentada en un cajón de un humilde bohío. De allí que la noticia de su boda se extendió por toda la comarca y sus alrededores. No había nadie que jamás se atreviese hablar mal de la querida joven.

Se había comprometido con Jorge, el mayor de los tres hijos de don Eusebio. El joven Jorge, en aquello de compartir era el polo opuesto de su prometida, sólo compartía con los de su clase, razón por la cual apenas era conocido fuera de los límites de la hacienda del padre. Había estudiado agronomía en el Colegio de Agricultura de Mayagüez, y estaba siendo evaluado para director de una cooperativa de cafeteros que se acababa de organizar y tendría su sede en la ciudad del café. Tomaría posición del cargo tan pronto regresara de la luna de miel, que como un regalo de don Ibo la pasarían en Europa.

La ceremonia nupcial se llevó a cabo en la iglesia Católica, cerca de la hacienda La Fina. Dado que la muchacha era muy querida en la comarca y sus amigos humildes no estaban invitados a la recepción, acudieron en masa a verla en las afueras de la iglesia. Allí la recibieron lanzándole flores, besos, abrazos y todo tipo de expresión de cariño. En medio de esa demostración de amor fue preciso arrancarla del gentío y prácticamente empujada al coche, que tirado por un hermoso caballo blanco la conduciría a La Herradura, la hacienda de don Ibo. En verdad el padre de Margarita había tirado la puerta por la ventana, y en su organización no se había escapado ni un detalle. Allí se encontraba lo más granado de la comarca, mayormente grandes hacendados. Don Lelo, cuya finca por tamaño no lo acreditaba como gran hacendado, por sus buenas relaciones producto de sus asesorías, estaba entre los invitados y asistió acompañado por doña Mica, La Gorda y Pepito. Había muchos conocidos de don Lelo, pero pocos de Pepito, que como era costumbre, acribillaba con preguntas cada vez que su papá era saludado por alguien desconocido para él. La mayoría no se habían sentado, se entretenían charlando en grupos cerca o en los alrededores del precioso besamanos, que había sido decorado con gardenias y rosas blancas de la misma hacienda. El hermoso carruaje blanco, el no menos impresionante caballo del mismo color y el besamanos de flores blancas, fueron opacados por la hermosura de Margarita, que en una bella creación de alta costura, la hacía ver como una reina. La pareja se colocó bajo la herradura de flores que formaba el besamanos y los invitados hacían turno para felicitar a los recién casados. Finalmente la pareja se paseó entre las mesas, saludando, besando y prendiendo capias a los asistentes. Todos abrazaban a Margarita y en un momento dado a Jorge se le vio hastío en su cara, cansado por las muestras de afecto hacia su esposa. La desposada estaba hermosa, las mujeres bien vestidas y sobresalían también las dos hermanas de Margarita, que eran dos chicas preciosas. Sin embargo, algo atrajo la atención de los presentes, especialmente los del sexo feo. Entró a la fiesta don Pipo Buitrago, acompañado de una mujer cuya hermosura atrajo la atención, tanto de hombres, como de mujeres. Era una mujer alta, de pelo negro que le caía en ondulante cascada sobre los hombros, ojos verdes coronados por largas pestañas, rostro ovalado de singular belleza y un cuello largo que le daba personalidad de reina. Como si eso no fuese suficiente hermosura vestía un traje negro ajustado al esbelto cuerpo y un atrevido escote, que reconocía lo bondadosa que había sido la naturaleza con ella. No importaba sexo, todos tenían que admirar su exquisita belleza.

Aunque todo el mundo en una forma u otra se conocían, tan pronto Buitrago localizó a don Lelo se dirigió hacia él, y cónsono con la amistad que los unía se saludaron efusivamente, mientras la hermosa señora abrazó a su amigo y le dio un beso en la mejilla. Doña Mica, le fue presentada, ya que nunca antes habían tenido la oportunidad de conocerse y luego de la presentación la mujer abrazó a La Gorda, dio un beso a Pepito, al cual mantuvo abrazado pasándole el brazo por el hombro con cariño, a la vez que dijo:

"Hola Negrito, supe que estuviste malito, que bueno que ya estás bien. ¿Por qué no has ido por casa?"

"Porque no me llevan." Contestó el chico.

"A propósito doña Mérica." Dijo doña Mica. "Gracias por la extraordinaria ayuda que nos dio durante la enfermedad del nene, sin eso sabe Dios que hubiese pasado, no había manera de controlarle la fiebre."

"No ha sido nada doña Mica, lo hicimos de corazón, quiero que sepa que a éste preguntoncito en casa se le quiere mucho."

Doña Mica, se mantuvo hablando con Mérica, mientras don Lelo y Buitrago se envolvieron en otra de sus maratónicas conversaciones. A las dos mujeres pronto se le unieron Teté, la hermana de don Eusebio, Finí, esposa de don Fabián, doña Clara, la señora de Kindo, la viuda de Castañeda y otra señora más. Más que establecer dialogo lo que les interesaba era averiguar sobre la hermosa mujer.

Por el beso recibido por la señora de Buitrago, don Lelo se convirtió en el envidiado por los hombres que tan impresionados estaban con la bella mujer. La hacienda de don Pipo Buitrago quedaba bien alejada del camino real, profundo en las montañas, colindando por el sur con Casa Grande, que resultaba ser su vecino inmediato. Por razón de estar tan profunda en las montañas, la pareja Buitrago apenas mantenían relación con otros hacendados. En sí todos se conocían, pero con nadie mantenían el tipo de amistad que sostenían con los moradores de Casa Grande. De allí que se mantuvieron juntos casi todo el tiempo.

Al terminar de recibir saludos en el besamanos, los recién casados se pasearon entre las mesas confraternizando con los más íntimos, luego de lo cual ocuparon su sitial en la mesa presidencial, dónde acompañaron a sus respectivos padres, padrinos, damas y otros familiares. Las mesas estaban elegantemente decoradas con manteles blancos, flores blancas prendidas a los bordes y canastas planas llenas de frutas exóticas del país, tales como mameyes, granadas, chirimoyas, granadillas, sandías, guayabas, anones, guanábanas y otras que servían de adorno a los centros de mesas.

En una mesa bien larga localizada al borde del glácil donde se celebraba la recepción, un grupo de personas desplegaban disimiles bandejas y envases con diferentes comidas, cuyo olor a lechón asado y ternera impregnaban el ambiente. En el lado opuesto a la mesa de las comidas, la música, usando dos carretas de bueyes decoradas con flores y ramas de palma real, entretenían a la concurrencia. Todo era alegría y confraternización, cuando de la parte detrás de la música se escuchó el peculiar ruido de un cohete al elevarse. Todos observaron la estela de humo que dejaba mientras subía, cómo al final del trayecto culebreaba sin más fuerza para continuar subiendo y finalmente vieron cuando explotó. Segundos más tarde el ruido de la explosión llegó a los asistentes, e inmediatamente una fanfarrea atrajo la atención de los presentes. La voz del director del grupo musical, casi gritó:

"¡Atención, atención! El honorable Juez Quintín tendrá a su cargo el brindis de la ocasión." Don Quinto, como cariñosamente todos le conocían, era juez municipal en Sabana Grande. Hombre de baja estatura más bien rechoncho, pelo canoso que una vez fue rubio, cara simpática, modales elegantes y bien vestido, se paró al lado de la mesa presidencial. Elevando su voz para poder ser oído y en tono claro, casi gritó:

"¡Queridos amigos! En el nombre de Dios alzo mi copa y brindo. Brindo por esta joven pareja de enamorados que hoy haciendo uso de la epístola de San Pablo han contraído matrimonio. Brindo por que tengan una unión bella y duradera. Brindo porque Margarita encuentre en Jorge la persona que colme de felicidad sus sueños juveniles, y él en ella, la compañera ideal que esté a su lado en el resto de sus días. Brindo por que Jorge, que es un joven serio y responsable......."

"¡Reconozca que es el padre de este hijo, que es de él" Gritó una joven que sostenía un niño en brazos, ante el estupor de los asistentes.

"¡Sí, este niño es de él!" Volvió a gritar.

La joven no pudo continuar hablando. En medio del murmullo de los asistentes, un grupo de familiares la rodeó para evitar que continuase gritando y la forzaron a abandonar el lugar. En medio de los empujones que estaba recibiendo, continuaba gritando:

"¡Es de él, es de él, ese sinvergüenza es el padre de mí niño."

Los comensales de la mesa presidencial eran una madeja de confusiones. Margarita, la más perjudicada se llevó histéricamente las manos a la cara, Jorge, visiblemente sorprendido alzó sus manos como si estuviese resistiendo un asalto. Había perdido el color, temblaba asustado y sólo acertaba a decir, yo....yo....yo...." Don Eusebio y don Ibo, sin todavía poder hablar se miraban como diciendo, ¡ah y yo qué sé! Las respectivas madres apretando sus sienes bajaron sus cabezas, pusieron sus moños hacia el cielo y mojaron el mantel de mesa con sus lágrimas.

Margarita, le tiró el pañuelo en la cara a Jorge, le gritó, ¡desgraciado!, y corrió llorando a internarse en su cuarto. Una vez pasada la primera impresión los padres reaccionaron, y mientras los asistentes se mantenían cuchicheando, ellos acordaron que la actividad tenía que continuar. Acompañados de sus esposas fueron a la casa, y tras muchos ruegos convencieron a la muchacha de regresar a la ceremonia para poder quedar bien ante los invitados. Ella aceptó, pero se cuidó mucho de mantenerse alejada de su traidor esposo. En una de las mesas del centro, una señora le dijo a otra:

"Yo te lo había dicho, ¿te acuerdas?"

"Sí, pero creí que eran chismes."

Como ese, empezaron a brotar otros comentarios que indicaban que el asunto era de conocimiento de algunos. Se había hecho realidad el dicho de que como siempre la familia era la última en enterarse.

Le costó un gran esfuerzo a don Ibo, pero logró que Margarita regresara a la recepción. Le solicitó a don Quinto que continuara con la elocución, y éste en un esfuerzo por que todo pareciera normal, dijo:

"Queridos amigos todos, los padres de los desposados les piden disculpas por el desagradable incidente. Es sólo otro de esos casos en nuestro ambiente dónde siempre aparece algún oportunista tratando de manchar reputaciones. A su debido tiempo las familias bregaran con la situación, pero por el momento, que siga la fiesta y pasen un gran momento, es el deseo de nuestros anfitriones."

Contrario a lo que se podía esperar la fiesta continuó animada. El hecho de que la mayoría de los presentes eran hacendados, y como era típico en la época habían pasado por situaciones parecidas, el asunto aunque inoportuno, para ellos en su abusivo machismo era comprensible. Las esposas no lo veían así, pero sus opiniones apenas tenían valor en un ambiente dónde lo que ellas opinaran carecía de importancia. Los invitados, salvo una que otra vieja amante de chisme, olvidaron el incidente. La que no lo olvidaría era Margarita, que no se esforzaba en demostrar su disgusto. Si estaba presente era por la obediencia al padre y el respeto que sentía por don Eusebio, pero mantenía en todo momento un distanciamiento total de Jorge. Los dardos venenosos de su mirada hacia el joven eran como para matarlo. Se iba a necesitar mucha intervención de las familias para tranquilizarla.

Al momento de bailar el vals lo hizo con su padre y con algunos de los presentes, pero ignoró a Jorge, que no tuvo valor para intentarlo.

La esposa de don Pipo Buitrago bailó con don Lelo, por quien sentía un cariño especial, y nuevamente el agricultor se convirtió en la envidia de muchos de los presentes.

Al terminar la recepción, Margarita se negó a salir con su esposo para el viaje de luna de miel. Al cuestionarla sobre el particular, les informó a los padres que a la mañana siguiente solicitaría la anulación del matrimonio. Don Ibo, tratando de que ella cambiase de opinión y utilizando al máximo su habilidad de persuasión, le dijo:

"No seas tonta, muchacha, tu bien sabes que eso es común en nuestro ambiente. Le ha pasado a muchos hacendados con muchachas de la comarca, estoy seguro que conoces infinidad de casos."

"Si padre, conozco unos cuantos casos, pero eso no quiere decir que esté de acuerdo. Además este no es el caso, esa muchacha no era una campesina ignorante de las que tú te refieres. Es una relación muy seria que el muy sinvergüenza ha mantenido en secreto por mucho tiempo."

"¿Qué te hace estar tan segura? Nunca la habíamos visto."

"La forma que estaba vestida y su personalidad es de gente de ciudad. Tú sabes que yo conozco a todas las muchachas de la comarca, y esa no es de todo esto. Apuesto que es una relación que ha mantenido en Mayagüez desde sus años de colegial. Esto yo no lo voy a aguantar, padre, como los papeles todavía están en la iglesia, mañana iré para solicitar la anulación."

Los padres de la muchacha no lograron convencerla de la según ellos, descabellada decisión sobre la anulación del matrimonio. Deseaban que por lo menos ella investigase la realidad antes de tomar la decisión, pero tampoco les funcionó. En realidad a ellos no les preocupaba Jorge, pero siendo las familias tan amigas temían que la decisión de Margarita pudiese afectar la relación. Como padres, conocían tanto el carácter, como la firmeza de su hija y no se atrevieron continuar insistiendo

El lunes, ya a las nueve de la mañana en compañía de don Ibo, Margarita llegó a la iglesia, pero fue tiempo perdido. El Padre Romualdo estaba en su día libre y había ido hasta Maricao para visitar la familia. De regreso a la hacienda don Ibo convenció a la hija de entrar a saludar a don Lelo. La muchacha no se encontraba en ánimo para visitar y habiendo saludado a don Lelo dos días antes en la recepción, lo encontraba innecesario. Por su parte don Ibo pensaba diferente, a lo mejor con su sapiencia don Lelo lograba hacer comprender a Margarita del error que estaba cometiendo. Nadie mejor que el agricultor de Casa Grande, al que la chica quería tanto que desde pequeña le decía, pa'. Más bien por el cariño a don Lelo, que por deseo, la muchacha aceptó siempre y cuando fuese una visita breve.

Cuando llegaron, don Lelo estaba en el jardín injertando unas rosas. El verlos llegar fue para él una sorpresa, siempre habían sido bien recibidos en Casa Grande, pero ante lo ocurrido a la chica el día de la boda no le encontraba una explicación lógica. Mientras los visitantes ataban sus caballos al barandal, don Lelo salió del rosal a recibirlos. A invitación del agricultor pasaron a la sala, donde casi al instante se les unió doña Mica. Luego de los saludos de rigor, doña Mica les ofreció café, el cual aceptaron gustosamente, y la señora los dejó para dirigirse a prepararlo. Don Lelo, a quien le sorprendió la presencia de Margarita, amparado en la confianza que les unía, ignorando la presencia de su amigo Ibo, le preguntó:

"Jamás esperaba verte aquí, ¿ha pasado algo mi niña?"

La muchacha sentía gran cariño por ese viejito, como muchas veces amorosa le decía. Desde pequeña, cuando caminaba toda la comarca en su caballo manchado, adoraba las conversaciones con pa', como ella le llamaba, la pareja siempre habían tenido hacia ella los mejores consejos que recibía. Con el cariño que sentía por él, respondió:

"Pa', es que después de lo que ocurrió, he decidido que lo mejor para mí es anular el matrimonio. Habiendo sido ante ayer la ceremonia y estando los papeles todavía en la iglesia sin haber sido registrados, vine a pedirle al Padre Romualdo que anule el casamiento."

Don Ibo, pensando que era el momento, antes de que su amigo hablara, interrumpió:

"Yo le aconsejé que antes de tomar esa decisión debe de investigar primero, es algo muy serio para tomarlo a la ligera."

"Tal vez pudieras tener razón, pero la nena es toda una profesional y estoy seguro de que si ha decidido actuar así sus razones ha de tener."

"Sí, Lelo, lo que tú dices puede ser cierto, pero las decisiones apresuradas nunca traen buenos resultados." Sostuvo don Ibo.

"No es nada apresurada" Dijo la muchacha."¿Qué otra alternativa tengo?"

"La que yo te he pedido" Contestó, el padre.

"Mira, Ibo." Dijo don Lelo. "La nena está en lo correcto. Yo sé de la amistad que a ustedes les une con Eusebio, así como que ambas familias les gustaría verse unidas, pero no se trata de eso. Ustedes deben ser lo suficiente sinceros como para que ese incidente no opaque la amistad que se profesan. Sin embargo, no olviden que la nena es toda una mujer hecha y derecha, tiene su dignidad y esa debe de ser respetada. Si ella por seguir tú consejo se casa pasando por alto la poca vergüenza que él le ha hecho, te aseguro que más tarde le hará cosas peores. El que falta el respeto y se lo soportan, lo sigue haciendo. Tú no la mandaste a estudiar y convertirse en una buena profesional, para luego ver cómo te la humillan, engañan y maltratan. ¿De verdad eso es lo que tú quieres?"

Don Ibo, había abrigado esperanzas de que su amigo hiciese entrar a su hija en razón, al ver su plan peligrando, empezó a decir:

"Sí Lelo, pero es que….."

"¡Qué peros ni que ocho cuartos, Ibo! Esa es tú niña, tú amor, tú vida, lo más sagrado que tienes, y ha sido vilmente humillada en lo que debió de haber sido el día más maravilloso de su vida. ¿No has sacado un minuto para pensar en cómo se ha sentido ella? ¿Vale más una amistad que la autoestima de tú nena? Tú sabes que no, Ibo. Si Eusebio, que es tú amigo, cómo también lo es mío, no puede entender eso, no es en verdad un amigo. Amigo es el que está con uno en las buenas y en las malas, el que nos entiende, nos alienta, nos protege y sobre todo el que evita que se nos haga daño. A la nena le han hecho daño, ¿habrá algo más importante que eso? Ni se te ocurra obligarla a que por obedecerte acepte tan monumental ofensa. No la criaste para eso, y menos a ella que es el ser más bello de la comarca. ¿Acaso se te han olvidado las muestras de amor que todos le dieron a la salida de la iglesia? Jamás olvides, tú nena es un ser especial."

Ibo, escuchó a su amigo, asimiló sus palabras, que más que palabras habían sido un reproche. Por un rato se mantuvo en silencio, y cuando habló no fue para responder a su amigo, si- no a su hija, a la que dijo:

"Perdona hija, creo que te ofendido, Lelo tiene razón. ¿Cómo pude ser tan estúpido de no comprenderte? Perdónanos, tú sabes que jamás quisiéramos hacerte daño."

La muchacha le sonrió, luego dijo: "Está bien padre, no hay problema." De inmediato corrió y le dio un beso a don Lelo en la mejilla, a la vez que le dijo, ¡Gracias Pa'!"

Como si todo hubiese estado cronometrado, apareció doña Mica invitándolos a la mesa porque el café estaba listo. No sólo era café, lo había acompañado con galletas de soda, queso blanco hecho en la misma hacienda y pan de maíz, también de su confección. Margarita, que al momento de su padre pedirle perdón sintió como si se liberase de una atadura, sintió hambre. El mal rato pasado le había privado del apetito, y esto que consumiría sería su primera comida en más de treinta y seis horas. Con entusiasmo, dijo:

"¡Gracias, doña Mica! Esto será mí primera comida en mucho tiempo, ya me lo estaba pidiendo el cuerpo."

"Que te aproveche, mí niña, estás en tú casa."

Al abandonar Casa Grande, no eran los mismos que habían llegado.

Cuando a la diez de la mañana el Padre Romualdo llegó el martes a la iglesia, ya don Ibo y Margarita estaban esperando. Era tal vez la persona que el sacerdote menos esperaba ver, suponía que debía de estar en plena luna de miel. El hecho de verla acompañada por don Ibo le indicaba al sacerdote que algo había pasado. Con su acostumbrada humildad el Padre les saludó, diciendo:

"Que la paz del Señor sea con ustedes."

"Y con su espíritu." Sólo contestó la joven.

"El Padre Romualdo era la personificación de la humildad, tan humilde que al hablar con la gente por lo regular miraba hacia el piso. No usaba nada que implicara ostentación, siempre usaba sotana negra y los que lo conocían bien aseguraban que dormía en una cama de alambre. Los feligreses decían que era un santo.

"A ver, hija, ¿qué te trae por aquí?"

"Padre, estoy destrozada, el domingo en plena boda mientras se daba el brindis una mujer con un niño en brazos pidió que se brindara por el nene, alegando que era hijo de Jorge. Cuando la obligaron a abandonar el lugar, continuó gritando que el nene era hijo de él. Eso es algo que está fuera de mí razón y me he negado a continuar el matrimonio. He venido para que el mismo sea anulado."

"¿Porqué tú crees qué eso se pueda hacer?"

"Bueno, supongo que habiéndose ejecutado el pasado sábado los papeles todavía deben de estar aquí."

"En efecto mí santa hija, los papeles están aquí, pero eso no implica que se pueda anular de inmediato, es un trámite un poco más complicado."

"¿Cómo así?" Quiso saber don Ibo.

"Verá usted, aunque a simple vista no lo parezca es algo que no se logra fácilmente. Ya ha pasado a ser parte de los records de la iglesia, el matrimonio se llevó a cabo, las partes estuvieron de acuerdo y firmaron por ello, hubieron unas proclamas que ya son parte de los protocolos de la iglesia y al momento de durante la ceremonia preguntar si había alguna objeción a que el matrimonio se celebrara, nadie se opuso. Para la iglesia es un matrimonio legal. Segundo, pero no menos importante, la iglesia no puede tomar una decisión como esa sin oír ambas partes, ya que no sabemos qué él opinará."

"Padre, ¿pero qué puede opinar él si fue el que me engañó?"

"Mira hija, conociéndote como todos en la comarca te conocemos, yo no tengo duda de lo que tú me dices. Pero eso lo sé yo, para las autoridades eclesiásticas que a la postre son las que deciden, los dos son desconocidos y por lo tanto, iguales. Te aseguro que jamás emitirán un veredicto sin antes oír ambas partes."

Margarita, que no comprendía que esto le pudiese pasar, preguntó:

"¿Me quiere usted decir que tengo que permanecer casada en contra de mí voluntad? Eso no tiene lógica."

"Hay miles de cosas que para nosotros no tienen lógica, nos perjudican y sin embargo tenemos que acatarlas, y esta es una de esas."

Lo entiendo, Padre, pero imagínese usted, no es agradable estar atado a alguien en circunstancias como esta. ¿Y si le da la gana de reclamar derechos sobre mí?"

"Eso va a depender de ti, si haces las cosas correctamente no va a poder."

"¡Explíquese!"

"Porque el hecho de que no se pueda anular en este momento no evita que tú puedas presentar la solicitud de anulación. Una vez presentada es como si fuese una acusación contra él, la cual él tendrá que respetar."

"¿Cómo se presenta y ante quién?"

"La solicitas al obispado, que es a quien corresponde hacer la decisión. En el pliego acusatorio tienes que explicar que la razón es por engaño, toda vez que nunca antes de la boda te informó de esa relación."

"Pero Padre, eso suena como un juicio."

"Hija, de eso es que se trata, la única diferencia es que no es ante un tribunal, es ante la iglesia. Es como si fueses a solicitar un divorcio, tienes que presentar evidencias, testigos y razones. En base a ello, una vez estudiado los pros y contras la iglesia determina. En tú caso si presentas la solicitud como te he indicado no tendrás problemas."

"Cómo cuanto puede tardar eso?"

"Digamos que unos cuatro años, más o menos."

"Eso es demasiado, ¿no habrá manera de aligerarlo?"

"Se dan casos, sucede que a veces son solicitudes de gente influyente que en una forma u otra tienen relaciones poderosas que intervienen. Tú sabes, eso influye hasta en la iglesia."

"¿Alguna otra manera?"

"También podría aligerar el caso que él también solicite la anulación, pero no creo que este sea el caso. ¿O sí?"

"Bueno no sé, yo por lo menos le aseguro que no pienso volver a hablarle, es más ni tampoco lo quiero ver."

"Mira, Margarita, nada puede ser descartable. Tú no debes de apurarte porque después de todo esto pasará tiempo en que vuelvas a fijarte en otro hombre, y el tiempo vuela. Por el contrario, a él, de un momento a otro le aparecerá alguien que hasta lo obligue a casarse, y se vea en la necesidad de aligerar el proceso. Ya ha pasado antes."

"Lo entiendo, Padre. Eso no es lo que me incómoda, lo que pasa es que para los efectos mientras esta situación no se resuelva yo apareceré que he tenido un matrimonio de tantos años como dure la anulación, y eso es lo que no quiero. No quiero aparecer que he estado casada, por que la verdadera unión no ha existido."

"No ha existido la convivencia, pero la unión la habido, esa es precisamente la que estás solicitando anular. ¿Qué tal si en un futuro ustedes vuelven a continuar su relación? Han habido muchos casos que eso ha sucedido."

"Oh no Padre, le aseguro que eso no sucederá."

"Lo que pueda suceder sólo Dios lo sabe. Como te dije antes, ha habido casos similares al tuyo y con el tiempo se han solucionado. Recuerda que todos tenemos derecho al perdón. Es tan importante perdonar, como ser perdonado."

"Padre, por mí parte perdonado está desde ahora, pero no es cuestión de perdón, es cuestión de respeto y confianza. Yo he sido engañada y le aseguro que jamás permanecería unida a una persona que no me ha respetado. No le tendría confianza, y esa es la base de un matrimonio, la confianza."

"Oye mí niña, te he hecho énfasis en esto porque mí labor como pastor es mantener el rebaño unido. Entiendo que toda causa tiene un efecto y me preocupa el qué pueda tener en ti. No me gustaría que ahora por haber sido engañada alteres tú conducta y pretendas pasar factura a los que eventualmente se interesen en ti."

"No le debe de preocupar eso, Padre. Yo soy adulta, he estudiado y me siento una mujer realizada que sabe separar la paja del trigo. Nada me hará cambiar, pero eso no altera mí intención de empezar los trámites de la anulación desde ahora."

"Siendo así, tú status no debe de preocuparte durante el proceso. Por un lado, todo lo que se lleve a cabo es estrictamente confidencial en el seno de la iglesia, y por otro, la acción de anulación está comenzando en este preciso momento que la estás solicitando. Yo como sacerdote tengo la obligación de llevar a récord está solicitud desde este momento, por eso te enfaticé que empieces a presentar los datos a la mayor brevedad."

El sacerdote llevaba muchos años en la parroquia del sector, y como todos, conocía bien a la muchacha. Sabía que era alegre, cariñosa y con un gran don de gentes, pero también sabía que era firme en sus convicciones. Nada la haría cambiar.

El día de la boda doña Mica y Merica tuvieron la oportunidad de conocerse, iniciándose entre ellas una incipiente amistad en que la joven esposa de Buitrago, insistió en que la esposa de su amigo Lelo, aceptara una invitación para pasarse un día en la hacienda. Siendo sus esposos tan amigos, doña Mica no encontró razón para negarse y menos a una persona que le había hecho un gran favor durante la enfermedad de Pepito. Por otro lado, Merica era una mujer joven, que en aquel rincón de la montaña raras veces tenía la oportunidad de compartir con gente que no fuese de su propia hacienda. El esposo, consciente de ello, como su situación económica se lo permitía la llevaba a vacacionar por largos periodos de tiempo.

En el último viaje Merica se trajo con ellos a una tía, la cual planificó quedarse un tiempo, si era que podía soportar la soledad de la montaña. No asistió con ellos a la boda de Margarita porque todavía no sabía montar en caballo y le asustaba hacer el viaje por caminos tan accidentados. La muy señorona, como todas las de su condición de solterona era adicta al chisme, y cuando supo el incidente de la mujer con el niño, se arrepintió de no haber asistido. Eso sí, le interesó tanto el incidente que Merica tuvo que repetirlo varias veces.

Cuando los moradores de Casa Grande llegaron a la entrada de la hacienda, ya desde la casa los divisaron. Pepito, se tiró de las ancas de Alacrán y cuando la pareja llegó a las escaleras ya estaba junto a ellos. No fueron a la casa directamente, se entretuvieron contemplando unas rosas que con la asesoría de don Lelo, Buitrago había injertado. Una vez en la casa y luego de los respectivos saludos las parejas se dividieron. Don Lelo y Pipo, se perdieron hacia la finca, Pepito, como era su costumbre se fue a curiosear por los alrededores y no aparecería hasta ser llamado. Allá en la casa, doña Mica era atendida a cuerpo de reina por Merica y la tía, recién conocida por la visitante.

Ya en la terraza que daba hacia el río las tres mujeres cotorreaban sobre diversos temas, menos el asunto de la boda. Lengi, la tía de Merica, no podía comprender como no se había hablado del tema de la boda, si ella no lo hacía, explotaba. Antes de explotar, preguntó:

"Doña Mica, ¿en qué ha parado el chisme de la mujer y el niño?"

Doña Mica, no sabía qué responder, apenas había acabado de conocer a Lengi y ya estaba interesada en averiguar lo que pasó en la boda. Merica, que comprendió lo que estaría pensando doña Mica, tratando de aclarar, dijo:

"Es que tía es una soñadora y le interesó mucho lo de la señora del bebé."

"¿Qué le puedo yo contar que ya tú no le hayas dicho?" Dijo doña Mica, tratando de no entrar en el tema.

Lengi, no pensaba así, y desconforme, dijo:

"Es que esta muchacha nunca ha sabido contar las cosas, estoy segura que no fue como ella dijo. Cuéntame tú Mica, ya verás cómo no es igual. A lo mejor la tal Margarita es una high joyeti y se lo hicieron para bajarla de la nube."

"Pues yo no soy de aquí y no la conocía, pero me pareció bien sencilla y buena gente. Los que estaban allí parecían quererla mucho y ella fue cariñosa con todos." Aclaró, Merica.

"Nosotros conocemos a esa niña desde pequeña." Dijo doña Mica. "Podemos dar fe de que no hay nadie en la comarca que no la quiera. Ustedes no estuvieron en la iglesia, de haber ido hubiesen sido testigos de algo muy pocas veces visto, todo el mundo fue a verla, ricos, pobres, descalzos, niños y al pasar le tiraban flores como si se tratase de una reina. Ella se confundió en abrazos con ellos, al extremo que para poderla subir al carruaje fue necesario arrancarla de los brazos de la gente."

Ni la tía, ni sobrina jamás se imaginaron algo así. Merica, dijo:

"¡Pobre niña, no me hubiese gustado pasar por un momento así. Eso debe de ser lo peor que le puede pasar a uno."

"Tú lo dices y no lo sabes." Dijo la visitante. "Yo pasé por una situación parecida aunque no tan dramática, y les aseguro que tarda uno mucho en reponerse, a veces no lo hace nunca."

"¿Cómo así?" Preguntó Merica sorprendida.

"Sí, a mí me explotó la bomba tres días antes de la boda. Estaba yo preparándome para irme a medir el traje de novia cuando me lo dijeron. De momento se me fue el mundo, me quedé como sin aliento y parecía que mí vida se me escapaba. Cuando finalmente reaccioné, no lloré, yo no soy de las que lloran cuando la rabia las domina. Miré hacia la casa de Lelo, de momento se me metió una cosa por dentro y fui para allá, armé una clase de garata que Troya se quedó chiquita. Gracias a Dios que él no estaba allí, les garantizo que si en ese momento lo agarro lo mato como a un perro. Por fortuna quienes estaban eran los suegros, que eran dos bellas personas y lograron calmarme un poco. Cuando llegó él tuvieron que aguantarme, pero aún así me zafé y le brinqué encima como gata parida, me lo quitaron, pero en un momento lo destrocé, le fue peor que al diablo con San Miguel."

Lo había dicho con cierto humor y las dos acompañantes rieron. Aún así Merica, preguntó:

"¿Pero aún así se casó con él?"

"No en aquel momento, mi rabia era tanta que en aquel momento me desaparecí del barrio. En San Germán conocí a otro sinvergüenza y me casé. Con ese me fue peor que a una cucaracha en baile de gallinas y le di una patada que lo desaparecí. Me divorcié de aquel perro y regresé al barrio con un regalo que ya tenía tres años. Volví con Lelo, y no me puedo quejar, es el mejor hombre del mundo, pero no hay felicidad completa. Resulta que lo que en aquella ocasión nos separó ahora nos está empezando a crear ciertos problemas.

Ese era el tipo de chisme que a Lengi le fascinaba, jamona al fin, veía eso como una novela de Romeo y Julieta. No pudo evitar, preguntar:

"¿Qué pasó con la persona que se interpuso?"

"A ella nunca le guardé ningún rencor, era una inocente criada que trabajaba en la casa y el muy sinvergüenza la preñó. Era ese tipo de persona tan inocente, que les aseguro que al día de hoy todavía no sabe lo que hizo. El malo fue él."

"¿Qué pasó con el encargo?" Preguntó Merica.

"Allí está, con la ayuda de los padres de Lelo, ella lo crió. Yo sé que el niño no tuvo la culpa de lo que sucedió, pero les aseguro que por más que he intentado no lo puedo aceptar y aunque siempre he tratado de disimularlo la verdad es que no lo soporto. Tal parece que ese rechazo que yo me he cuidado en no demostrar, el niño parece que en alguna forma lo percibe. Ahora estoy segura de que me detesta tanto o más que yo a él."

"¿Cómo se llama?" Quiso saber Merica.

"Eligio."

"Hace algún tiempo yo oí a don Lelo hablarle a Pipo sobre eso. En aquella ocasión cómo era una conversación entre ellos yo no le presté atención. Ahora estoy segura que era sobre eso de lo que hablaban."

"Pero Mica, ¿tanto lo odias si tú acabas de reconocer que él no tuvo culpa? Preguntó Lengi.

"No, no es odio, eso jamás. Yo tengo mal carácter pero jamás he odiado a nadie. Soy una vieja y a pesar de mi edad no lo puedo explicar, es algo así como un rechazo, algo que me hace detestarlo. Yo lo he tratado, pero por más intentos que he hecho, más difícil se me hace. Créanme, yo adoro a Lelo y por él soy capaz de dar mi vida, por eso he tratado pero aún así no he podido. Es algo más fuerte que yo."

"¿Porqué no sigue tratando?, a lo mejor lo logra." Le recomendó Merica.

"Ya no se puede, ahora estoy segura que me odia más que nunca."

"¿Por qué? Quiso saber, Lengi.

"Resulta que Lelo lo mandó a Castañer y allá estudió. De allí se fue a trabajar a Mayagüez y estando allá se casó con una muchacha tan buena, como bonita. Regresó al barrio y comenzó a trabajar como tenedor de libros en la hacienda La Fina. Eso le creó una serie de envidias por algunos en el barrio al extremo de que lo han llamado, bastardo. En un principio trató de ignorarlo, pero poco a poco eso le fue calando hasta desarrollarle un complejo de inferioridad en el cual ha tratado de obligar a Lelo para que lo reconozca y aunque para mi esposo eso no sería problema, por ley no se puede hacer. Lo peor del caso es que por la antipatía que me tiene me echa la culpa de todo, y ha embestido con una serie de ataques y ofensas que si yo lo agarro lo descocoto."

"Pero eso es fácil, ¿porqué don Lelo no lo reconoce?' Intervino, Lengi.

"Lelo, nunca lo ha negado, él usa el apellido Pierre y todo el mundo sabe que mi esposo es su padre. Lo que pasa es que por ley no se puede, Lelo ha tratado, pero al no haber legislación al respecto no ha tenido éxito. No hace mucho solicitó al registro demográfico un certificado de nacimiento. Cuando lo recibió tenía el apellido de la madre, eso lo endemonió y cargó contra mí."

"Si es como usted dice, ignórelo." Le recomendó, Merica.

"Ya quisiera yo, pero no se puede. Él está a la ofensiva, al extremo que en días pasado vino a la casa y le gritó al padre, que él tenía tanto derecho como La Gorda, por que como él ella también era bastarda. Mira muchacha, yo que a veces prendo de un maniguetaso, al oír eso agarré un cabo de azada y me le vine encima, le mandé un cantazo que si lo cojo de lleno lo mato. Suerte tuvo que solo le rocé una nalga, todavía debe de tenerla negra. Como podrán ver ya es casi imposible que podamos hacer las paces."

"Qué dice don Lelo a todo eso?" Preguntó, Merica.

"Tú sabes cómo es él, todo lo coge con calma, pero sé que está preocupado, no exactamente por Eligio, si-no porque esto nos está causando problemas. Veremos a ver."

Capítulo 29

Pocho el Berraco

Don Lelo, leía como todas las tardes en el balcón cuando vio atravesar el portón a su viejo amigo Pocho. Montando su hermoso caballo rubio llegó casi hasta el balcón, donde mismo amarró la brida del animal. Aunque no santo de devoción de doña Mica, ésta lo toleraba por la estrecha amistad que lo unía a su esposo. Habían sido amigos desde los años jóvenes, cuando juntos estudiaron en la ciudad del café. Tenía una finca grande en el sector Quemado, que no producía buen café, pero si muchas frutas, viandas y vegetales. Era un hombre jovial, rubio, alto, casi jorobado, de ojos verdes saltones que parecían querer divorciarse de sus órbitas, boca tipo hocico y nariz larga y bien formada. Hablaba duro y era peculiar en él que siempre usaba la palabra, carajo. Estaba casado con quien fue y todavía era una mujer muy bonita, que a los sesenta años continuaba siendo hermosa. Aún así, Pocho era aficionado a las faldas. Mujer bonita que veía, mujer que pretendía conquistar. Por su afición al sexo opuesto, hábito que no ocultaba, aunque su apellido era Quezada, todos lo conocían como Pocho Berraco.

Se bajó de su rubio alazán y sin esperar a que lo invitaran, se sentó en la mecedora frente a su amigo Lelo. Así era Pocho, espontáneo, confiado, confianzudo y amigable. Por la confianza entre ellos no estrecharon manos, sólo dijo:

"Hola Lelo! ¿Cómo te va?"

"Ya ves Pocho, aquí cómo siempre. ¿Vienes o vas?"

"Bajo hacia el pueblo, tenemos reunión de familia, Irma quiere soltar la responsabilidad de albacea. Esto es un carajo, tendremos que nombrar otro de los hermanos."

"¡Qué raro! Las veces que he hablado con ella no me mencionó nada, de hecho, parecía estar contenta con ello."

"Carajo, Lelo, ese no es el problema es que la condená piensa casarse."

"Diantre, Pocho, eso es nuevo para mí, ¿quién es el dichoso?"

"Un viejo de por allá, por las ventas del carajo. Pero que conociendo lo jodona que es mi hermana, que tú sabes el carácter que se gasta, dudo que ese viejo valla a ser tan dichoso como tú crees."

"¿Por qué no? Ella es muy capacitada."

"Carajo, Lelo, eso lo sabemos, pero ese no es el problema, es que es muy viejo para ella."

"¿Y eso qué? No es la primera."

"Carajo, Lelo, es que ese trapo de viejo no le aguanta ni un round."

"Pocho, no todo es sexo, en la vida hay otras prioridades."

"Para ti, Lelo, para ti. Para mí eso es lo más importante, tan es así que quiero que me digas algo, es que se me ha metido en la molleja."

"¿Qué?"

"Lelo, yo sabía de tú gran amistad con Pipo, pero no sabía que lo eras de su esposa. El día de la boda ella te dio un beso y te echó el brazo. ¡Chico, cuánto te envidié! Carajo, Lelo, esa te la tenías escondida."

"Si Pocho, esa es una gran muchacha y nosotros la estimamos mucho."

"Carajo, Lelo, esa es demasiada mujer para Pipo. ¿Por qué no me la presentas? Te juro que desde que la vi no se me ha ido de mí mente. No esteré tranquilo hasta que la consiga."

"¡Tú estás loco, Pocho! No creo que estés hablando en serio, esa es una niña muy seria que merece todo nuestro respeto."

"¿Seria con aquellas tetotas por fuera y aquella mirada tan invitadora? ¿De qué carajo estás hablando, Lelo?"

"Hablo de que es la señora de Pipo, y él es amigo nuestro."

"Eso lo sé, por eso es que tú eres la persona ideal para que me la presentes. Yo también soy tú amigo, ¿o no?"

"Claro, Pocho, no lo pongas en duda."

"¿Entonces?"

"Entonces nada. Tú me conoces de toda la vida y sabes que yo jamás me prestaría para hacer algo así. Cualquiera diría que no me conoces."

"Es que tú no tienes que hacer nada, seré yo. Sólo pretendo que me llaves allá, yo no soy tan amigo de ellos como para presentarme sin un motivo."

"Pocho, ya sé a dónde te voy a llevar, como estás arrebatado te llevaré a un siquiatra, lo estás necesitando, porque estás más loco que el rabo de una cabra."

"Loco estaría si no me interesase por una hermosura como esa."

"Vamos a suponer que yo te dijera que sí, que te consta que no haría ni estando loco, ¿Qué tú crees que Pipo haría?"

"¡Y yo qué carajo sé!"

"Pues yo sí sé. Lo primero sería sospechar que yo lo he traicionado, y lo segundo, meterte un balazo. ¿Acaso no lo conoces?"

"Olvídate, por una mujer así, que me den diez, no uno."

"Tú estás chiflado Pocho, hemos sido amigos toda la vida, amistad que te consta que aprecio, pero sabes que yo no estoy en eso. ¿Está claro?"

"Pero Lelo, ¿cómo tú, mi amigo del alma me vas a hacer eso a mí? Dijo mientras le señalaba con el pulgar derecho hacia el pecho.

"A ti, mí amigo del alma posiblemente te estoy salvando la vida."

"Lelo, tú no quieres entender, esa mujer me volvió loco de tan sólo verla. No sabes cuánto hubiese dado por ser yo quien estuviese bailando con ella. En ese momento te envidié, es más sentí celos."

"Dime, mi amigo, ¿te gustaría qué Pipo hiciera lo mismo con tú esposa, y qué acudiese a mí para que le ayudara?"

"Bah, muchacho, a ese casco de vieja se la regalo cuando él quiera."

A don Lelo no le quedó otro remedio que reír la desfachatez del amigo. Lo conocía, sabía que estaba fanfarroneando, pero así era Pocho. ¡Descarado!" Luego, con seriedad, le dijo:

"Mira Pocho, te hablo en serio. No se te acurra hablar así de la esposa de Pipo en otro sitio. Te puedes buscar un problema, Pipo es una gran persona, pero tiene un carácter muy fuerte y si a sus oídos llega algo así, me temo lo peor. Ya tú sabes lo que le pasó a Nelson con él, y no me gustaría verte envuelto en algo así."

"No sé, ¿qué le pasó a Nelson con él?"

"¿De verdad no sabes?"

"No, ¿a qué Nelson te refieres?"

"A Nelson Luna, resulta que éste trató de timarle a Pipo una faja de terreno. Pipo le reclamó y Nelson se negó a dialogar. A oídos de Pipo llegó el comentario de que Nelson dijo que él era un fanfarrón, por que se había negado a enfrentarse a un duelo. Pipo, no se anduvo por las ramas, fue a casa de Nelson a retarlo a duelo y éste se acobardó. Nelson en ese momento estaba en la mesa listo para empezar a cenar y cuando rechazó el duelo, Pipo agarró la fuente con las habichuelas guisadas y se las restregó en la cara a Nelson. Nelson había sido toda su vida un abusador, especialmente con los humildes, pero desde ese día no volvió a abusar de nadie. Desde ese incidente todos le han llamado, Nelson Habichuela."

"Pocho, no quería ceder, había oído del caso, pero trató de minimizarlo, diciendo:

"Lelo, si tú no quieres ayudarme no lo hagas, pero no me voy a dar por vencido. Tiene que haber alguna forma de hacerlo y la voy a encontrar, oirás de mi."

"Sí, oiré cuando digan que te pasó igual que a Nelson, sólo que a ti a lo mejor te llamen, Pocho garbanzo."

A Pocho no le quedó otra alternativa que reír la ocurrencia del amigo, luego, tocó la cartuchera que portaba al cincho, desde dónde se veía la punta del Colt 45, y dijo:

"¿Y para qué carajo tengo esto?"

Habían sido amigos desde la época en que fueron compañeros de clase, y don Lelo lo conocía tanto que sabía estaba fanfarroneando, como era usual en él, y mucho más cuando se trataba de mujeres. No le dio más color al asunto, pero Pocho volvió a la carga, y dijo:

"Lelo, ¿porqué no hacemos algo?, en lugar de tú llevarme a casa de Pipo, los invitas a tú casa y una vez sepas cuando vienen me invitas para yo venir aquí. Así no pueden sospechar que haya nada oculto."

"Pero Pocho, comprende, ya te dije que conmigo no puedes contar. ¿Cómo te lo puedo decir que lo entiendas?"

"Es que no puedo entender que tú, mi mejor amigo te niegues a ayudarme. Los amigos estamos para eso."

Era común en la montaña el café de la tarde. Desde la cocina ya se había escapado el rico aroma, que fue momentos luego seguido por doña Mica, quien llegó hasta el balcón. Por su afición a las faldas, Pocho no le caía muy simpático a la señora, pero como amigo del esposo ella lo toleraba y por aquello de que lo cortés no quita lo valiente, le preguntó:

"Don Pocho, ¿se tomaría un pocillo de café?"

"Sí como no, gracias Mica, si por Lelo fuera no me ofrecía ni agua."

"Para que te vayas ligero." Bromeó el amigo.

"Ya ves como es, Mica, y eso que se llama mí amigo." Se quejó, Pocho.

Pocho, saboreó el café y cambiando de tema, le preguntó a don Lelo.

"Lelo, ¿en qué ha parado el asunto de tú hijo ilegítimo? Te pregunto porque en días pasados me comentaron algo que a mí se me hizo difícil creer."

"¿Qué te comentaron?"

"Que Mica lo había agredido. Yo sé que eso no es posible."

"Pues mira que sí."

"Lelo, eso es serio, ¿qué pasó, se puede saber?"

"Es que este muchacho últimamente se ha desbocado, vino aquí a ofendernos y tú sabes cómo es Mica, agarró un palo de azada y si no corre por poco lo acaba. Luego de eso, en otro momento más desagradable aún, vino a insultarnos y Juan López tuvo que noquearlo. Eso me está creando muchos contratiempos."

"Porque te da gana, Lelo. Tal vez tú se lo has permitido. Tú sabes que yo tengo un paquetón de hijos botados, pero no les permito ni que se me acerquen."

"Sí, Pocho, tú y muchos otros que conozco hacen eso, pero yo no me considero parte de ese grupo, tú sabes que yo siempre te he censurado eso."

"Yo sé que tú debiste ser cura, siempre estás sermoneando, pero sin embargo a ti el ser tan puritano té está volviendo loco y yo estoy tranquilo."

"No se trata de eso, Pocho, es cuestión de conciencia y de principios."

"¡Qué conciencia ni qué carajo! Cuando ellas se acuestan con uno saben que pueden salir preñadas, pues que carguen con las consecuencias."

"Allí es que jamás estaremos de acuerdo, Pocho, ellas no los han hecho solas. Esos que tú dices tener botados son tan hijos tuyos, como los legítimos."

"No Lelo, no. Estás más perdido que un juey bizco. Cierto que los hemos hecho entre dos, pero ellas me han buscado a mí y sí buscaban tenían que encontrar."

"Ni que fueras un Adonis, tú persigues hasta las escobas con faldas."

"Yo no tengo la culpa de que mi madre me hiciera tan bonito."

"Tan bonito no, tan descarado."

Temas similares a este, habían discutido en sus muchos años de amistad sin nunca haber concordado. Lelo, le sermoneaba, Pocho, podía decirse que lo vacilaba, pero se respetaban mutuamente. Después de reírse por Lelo haberle llamado, descarado, Pocho con seriedad le preguntó:

"¿Qué piensas hacer con eso?"

"He estado haciendo lo posible por limar asperezas, pero no estoy teniendo éxito. Mica se ha sentido bien ofendida por lo que él ha dicho y está trancada a seises."

"Habla en serio con ella, el dialogo siempre da resultado."

"Es que no sólo es ella, creo que él también la detesta, y siendo así la tarea no es fácil."

"Háblale fuerte, ponlo en su sitio."

"Bah, ya lo he hecho y la situación sigue igual."

"Pues entonces ignóralos, no hay peor castigo que la ignorancia."

"Es lo que en muchas ocasiones he hecho, pero no me ha dado resultado. Mica, lo ha mal interpretado y me acusa de ser el culpable. Según ella, eso está pasando porque soy muy blandengue, a ella le gustaría que yo arreglase las cosas con violencia. Yo no lo creo así."

"Por lo visto no te va a quedar más remedio que continuar ignorándolo."

"También tiene sus implicaciones, si en un momento determinado él se da dos palos y vuelve a ofenderla, Mica lo puede hasta matar. Ya me lo ha advertido."

"Ah, Lelo, no seas bobo, los matos son coloraos. No es lo mismo decirlo, que hacerlo."

"Pocho, tú no conoces a Mica, es el ser de mejor corazón, pero en un momento de coraje hasta yo le tengo miedo. Sé que si lo dice lo hace."

"¿Y por qué no le pides a Eligio que se mude lejos del barrio? Eso puede resultar."

"Lo tuvo en consideración, pero justo cuando hacía las gestiones, la esposa enfermó de tuberculosis y ahora no puede moverse."

"No veo por qué no pueda, ella no va a ir a pie."

"No es eso Pocho, lo que pasa es que tienen una niña pequeña y es su madre la que se la cuida. Estando su esposa enferma nadie se arriesga a ir a la casa a cuidar la chiquilla, siendo Juana, la abuela, quien única está dispuesta a hacerlo."

"¿En qué etapa está la enfermedad?"

"Exactamente no sé pero está bastante adelantada."

"Tiene sentido pero si la situación es tan delicada debes de resolver el problema de una manera u otra."

"La única solución que le puedo encontrar es que los dos estén de acuerdo en limar asperezas, pero como te indiqué he fracasado."

Pocho, era una persona fanfarrona, pero su vieja amistad con el agricultor era sincera y su mente se exprimía tratando de ayudar al amigo, por lo que dijo:

"Lelo, ¿y si recluyen a tu nuera no se aliviará la situación?"

"No lo creo, recuerda que el problema no es la enferma si-no la niña."

"Cierto es, que estúpido soy."

Dialogaron sobre varios temas, Pocho tenía que asistir a la reunión familiar, si había parado en casa de su amigo era por ver que averiguaba sobre la mujer que tanto le había cautivado. Nada le sorprendía, conociendo a su amigo como pocos de antemano sabía el resultado, pero en verdad la esposa de Buitrago se le había metido entre cuero y carne como no le sucedía desde sus años de estudiante. No le mencionó más el asunto a don Lelo aunque le hubiese gustado tener más tiempo disponible. En otra ocasión lo hará. Por lo que dijo:

"Bueno Lelo, espero todo salga bien, pero tengo que irme, se me ha hecho tarde, adiós."

Capítulo 30

El negro Blanco

A media tarde, cuando el sol empezaba a declinar y el rico olor de la puya de las tres arropaba el barrio, los fieros ladridos de Kaki rompieron la tranquilidad en Casa Grande, anunciando que algo se acercaba. La Gorda, que por hábito era quién siempre averiguaba se asomó al balcón, y lo vio parado frente al portón al borde del camino real. Corrió asustada hasta donde doña Mica, y le dijo:

"¡Ma' allá afuera hay una cosa rara!"

"¿Afuera dónde?"

"Allá en el Portón, Kaki le está ladrando."

Doña Mica, se asomó al balcón, allá estaba la cosa rara que decía la muchacha, pero no era una cosa, era una persona de color. Sí, era de color, tan prieto como el culo de la olla y de los que nunca se veían por allí. Por ser tan extraño era que el perro estaba alborotado, al extremo que fue necesaria la intervención de doña Mica para que el perro dejase de ladrar y poder oír la voz del extraño personaje. Extraño, no por que fuese desconocido, pero si por el color. En aquel apartado rincón de la cordillera había gente oscura, como Juana y Mon, pero no tan negros como el visitante. De hecho Juana y Mon, resultaban blancos al lado del recién llegado. Cuando Kaki se aquietó, se oyó la voz del hombre casi gritar:

"Busco al señor Pierre, ¿es aquí?"

"Sí, pero no está, adelante, por favor." Le gritó doña Mica, desde el balcón.

Lo vieron cuando asustado por qué Kaki lo seguía puso los ojos en blanco y pasó entre los dos gláciles asustado, mientras la señora intrigada y la muchacha con miedo, lo contemplaban. No era muy alto, más bien casi grueso y vestía todo de blanco. Sólo sus brazos y cara negra sobresalían de la ropa, dando aspecto de mosca en un vaso de leche. Escoltado por el perro llegó hasta donde la señora le esperaba al borde del balcón, puso la destartalada maleta en el suelo al borde de la baranda, y muy cortes, dijo:

"Buenas tardes señora, yo soy Ramón Blanco, el nuevo maestro. He sido asignado a esta escuela. Me recomendaron que al llegar me comunicara con el señor Lelo Pierre."

"En este momento no está, pero no debe de tardar. ¿Quiere entrar y sentarse?"

"Gracias, se lo agradezco. Desde donde me dejó el camión hasta acá es bastante lejos. Cuando le pregunté a un señor, me dijo que era allá abajito y resultó que casi no llego. Cómo no estoy acostumbrado a caminar mucho, estoy agotado."

En la sala, el maestro se acomodó en un sillón y doña Mica se sentó en el sofá frente a él. Pepito, que apareció no se sabía de dónde, se acurrucó como si tuviese miedo del visitante, pagado a la madre. No dejaba de mirar al visitante, a la vez que mecía ambos pies en movimiento de columpio. No había preguntado nada, algo raro en él. Escuchó cuando el tipo raro le dijo a su mamá que era el nuevo maestro, nunca había visto a nadie de su color, ese sí que era prieto. Le pareció un gorila que vio en una caseta durante las fiestas patronales. Sí que para el chico era bien raro y más extraño encontraba el hecho de que siendo tan prieto como la noche, su apellido era, Blanco. Haciéndose mil y más preguntas, oyó a su madre:

"¿De dónde es usted natural?"

"Yo soy de Cataño, del sector Puente Blanco."

Diantre, pensó Pepito, con este tipo todo es blanco, a lo mejor sólo toma leche.

"¿Porqué lo enviaron tan lejos habiendo tantas escuelas en la capital?" Preguntó, doña Mica. El maestro anterior también era de por allá."

"Es mi primera experiencia y uno agarra lo primero que aparece. Lo importante es empezar, no importa dónde."

"Espero que le agrade la oportunidad, aquí como es un área tan apartada los maestros adquieren la experiencia y luego nos abandonan."

"¿Qué pasó con el último, por qué se fue?" Preguntó Mr. Blanco.

Doña Mica, no sabía si debía de contarle lo que le pasó a Mr. De Jesús. Iba a decirle que don Lelo le explicaría, cuando Pepito, sin que le preguntaran, dijo:

"Que por poco le limpian el pico. Todavía debe de estar corriendo."

El maestro palideció, algo que se notó por su oscuro color. Tragó saliva, guardó silencio y pensó en la conveniencia de agarrar su destartalada maleta y regresar por dónde mismo había llegado. Casi se había decidido a hacerlo cuando la señora, dijo:

"Allá viene mi esposo, él le explicara."

"Pepito, tenía la honda en la mano, el maestro por aquello de decir algo, preguntó:

"¿Para qué usas la honda?"

"Tumbo cosas y mato pichones."

"Lo primero está bien, lo segundo, no."

"¿Por qué no?"

"Porque a los animalitos no se les debe de matar."

"Yo no sé, pero el Padre dijo en la iglesia que Dios había puesto plantas y animales en la tierra para que nos sirviéramos de ellos."

"Él, tal vez se refería a los animales de carne, pero no a esos pajaritos."

"Eh, pero es que los que yo mato no son de cartón."

En el momento que doña Mica salió para notificar al esposo de la visita del maestro, el profesor se quedó a solas con Pepito, queriendo ser amistoso, le preguntó:

"¿Todos los niños de por aquí son tan traviesos cómo tú?"

"Bah, yo no soy travieso, mi mamá no me deja, los otros sí son bien malos."

Mr. Blanco, pensó en que si este no era travieso, cómo serían los otros. Pero no preguntó más porque don Lelo se acercaba. El agricultor llegó, saludó al maestro, y dijo:

"Ya mi esposa me informó, gracias a Dios que está aquí."

"Mi nombre es Ramón Blanco, a sus órdenes."

"Lelo Pierre." Sólo eso, Lelo Pierre.

"Le pregunté a su esposa por el último maestro. ¿Por qué renunció?"

"Resulta que estudiando de un libro que enseñaba cómo se vivía en otra tierras, el maestro dijo que unos indios de Nicaragua preparaban una bebida de maíz llamada, chicha. Una niña le dijo a su papá que el maestro estaba diciendo relajos en la clase. El padre de la niña se presentó en la escuela con un machete. A la vez que le preguntaba si él era el maestro que les enseñaba malas palabras a los niños, le tiró un machetazo que si no hubiese sido por que el perrillo se incrustó en el estante de la puerta, lo parte en dos. Gracias a que era un hombre ágil pudo brincar por la ventana y salvar su vida. Jamás se supo de él."

Los ojos del maestro quedaron en blanco, lo cual resaltó más por su color. Visiblemente asustado, luego de tragar saliva, preguntó:

"¿Pero…. eso pasa….a menudo?" En ese corto lapsus de tiempo antes que el señor contestara, mil y más pensamientos pasaron pos su mente. Dios mío, si los muchachos son salvajes, los padres son peores. San Martín de Porres, tú que eres el único Santo prieto como yo, por favor, protégeme y líbrame de esta.

Don Lelo, notó el nerviosismo del maestro y para tranquilizarlo, dijo:

"Que yo recuerde es la primera vez que pasa algo así, aquí la gente es buena."

Aquellas sencillas palabras tuvieron la virtud de devolver el color a la cara del maestro. Todavía sin recuperar su nerviosismo, preguntó:

"¿Cuándo empiezan las clases aquí? En otros sitios ya han empezado."

"Sí, ya casi estamos a mitad del semestre, pero todavía se puede salvar el año, es cuestión de echarle ganas." Le animó, don Lelo.

"Veremos." Contestó Mr. Blanco, no muy convencido.

"Me imagino que si lo han dirigido dónde mi será para que le ayude en lo relativo a su establecimiento, ¿no es así?"

"Así es, por lo menos en lo que me afianzo. Se lo agradeceré, luego ya veremos."

Como era usual con casi todos los maestros que llegaban, Casa Grande dio albergue a Mr. Blanco. Durante el fin de semana se había corrido la voz de que la escuela abriría el siguiente lunes y los niños asistieron casi en su totalidad. Muchos de ellos sintieron miedo con el nuevo maestro. Nunca habían visto a nadie de ese color, por lo que el maestro los asustaba. A la mañana siguiente sólo tres niños asistieron a la escuela, algo parecido pasó al día siguiente, en esta ocasión asistieron dos.

El maestro estaba preocupado, consultó con don Lelo y este le sugirió reunir a los padres para saber el porqué de las ausencias. La reunión se celebró en la misma escuela en presencia de la mayoría de los padres. No se podía culpar a los estudiantes, los padres también recelaban del maestro, al extremo que fue necesaria la intervención de don Lelo, que dirigiéndose a ellos, les dijo:

"Amigos míos, con la excepción del profesor aquí todos nos conocemos. Ustedes me conocen y saben que si yo no estuviese seguro de lo que les voy a decir no hubiese venido aquí. Muchos de ustedes son naturales de aquí y nunca han tenido la oportunidad de salir del barrio. Para los que caen en ese grupo lo más probable es que nunca antes hayan visto a nadie de ese color, así como tampoco a tratarlo. Sin embargo, eso no quiere decir que por el mero hecho de ser de color, el profesor no sea una persona decente. Nosotros en nuestra casa que hemos tratado con él por varios días les podemos garantizar que es una persona decente y digna. De lo contrario yo no estuviese aquí interviniendo a su favor y ustedes saben que yo jamás les fallaría. Por favor les pido que se den la oportunidad de conocerlo y de que él también los conozca a ustedes. Les dejo con ustedes, al profesor Blanco.

El maestro se levantó, miró su reducida audiencia la que no le pareció muy heterogénea e inmediatamente notó que la mayoría no le miraban de frente. Mientras don Lelo hablaba, él, había ensayado mentalmente un mini discurso, pero lo ignoró para preguntar:

"¿Cuántos de sus niños asistieron el primer día?"

Once de los presentes alzaron las manos. El profesor tratando de ganarse la confianza de ellos, habló suavemente y preguntó:

"¿Porqué no los enviaron al segundo día?"

Nadie contestó, por lo que don Lelo se vio en la necesidad de intervenir nuevamente:

"Hermanos, el profesor ha formulado una pregunta, le gustaría oír razones, es necesario que tengan confianza, por favor exprésense."

Luego de lo que parecía un silencio interminable, un valiente alzo la mano, y luego dijo:

"Mi niña me dijo que le daba miedo el maestro."

"El mío se asustaba de mirarlo." Dijo otro.

"El mío preguntó que si era el mismo de los negritos de la perlina."

"Jesusito preguntó si era el cuco."

"El mío no entiende por qué su apellido es Blanco, si él es negro." Dijo, el último de los valientes.

El maestro agradeció la sinceridad de los pocos que se atrevieron hablar, y hasta se rió de las inverosímiles contestaciones. Luego de contestarle varias preguntas, dedicó su tiempo a saludarlos individualmente, lo que logró que cogieran confianza. Al siguiente día todos los niños asistieron a clases.

Pasado el primer mes Mr. Blanco tenía la necesidad de localizarse más cerca de la escuela. Se sentía muy bien en Casa Grande, tanto don Lelo como doña Mica lo trataban muy bien, pero siendo hombre de la capital, no sabía caminar en el barro resbaloso de la montaña y sobre todo los días de lluvia eran para él un dolor de cabeza. Después de pintar su fondillo con frecuentes caídas y resbalones, optó por la solución más lógica, mudarse cerca de la escuela. Le alquiló un cuarto a Pellín casi al lado de la escuela. El cuarto, aunque estaba bien construido era bien claro y una vez amanecía el maestro tenía dificultad para conciliar el sueño. Siendo soltero, no teniendo amigos, muy poco que hacer, ni a dónde ir, le gustaba dormir hasta tarde, pero la claridad del día se interponía. Tratando de resolver el problema cubrió la ventana con un tapiz negro, pintó las paredes del mismo color y para romper la monotonía pegó estrellas anaranjadas en el plafón del cuarto. Eso le resolvió su problema y podía dormir hasta tarde, pero no todo fue miel sobre hojuelas.

La asistencia a clases empezó a disminuir nuevamente y no comprendía el porqué. Trató de averiguar y no obtuvo resultados, por lo que acudió a Israel, el único amigo que había logrado tener y con el cual compartía entre días. Israel, había estado en el ejército, y habiendo tenido la oportunidad de compartir con gente de color, se entendía bien con el maestro, al cual se comprometió a encontrarle la razón de las ausencias. Logró averiguar que cuando la gente del barrio se enteró que el profesor había pintado el cuarto de color negro y cubierto el techo con estrellas anaranjadas, empezaron a sospechar que el profesor Blanco era brujo y bregaba con lo malo. Lo catalogaron de hechicero y por ello no querían enviar sus hijos a la escuela. Mr. Blanco trató de convencer a los padres de que no era cierto, pero no le creyeron. Tuvo que sacar las estrellas, volver a pintar el cuarto de otro color y cambiar el tapiz negro de la ventana, para que los niños retornasen a la escuela. Retornaron.

Los estudiantes estaban adelantando mucho y los padres empezaron a cambiar su opinión sobre el negro Blanco, pero aquellos que no tenían hijos en la escuela no habían sido convencidos del todo. El estigma del color y la sospecha de que era hechicero había calado hondo en la mayoría de aquella gente, que aunque humildes estaban prejuiciados por razón de la poca educación y el arraigo cultural de la montaña. Eran gente buena, trabajadora, humildes y en ciertos modos tranquilos, pero todo aquello que para ellos no tuviese una explicación lógica les causaba terror, y el santerismo era una de esas cosas. Mr. Blanco, que ya había sido acusado de hechicero, estaba estigmatizado. Pasaría tiempo antes que lo viesen de otra manera.

El profesor no era muy religioso, sin embargo la monotonía del lugar hacía de sus días libres una maratónica desesperación y para aliviar la angustia decidió asistir a la iglesia los domingos. Cuando le tocaba sentarse al lado de alguno de los padres de sus estudiantes todo resultaba bien, pero si tenía que sentarse con alguien que no fuese de los padres, sin disimulo alguno se levantaban y lo dejaban solo. Esto dio lugar a que luego de una misa se reuniese con el Padre Álvarez para analizar la situación, un poco desilusionado, le dijo:

"Padre, ya no se qué hacer para ganarme la confianza de alguna gente. Con los padres de mis alumnos no tengo problema pero la demás gente me rechaza. Todo comenzó desde el momento que injustamente me empezaron a llamar hechicero. Es un estigma que no me he podido sacar de encima. ¿Qué usted cree que pueda hacer?"

"En este momento no se qué aconsejarle que no sea que le dé tiempo al tiempo, no son gente mala y tarde que temprano aprenderán a estimarlo."

"Yo también lo creo así pero eso puede tardar, deseo hacer algo que me ayude ahora."

"Intentemos teniendo más participación activa en la misa."

"¿Cómo qué, Padre?"

"Voy a intentar dándole la oportunidad que el próximo domingo recoja usted las ofrendas, desde que el Trompi pasó a mejor vida no he tenido nadie fijo recogiéndolas."

Al siguiente domingo Mr. Blanco estuvo a cargo de pasar el cepillo de las ofrendas. Tanto para sorpresa del maestro como del sacerdote, nadie depositó ofrendas ese día, luego de lo cual el Padre no le ofreció el recogido de ofertas nuevamente. Así pasaron varias semanas y el maestro pensó en suspender sus domingos dominicales cuando algo sucedió que pareció traer las cosas a su normalidad. Doña Andrea, la rezadora, yerbera, comadrona, santigüera y muchas otras cosas más se enfermó viéndose imposibilitada de atender la gente del barrio. En una riña no muy lejos de la escuela apuñalaron a Camilo el orangután. Lo pusieron en una hamaca la cual al pasar frente a la escuela ya iba completamente ensangrentada. El profesor pensó que era imposible que llegase vivo al pueblo y pidió le permitieran echar un vistazo al herido. Pidió que lo entrasen a la escuela, envió a los estudiantes a las casas y utilizando el salón como sala de emergencia logró salvar al orangután. La noticia se regó como pólvora y desde ese momento mucha gente vio al profesor Blanco desde otra perspectiva. El hecho de que Camilo el Orangután era un camorrista del sector y el maestro pusiese todo su interés en salvarlo le captó la simpatía de muchos.

Capítulo 31

La gravedad de Amanda

Consciente de su gravedad, condición que últimamente se había agravado con vertiginosidad, Amanda le pidió a Eligio que le trajese al Padre Álvarez, y con Juana envió a buscar a doña Mica. Por fuertes lluvias en el área de Yauco el sacerdote no había podido viajar el jueves como era su costumbre, y haría el viaje el viernes. Por otra parte ya cerca de las cuatro de la tarde, doña Mica, seguida por Juana y Pepito, al que nadie había invitado, subía por los rojizos escalones de barro que conducían desde el camino real al batey de la casa. Mirando desde la puerta a través de las finas tablitas que una vez fueron blancas y habían cambiado de color gracias a la rojiza tierra del camino, se podía ver la frágil pero alegre figura de Geli, que al reconocer a doña Mica daba saltos de alegría estremeciendo el medio portón. Tan pronto Juana movió el pestillo la niña se lanzó a los brazos de doña Mica, acción que fue recompensada cuando la visitante la abrazó apretándola fuerte con ternura sobre su pecho. Eligio, que en ese momento estaba en la cocina, por no encontrarse con la vieja víbora salió por la puerta de atrás y se perdió en el cafetal. Doña Mica y Juana, se pararon al lado de la mesa en lo que Amanda, que se estaba acicalando las recibía. La visitante devolvió la niña a Juana, no sin antes tener que conformarla con ñoñerías ante las protestas de la infante, que se negaba a cambiar de falda.

Debido al alto contagio de la enfermedad doña Mica cubrió boca y nariz con un pañuelo, mientras Amanda lo hacía con una camiseta blanca tipo T de Eligio.

Doña Mica, fue sorprendida cuando al entrar en la habitación encontró a una Amanda que aunque no podía ocultar de su rostro las huellas de la terrible enfermedad se había maquillado, logrando el efecto de verse muy bonita. Invitó a doña Mica a sentarse en una silla colocada al lado de la cama, y dijo a Juana:

"Mamá Juana, hágame el favor de entretener a Geli mientras habló con doña Mica. Si se pone majadera llévesela por ahí a dar una vuelta, pero no la deje venir hacia acá."

Juana, que ya tenía a la nena, pronunció su típico yaca, yaca, yaca y las dejó solas en el cuarto. Por su parte la visitante, tratando de lucir lo más natural posible, preguntó:

"Hola hija, ¿cómo estás?"

"Ay doña Mica, ya usted puede ver, más de allá que de acá."

"No digas eso mi amor, sólo Dios sabe los granos que le quedan a la tusa."

"Doña Mica, me temo que a la mía se le están agotando. Por eso precisamente es que la he mandado a buscar, no quiero morir sin antes hablar con usted."

La visitante contempló a la joven, era bonita y entre la blancura de la almohada la palidez en su angelical rostro confirmaba el presagio de la enferma. Le tenía mucho cariño, siempre se lo tuvo desde la primera vez que apareció por Casa Grande, por lo que tratando de lucir lo más natural posible, aunque estaba lejos de sentirlo, dijo:

"Tú dirás hija, te escucho."

"¿Tiene tiempo para escucharme?"

"Todo el que tú desees."

"¡Gracias! Para empezar permítame decirle que si últimamente me he distanciado de ustedes ha sido por esta dichosa enfermedad, y no por las estupideces de Eli, las cuales todo el tiempo he tratado de evitar."

"Gracias hija, tanto Lelo como yo lo sabemos."

"Eli, es un gran hombre, pero todavía tiene que madurar más. Se dejó llevar por unos estúpidos que no son mejores que él y los ha ofendido a ustedes injustamente. Para mí eso es una gran injusticia porque desde que llegamos aquí ustedes nos han estado ayudando todo el tiempo. Por mí parte quiero que usted sepa que para mí usted ha sido como la madre que nunca tuve."

El comentario y la forma tierna como lo dijo, sorprendieron a doña Mica, que preguntó:

"¿A qué te refieres con lo de la madre que nunca tuve? Yo creí que......"

"No es que fuese huérfana." Le interrumpió la enferma. "Fue como si para los efectos nunca la hubiese tenido. Ella fue para mí siempre una persona difícil, yo no soy quien para juzgarla, para eso está papá Dios, pero la verdad fue que nunca me quiso."

"A lo mejor no, hija. Las madres a veces tenemos que ser fuertes, pero eso no quiere decir que no queramos a nuestros hijos."

"Yo entiendo eso, pero ese no es mi caso. Mi madre por razones que desconozco no quería a mí padre. Ignoro cuales razones tuvieron para unirse, mi tía Cora me dijo en más de una ocasión que había sido por interés, porque mi padre, por ser comerciante siempre tenía dinero. Como matrimonio vivieron un infierno siempre peleándose y en medio de ese continuo tira y hala vine yo al mundo. Yo apenas recuerdo a mi padre, pero según tía Cora era muy bueno conmigo y me quería mucho. Por la conducta desordenada de mi mamá vino la separación definitiva. Mi papá quería llevarme con él, pero mi madre por hacerle daño huyó lejos llevándome con ella. Al tiempo vino y me dejó con tía, desapareciendo nuevamente. Tía trató de localizar a mi padre para que me llevara con él, pero se había ido de Puerto Rico. Al cabo de tres años mi madre regresó con otro señor y me llevaron a vivir con ellos a San Sebastián. El señor era bien bueno, me cogió cariño y me protegía de los abusos de mi mamá, pero esa felicidad me duró muy poco. Loca como era ella, se enamoró de otro hombre que era como ella y tal vez peor. Me llevaron con ellos a vivir en Maricao, pero el cambio de lugar no amainó su maltrato el cual yo recibía por cualquier motivo. Cuando fui creciendo, cansada de sus maltratos le pedía que me dejase vivir con tía Cora y ella se negaba. Decía que conmigo tenía que cobrarse todas las hijas de puterías que le hacían los hombres. No me llamaba por mi nombre, me decía hija de lo malo, perra sucia, engendro del mal, o lo que se le ocurriera, pero eso sí, nunca un cariño, ni un abrazo y mucho menos un beso o cualquier palabra de amor. La maldad era tanta que ya antes de ser señorita mi padrastro me hacía insinuaciones indecorosas. Cuando se lo decía a ella me contestaba que eso me pasaba por sobrá. En medio de ese ambiente de terror, tensión e inseguridad, sin que nadie me protegiese me fui desarrollando cada día más preocupada por lo que vendría mañana."

Doña Mica, escuchaba el estremecedor relato sin interrumpirla, mantenía su mano sobre el brazo desnudo de Amanda, y ésta pareciendo tener la necesidad de alivianar su carga emocional continuó su relato:

"Ya más grandecita, una tarde en la clase de español me sentía rara, tenía dolor de cabeza y una extraña pesadez. Lo tuve por algún rato pero de momento lo ignoré, era lo que sabía hacer, ignorar,

ignorar, siempre ignorar. Había crecido ignorando, ignoraba quién era mi padre, porqué nadie me quería, porqué nadie me besaba, ni me decían cosas bonitas, ni caricias, porqué para mí no venían los Reyes Magos y ni mis cartas contestaban. Todo era ignorar, ignorar. El malestar continuaba y a eso de las tres de la tarde estando en medio de la clase de español tuve que ir al baño de la escuela. Últimamente había notado algunos cambios en mis partes íntimas. La parte de arriba se había ido poblando de unos bellos suaves, raros, casi separados. Los veía crecer como un semillero de pequeñas plantitas, sobre una protuberancia que también sentía diferente. Esos y otros cambios que iba notando los ignoré, era lo que había aprendido, a ignorar.

El baño de la escuela no era otra cosa que un mal oliente lugar, con un destartalado inodoro, sucio, viejo y amarillento. Aún así era mejor que lo que tenía en mi casa, que era una letrina con un cajón en cemento el cual mi madre me obligaba a limpiar aunque yo no lo hubiese ensuciado. Así era ella conmigo, fuerte, mandona y abusiva. Oriné y al momento de subirme la pantaleta vi la mancha. Era roja y aunque no tan intensa como la sangre, yo no sabía qué era eso, pero sí sabía que había salido de algún sitio en mis entrañas. No sabía qué hacer, estaba sola, asustada y confusa. Doblé un pedazo de papel y volví a palparme, con horror vi que había salido igual, manchado con sangre. Diantre, que problema, no tenía a quien preguntar, ni sabía qué hacer ni a dónde acudir. ¿Qué enfermedad sería, tuberculosis, sífilis, tabardillo, anemia o qué? Una cosa sí esta vez sabía y era que esto no lo podía ignorar. ¡Santo Dios, Divina Pastora, Virgen Madre, Virgen de los niños, si es que los niños también tienen virgen, ¡por favor ayúdenme!

Doblé un pedazo largo de papel hasta casi hacerlo un rollo, y lo coloqué allí en el lugar donde yo creí que mejor me ayudaría, me subí la pantaleta y con ello me aguantó el papel, me acomodé la falda y justo antes de regresar al salón halé la larga y mohosa cadena que descargaba el inodoro. El ruidoso chorro de agua que bajó desapareció de mi vista la sangre de mi desconocida enfermedad.

No sabía a quién preguntarle, si se lo decía a mi mamá me daría otra paliza, no tenía amigas de confianza y si era algo contagioso correrían asustados. ¡Santa Bárbara bendita!, ayúdame, y la santa me ayudó. El nombre de Matilde me vino a la mente. Mucha gente hablaba mal de ella cosas que yo no entendía, decían que salía con hombres, que era de la vida alegre, de la calle, prostituta, puta y otras cosas más que en ese momento yo no sabía el significado, pero que tampoco me importaban. Matilde era la única persona que yo me acuerde siempre tenía una sonrisa o frase cariñosa para mí. En una ocasión llegó a decirme que yo era caga a mi padre, y aunque eso de caga no me gustó, sabía que no había querido ofenderme. Llegué a casa de Matilde y me alegré que no estuviese trabajando. Yo no sabía dónde trabajaba, pero sí sabía que cuando iba a trabajar se pintaba de una manera que a mí me llamaba la atención. Usaba un pinta labios de un color rojo intenso, el que al pintarse lo hacía extendiendo el crayón por encima de los bordes de los labios. Las cejas se las pintaba con lo que parecía ser un carbón y ponía en su cara mucho colorete. Usaba la ropa bien ajustada al cuerpo y tan corta que cuando se doblaba se le veían hasta las pantaletas. Ella a menudo hablaba con mi mamá, parecían conocerse de hacía mucho tiempo, pero mi madre nunca me dejó acercarme cuando estaban hablando. Mi madre nunca me permitía estar cerca de ella ni de nadie más, pero para mí, Matilde era especial, era la única que parecía quererme ayudar. Al llegar a la casa ella estaba tejiendo un tapete, parte del cual rodaba por el piso. Me acerqué pero no dije nada, no me atrevía, ni sabía cómo empezar. Tenía miedo en como ella reaccionaría al saber de mi enfermedad. Para mejor suerte fue Matilde la que inició la conversación, al preguntar:

"Hola Amada, ¿qué te trae por aquí, cariño?"

"Ná."

"¿Cómo qué ná?"

Guardé silencio y ella volvió a preguntar:

"¿Tu madre necesita algo?"

"No."

"¿Te envió tú padrastro?"

"Uy no, tampoco."

"¿Entonces, qué?"

"Es….que….."

"Habla, criatura de Dios, me tienes intrigada."

"No sé, es que no me atrevo."

"¿A qué no te atreves?"

"Decirle."

"¿Decirme qué?"

"Es que tengo un problema bien serio y no me atrevo decirlo."

"Mira Amanda, querida, si viniste aquí es porque algo te pasa. Por favor, desembucha de una vez a ver si te puedo ayudar."

"Es que….. que…. estoy enferma y no me atrevo decirlo en casa."

Yo estaba asustada, temblaba y tenía ganas de llorar. Matilde sintió algo por mí, me cogió cariñosamente del brazo y me sentó en una silla frente a ella. Luego dijo:

"A ver, cuéntame, soy toda oídos."

"Doña Matilde, acabo de descubrir que estoy enferma y me estoy muriendo de miedo, temo que sea algo grave."

"A ver hija, cuéntame lo que sientes."

No sabía cómo empezar, de solo pensarlo me aterraba, finalmente dije:

"Fue que ayer por la tarde mientras estaba en mi clase de español me sentí un poco mal, fui al baño y cuando me empecé a subir la pantaleta vi que tenía una mancha de sangre. Me tapé como pude y estoy bien asustada por que hoy todavía sigo igual. No tengo a quien consultar porque a mi madre no me atrevo y por eso he venido a usted."

Matilde, como mujer experimentada de inmediato captó la situación. Sintió ganas de reír y a la misma vez pena, pero no se rió, con una sonrisa para darme confianza, preguntó:

"¿Qué edad tienes?"

"Doce."

"¿Sentiste dolor de cabeza, dolor en el bajo vientre o nausea?"

"¡Sí!"

"Mira, Amandita, tú no tienes nada malo eso es completamente normal. Significa que ya no eres más una niña, eres toda una señorita."

"¿Qué es eso?"

"Eso es lo que se llama periodo. Nos viene a todas las mujeres cada 28 ó treinta días. Algunas cuando les viene sienten lo que estás sintiendo tú, otras solo sienten dolor y algunas apenas sienten nada, solo el sangrado. En sí lo que significa es que desde este momento estás preparada para ser madre."

"Sentí un gran alivio, era como si me hubiese apeado un saco pesado de mis hombros, aunque no dejé de sentirme tonta por tanta ignorancia. Como todavía seguía ignorante, no estando satisfecha le volví a preguntar, si a todas las mujeres les daba porque yo nunca vi ni supe que a mi madre le pasara algo así."

"Tú mamá es un caso diferente, me dijo Matilde. Cuando ella te fue a tener a ti su familia se molestó mucho. Ellos no aprobaban la relación de ella con tú padre. Tan pronto tú naciste le mandaron a dar cuchilla."

"¿Y eso, qué es?" Pregunté asustada por lo de cuchilla.

"La mandaron a operar para que no tuviese más hijos. Le sacaron los ovarios y por eso no le viene el periodo."

"¿Qué debo de hacer ahora?"

"Mientras eso te dure usa toallas o trapos para protegerte y verás cómo después de tres o cuatro días desaparecerá, me dijo Matilde"

Doña Mica, también empezó a sentir pena por la muchacha, se limitó a apretarle el brazo y consciente que la enferma necesitaba hablar, no la interrumpió.

"Luego de eso sentí como mi cuerpo se transformaba, algo así como una metamorfosis. Los senos me crecieron, las caderas se ensancharon, mis facciones de nena desaparecieron y empezó a cambiar mi voz. Los muchachos se interesaban en mí y aunque algunos me gustaban, por miedo no me atrevía ni decirlo. Me había convertido en toda una mujer, pero mi madre continuaba con sus maltratos. Mis únicos momentos de paz eran las horas escolares. Por la misma razón los sábados y domingos eran por lo general un infierno en el que venía a tener paz cuando ellos se ausentaban, algo que gracias a Dios hacían con frecuencia. Así pasó un tiempo largo en el que tuve que soportar montones de injusticias y abusos. Un tiempo después apareció Eli en el panorama. Él trabajaba en un almacén de telas en la zona portuaria, por donde yo tenía que pasar a diario para ir a la escuela. Siempre lo veía trabajando, supe que era humilde, trabajador y respetuoso, esas cualidades me agradaron y nos convertimos en novios. Cuando mi madre lo supo me dio una paliza que por poco me mata, y sin haberlo conocido desde ese día lo odió. Me llegó a decir que a ella no le importaba si era bueno o no, pero que ella jamás me permitiría ser feliz. Eso para mí era un problema, pero no el más serio, mi peor preocupación empezó a ser mi padrastro. Era, o es, porque no se ha muerto, un hombre relativamente joven, inmoral y de bajos instintos, que ante la indiferencia de mi madre empezó a mirarme con lascivia. Temía lo peor y cuando se lo conté a mi madre me contestó que ese precioso cuerpo que Dios me había dado no era para que se lo comieran los gusanos. Días luego el malvado individuo descaradamente me trató de seducir y comprendí que ya no podía estar más allí. Me fui huyendo hasta la casa de Matilde, donde me escondí hasta que me escapé con Eli."

Doña Mica, impactada por el relato, le preguntó:

"¿Pero Eligio nunca intentó establecer comunicación con tú mamá?"

"Por supuesto, él quería una relación seria y de respeto. Cuando se lo dije a mi madre me contestó que si lo que me hacían falta eran hombres me llevaría a un burdel para que tuviese todos los que yo quisiera."

La visitante no podía dar crédito a tanta maldad, ahora comprendía el porqué la muchacha se había casado tan joven. Con ternura, le dijo:

"Mira hija, hay seres que parece han venido al mundo para ser desdichados, algo así como si una mala estrella los persiguiese, pero para aliviarles la carga estamos los que tenemos la responsabilidad de ayudarlos."

"Tal vez por eso Dios la puso a usted en mi camino, para que me alivie los últimos días. Permítame pedirle un favor, no le haga mucho caso a las cosas de Eli, el no es malo, el problema es que a veces peca de tonto. Por eso ha sido presa de esos sinvergüenzas."

"Mira mi niña, no te puedo negar que el asunto me ha molestado mucho y por eso he sido firme con él. Sin embargo, a pesar de las ofensas no le he dado tanta importancia como parece. Yo sé y es lógico que él no tenga la misma relación conmigo como con el padre, pero los dos siempre fuimos atentos y por lo menos yo me he sentido defraudada. Es cuestión de que aprenda la lección, pero puedes estar tranquila, todo se arreglará. Es como cuando el río crece y se sale de su cauce, luego vuelve a su nivel."

Allí, entre la blanca sábana, aún reflejando una palidez de mármol, la cara de Amanda se irradió, mostró una sonrisa difícil de descifrar y con humildad, dijo:

"Gracias doña Mica, estaba segura que con usted siempre podía contar, pero eso no es todo, quiero pedirle algo más."

"Lo que sea, hija, ¡por favor dime!"

"Doña Mica, yo no me engaño, sé como estoy y presiento que el fin ya está cerca. De un momento a otro dejaré este mundo pues estoy en lo último. Anoche estuve desandando, vi que estando vestida de blanco me eran mostrados muchos lugares y cosas bellas. Usted ya sabe lo que eso significa."

Dona Mica, apenas podía hablar, pero eso no impedía que admirase la gallardía y entereza de aquella joven que en medio de tan terrible enfermedad mostraba tanta conformidad. Volvió a cogerle su pálida mano y apretársela cariñosamente, era todo lo que de momento podía hacer, toda vez que el nudo que sentía en la garganta continuaba negándole el habla.

Ella estaba acostumbrada a situaciones parecidas, eran muchas las personas del barrio que había visitado estando graves, pero esta era una situación muy singular. No era fácil ver como una delicada flor se extinguía en plena juventud y menos aún que mostrase tanto valor ante la desgracia. Recordaba cuando murió inesperadamente su joven hermana Rosita, fue doloroso, pero no sabía el porqué en esta ocasión la pena por la joven mujer a quien le había profesado tanto cariño era mayor.

Ante el prolongado silencio de la señora, Amanda continuó hablando, y dijo:

"Doña Mica, mi mayor preocupación es Geli. Esa preciosidad es el mayor regalo que Dios me ha dado, y sólo Él sabe por qué no me ha permitido disfrutarla. Me preocupa qué pasará cuando yo muera. Sé que Eli es un gran padre y Juana una gran mujer, así como que harán lo mejor para cuidarla, pero no se trata de eso. Yo hubiese querido mejor calidad de vida para ella y me iría tranquila si sé que está con usted. Yo la había escogido como madrina de la nena, aunque parece que me iré sin lograrlo, lo haría más tranquila si Geli se quedase con usted. Sé que con ustedes ella se convertiría en una persona de provecho."

"Mira mi amor, eso ya lo habíamos hablado antes y tú sabes que nosotros lo haríamos con todo nuestro corazón. Sin embargo, tú sabes que eso es algo que no depende de nosotros, si así fuese desde este momento estaría todo resuelto. Al faltar tú, Dios no lo quiera, todo va a depender de Eligio, y después de lo que ha pasado dudo que él esté de acuerdo. ¿Le llegaste a mencionar algo?"

"Sí, hace unas semanas."

"¿Qué te dijo?"

"Rotundamente que no."

"¿Entonces?"

"Volveré a insistir. La vez que hablamos sobre eso no le dio mucha importancia debido a que no sabíamos del tiempo que estábamos hablando. Ahora que sabemos que no me queda mucho tiempo tal vez sea diferente."

"No digas eso mi niña, eso sólo Dios lo sabe."

"Ya Él me lo ha dicho de varias maneras."

Doña Mica, no preguntó más, le hubiese gustado infundirle ánimo o darle esperanzas, pero la muchacha la desarmaba con la manera de hablarle, no necesitaba que la tranquilizaran.

"Eli, se cree capaz de criarla sólo." Dijo la muchacha. "Pero usted sabe que no es tan fácil, porque no se trata de crianza, eso tal vez lo pueda hacer. Es cuestión de calidad de vida en una crianza adecuada, allí es dónde la puerca entorcha el rabo."

"¿Qué has pensado hacer si te lo vuelve a negar?"

"Eso es lo triste de mi caso, que en las condiciones que estoy nada puedo hacer, sólo suplicar y es lo que seguiré haciendo. Ay Doña Mica, la vida es cruel, si no la podía criar, ¿por qué Dios me la dio?"

"Hija mía, el Señor tiene un plan divino que sólo Él sabe el propósito. Me gustaría poder contestarte eso pero no puedo, tal vez tú tengas la oportunidad de entenderlo antes que nosotros. Sin embargo, piensa en esto, ¿no ha valido la pena la felicidad de tenerla?"

"Sí, doña Mica, por supuesto."

"Te diré que yo había pensado que tal vez la dejarías con tú mamá, pero ignoraba todo lo que me contaste. Eso cambia el panorama y nosotros con mucho gusto estamos disponibles."

"Aún así la situación no es sencilla." Reconoció la enferma. "Eli, no acepta separarse de la nena, alega que cuenta con la ayuda de Juana y yo sé que es así, pero para la niña no va a ser lo mejor. ¡Mi pobre niña!"

Gruesas lágrimas bajaron por las pálidas mejillas, no eran como consecuencia de la vida que se le escapaba, ni de dolor físico por la enfermedad. Eran lágrimas de frustración e impotencia al saber que tendría que sucumbir sin poder hacer nada por su pequeña hija.

Aquellas lágrimas quebraron el corazón de la señora. Sabía que ni ella misma se creería lo que iba a decir, pero tenía que dar sosiego a la muchacha. Con dificultad por el nudo que obstruía su garganta, casi sin poder hablar, le dijo:

"Mira mi niña, la situación con Eligio se puede resolver, es cuestión de comunicación. Tal vez él cambie de opinión y todo quede arreglado. No pierdas la fe."

Amanda, conocía a su esposo mejor que nadie. Él nunca le había dado razones, pero si de algo estaba ella segura era que Eli, por lo que fuese, con o sin razón detestaba a doña Mica. En las muchas ocasiones, aún cuando todavía las relaciones no eran tensas habían sostenido varias conversaciones y él fue consecuente en afirmarle que le tenía antipatía a la señora de su padre. Como nunca le había dado razones por tal rechazo Amanda llegó a pensar que pudiese ser algo en su subconsciente. Por ello casi sin esperanza, dijo:

"¡Ojalá!"

"Por mi parte puedes contar con ello, siempre te ayudaré."

"Gracias, doña Mica, se lo agradezco, pero necesito de usted un último favor. Un favor tan especial que a nadie que no sea usted permitiré que me lo haga."

"¡Dime!" Dijo la señora, un poco sorprendida por la insistencia de Amanda.

"Yo sé que es cuestión de pocos días para yo dejarlos a ustedes." Añadió la enferma con tranquilidad. "No sé inclusive si usted está de acuerdo o no, pero cuando muera es mi deseo que sea usted la única que bregue conmigo."

"¿A qué te refieres?"

"A que sea usted la que me arregle, me pinte y me ponga la mortaja."

"Bueno hija, no te puedo decir que no, ¿pero por qué yo?"

"Porque desde que yo llegué a este barrio usted ha sido la única persona que yo he confiado. Para mi ustedes son especiales, los padres que nunca tuve, y si me complace le aseguro que moriré feliz."

Era un momento cuasi solemne, doña Mica no pudo evitar que las lágrimas se escaparan y para que la enferma no se diese cuenta miraba al techo de la casa. Estaban tiernamente agarradas por las manos y ninguna de las dos perecía tener valor de soltarse. La señora se levantó para irse y la enferma la retuvo para rogarle que por favor volviese a verla. La señora asintió con un movimiento de cabeza, y ya en la puerta del cuarto, dijo:

"¡Seguro, hija, seguro!"

Tan pronto Eligio desde la casa de Juana vio que su enemiga salía de su casa, regresó al lado de su esposa. Ninguno habló, pero era un silencio que no podía ser prolongado. Doña Mica, para ellos, aunque por diferentes motivos siempre era tema de conversación. La misma salió a relucir cuando Amanda le dijo a Eligio que los moradores de Casa Grande veían con interés ser los padrinos de la nena y que ellos eran de su predilección. Eligio, por su parte se limitó recordarle que ella sabía su opinión, pero no opinó más por el momento. A cada uno le bullía algo en el pensamiento, Amanda, esperanzada en las palabras de doña Mica, confiaba que eventualmente la situación se resolviese. Por su parte, Eligio pensaba que jamás permitiría a la víbora ser su comadre y para los efectos ya tenía su plan, que aunque en cierto aspecto no dejaba de ser macabro, para él resultaba milagroso. Una vez Amanda faltase, él no tenía la obligación de cumplir un compromiso que no había hecho. No le dijo nada a la esposa por que estando la enfermedad tan adelantada no la quería exponer a disgustos innecesarios, pero el que reía último reiría mejor.

Cumpliendo lo prometido doña Mica volvió a visitar a la enferma. Era una esplendorosa tarde en que todos los factores de la naturaleza parecían haberse puesto de acuerdo en ser apreciados. El sol brillante y suave, una brisa continua, el cielo azul sin nubes y la campiña verde como una esmeralda. Por aquello de que la misma naturaleza le servía de inspiración, Amanda se había acicalado bien, al extremo de verse como en sí era, preciosa. Al llegar la visitante su semblante se iluminó para recibirla con una sonrisa que le negaba su condición de enferma. Tan pronto vio a su admirada huésped, con entusiasmo, dijo:

"Qué bueno que ha venido, la estaba echando de menos."

"A mí también me alegra, estás muy guapa, ¿vas a bailar?"

"Es que el día está muy bonito, me he puesto así para que Eli me vea linda cuando venga."

Doña Mica, cada día estaba más sorprendida con la muchacha. No pudo menos que admirar la valentía de la joven mujer, nadie que no la conociese jamás pensaría que estaba frente a una persona que tenía sus días contados. Siguiendo su comentario, la señora, dijo:

"Pues estoy segura que le encantarás."

"Me alegra que haya venido, tengo algo que decirle. En estos días estuve hablando con Eli, le dije que había hablado con usted respecto al bautismo de la nena y que a ustedes les agradó la idea. Eso significa que aunque yo no lo llegue a ver vamos a ser comadres."

"A mí también me alegra. ¿Qué te dijo?"

"Se limitó a decirme que ya yo sabía su opinión."

La señora no compartía el mismo optimismo que Amanda, sabía que Eligio no pensaba igual, pero no se lo podía decir a la joven. En su débil condición era mejor no decepcionarla, y menos en este momento que la había encontrado tan radiante. Por ello, dijo:

"Me alegraría poder apadrinar la nena, ya se llegará el momento. Pero permíteme decirte algo, no importa lo que pase, tanto a uno de ustedes, como a cualquiera de nosotros y no se pudiese bautizar la nena, Dios no lo quiera, tú siempre serás mí comadre y a ella siempre la trataremos como nuestra ahijada. Desde este momento así será."

La cara de Amanda se irradió, era el momento que tanto había deseado y aunque no oficial, para ella eso colmaba sus sueños. Con alegría, dijo:

"Gracias comadre, muchas gracias, desde ahora así será."

Hablaron mucho, tanto que doña Mica decidió despedirse para que Amanda descansara. Sin embargo, la joven estaba tan contenta con las palabras de doña Mica respecto a que ya eran comadres que se le iba a ser difícil quedarse dormida. Cuando Eligio llegó Amanda le contó todo lo acordado con su visitante y la alegría que le causó el saber que ya eran comadres. El hombre no dijo nada, su silencio habló por él. La enferma interpretó su silencio, pero su felicidad en ese momento era tanta que no le cuestionó su desentendimiento, ya habría tiempo para convencerlo.

Por su parte Eligio, que ya había mentalmente estructurado su plan, se acordó del licenciado y la recomendación de jugarle a la vieja alguna travesura. La del día del acabe no le había salido bien, pero la próxima no sería así. En esta ocasión sería más discreto y para que no hubiese sospechas lo mantendría estrictamente secreto. Le haría creer a la odiosa víbora que en efecto le agradaba la idea de ser compadres y luego vendría el zarpazo.

Capítulo 32

Llueve y no escampa para Mr. Blanco

Pepito estaba apurado, rodaba su aro con rapidez al regreso de la tienda de Pellín, dónde había sido enviado por doña Mica a buscar una pimienta. Su apuro se debía a que la madre lo había enviado a la tienda y los amigos lo estaban esperando para jugar canicas. Iba equipado, llevaba en el bolsillo de su pantalón corto el trompo, una bolsita de tela con canicas amarrada a una tirilla del pantalón corto y su onda colgada al cuello. Generalmente nunca tenía apuro cuando lo enviaban a un mandado, pero en esta ocasión los amigos lo estaban esperando. Esto hacía que rodara su aro a toda velocidad. Cuando pasaba frente a la iglesia se encontró con Francisca que venía en dirección contraria. Luego de varios días sin verse la alegría fue mutua. Pepito, saludó:

"Hola, ¿pa' dónde vas?"

"No voy, vengo de llevarle unos chavos a Melín."

"¿Porqué no me buscaste para ir contigo? Hace días que no hablamos."

"Lo traté de hacer, llegué hasta el portón pero seguí por que La Gorda me vio y se me quedó mirando bien mal. Estaba tendiendo ropa en la mata de jazmín y por poco me mata con la mirada. Como tiene esa cara de puerca tan fea le cogí miedo."

"Olvídalo, ella no come gente."

"Lo sé, pero como es tan mala conmigo le tengo repelillo. ¿Y tú pa' dónde vas?"

"Vengo de casa de Pellín, estoy haciendo un manda'o."

"¿Ya pasó el revolú?"

"¿Qué revolú? Yo no vi ninguno."

"El que había en casa de doña Tera. Se armó la grande por algo que pasó entre Caty y Mr. Blanco. No me pude enterar bien porque cuando me paré a oír, Chalo me asustó diciéndome que eso no me importaba. Creí que a lo mejor tú habías oído algo."

"Yo no escuché nada, a lo mejor es algo sobre lo que Flor, la hermana de Bolo, dijo ayer en su casa. Yo estaba allá cuando ella dijo que Caty y Mr. Blanco se las entendían. No le presté atención porque yo no sé qué es eso de que se entendían."

"Ni que seas zángano, eso quiere decir que son novios."

Pepito, se quedó pensando, había algo que a él no le cuadraba, y dijo:

"Pero eso no puede ser."

"¿Por qué no?"

"Porque ella es blanca de ojos azules y él es más prieto que un tizón."

"Eso no tiene que ver, a veces una persona prieta puede hacer eso con una blanca. Tú sabes, como Juana con don….." No dijo quién, poco faltó para decir don Lelo, pero calló a tiempo y al callar, el chico preguntó:

"¿Don quién?"

Francisca estaba en un apuro para contestar, de momento dijo:

"Don Tu Yeyo, tú sabes que él es blanco con ojos azules y Juana es prieta."

"Ahhhhh, verdad."

"¿Qué más dijeron en casa del Bolo?"

"Estaban hablando de eso, pero yo no le presté atención. Bolo y yo íbamos a cazar pichones a las pomarrosas."

"Ave María, como son los hombres." Dijo Francisca. "Eso es algo que cuando uno lo oye debe de prestarle atención."

"El chisme es cosa de mujeres." Le aclaró Pepito.

Hablaron un rato más y se despidieron, pero su conversación era la ratificación del suceso que pronto despertaría tanto interés en el barrio como la boda de Margarita. Había explotado la bomba, el romance de Caty con el maestro que tanto ellos trataron de ocultar fue descubierto. Salió a la luz pública cuándo Chalo, el hermano de ella, que hacía días sospechaba algo, los sorprendió besándose en un rincón del comedor escolar donde ella trabajaba y corrió a contárselo a doña Tera.

En aquel apartado rincón de la cordillera donde nunca se había visto a un negro hasta que llegó Mr. Blanco a la comarca, el acontecimiento era como para causar sensación. Aquello, para la familia más que malo, era una tragedia. De hecho si ninguna de las dos hijas se había casado no era por que fuesen feas, las dos eran bonitas, era que para ellos, especialmente doña Tera, no había en la comarca hombre que reuniera las cualidades que ella ambicionaba para sus hijas. Cuando Chalo fue con la primicia, en la casa se armó tremendo sal pa' fuera. Doña Tera, cayó en un ataque de histeria, el esposo, don Vice, trataba de calmar a la esposa y los hermanos amenazaban con matar al maestro. Caty, se había encerrado en el cuarto en compañía de su hermana Vía, que era la única que la entendía, porque como ella, también por las exigencias de la familia se estaba quedando para vestir santos. La algarabía que formaron se pudo oír por todo el barrio y cuando los hermanos dijeron que matarían al maestro, éste lo oyó claramente y corrió a esconderse.

Cuando los enfurecidos hermanos llegaron al cuarto lo encontraron vacio y buscaron por el barrio inútilmente, aunque es justo decir que se alegraron de no encontrarlo, ya que lo que hacían era sacando pecho.

Aunque era mediado de semana, por unas reparaciones en la iglesia el Padre Álvarez estaba trabajando. Cuando al pasar corriendo el maestro vio la iglesia abierta no lo pensó dos veces, se refugió en ella con la anuencia del Padre. El sacerdote le aconsejó al maestro que esperara que todo se calmase, que él hablaría con don Vice y doña Tera. El sacerdote creyó que sería cuestión de poco tiempo, pero no fue así. Los demás familiares y otra gente del barrio haciéndose los ofendidos tomaron el asunto como propio, y no hablaban de otra cosa que no fuese castigar al negro que había osado enamorar una rubia de ojos verdes. El asunto causó tanto furor que el sacerdote se vio en la necesidad de apaciguar su rebaño desde el púlpito. Con un sermón llamando a la paz y la cordura, como no podía mentir, les informó que tenía bajo su protección al maestro. Muchos entendieron al sacerdote, otros lejos de calmarse se molestaron más y como no se atrevían ni ofender al Padre, ni profanar la iglesia, montaron vigilancia desde el camino real para evitar que el negro escapase. Esto trajo otras consecuencias negativas, el maestro no podía dar clases y el Padre no había podido ir a Yauco por temor a dejar al maestro sólo. La preocupación del sacerdote era tal que no se atrevió dejar la iglesia sola ni para ir a hablar con los padres de Caty. La situación era difícil y ante el encierro que estaba teniendo, el sacerdote recurrió a don Lelo para que hablara con los padres de la muchacha. Cuando don Lelo llegó a casa de los ofendidos encontró que doña Tera estaba más calmada, pero con huellas de haber llorado mucho. Preguntó por don Vice y cuando los tuvo juntos, les dijo:

"He venido a verlos por que el Padre Álvarez me lo ha solicitado. Esta situación ha perjudicado a mucha gente y son ustedes los que están en mejor posición para hacer algo."

"¿Qué podemos hacer nosotros?" Preguntó don Vice. "No es culpa nuestra que la gente haya tomado cartas en el asunto."

Don Lelo, tenía buena relación con los Pacheco, como él, habían sido habitantes del barrio toda la vida, en confianza, les dijo:

"Yo diría que sí, Vice, son tus dos muchachos los que han azuzado a la gente contra el maestro. Si ellos se aquietan los otros lo harán también."

"Lelo, ellos son mayores de edad y responden por sus actos." Le contestó don Vice.

"Hechos que ustedes no han pedido, pero tampoco han desalentado."

Doña Tera, interviniendo por primera vez, dijo:

"¿Pero don Lelo usted no se da cuenta de lo que ese negro pretende? No podemos permitir que se salga con la suya."

"No es cuestión de lo que el profesor pretenda o no. Ustedes me acaban de decir que los muchachos son mayores y responden por sus actos. Siendo así, Caty también es mayor de edad y debe de ser ella la que responda por sus acciones. ¿Le han preguntado a ella si desea o no esa relación?"

"No es lo mismo, Lelo, Caty es mujer." Le aclaró don Vice.

"¿Y qué, acaso eso la incapacita para que decida sobre su vida?"

"Pues mire que sí." Dijo doña Tera autoritariamente. "¿Quiere mayor disparate que enamorarse de un negro como ese, de pelo malo y también bembón?"

"Por favor, mis amigos, no veo nada malo en eso, ella es mayor de edad y tiene derecho a escoger con quien quiere casarse o a quien quiere como pareja."

"Sí, y dañar la raza con un negro como ese, ni que yo estuviese loca para permitirlo. Jamás permitiré eso, mejor la prefiero muerta." Enfatizó doña Tera con vehemencia.

"¡No digas eso Tera!" Le reprochó don Vice a la esposa. "Cierto es que no podemos estar de acuerdo con lo que ha hecho, pero no es para tanto."

"Mira Tera, Caty es mayor de edad y el profesor también. Él está dispuesto a casarse y no hay duda de que ella le corresponde." Le enfatizó don Lelo. "Tú no la vas a mantener encerrada toda la vida, se quieren y ella escapará con él a la primera oportunidad. Recuerden que mientras más se opongan ustedes mayor es la resistencia de ellos. Ustedes no me están pidiendo consejos, pero permítanme mi opinión. En su caso yo le daría la oportunidad a que se relacionen, como no hay duda de que es una pareja dispareja a lo mejor ella se da cuenta y lo deja. Si siguen oponiéndose la van a perder."

Don Lelo, se había enfocado mayormente en convencer a doña Tera, toda vez que era ella la que influenciaba en don Vice. Al verla don Lelo pensativa ante sus argumentos creyó oportuno recurrir a su buen corazón, y le dijo:

"Tera, en tus manos está remediar el daño que la situación le ha causado a nuestros hijos. Como bien sabes por la ausencia del maestro la escuela está cerrada, y por ausencia de Caty también lo está el comedor. ¿En verdad me vas a decir que a una persona como tú eso no le importa? Si así fuese no eres la Tera que yo conozco."

Era una mujer buena, de gran corazón. Estaba decepcionada, pero las palabras del amigo le habían calado hondo. Se mantuvo pensativa por largo rato, tiempo en que por su mente pasaron como si fuese una película miles de pensamientos. En ese momento vio a Caty vestida de novia con su traje blanco, a su lado el maestro negro también vestido de blanco. Se vio cuidando un niño negro, y otro y otro y otro y…..Barbaridad, ninguno rubio de ojos verdes como su Caty. Se imaginó ella bañando un nieto negrito, ay no, eso no sabía si podría hacerlo. Mejor le diría a don Lelo que no, era fuerte el sacrificio y no se correría el riesgo. Pero y si como don Lelo le advirtió, Caty se escapaba con el negro y no la volvía a ver más. No, eso era algo que no podría soportar. Con esa madeja de confusos pensamientos, de boda negra, nietos negros y otras consecuencias, le preguntó a don Lelo:

"Don Lelo, usted es una persona seria, ¿qué nos recomienda hacer?"

"Yo iría por partes. Primero, les diría a los muchachos que suspendan su acoso al profesor, luego, hablen con el sacerdote para que acompañe al maestro a su casa, acepten que Caty y el maestro se encuentren. Por último acéptenlo en la casa, es preferible que se vean allí a que lo hagan a escondidas en otros sitios."

"Haga una cosa don Lelo." Dijo doña Tera. "Hable con el Padre y dígale que lo vamos a pensar. Para que usted no tenga que venir acá yo misma hablaré con el Padre para informarle de nuestra decisión. Hay algunos individuos que no han sido instigados por nuestros hijos y es importante hablar con ellos. No nos gustaría que tomen acción por su cuenta y pase algo de lo cual tengamos que arrepentirnos."

"Pierdan cuidado, yo sé quiénes son. Hablaré con ellos, son gente buena y sé que me escucharán. No tengo duda de ello."

El Padre fue informado por el agricultor del éxito de la misión. Al enterarse de la disposición al dialogo, creyendo que no habría problemas, descuidó la vigilancia para asistir un enfermo. Ese pequeño lapso de tiempo fue aprovechado por los tres que estaban vigilando para entrar a la iglesia y buscar al maestro. Mr. Blanco, que el miedo que sentía no le permitía descuidarse, al verlos entrar escapó por la puerta trasera, y al igual que su antecesor, aunque por diferente motivo se internó en el cafetal. Cuando los posibles agresores encontraron que habían sido burlados, más por orgullo que por convicción se adentraron en el cafetal en busca del negro. Perdieron su tiempo, Mr. Blanco no paró de correr hasta refugiarse en Casa Grande.

Nataniel, por muchos años había estado enamorado de Caty y había sido correspondido, pero cuando fue obligado a casarse a punta de machete, la muchacha no lo quiso volver a ver, algo que había aliviado a los padres de Caty que por considerar a Nathaniel un malvado se oponían férreamente. Considerándose un mamito el vil individuo no perdonó el rechazo de la muchacha y la noticia lo hirió en lo más profundo. No podía tolerar que su Caty se enamorara de un negro, y su maldad era tanta que por venganza corrió a notificarle a los tres perseguidores que el negro estaba refugiado en Casa Grande. Ninguno de ellos se atrevía entrar a Casa Grande, pero empezaron a pasearse por el camino real en actitud de vigilantes. No eran la gente buena que don Lelo le había dicho a los Pacheco, si-no lo que se podía considerar la escoria del barrio, Tomás el borrachón, Jesús el tira topos y Edwin el búho, otro busca pleitos. Sin embargo todos tenían algo en común, que respetaban mucho a don Lelo. En más de una ocasión el agricultor se había visto en la necesidad de intervenir con ellos y siempre habían respondido con respeto. Al verlos rondando Casa Grande, el agricultor se les acercó, y les dijo:

"Muchachos, sé que están esperando que Mr. Blanco salga de la casa para atacarlo, ¿me pueden decir el porqué?"

Los tres se miraron esperando que otro contestase, pero ninguno tomó la iniciativa. Al ver la indecisión, don Lelo, les habló nuevamente:

"Se han quedado mudos porque ustedes mismos no saben, ¿verdad? Pues yo les voy a decir, ustedes están siguiendo el respaldo a los hermanos por lo que ellos les ofrecieron. Piensan que si atacan al profesor tendrán el respaldo de la familia. Si todavía piensan así les recomiendo que no se arriesguen, yo acabo de hablar con ellos y están dispuestos a recibir al maestro en su casa. Si ustedes se arriesgan saldrán perdiendo."

"Don Lelo, yo no dudo de su palabra." Dijo Tomás. "Pero acabamos de hablar con ellos y nos pidieron que no descuidáramos la vigilancia."

"Todavía ellos no conocen de la decisión de los padres, a lo mejor en este momento se estén enterando. Si ustedes agreden al maestro corren el riesgo de quedarse solos, ya que don Vice y doña Tera no los respaldarán. Dudo que los muchachos se atrevan continuar su acoso contra la voluntad de sus padres, si ustedes gustan vayan a la casa y entérense."

"Don Lelo, nosotros nunca dudaremos de su palabra." Le dijo Jesús. "Lo que pasa es que ellos ofrecieron pagarnos por ayudarles."

"Entiendo muchachos, eso es un asunto entre ustedes, pero no corran el riesgo de atacar al profesor, pueden salir perjudicados."

El agricultor había ganado fama en la comarca por su sapiencia y los frustrados vigilantes no dudaron de su veracidad. Allí mismo olvidaron la oferta de los dos hermanos y salieron hacia la casa de los Pacheco a ver que le podían sacar a Chalo, que fue el que les prometió dinero, de todos modos habían cumplido su labor y tenían derecho a ser compensados. Cuando le reclamaron a Chalo éste se negó a pagarles, ellos se alteraron y fue necesaria la presencia de doña Tera, que con un cuartón de cedro los hizo salir corriendo.

El Padre Álvarez, cumplió su palabra de escoltar al maestro al hogar de los Pacheco. Cuando la madre de Caty los vio llegar intentó salir por la puerta de atrás hacia el cafetal, pero don Vice la madrugó. Mostrando un carácter que ni el mismo se lo creía, dijo:

"Oh no, Tera. No pensarás dejarme sólo en esto, después de todo fuiste tú la que instigaste este revolú, y ahora no puedes sacar el culo así porque así."

Doña Tera, no tenía miedo de enfrentar la situación, pero no se veía teniéndole que hablar al negro que le estaba robando el corazón de su hija. Su mal fundado racismo no le permitía considerar al negro a su altura. No le quedó otro remedio que aceptar, pero antes dijo:

"Está bien, voy, pero con la condición que seas tú quien hables con él."

"No seas zángana, acaso no eres tú la que siempre hablas."

"Siempre, pero no hoy, no voy a hablar con el negro ese."

Mientras ellos discutían cerca de la puerta de la cocina, el sacerdote y el maestro esperaban frente al portón. Casi de inmediato don Vice les invitó a entrar, se sentaron en sendos sillones de pajilla y el sacerdote compartió el sofá con Mr. Blanco. Nadie hablaba, por lo que el sacerdote inició el dialogo, diciendo:

"Estamos aquí para cumplir con lo acordado, el profesor quiere hablar con ustedes."

La pareja lo menos que deseaba era conversar con el maestro, habían sido convencidos por don Lelo de que la oposición no evitaría la relación, por lo que doña Tera sin mirar directamente al Padre, casi con las muelas de atrás, dijo:

"No hay mucho que hablar, ellos son adultos, vamos a llamar a Caty para que hablen, pero quiero hacerles claro una cosa, aquí yo no quiero noviazgos largos desfondándome los sillones, si están enamorados que se casen, pero que sea pronto." Luego con voz que parecía salir de ultra tumba, llamó:

"Caty, venga aca."

Caty no salía y cuando al pasar varios minutos sin su presencia, los ojos blancos del profesor expresaban el miedo que sentía, tuvo que ser confortado por el sacerdote. Luego de un momento doña Tera volvió a llamar y en esta ocasión Caty tan pálida como una muerta apareció temblando visiblemente. Doña Tera, sin levantar la vista del piso, dijo:

"¿Tú estás segura de querer casarte con…..(pensó decir este negro, pero la presencia del sacerdote lo impidió) Mr. Blanco?"

Otro largo silencio que tuvo la virtud de hacer lucir más blanco al profesor. Don Vice, sentado de frente al sofá que acomodaba a los visitantes no había abierto su boca ni para enseñar sus amarillentos dientes, por lo que doña Tera ásperamente, dijo:

"Quiero que lo digas ahora ya que en esta casa yo no estoy dispuesta a consentir lo que has hecho. Por lo menos habla ahora o largo de aquí a este señor inmediatamente"

Finalmente la muchacha también sin mirar de frente, contestó:

"¡Sí!"

"Pues no se hable más, acepto este noviazgo, pero condicionado a que no quiero aquí nadie calentando asientos por mucho tiempo. Ustedes saben a qué me refiero."

Don Vice, creyó oportuno demostrar cierto respeto por la visita y dijo:

"Bien, esto merece un brindis, voy a buscar un……."

"Que brindis ni que ocho cuartos, aquí nadie va a brindar por nada."

Don Vice, no se atrevió contradecir a su decidida esposa, que dando la espalda abandonó la sala sin despedirse. El buen hombre dio las gracias al sacerdote, le extendió la mano al profesor, y abrazó a Caty.

No sé habló mucho más. Así tuvo el negro Blanco su primer gran triunfo en el barrio.

Capítulo 33

El descarado Pocho

Con un gran cargamento de pacas de Café seco, la hilera de mulas de la hacienda La Fina bajaba por el camino real con destino al sector abajas, dónde un truck llevaría el producto a los almacenes de la recién creada Cooperativa de Cafeteros en Yauco. Bajando en fila india, amarradas unas al aparejo de la que le precedía, las veinticinco mulas opacaban parcialmente la vista del camino, por lo que don Lelo no vio a su amigo Pocho hasta que este traspasó el portón hacia la casa. Pocho, amarró su hermoso caballo en una rama de pino y se dirigió a la hortaliza, donde el agricultor trasplantaba unas lechugas en ese momento. Con su habitual entusiasmo, saludó:

"¡Hola amigo! ¿Cómo te va?"

"Todo bien, Pocho. ¿Y para ti?"

"Más bien que el carajo, Lelo, si me quejo es porque me da gana."

"¿Qué dirección llevas?"

"Hoy sólo hasta aquí, tenía ganas de hablar contigo."

"En un momento saldré de aquí, estoy terminando."

Mientras don Lelo se quitaba el barro colorado que había embarrado sus botas en la hortaliza, se sentaron en la muralla del primer glácil y don Lelo, preguntó:

"Pocho, ¿en qué ha quedado el asunto del albacea?"

"Oh sí, gracias a Dios ya salimos de eso. Como yo no quise, Carlos Juan se hizo cargo. Eso sí, no sé cómo carajo lo va a hacer. Él se mudó para San Juan y toda la papelería está acá."

"Pero Pocho, para mí que el más indicado eras tú, ¿porqué no aceptaste?"

"Mira Lelo, tú me conoces de toda la vida y sabes cómo soy yo. Mis hermanos son muy jodones y yo no aguanto pendejadas, será para que los mande pa'l carajo."

"No veo porqué, todo lo que hay está explicito en el testamento y lo que tendrías que hacer es regirte por lo escrito."

"Lelo, sí así fuera no habría problema, pero no es tan sencillo, el testamento no especifica divisiones ni reparticiones."

"Y"

"Que todos están pendientes a lo mejor, tú sabes cómo son."

"Pero Pocho, eso es sencillo. En esos casos lo que se hace es dividir los bienes lo más equitativo posible, se rifan y cada uno escoja, así es igual para todos, cuestión de suerte."

"Eso le sugerí yo, pero hay dos que no están de acuerdo y prefieren pelearlo legalmente."

"Es que por medios legales nadie puede lograr nada a menos que todos estén de acuerdo. No importa la ayuda legal que consigan."

"Se lo hemos estado diciendo, pero no quieren entender. Por mí que se jodan, el viejo me dejó la finca estando en vida y no necesito de herencias para vivir, que se vayan al carajo."

Pocho, tenía un propósito para la visita a su amigo, no habló más del asunto y preguntó:

"Bueno, Lelo, ¿qué noticias me tienes de Merica?"

"Ninguna, ya sabes lo que te dije."

"Chico, yo no he podido olvidar a esa mujer, tienes que ayudarme."

"Te estoy ayudando, ya te dije que te estoy ahorrando un par de balazos."

"Ay Lelo, no seas tan exagerado."

"No estoy exagerando. ¿Qué tú harías si a ti te hicieran lo mismo? Y no me vengas con el cuento de que se la regalarías a cualquiera. Estoy hablando en serio."

"Pues ahora mismo no sé, pero no me quedaría cruzado de brazos."

"Y sí tú no te quedarías cruzado de brazos, ¿cómo esperarías que Buitrago se quede? Menos él que tiene un genio de los mil demonios."

Pocho, se le quedó mirando fijo al amigo. Lo conocía de toda la vida y sabía de su integridad. Había compartido con el charlas, ideas, problemas y sus conquistas, lo que los había convertido no sólo en amigos, eran como hermanos. Tomando al amigo como confidente, no vaciló en decirle:

"Lelo, te estoy hablando en serio y necesito que me creas. Lo que tú me dijiste lo he pensado una y mil veces y sé que tienes razón, te entiendo, pero esto es algo más fuerte que yo. No se trata de un capricho, cuando la vi por primera vez sentí algo que nunca antes había sentido con ninguna mujer, fue como si una flecha me hubiese atravesado el corazón. Te hablo en serio, desde ese momento no me la he podido despegar de mí pensamiento. ¿Puedes entender eso?"

El agricultor miró a su amigo, vio en su semblante la sinceridad que nunca había mostrado al hablar de conquistas. Esta vez le creyó, y dijo:

"Hablando en serio, no, sólo estando dentro de ti podría entenderlo. Eso no implica que ignore las fatales consecuencias que eso pueda traer. Tú eres mi amigo, mi hermano, también lo son Buitrago y su esposa. ¿Cómo crees qué me pueda sentir en medio de todo esto? Por la amistad que tenemos tú creerás que te fallo, Buitrago, que lo he traicionado. Ahora te pregunto, ¿puedes entender eso?"

"Sí, Lelo, sé que no es fácil, pero entiéndeme tú también. Yo no tengo más ningún amigo como tú a quien le tenga confianza, tengo una situación que me está rompiendo el pecho y no me deja ni dormir. ¿A quién puedo acudir por consulta?"

"Yo no me niego a escucharte, tú lo sabes, pero no puedo intervenir en eso. Piensa en tú esposa, es una gran mujer, hermosa, la madre de tus hijos, la que ha estado contigo en las buenas y en las malas. ¿Merecería ella que le hicieras algo así? No lo merecería, si piensas en eso tal vez te ayude."

"¿Y tú crees qué no lo he pensado? Miles de veces, pero eso no ha logrado que arranque de mí pecho eso que siento. Lelo, tú sabes que yo nunca he sentido mucho amor por mi esposa, como también sé que ella tampoco lo siente por mí. Tal vez por eso ha soportado mis travesuras, las cuales no han sido conquistas serias, las que he tenido más bien por llenar ese vacío, el mismo que una mujer como Merica llenaría."

"Poncho, pero reconoce que ustedes no han hecho mucho por darse esa oportunidad, ¿porqué no lo intentan?"

"¿Y tú crees que después de tantos años se logre? Estás loco."

"¿Por qué no?, algo sintieron cuando decidieron casarse."

"Nada, eso fue un matrimonio planificado por mi padre y el de ella. Te debes de acordar que yo tenía otra novia y mi esposa era novia de Censo Ruiz. Como la familia de Censo no tenía dinero y la de Ronda tampoco, ellos arreglaron nuestro matrimonio para proteger sus fortunas. Fue cuando yo intenté fugarme con Ronda y los padres la escondieron. Luego me hicieron casar sin consultarnos a nosotros para nada."

"Pero Pocho, tú pudiste oponerte y no lo hiciste."

"Carajo Lelo, cualquiera diría que tú no conoces a nuestros padres, mejor nos hubiesen matado. Mira si ese viejo era testarudo, que cuando supo que aún estando yo casado y todavía Ronda estaba pensando en mí, le dio dinero al padre de ella para que se desapareciera de la comarca. Yo removí tierra y cielo buscándola, pero pareció habérselos tragado la tierra. Mi padre era muy diferente al tuyo, a ti te dieron la oportunidad de escoger por tu cuenta, el mío era un dictador, más que un dictador, era un tirano."

"Finalmente, ¿qué piensas hacer?"

"Ah, qué sé yo, por eso he venido para que me ayudes."

Don Lelo, creía en la sinceridad del amigo, pero lo que pretendía era un disparate, más bien una Quijotada en la que él no podía ayudar. Le dijo:

"Pocho, a mi entender tú estás obsesionado y las obsesiones son peligrosas. ¿Por qué no buscas ayuda profesional?"

"Pero Lelo, yo no estoy loco."

"Siempre lo has estado, pero ahora más."

"Carajo, Lelo, no jodas, tampoco así."

"Es que lo que tú estás pretendiendo es cosa de locos."

"Lelo, esto es serio, tú lo tomas a relajo."

"No lo tomó a relajo, por eso te recomendé ayuda profesional.

Poncho, estaba confundido, por un lado entendía que su amigo tenía razón, pero por otro tenía que luchar contra el sentimiento, esa mujer se le había penetrado muy profunda en su alma. Nunca se imaginó que algo así pudiese ocurrir. Tratando de encontrar en el amigo una opinión que le ayudase, le preguntó:

"Lelo, suponte por un momento que tú estuvieses en una situación como la mía, ¿qué harías?

El amigo pensó, al cabo de un rato, dijo:

"A la verdad que no sé, tal vez acudir a alguien, no sé, no sé."

"Pues como verás eso es lo que yo he hecho, ese alguien eres tú, y no me ayudas. Por lo que me voy pa'l carajo, contigo no puedo contar."

"Para eso no, Pocho, pero para cualquier otra cosa sabes que puedes contar conmigo."

"No voy a dar marcha atrás, oirás de mí."

"Está bien Pocho, pero recuerda que tienes una familia a quien responderle y que dependen de ti. No vayas a cometer una torpeza porque ellos serán los verdaderos perjudicados. Además debes de saber que aunque no siempre estemos de acuerdo somos amigos y todos sufriríamos."

Tan pronto Pocho atravesó el portón, Don Lelo lo contempló cómo se perdió en la curva del camino real. Esta vez sintió compasión por el hombre que vino a consultarle, no era el Pocho descarado o echón que regularmente venía a contarle de sus conquistas. Como lo conocía bien sabía que en esta ocasión había sido sincero, y sintió pena. La vida era extraña, Pocho era un hombre rico, con una familia bonita, de buen linaje, no mal parecido y muchas cosas más, sin embargo le faltaba lo más importante que puede carecer una persona, amor.

Capítulo 34

Eligio queda viudo

Amaneció un día de presagio. Un tremendo aguacero, de esos que paralizan todo tipo de labor parecía haber detenido el tiempo. La torrencial lluvia había detenido los trabajos matutinos en Casa Grande, dónde los perjudicados eran los animales que todavía no se les había dado su ración alimenticia. Aunque eran cerca de las diez todo estaba oscuro, tenebroso, frio, húmedo y la lluvia no parecía con intenciones de cesar. Era uno de esos días que la gente por lo general le tiene repelillo, de los que parecen siniestros. Días en que el sonido de la lluvia, el viento y los rayos dejan en el ambiente una sensación de impotencia.

En el largo balcón, don Lelo, Juan López, Mon y La Gorda, contemplaban el desordenado caudal de agua roja que bajaba por el camino real, convirtiéndolo en un caudaloso río, algo usual en lluvias torrenciales como ésta. La corriente que bajaba era fuerte, bien fuerte, capaz de arrastrar una persona y era lo mismo que temía el Tu Yeyo. Desde Casa Grande los que estaban en el balcón lo vieron cuando parado a la orilla de la impetuosa corriente parecía querer retar al correntón. El miedo a la fuerte corriente lo mantenía a la orilla del camino parado, semejando un mojón de carretera. El Tu Yeyo no era un hombre alto y en ausencia de sombrilla se tapaba con una gran hoja de guineo, algo común en la gente de la montaña. De momento los que estaban en el balcón lo perdieron, pasó un largo rato, tan largo que creyeron que se había ido, pero no fue así, un rato después apareció casi frente a ellos, lo que les indicaba que su presencia tenía algún motivo especial, como en efecto así era. Al llegar al balcón tiró la hoja que lo tapaba, se limpió los desnudos pies en el viejo machete que utilizaban para ello y subió hasta los presentes. Dirigiéndose a don Lelo, preguntó:

"¿Está Mica?"

Antes que el agricultor contestara lo hizo La Gorda, y preguntó:

"¿Para qué la quiere?"

"Entremetía, le he pregunta 'o a don Lelo, no a ti."

"Pero contesté yo." Le dijo, la muchacha.

Una mirada de don Lelo bastó para aquietar a la imprudente muchacha y luego la mandó a que buscara a doña Mica. El Tu Yeyo mandó a La Gorda a que avanzara, por que el motivo a ella no le importaba.

La Gorda, arrugó la punta de la nariz como si algo oliese mal, pero llena de curiosidad más que disgustada, aligeró el paso para enterarse del chisme. El clap, clap de las chanclas anunció que doña Mica se acercaba, y segundos luego, al llegar, dijo:

"Hola Tu Yeyo, ¿te trajo el mal tiempo?"

"No nena, eh qui ti traigo un mensaje."

"Dígame."

"Vengo di parte di Amanda."

"¿Ha pasado algo?"

"Todavía no, pero creo qui no tardará en pasar."

"¿Qué?"

"Ella envía por ti."

"¿Ella?"

"Sí, ella mesmita."

Doña Mica, no le preguntó más. Sabía lo que estaba por venir, las veces que últimamente había ido a verla la valerosa mujer daba señas de estar en su final. Ella misma le había asegurado que era cuestión de días, y el hecho de enviar por ella en medio del torrencial diluvio, así lo indicaba. No estaba lejos de Casa Grande, sólo los separaba el camino real, pero en esta mañana había perdido su nombre real para convertirse en un río. Si para un hombre era peligroso el cruce, más lo era para una mujer, por lo que tendría que esperar que la fuerte corriente decreciera. Mon, sin decir nada se dirigió al sótano de la casa, ensilló a Linda y apareció tirando del animal por las bridas. Él mismo ayudó a montar doña Mica, y tirando de las bridas de la yegua, la dejó prácticamente en la puerta de la casa. Dado que todavía llovía fuerte la señora entró rápido al inmueble. Encontró a la enferma acompañada por Juana, había permanecido sin hablar desde el día anterior y sólo habló para pedir que le trajesen a doña Mica. Eligio, estaba en la sala, pero al llegar la señora para no tener que hablarle se refugió en la cocina. Fue Juana la que tan pronto llegó doña Mica, con su peculiar hablar, le dijo:

"La jija queri verla, pareci que jestá malita, por eso la mandé a buscá."

"¿Qué dijo?"

"Na, sólo quería verla, poh pase justé."

Eran como las diez y media de la mañana y el día continuaba oscuro y lluvioso. La casa estaba en penumbras toda vez que el fuerte aguacero impedía que se abriesen ventanas, y sólo la puerta central estaba abierta porque la lluvia caía por el lado opuesto. La escasa iluminación era provista por una linterna que colgaba de un clavo en la solera central. En la cama de cambas o catre, frente a la enferma dormía la inocente Gely arropada con una colchoneta para protegerla de la frialdad del día. El frío en la casa era tanto que tuvieron que arropar la enferma con una gruesa frisa de lana color oliva, que tenía impresas las letras US dentro de un círculo negro. Eligio, la había obtenido de Jaya, el veterano, a cambio de un galón de pitriche cura 'o y una jusilla para cortar yerba. Debajo de la gruesa frisa una sábana blanca cubría el cuerpo de Amanda, que permanecía inerte. Doña Mica permaneció parada en la puerta del cuarto por un momento, luego entró al cuarto cuidando de no hacer ruido. Se sentó en una silla colocada entre la cama de la enferma y la que dormía la nena, contemplando el cuerpo de Amanda que permanecía inerte, sin saber si estaba viva, muerta, dormida o despierta. Mantuvo un prolongado silencio, que fue interrumpido cuando la enferma luego de mover la mano izquierda hasta hacer contacto con la diestra de doña Mica, con una voz débil, poco audible, preguntó:

"Doña Mica….¿es usted?……la estaba esperando" Habló con voz apagada, sin abrir los ojos y tan inerte que la voz parecía venir del más allá, ya que no movió los labios al hablar.

"Aquí estoy, hija."

"Gracias por venir."

Palpando con lentitud, moviendo los dedos en caminar de gusano, su ya fría mano apretó la de doña Mica, y apagadamente dijo:

"Allá." Dijo, señalando con un casi imperceptible movimiento hacia el final de la cama.

"¿Allá qué?" Preguntó la señora, aunque se imaginaba que era al baúl que estaba entre el final de la cama y la pared.

"Mor…taja."

Dicho eso abrió los ojos por primera vez, era una mirada perdida, lejana, sin energía y con un murmullo apenas inaudible, preguntó:

"¿Y.... Eli......?"

"Está en la cocina." Le contestó doña Mica.

"Qui...ero...ver...lo..." Fue una voz ausente, como si ya no perteneciera a esta dimensión.

Juana, llamó a Eligio, que se acercó con cierto recelo, no por la situación, sí por la presencia de doña Mica, que para él resultaba incómoda. Eligio, se paró justo al lado de Juana tratando de mantenerse distanciado de la señora. Aunque Amanda no se movió ni abrió nuevamente los ojos, de alguna manera percibió la presencia de Eligio y con dificultad trató de completar lo que sería su última voluntad, balbuceando bien bajo:

"Do...ña....Mi...ca, Eli....Geli....cui....den....la, ya....me...."

"¿Ya qué?" Preguntó Eligio.

"Me....."

Un silencio mortal pareció paralizar el ambiente en la penumbrosa semi oscura habitación. Como si la naturaleza quisiese cooperar con la situación el fuerte aguacero cesó momentáneamente y tanto Eligio, como doña Mica, esperaban oír algo más, pero era mucho esperar, la enferma se había ido. Doña Mica, soltó la helada mano, pidió a Juana una vela y sin mirar a Eligio, apenas sin poder hablar por el nudo que tenía en su garganta, dijo:

"Se ha ido, hija mía que Dios te acoja en su santo reino." Luego continuó con una oración mortuoria. "Señor, Tú que la has llamado a morar en Tú santo seno, ten piedad del alma de esta niña que se ha ganado con sufrimiento un lugar en......."

Esa oración trajo a Eligio a la realidad, su Amanda estaba muerta. Se abrazó a su adorada compañera, la cubrió de besos y entre llantos se le oyó decir:

"Amada, amor mío, ¿por qué me has abandonado?" Doña Mica, terminó su oración en medio de los llantos de Eligio, se paró y permaneciendo al lado del baúl, dejó que el esposo diera rienda suelta a su dolor. Al cabo de un tiempo entró Mon, le puso cariosamente la mano sobre los hombros a Eli, y se lo llevó para la sala. Juana, entró al momento que doña Mica cubría la cara de la difunta con una sábana blanca. Juana, sin saber si preguntaba o decía, en su característico balbuceo, dijo:

"Justé la va a preparah."

"Sí, ese fue su deseo. Voy a sacar la mortaja de ese baúl para revisarla, hace tiempo que está allí y debemos asegurarnos que este bien."

"Yaca, yaca, yaca, ella siempre quiso que fuese justé."

"Pues cúmplase su voluntad." Añadió la señora.

"Yaca, yaca."

Doña Mica, sacó el baúl y lo acomodó en el catre donde dormía Geli, que en ese momento ajena a lo que pasaba dormía como lo que era, un angelito. Levantó la tapa y una primera gaveta llena de papeles y documentos le servía de protección a la sección interior donde estaba la mortaja. Entre la ropa que encontró había un paquete bien envuelto, el papel era de estraza y estaba cuidadosamente amarrado con una cinta de tercio pelo roja, en forma de regalo. Un papel blanco con rayas había sido cuidadosamente pinchado a la cinta, con la palabra, mortaja, escrita con lápiz. Doña Mica, sacó lo que sería el último traje que la difunta usaría y se lo entregó a Juana para que lo planchase. Una vez terminada la limpieza de la mortaja, procedió a vestir y arreglar a la difunta. Se había cumplido su última voluntad.

Amanda, no era natural del barrio, al cual llegó luego de su casamiento con Eligio. Mujer joven, bonita y educada, dedicó su tiempo a las labores del hogar y al cuido de su pequeña Geli, razón por la cual no era muy conocida. Eligio, aunque era de allí no era muy popular, ya que mucha de su joven vida la había pasado por Lares, donde había sido enviado a la escuela y en Mayagüez, lugar en que trabajó hasta que se casó con Amanda. Pese a esos detalles la demostración de duelo fue impresionante. En aquel apacible rincón de la cordillera dónde el ritmo de la vida semejaba el caminar de una tortuga, cualquier evento por sencillo que fuese movilizaba a la gente. Algunos por curiosidad, otros por jugar cartas, el chisme era motivo para otros, el pitorro que nunca faltaba, los topos y los menos, que asistían para presentar respetos o condolencias. Podía decirse que para la mayoría no era un velatorio, si- no la oportunidad de celebrar algo, no importaba lo que fuese.

Siendo natural de Mayagüez, Amanda no tenía amigos en el barrio y su poca familia eran los relacionados por Eligio, que no eran muchos. Don Lelo, envió una notificación al almacén donde trabajaba Eligio, pero desconocía si había tenido resultados. Como precaución por si alguien venía de afuera, Eligio decidió velarla un día adicional. La decisión fue muy bien recibida por todos, pero más por los que le agradaba la idea de tener más tiempo para beber pitriche y tirar topos. La segunda noche del velatorio fue larga por demás, para las once ya la mayor parte de los asistentes se habían marchado. Alrededor del ataúd, traído de la funeraria Última Cuna, con madera de cedro blanco aserrada en Casa Grande, solo quedaban velando Mon, el Tu Yeyo, Juana, Andrea la rezadora y Eligio. Los buitres cuyo interés era jugar y tomar pitorro, se encontraban esparcidos por diferentes puntos del batey casi borrachos. Cuando por la ventana que daba hacia el este asomaron los primeros rayos del día pintando la sala de un amarillo apio, los que se amanecieron no estaban mejor que la difunta. Poco a poco se fueron retirando para descansar, recuperar energías y volver a la carga. A las nueve de la mañana llegó doña Mica, sólo Eligio, casi matado y dormido incómodamente en una banqueta acompañaba al féretro. En ese momento para Eligio se podía caer el mundo y no lo notaba, por lo que para él la desagradable presencia de la señora, en esta ocasión no le afectaba.

La casa había amanecido hecha un desastre, sucia, desordenada y la cocina era un reguerete. Doña Mica, le pidió a Mon todo lo necesario para limpiarla y cuando estaba terminando llegó Juana, que había pasado mala noche y lucía menos atractiva que nunca. Dejaron la casa en condiciones nuevamente y aún con todo el ruido que hicieron Eligio nunca despertó. Durante su pesado sueño con frecuencia hacía gestos y movimientos motivados por estar atravesando fuertes pesadillas. Poco más tarde el velatorio volvió a concurrirse, unos asistían porque lo tenían programado, otros atraídos por el rico aroma del café que Juana estaba colando cuyo olor se había esparcido por todo el área.

Allá en la vega bajo la sombra de la gran ceiba, Pepito se encontraba jugando con su amigo Bolo. A lo lejos vieron a dos personas montadas en sus respectivos corceles y ambos caballos eran conducidos por un individuo que a pie tiraba de las bridas de ambos cuadrúpedos. Venían despacio, bien despacio, tan despacio que tardaron mucho en llegar a donde estaban los muchachos. Tanto al Bolo como a Pepito les era difícil determinar quien estaba más cansado, los jinetes o sus montas. Uno de los corceles era montado por una mujer que ellos nunca habían visto, vestida con un traje morado largo con arandelas en la falda, traía un sombrero blanco con flores en el ruedo y una pequeña sombrilla de sol. Su cara entre agria y tranquila, denotaba arrogancia, la cual se acrecentaba cuando se refrescaba innecesariamente, ya que estaba soplando una agradable brisa su delicado abanico nacarado no era necesario. Miró hacia la casa del Bolo, hizo una muesca y arrugó la nariz como si le picara o percibiera un olor desagradable.

Su acompañante, montando el otro corcel, parecía cortado por la misma tijera. Delgado, alto, vestido también de blanco con zapatos y sombrero del mismo color desentonaba en aquel ambiente. Su cara larga tipo machete de cortar yerba, mandíbula en triangulo, nariz aguileña y un fino bigote tipo tahúr, le daban un aspecto cínico. Pepito, no podía apartar le vista de la señora, se le parecía al retrato de un almanaque colgado en la pared de la escuela. Ante la curiosidad de los muchachos, que no apartaban la vista de los extraños personajes, el individuo que tiraba de las bridas, preguntó:

"¿Dónde vive Eligio?"

Los niños con la atención puesta en la extraña pareja permanecieron en silencio. El individuo, con malos humos y modales groseros, se molestó, y agriamente, dijo:

"Hice una pregunta, ¿acaso no tienen lengua?"

El Bolo, empezó a señalar hacia casa de Eligio, pero cuando terminó su explicación ya Pepito corría hacia la casa del velatorio, dónde avisó que venía una gente bien rara preguntando por Eligio. Cuando los cansados jinetes, con los no menos cansados caballos se detuvieron frente a la casa, gracias a Pepito ya había una comitiva de curiosos esperando. Al detenerse los caballos, algo que por el cansancio que traían no hubo que hacer esfuerzo alguno, el hombre que tiraba del caballo de la señora, se apresuró para ayudarle a desmontar. El jinete masculino lo hizo por su cuenta sin esfuerzo alguno. Al pisar terreno la señora se estiró la falda, acomodó la blusa, arrugó su nariz como si algo continuase oliendo mal y como si nadie estuviese presente, sin mirar ni saludar subió a la casa. El acompañante la siguió sin tampoco saludar y el que tiraba de los caballos permaneció en el batey, ya que ni el velatorio ni los presentes le importaban un comino.

Entraron y los presentes curiosamente les siguieron con la vista. Ella era una mujer relativamente joven, como de entre 45 a 50 años, alta, delgada, un poco desgarbada, pelo castaño largo y ondulado, rostro que aunque denotaba agrura y dureza, no podía ocultar que todavía era atractiva. Al igual que en el batey, tampoco habló ni saludó a nadie, parándose al lado del ataúd en completo silencio. Al contemplar el cadáver de su hija nada se alteró en su semblante, no se oyó un gemido, ni una lagrima asomó a sus ojos, sólo arrugó su nariz como si el ambiente apestara. El acompañante se mantuvo un poco retirado del féretro denotando arrogancia, al no saludar ni mirar a nadie. Era como si lo que estaba pasando allí no le importara y efectivamente así era.

La sala estaba llena, pero para los raros personajes era como si estuviesen solos, con su altiva presencia y arrogante proceder constituían un mundo aparte. Eligio, el que para la señora nunca había sido ángel de su devoción, se mantuvo en la banqueta con su cabeza sobre los brazos como si durmiera, igual que si nadie hubiese llegado. Eso no era extraño, su querida Amanda que era la hija, tampoco simpatizaba con la madre. Su apatía era tal que en el tiempo que estuvo enferma nunca notificó a su madre a pesar de que no la había vuelto a ver desde que se fugó para casarse con Eligio. La señora había sido cruel y despiadada con la muchacha, la que creció en constante abandono. Sus únicas expresiones hacia la hija era cuando la llamaba hija de lo malo y que maldecía el momento cuando la parió. Ese continuo abuso y agresión lo tuvo que soportar la muchacha hasta el mismo día que se fugó con Eligio. Como si el mal trato verbal y físico no fuese suficiente, llegó hasta el bochornoso extremo de justificar el acoso sexual que el malvado padrastro le hizo a la muchacha. Cuando la chica se quejó de la baja intención del abusador individuo, la madre le culpó, acusándola de provocadora e insinuando que no había nada malo en la actitud del provocador. Eligio, que no tenía en planes el casarse todavía, al conocer las sucias intensiones del individuo no dudó en escaparse con ella. De allí la indiferencia de Eligio para con la pareja, al extremo de ignorarlos cuando llegaron a la casa.

Juana, estaba colando un café cuyo efluvio era capaz de resucitar la difunta, ese olor se había esparcido por el área alertando a los que estaban esperando por el pocillito. Era café genuino de Casa Grande que tuvo la virtud de hacer que todos se acercaran. Como toda mujer buena y humilde de nuestras campiñas borinqueñas, Juana empezó a repartirlo indiscriminadamente. Al ofrecimiento llegar a la pareja de estirados visitantes, la mujer arrugó el ceño y mirando despectivamente ignoró el ofrecimiento, el hombre ni se dio por enterado. Lo rechazaron sin tan siquiera dar las gracias, no así el que tiraba de las bridas, estaba en el batey donde saboreó la deliciosa bebida. Aquel fue el único acercamiento que alguien hizo a la pareja, ya que ellos habían establecido una barrera invisible que los separaba de los demás asistentes. Por ser extraños llamaban la atención, pero no captaban simpatías y no faltó quien a sus espaldas los imitase burlonamente.

Eligio, era el único que los conocía, pero ignoró su presencia. Permaneció sentado en la misma banqueta y en la posición que había estado desde que empezó el velatorio, en silencio, con la cabeza baja mirando al piso y las manos cuyos codos descansaba en las rodillas, cubriéndole frente y sienes. La señora pese a que ella ignoraba a los presentes, se molestó cuando Eligio los ignoró a ellos. Había un profundo y pesado silencio que parecía presagiar algo, no se sabía qué, silencio que sólo era roto por el ruido que hacía Juana bregando con los trastes en la cocina. El silencio hizo que Eligio oyese unos pasos que no se detuvieron hasta estar frente a él. No alzo la cabeza para mirar, y al no hacerlo oyó una voz agria, pegajosa y autoritaria:

"¡Usted!"

Sólo eso, usted. Nada de nombre, ni señor, sólo lo imprescindible para hacerse oír de forma que su desprecio pudiese ser percibido. Esa forma tan agria de referirse hizo que Eligio permaneciese más quieto aún, semejando la estatua del gran pensador. Eso irritó más a la señora, que molesta, le casi gritó:

"¡Mire usted, le estoy hablando!"

Tampoco Eligio se movió, continuó en la misma posición notando que otro par de zapatos, esta vez de hombre se unieron a los de la mujer. Eran negros, brillosos y de buena calidad. En la parte del frente de cada zapato una serie de rotitos formando una flor había sido cuidadosamente pintada con griffin blanco. Con la lentitud del trasnochado que le procuraba el haber perdido la noche, Eligio alzó la cabeza y los vio frente a él. Ella con un fingido aire de elegancia que opacaba su agrio semblante, él, con aspecto cínico trataba de lucir intimidante. La mujer, en tono agrio y autoritario que era difícil determinar si exigía o preguntaba, dijo:

"¡¿La niña!?"

Eligio, arrugó su nariz como si algo le apestara, pero no contestó de inmediato. Cuando finalmente lo hizo, preguntó:

"¿Qué pasa con la niña?"

"¿Dónde está?"

"No está aquí." Contestó Eligio visiblemente molesto. "¿Para qué le interesa?"

"Porque he venido para llevármela."

"Eligio, esta vez despertó, abrió los ojos de tal forma que parecían querer salir de sus órbitas, se le vio apretar los puños y casi gritando, exclamó:

"¡Quééééé.....!"

"Eso mismo, lo que acaba de oír."

"Mire señora o lo que usted sea, mi hija no es un saco de chinas o malangas. Si bien es cierto que acaba de perder a su madre, no es menos cierto que me tiene a mí para sacarla adelante. Yo soy el padre y esa es mi responsabilidad."

La ofendida mujer, miró despreciativamente hacia todos los rincones de la casa, hizo una muesca de repugnancia, luego con marcado desprecio, dijo:

"Ja, ja... ¿y aquí en este corral piensa sacarla adelante? Yo le voy a brindar otro tipo de vida más decente, no como esta inmundicia."

Eligio, no se inmutó, por su mente pasaron mil historias que Amanda le había contado sobre los maltratos de su madre. Recordando eso, contestó:

"Oh sí, como la que le promocionó a mi querida esposa, que si no la libro de sus asquerosas manos hubiese terminado prostituyéndola."

La manzana de Adán de la señora subía y bajaba por la indignación que sintió, nunca esperó que Eligio fuese tan contundente y la ridiculizara de esa manera en frente de tanta gente. Su ya agrio rostro se endureció más, temblando visiblemente al hablar, gritó:

"¡Usted es un grosero! Eso o es invento suyo o mentiras de Amanda, yo siempre le proporcioné a ella lo mejor."

"Si así fue, ¿porqué se escapó de la casa y jamás quiso ni que usted supiera de su paradero? "

"Porque usted la engatusó pintándole castillos en el aire." Dijo todo eso señalando con el dedo al pecho." De todas maneras eso nada tiene que ver con la niña, he venido a llevármela y si usted se niega acudiré a la corte. Va a saber de lo que soy capaz."

"Mire bruja, hace tiempo que yo sé de lo que usted es capaz, métase esto en la molleja, si es que tiene alguna, haga lo que le dé su maldita gana, vaya a dónde se le antoje, brinque, salte y patalee, el padre de la niña soy yo y el que determina que se va a hacer. ¿Puede usted entender eso?"

Al oír que Eligio le había llamado bruja, el acompañante tuvo la intención de agredir al ofensor, pero ante la gran cantidad de personas pendientes no se atrevió. Agresivamente, ella volvió a la carga, diciendo:

"Eso ya lo veremos, so canto de estúpido, el que ríe último ríe mejor."

"¡Bien!" Le contestó Eligio, molesto." Si ya hizo y dijo lo que venía a decir, puede agarrar el camino y largarse por dónde vino. Den Gracias a Dios que estamos en un momento solemne y no es tiempo para espectáculos. De lo contrario otra hubiese sido la historia. ¡Largo de aquí!"

"Aguante la mula, pedazo de alcornoque, quiero ver a mi nieta."

"Pues no sé cómo, la niña no está aquí."

"¿Dónde está?"

"Eso no es de su incumbencia."

"Por supuesto que sí, es mi nieta."

"Oh sí, la nieta que nunca vino a ver, ni que se preocupó por ella, ni por la madre. ¿Será usted en verdad su abuela?"

"Eso lo sabrá en el tribunal, mientras tanto, quiero verla."

"Mire señora, si usted hubiese venido con más educación y menos altanería, yo no hubiese sido capaz de negarle verla, pero ante tanta preponderancia, lo único que le mostraré es el camino de regreso, lárguese de mi vista"

La señora estaba indignada, agarró la sombrilla para rompérsela en la cabeza a Eligio, pero se contuvo y volvió a insultar:

"Le aseguro que esto lo va a pagar caro, so mequetrefe."

"Con tan sólo haberla soportado ya lo he pagado caro."

"¡Grosero, pedazo de mierda!"

Alzo el cuello como jirafa que devora la copa de un árbol, meneó su pelo en forma de desprecio, agarró a su acompañante y sin tan siquiera echar otro vistazo al cadáver, sin más insultos se fue por donde había llegado.

Momentos luego se oyó una risotada en el batey de la casa, era Chubasco parodiando la figura de la suegra de Eligio.

Eligio, decidió adelantar el entierro para sábado, toda vez que era más factible encontrar cargadores, el trayecto hasta el pueblo era muy largo y teniendo que trabajar lunes, si lo hacía domingo estarían agotados. Ya para las diez de la mañana se estaban preparando para la partida. Doña Andrea, la rezadora llegó con un grupo de mujeres a rezar el santo rosario, mientras los hombres como si rezar fuese un sacrilegio se alejaron hacia el batey. Para la mayoría de ellos eso de rezar era cosa de viejas, y los pocos que tenían una idea era tan vaga que no sabían ni cuantos ave Marías se rezaban. Cada vez que doña Andrea recitaba, Dios te salve María llena eres de gracia el Señor es contigo bendita tú eres entre todas las mujeres y bendito sea el fruto de tú vientre, Jesús, no faltaba alguien que protestara porque era mucha repetición. Para ellos la vieja nunca terminaría con la cantaleta. Después de todo, la mayoría de ellos venía a tomar pitorro, tanto en el batey como en el trayecto hasta el pueblo. No se sentían mal, a ellos les tocaba el trabajo más difícil, cargar el féretro en hombros hasta el pueblo del petate.

Terminado el rosario retiraron sillas y bancos, el Padre Álvarez dio un responso y una vez terminado, el ataúd fue llevado al batey. Los que iniciarían cargando aseguraban la caja a la plataforma y los suplentes se arremolinaron alrededor. No todos los que estaban en el batey acompañarían el féretro hasta el pueblo. Había que cubrir más de 15 kilómetros por caminos angostos y tortuosos, veredas agrestes, cruces de río, montes, y laderas. Todos eran gente de la montaña acostumbrados a caminar largas distancias, por lo que le distancia no era problema. Una segunda alternativa era llevar el cadáver por carretera, pero las muchas curvas hacían el trayecto demasiado largo.

    La plataforma que sostendría el ataúd era de ocho transversales y además de esos ocho cargadores era necesario contar con otros tantos suplentes, los que a intervalos relevarían a los que se cansaban. El largo y difícil trayecto no hacía posible que se llevasen coronas, las que había, por ser de flores naturales se dañarían en el trayecto. Doña Mica, preparó un ramo con capullos de rosa blancas del jardín de Casa Grande, el que fue asegurado sobre el ataúd. Ese fue el último regalo de doña Mica a la muchacha que tanto cariño le profesó. La gran mayoría de los presentes acompañó al féretro hasta donde el camino real se incrustaba en la montaña, media milla después de la vega. Luego de eso, la comitiva, liderada por Eligio pareció haber sido tragada por la vegetación. Pepito, acompañó al grupo que regresó, pero se entretuvo en el camino recogiendo guayabas y pomarrosas, fue allí que se encontró con Francisca que bajaba a ver a Flora, la hermana del Bolo. Aunque se habían visto en el velorio la noche antes no habían podido hablar mucho porque La Gorda los estaba acosando. La Gorda, había estado chantajeando a Pepito con decir algo que según ella sabía. La verdad era que no sabía nada, a excepción de que Francisca decía que era novia del muchacho. La Gorda, sabía que Francisca le tenía miedo y disfrutaba haciéndoles a los muchachos la vida de cuadritos, razón por la cual durante el velorio no les perdió ni pie ni pisá. Para desgracia de Pepito, el condena' o plante que le gustaba a La

Gorda, no se presentó por el velorio y la muy traviesa no los dejó tranquilos. Tan pronto la vio, Pepito, dijo:

"Te eché de menos en casa de Eligio, porque no se quedó ni el gato."

"No pude venir, mami asistió y yo me quedé a cargo de mis hermanitos. Paty, que a veces los cuida tampoco apareció."

"¿Y ahora, pa' dónde vas?"

"Voy para casa, vengo de traerle algo que mami le mandó a Flora."

No muy lejos de donde se encontraban, a la derecha del camino real estaba la gran ceiba, cuyas raíces en forma de aspas verticales le daban majestuosidad al legendario árbol. Alguien, no se sabía quién, tuvo la genial idea de colocar entre sus raíces un tablón en forma de banco. Con la agradable sombra que proveía, ya que nunca perdía el follaje, había sido lugar de esparcimiento, recreación, reunión y hasta diversas celebraciones por mucho tiempo. Como en muchos otros lugares a través de la isla, la ceiba era el símbolo del área.

Los muchachos se acomodaron en el banco a ver los que todavía venían de acompañar el féretro, muchos de los cuales les decían algo, especialmente al chico, que por tener siempre la nariz metida en todo, la gente le quería mucho. Pepito, continuó, diciendo:

"Mira me encontré estas guayabas peras, son de las buenas, ¿quieres?"

La muchacha aceptó y mientras devoraban las guayabas, él dijo:

"¡Diantre, chica!, te perdiste lo que pasó en casa de Eligio."

"¿Qué pasó?"

"Lo de la vieja emperifollá que apareció al velorio ayer por la mañana."

"Yo oí hablar algo de eso en casa, cuando pregunté me mandaron a callar, diciendo, que los muchachos hablan cuando la gallina mea. Me mandaron a que me fuera, mi mamá siempre que está hablando con hombres no me deja que yo hable."

"¿Por qué?"

"Según ella, porque algunos son muy frescos y como ya yo estoy grandecita se pueden propasar conmigo."

"¿Y porqué ella habla con ellos?"

"Ah, esos son otros veinte pesos, luego te lo cuento, pero dime quién era la vieja y qué pasó. Luego yo te cuento lo de mi mamá."

"Pues que la vieja emperifollá llegó. Vino a caballo y con ella venía un tipo más estira'o que un elástico de pantaletas viejas. Yo estaba jugando con el Bolo cuando llegaron preguntando por la casa de Eligio. En lo que el Bolo les explicaba, yo, aproveché que los caballos estaban cansados, corrí y antes de que ellos llegaran a la casa ya les había avisado."

"¿Qué dijo Eligio?"

"Na, sé quedó sentado en la banqueta y meneó la cabeza como diciendo que sí."

"¿Y tú, te quedaste allá?"

"Ni que seas boba, claro que sí. No todos los días se presentan por aquí ese tipo de gente, más estira'os que el carajo."

"No tienes que decir, carajo. Ya te pareces a Pocho Berraco. ¿Qué pasó, quienes eran?"

"En un principio nadie sabía, sólo Eligio, pero como ni se saludaron nadie tenía idea. La vieja era más flaca que una vara de ahorcar perros, y traía prendas en cantidá. A todo el mundo le causó curiosidad, pero la condená vieja ni miró, ni habló con nadie. El figurín que la acompañaba tampoco abrió la boca ni para escupir."

"¿Pero no dijeron nada, nadita?"

"Así como te lo digo, llegó, se paró frente al ataúd sin mirar a nadie, no quiso café, ni habló y al poco rato fue que la cosa se puso buena."

"¿Por qué se puso buena?"

"La vieja se dirigió hacia Eligio y lo llamó por, usted. Eligio, no le hizo caso, entonces la vieja le dijo, mire usted. Eligio, continuó ignorándola, hasta que el figurín se paró al lado de la vieja. Cuando finalmente Eligio los miró, la vieja le preguntó por la niña. Eligio, le preguntó qué para qué y la vieja con la cara más agria y arrugada que una cidra, le contestó que venía para llevársela."

"¿De veras?"

"¡Así fue, chica! Nunca había visto a Eligio tan violento. Se puso colora'o y agalla'o, le dijo que la nena no era un saco de chinas o yautías. Pero cuando más Emilio se molestó fue cuando la vieja le dijo que quería sacar la nena de ese corral."

"¿Qué le contestó Eligio?"

"Que si era una educación como la que le había dado a Amanda, que lo que quería era proyotuírla o algo así como positura, no sé, no entendí lo que quiso decir, pero fue algo como una palabra de esas domingueras."

Francisca, no entendió al chico, pero se acordó de una palabra que ella había oído en la iglesia cuando el Padre habló de una tal Magdalena. Él dijo que Jesús la amó aún sabiendo que era prostituta. Por eso le preguntó:

"¿No diría prostituta?"

"Me suena, era una palabra así, ¿qué quiere decir?"

"Puta"

"¿Y qué es puta?"

"Una mujer que se acuesta con hombres para que le den dinero."

"¿Para qué se acuestan?"

"Para lo que nosotros llamamos, hacer eso."

"Ohhh, ¿cómo lo que me dijiste que tú mamá hace?"

"Algo así, pero yo no sé sí a ella se le puede llamar de esa forma."

"¿Por qué?"

"Porque yo no sé si cobra por eso, ella dice que son amigos."

"Ahhhhhh."

"¿Y qué pasó después?"

"Que ella llamó a Eligio mequetrefe, y él, la votó como a una bolsa de mierda. La vieja iba que jumeaba, amagó como para darle con la sombrilla pero no se atrevió, y se despidió diciéndole que él era un grosero."

"Pobre Eligio", dijo la chica. "Últimamente le han dado como a pandereta de aleluya, nada le sale bien."

"¿Por qué tú dices qué nada le sale bien?"

"Nada, cosas que dice la gente."

"¿Pero qué es lo qué dice la gente?"

La muchacha estuvo a punto de decirle que don Lelo era el padre de Eligio. Se dio cuenta de que por poco metía las patas y para restar importancia a la conversación, dijo:

"Tonterías que dicen por ahí."

"Eso es lo que quiero saber, ¿qué tonterías?"

Mi amor, hoy se me ha hecho tarde, mi mamá me está esperando, luego continuamos hablando, ¿vale?"

"No se vale, tampoco me has dicho por qué tú mamá no te deja hablar delante de los hombres, quedaste que me dirías. Ahora son dos cosas las que me debes."

"No se me olvida lo prometido, eso va."

Francisca, se alegró, había logrado capear el temporal. Pepito, era demasiado curioso y no se conformaría con su silencio. Para la próxima vez que se encontraran inventaría algo para salir del apuro.

Pepito, en lugar de seguir para la casa, aprovechando que era sábado siguió para la de Juana María. Juana, se encontraba cuidando a Geli, ya que Eligio estaba en el funeral. Al llegar notó que Juana parecía haber llorado mucho, sus ojos estaban hinchados y rojos. Como de costumbre se acomodó atravesado en la puerta, contemplando a Juana, que en ese momento cortaba a tijera algo en una tela blanca, momentos luego supo que era tela de un saco de harina de trigo, pudo leer las letras que indicaban, 100 libras netas. Contrario a otras ocasiones, Juana no se levantó para buscar en la solera, lo que indicaba que hoy no tendría nada para él. Ya que Juana permanecía en silencio, él se decidió hablar y preguntó:

"¿Qué vas a coser allí?"

La buena mujer estaba cortando tela para unas pantaletas, pero era algo que no se lo podía decir al chico, y contestó:

"Jeso eh pa jalgo intimo que no se dice."

"¿Por qué, es malo?"

"No eh que sea malo, eh que no se jacostumbra."

"¿Por qué?"

"Janda muchacho, no seah tan proguntón."

"Si no pregunto no aprendo."

"Jeso está bien, pero jay cosah que no se preguntan."

El chico guardó silencio por un momento, Juana continuó con su hermetismo, Pepito volvió a la carga y preguntó:

"¿Estás triste, verdad?"

"Yaca, la pobre Amanda, tú sabeh."

"A mí también me dio pena. Eso que dicen de que los muchachos somos como los perros no es verdad. Yo lo sentí mucho."

"Yaca, yaca."

"Juana, ¿Te fijaste que el figurín que vino con la vieja emperifollá, tenía una mancha en el culo, qué era eso?"

"Janda, muchacho no seah tan malcria'o, jabla bien. Yo no vi na'."

"Pues yo sí, la gente dice que eso es que se le sale el aceite. ¿Cómo es eso?"

"Ja, yo no seh, ¿poh qué no se lo proguntah a tú pai?"

"No se me había ocurrido."

Juana, no estaba en el ánimo de hablar, tampoco se había levantado a buscar en la solera. Si no había sorullos a Pepito no le interesaba estar allí, por lo que se levantó para irse a la casa. Por el camino iba pensando en Juana, era muy buena con él, pero reconocía que no era bonita, y hoy, luego de haber trasnochado se veía más fea aún. Había llorado, tenía los ojos hinchados y estaba triste, él la vio más fea que el mocho de cortar jabón. Eso lo pensaba, pero no se lo diría a nadie, ella era muy buena y no la quería ofender.

Al llegar a la casa, por mala suerte la primera que encontró fue a La Gorda. En si no la encontró, ella lo estaba esperando y por saludo, le dijo:

"Oye Pichicha, mami hace rato que te está esperando."

"No seas embustera, ella sabe dónde yo estaba porque me dio permiso."

"Sí, pero no fue para que te quedaras hablando con la cara de buruquena."

"Cara de buruquena tienes tú, pelota de grasa."

La llegada de don Lelo evitó que continuasen discutiendo. Luego de haber partido la comitiva fúnebre el agricultor se había quedado hablando con el Padre Álvarez. El asunto de Eligio había creado ciertas discrepancias en la pareja, y a solicitud de don Lelo el Padre estaba bregando con la situación. Aunque la ley no lo obligaba, don Lelo reconocía el derecho de Eligio a ser reconocido, él no tenía problemas con eso. El problema era que por no estar contemplado en la ley, la manera como Eligio lo quería, por el momento no era posible. Eligio, quería recibir un certificado de nacimiento donde él apareciera con el apellido Pierre, y al no haber ley sobre el particular, era imposible. El padre no podía comprender como el hijo no podía entender algo tan sencillo.

Por otro lado, doña Mica, se oponía a que Eligio fuese reconocido oficialmente y no deseaba que usara el apellido del padre. La posición de don Lelo era fustigada por ambas partes y en el medio se encontraba él como el jamón de un emparedado. Consciente de que la muerte de Amanda, que había servido cómo muro de contención entre las partes perjudicaría la situación, el agricultor habló con el sacerdote para que este continuase con la obra de la desdichada muchacha, que logró mantener respeto entre las partes. Por cariño a la joven, doña Mica no había sido más fuerte ante las estupideces de Eligio, y a su vez, por el amor a la esposa, Eligio no había sido tan contundente como deseaba.

Era curioso, pero ahora que Amanda había faltado, las dos partes, por separado empezaron a planificar sus estrategias. La señora, aunque le había hecho una promesa a la difunta y sentía que tendría que cumplirla no estaba del todo conforme y deseaba que Eligio atacara para ella ripostar. De esa manera se estaría defendiendo y no violaría el compromiso.

Mientras tanto, Eligio nunca se llegó a comprometer en nada y sólo esperaba la primera oportunidad para atacar. Estrechó su relación con Nathaniel para que este, por el odio que sentía hacia el cuñado le mantuviese al tanto de lo que pasaba en Casa Grande. Pensando que el licenciado López tal vez no había sido honesto con él, visitó otro abogado en Sabana Grande. Luego de la consulta el abogado le dijo que no podía atender su caso porque tendría conflicto de intereses, toda vez que era representante legal de don Lelo en otros casos de la finca. Eso enfureció a Eligio de forma tal, que aunque no tan abiertamente pensó en abrirle también la guerra al padre. Era cuestión de saber esperar, pero pronto sabrían de él.

De momento Eligio pensó que no debía de empezar su ofensiva todavía, de esa manera cuando diese el cantazo los agarraría desprevenidos. Por su gusto le hubiese prohibido a Juana que no llevase la niña a Casa Grande, pero en este momento no era lo más acertado, lo verdaderamente lógico era permitir que tuviesen la nena cerca, de esta manera los moradores de la casa le agarrarían carriño y cuando el diese el zarpazo les dolería mucho más. Su odio hacia la víbora era tan grande que por su mente no pasaba el daño que eso le podía causar a la pequeña. La nena, que siempre había sido muy apegada a doña Mica cuando llegaba a Casa Grande era tratada a cuerpo de reina. Esa atracción que se había estado desarrollando, unida a la quietud de Eligio que apenas se dejaba ver crearon en la pareja de la hacienda una falsa esperanza al creer que en verdad Eli estaba recapacitando. La señora, que estaba dispuesta a tender la rama de olivo pensó que desde el cielo su joven comadre estaba ejerciendo una intervención divina.

Sin embargo había un dato que en más de una ocasión les inquietaba, ¿por qué Eligio no se dejaba ver?, siendo Juana y Mon los que servían de informantes al respecto. Las pocas ocasiones que doña Mica o don Lelo preguntaron la contestación fue siempre la misma, está trabajando. Lo inusual del caso era que aún los domingos en los cuales no trabajaba también se perdía de vista mientras la casa permanecía cerrada.

Capítulo 35

La boda de Mr. Blanco

Algo no salió como doña Tera esperaba, descubrió que el noviazgo entre Caty y el maestro no era algo momentáneo como llegó a sugerir don Lelo, y decidió que lo mejor era casarlos. Eso de tener al maestro como una estaca visitando a la hija no le hacía mucha gracia. Presionó a don Vice para que le notificara al maestro que tenía que casarse, don Vice no estaba de acuerdo, pero allá se hacía lo que decía la señora. Don Vice, por decir algo, más que por convicción trató de dejarse oír, y sabiendo que su opinión no era válida, dijo:

"Pero Tera, yo creo que deberían esperar que….. "

Doña Tera, le interrumpió, acostumbrada como estaba a que se hiciera su voluntad, dijo:

"¡Que esperar ni que ocho cuartos! Yo no me voy a pasar la vida vigilando ese esperpento mientras desfonda el sofá, si Caty se enamoró que se case."

"¿Pero tú no has pensado que si se casa tan pronto la gente va a creer que lo hace porque tiene la barriga llena?"

"¿Y qué, si hemos tenido que soportar que se haya enamorado de un negro, podemos soportar cualquier cosa. Se va a casar y es ya, no se hable más."

Semanas más tarde, en una sencilla ceremonia oficializada por el Padre Álvarez, la pareja dispareja contrajo matrimonio. No fue una celebración pomposa, pero con la excepción de doña Tera, que permanecía trancada a seises, fue una llena de amor y aprecio. No hubo invitados, si no una recepción abierta a todo el que quisiese asistir a compartir con la pareja. En el gran batey dónde en ocasiones era usado como vaya para las peleas de gallos, se colocaron bancos, sillas y mesas para los asistentes. Aunque la familia no lo solicitó, como muestra de cariño, con la mayor humildad los vecinos trajeron apetitosas comidas, las cuales fueron agradecidas y compartidas por la pareja, familiares y amigos.

Don Lelo, tuvo a su cargo el brindis de la ocasión. En su elocución habló sobre la importancia de la unidad familiar, en la que según él, debía imperar el respeto y la consideración para una feliz convivencia. Cuando estaba explicando en que se debía cimentar ese respeto, Eligio, que se encontraba sentado en una de las mesas del fondo se levantó y visiblemente molesto abandonó la recepción. Algunos no dieron importancia al hecho, otros lo comentaron por lo bajo, hubo quien lo censuró. Para don Lelo y doña Mica, fue como una bofetada, la cual eventualmente traería otras consecuencias. Acostumbrados como estaban a las necedades del acomplejado Eligio, durante el evento no hicieron comentario alguno, pero una vez en la casa era imperativo que saliese a relucir. Doña Mica, que se sintió la más ofendida, tan pronto llegó, dijo:

"Bueno Lelo, ya has visto que la disposición que hemos demostrado para mejorar la situación está fracasando. ¿Qué podemos hacer?"

"La verdad es que no sé cómo arreglar esto. Creí que el acercamiento que hemos tratado mejoraría la situación, pero ya ves."

Contrario a otras ocasiones en que su compañera estaba cerrada al dialogo, don Lelo veía en ella mejor disposición, por lo que dijo:

"La verdad, Mica, que esto me está empezando a preocupar. Aquí hay algo raro, mientras tú por la promesa que le hiciste a la difunta estás en disposición de cumplir, no estoy viendo en él la misma disponibilidad. Nosotros aceptamos apadrinar la nena y lo haremos con gusto, pero luego de ver el rumbo que están cogiendo las cosas no sé sí sería conveniente, el compadrastro es una cosa muy seria. Por otro lado está el hecho de que como padre que soy, él me acepte a mí pero no quiera relación contigo. Eso tampoco puedo aceptarlo porque tú eres mi compañera y él no tiene derecho a chantajear nuestra relación. Nosotros como adultos que somos debemos propiciar el dialogo, pero él tiene la misma responsabilidad."

"Sí, Lelo, pero es que por lo que vimos hoy él no está en la misma disposición."

"Vamos a darle el beneficio de la duda. Tomemos en consideración que al momento está pasando por la pérdida de Amanda y debe de estar depresivo. Démosle un tiempo y de acuerdo a cómo reaccione actuaremos nosotros."

"Lo que piensas tiene lógica, pero el problema es que si se mantiene alejado nunca sabremos lo que piensa."

"Eso no será problema, el Padre Álvarez bregará con la situación."

"¿Cuándo hablaste con él?"

"Lo he estado haciendo por algún tiempo, desde que supe que la muerte de Amanda se acercaba me imaginé que algo así podría pasar."

"¿Qué pasará si las gestiones del Padre no dan resultado?"

"Peor para él, yo no pienso seguir soportando sus necedades."

"Sí, Lelo, ¿pero y la nena?"

"Mica, yo sé el gran amor que tú sientes por la pequeña, y yo cómo abuelo también lo siento. Estoy consciente de que nos comprometimos con Amanda a ser los padrinos de ese angelito. Pero sí él no quiere, ¿qué podemos hacer? Él es quien tiene la obligación de velar por su bienestar. Que sea lo que Dios quiera."

Doña Mica era una persona de carácter fuerte, pero de un corazón que no le cabía en el pecho. Quería mucho a la niña, por ese amor y por la promesa que le hizo a la difunta había sido capaz de echar a un lado las diferencias con Eligio. No había sido fácil, pero estaba dispuesta a cumplir su promesa, por lo que dijo a don Lelo:

"Lelo, yo creo que lo que procede es coger el toro por los cuernos. ¿Por qué no te adelantas y hablas con él? A ti estoy segura que te escuchará, el asunto del bautismo es algo que se debe resolver a la mayor brevedad, ya la nena está grandecita y es una pena que todavía esté mora."

"Tienes razón, hablaré con él tan pronto lo vea."

Tarde en la semana, don Lelo aprovechó un viaje a La Fina, y una vez concluyó su gestión pidió autorización para pasar por la oficina y hablar con Eligio. Este, no pudo ocultar su sorpresa al ver entrar a la oficina la persona que menos esperaba. Por varios días había estado saliendo de la casa temprano en la mañana para evitar un encuentro con su padre y he aquí ahora no podía eludir el encuentro. Luego de parpadear nerviosamente, dijo:

"Hola, don Lelo, ¿qué lo trae por aquí?"

"Necesito hablar contigo, ¿se puede?"

"Sí, por supuesto, siéntese."

"Gracias."

"Bien, usted dirá."

"El día de la boda de Caty, cuando yo estaba dando el brindis, tú te levantaste luego de dar un manotazo en la mesa y abandonaste el lugar visiblemente molesto. Ese tipo de groserías que últimamente has estado cometiendo ya me han cansado. Recordarás que el día que me esperaste frente a la iglesia te hice claro que debías parar esa actitud. Como lo que hiciste en la boda me deja saber que no piensas rectificar, quiero aclarar de una y por todo este asunto.

Eligio, había pensado que en algún momento tendría que hacer frente a la situación, pero no había tenido tiempo para prepararse, el viejo lo había madrugado y no sabía que responder. Decidido a darle largas al asunto, mintió descaradamente, diciendo:

"Don Lelo, yo creo que fui mal entendido. Ese día yo me sentí de momento mal del estómago y tuve que irme a casa. Desde que Amanda murió me he estado sintiendo mal, tal vez porque no he comido bien. Fue una coincidencia que pasara mientras usted estaba hablando, lamento si fui mal entendido."

Don Lelo, estaba seguro que le estaba mintiendo. Al mirarlo fijo a los ojos, Eligio cambió la vista, pero no había forma de comprobar lo contrario. Dado que había venido dispuesto a dejar claro el bochornoso asunto, el padre, le preguntó:

"Bien, te voy a creer, pero dime, ¿piensas seguir con esas estupideces?"

Carajo de viejo, pensó Eligio. No me piensa quitar la garrocha del lomo. No contestó al momento, y luego de un rato, dijo:

"Es….que…..usted sabe….doña Mica…."

"¿Mica, qué?" Interrumpió don Lelo.

"Es que ella no es conmigo cómo es usted y me temo que me agreda o hasta me mate. Usted sabe que por poco me mata cuando…"

"Aquello tú te lo buscaste." Le volvió a interrumpir don Lelo. "Sin embargo ella te envió un mensaje de reconciliación con Juana y tú lo ignoraste. Ella quiere cumplir la promesa que le hizo a Amanda."

"Mamá Juana, no me dijo nada." Volvió a mentir descaradamente.

Nadie podía conocer a Juana cómo la gente de Casa Grande, había estado con la familia Pierre por casi toda su vida. Era una mujer humilde, pero responsable en extremo y le había asegurado a doña Mica que le había dado el mensaje al hijo. Ya seguro de que Eligio le estaba mintiendo, le preguntó:

"¿Te mencionó lo que te mandamos a preguntar sobre el bautismo?"

"No. ¿Qué mandaron a preguntar?"

"Mica, quiere hacerlo lo antes posible y quiere saber tú disponibilidad."

"Pensaré en eso y se lo haré saber con mamá."

"¿Y si se te olvida?" Preguntó el padre irónicamente.

"Me aseguraré que no." Volvió a mentir.

Luego de esa inesperada conversación, Eligio pensó que todo le había salido bien. Por su parte el padre estaba seguro que fue una sarta de mentiras. El que no le mirara a la cara mientras hablaron se lo ratificaba. De todas maneras don Lelo le daría a la esposa su opinión de la entrevista. Sin embargo, tenía que reconocer que el hijo no había estado tan altanero cómo en otras ocasiones.

Hablando con la esposa, don Lelo le informó de la aparente disposición sobre el bautismo. Había acordado notificarle con Juana al respecto. Doña Mica, le pidió a Juana un trajecito de la nena para tomarlo como medida del que le mandaría a preparar para el bautismo. Luego de esto era cuestión de esperar porque Eligio notificase la fecha.

Dos semanas después Juana le notificó a la pareja que Eligio estaba de acuerdo a celebrar el bautismo el último domingo del mes. Don Lelo, le habló al Padre Álvarez para llevarlo a cabo después de la misa a las once de la mañana. Aunque no hablaron con Eligio, Juana les sirvió de enlace y todo quedó planificado para la cristianización de la niña.

Melín, una de las costureras del barrio le confeccionaría el trajecito y desde Yauco le traerían unos zapatitos españoles y los demás accesorios. No había celebración planificada, pero si un almuerzo en Casa Grande, donde entre otros asistirían Eligio, el sacerdote, Juana, Tu Yeyo, Mon, Juan López, Melín, Genaro, doña Socorro y Sica. Doña Mica, quería vestir a la nena, pero en ausencia de Amanda, Eligio reclamó ese derecho y doña Mica lo encontró razonable. Para los padrinos lo importante era cristianizar a la niña, cumplir el compromiso contraído con Amanda y mejorar las deterioradas relaciones. Luego de los tumultuosos incidentes pasados, se veía una luz al final del túnel.

Don Lelo, en conversación con doña Mica le llegó a comentar, que él veía sospechoso que Eligio utilizase a Juana para coordinar y no hubiese osado acercarse para ponerse de acuerdo. Doña Mica, dijo haberlo pensado también, pero entendía que luego de haberse agredido mutuamente era natural que todavía hubiese recelo entre ellos. Sin embargo, a pesar de esa duda momentánea iban por buen camino.

El último domingo del mes, día del bautismo, amaneció esplendoroso. No había llovido en toda la semana y la iglesia estaba llena a capacidad. Los bautismos no eran corrientes en el barrio y el único que había programado era el de Geli. En el primer banco se sentaron La pareja de Casa Grande, Tu Yeyo, La gorda y Pepito. En el otro banco frontal, Juana, Mon, Genaro, Socorro y Melín.

La misa empezó sin Eligio haber llegado, pero lo esperaban en cualquier momento. Juana, nerviosamente no dejaba de mirar hacia atrás en espera de verlo aparecer. La misa terminó y Eligio no había llegado. Esperaban su aparición en cualquier momento para iniciar el bautismo, pero el tiempo pasaba y nadie sabía de él. Algunos de los asistentes habían esperado por la ceremonia, pero al pasar el tiempo fueron abandonando la iglesia, dónde sólo quedó el grupito interesado. Don Lelo, envió a Mon para que le dijese a Eligio que estaban esperando por él, y éste regresó a los pocos minutos informándole que Eligio no estaba en la casa. Había encontrado la casa cerrada, y la yegua no estaba en el corral, lo que indicaba que había salido. Esperaron media hora más, para luego convencerse que nunca llegaría, no le quedó otra alternativa que afrontar la realidad, Eligio, a lo mejor era prematuro pensar así, pero los había engañado jugándole una mala pasada.

Eligio, tampoco apareció por su casa, la cual permanecía cerrada. El grupo que pasada la espera estaba reunido en Casa Grande, especulaba a su manera. Aunque no les supo igual, consumieron el almuerzo que ya estaba preparado y se fueron a las casas. Dos horas más tarde Sica regresó acompañada de Francisca, vino para aportar luz al asunto. Luego de un breve intercambio de expresiones envió a Francisca a jugar con Pepito, y preguntó a doña Mica si había sabido algo del paradero de Eligio.

"No, parece que se lo ha tragado la tierra."

"No doña Mica, no se lo ha tragado la tierra, yo no le puedo decir dónde está porque no lo sé, pero sí le puedo asegurar que los ha engañado."

"¿A qué te refieres?"

"A lo del bautismo."

"¿Qué pasa con eso?"

"Que a la misma hora mientras ustedes lo estaban esperando aquí en la iglesia, él la estaba bautizando en la católica de allá arriba."

Doña Mica, parpadeó antes de abrir los ojos del tamaño de bolas de billar, abrió la boca asombrada y cuando habló fue para preguntar:

"¿Y cómo tú sabes eso?"

"Me lo acaba de decir la comay Santia, la ayudante del Padre Ortiz en la misa."

"Sica, ¿lo qué tú me estás diciendo, es seguro?"

"Pues sí, lo suficiente para decirle que el padrino fue Felipe Lebrón y la esposa fue la madrina. Luego del bautismo vieron a Eligio montar la nena en la yegua y hasta este momento nadie lo ha vuelto a ver, ni saben dónde está."

"Sica, tú que te relacionas con la gente de allá arriba, ¿crees que me puedas averiguar si está escondido en alguna casa de La Fina?"

"No creo que me sea difícil, pero yo dudo que esté por allí."

"¿Por qué?"

"Santia me lo hubiese dicho."

"Bueno, ya aparecerá lo que sea."

"Doña Mica, en su caso yo no me preocuparía, no vale la pena."

"Ah chica, lo menos que me preocupo yo es por él, lo que me preocupa es la nena. Desde que Amanda murió, la pobre rueda más que un carro de bueyes y me temo que eso terminará afectándole."

"Eso es cierto, pero aunque le cause daño a la niña él seguirá escondiéndola."

"¿Y eso?"

"Por usted."

"¿Por mí?, no entiendo."

"Sí, lo que pasa es que él la culpa a usted de todos sus tropiezos, sabe que usted sufre por la nena y la usa a ella para desquitarse de usted."

Por la mente de doña Mica no había pasado la idea de que Eligio estuviese usando la niña como una represalia en su contra, pero lo dicho por Sica tenía sentido. A raíz del asunto del bautismo don Lelo y ella habían estado analizando el extraño comportamiento de Eligio, pero entre las razones analizadas no se les ocurrió esa posibilidad. Con un ceño de preocupación en el semblante, le preguntó a Sica:

"¿Eso te consta o es una suposición?"

"Me consta a mí y a todo el mundo, él no se ha ocultado en decir por ahí que le hará la vida imposible a usted mientras viva."

"¿Qué tú sepas, se lo ha dicho a alguien en particular?"

"Me lo dijo a mí."

"¿Por qué a ti?" '

"Esa misma pregunta me la he hecho yo varias veces. Él nunca ha tenido conmigo amistad cercana. Yo he llegado a la conclusión que como sabe de la amistad entre nosotros, su propósito fue para que yo se lo contara a usted."

"¿Cuándo fue eso?"

"Unos días antes del bautismo."

"En otras palabras, ¿tú sabías que él no nos permitiría ser los padrinos?"

"No, doña Mica, ni idea de eso. Él me aseguró días antes que ustedes iban a ser los padrinos de la nena, pero que eso no cambiaría la antipatía que siente por usted. Yo le dije que el compadrastro era una cosa muy seria, y me contestó que el compromiso con ustedes lo había hecho Amanda, pero no él. Pero de lo que hizo no me dijo ni jota, nunca lo imaginé. Hace unos momentos que Santia me contó lo que él había hecho, he empezado a atar cabos y llegado a la conclusión de que lo tenía todo planificado. Por eso he corrido a decírselo."

"Creo que lo has hecho bien, aunque te confieso que es algo que me llena de pena, como te dije antes, por la niña. Esa niña cuando la madre vivía, aún estando enferma, nunca se vio sucia ni mal vestida. Ahora da pena verla y eso es lo que me parte el alma. Lo triste del caso es que siendo él el padre nadie puede hacer nada. En este mismo momento que estamos hablando, sabe Dios cómo estará."

"Yo la entiendo doña Mica, pero a juzgar por lo que le he dicho es mejor que lo ignore, de lo contrario Eligio, que ya debe de haber notado que usted sufre por la nena, por desquitarse de usted, la descuide más."

"Me apena que esto esté pasando, la culpa de los padres no deben de pagarla los hijos y mucho menos cuando son pequeños y no saben defenderse."

Cuando la pareja analizó lo dicho por Sica, don Lelo se sintió mucho más afectado de lo que doña Mica había esperado. Para el agricultor que tras muchos intentos de incorporar el hijo a la familia había fracasado, el asunto resultó doblemente doloroso. Por un lado estaba Eligio, a quien no parecía importarle la situación, y por otro, la nietecita, que no tenía culpa de nada y el hijo la estaba usando para saciar su sed de venganza y desprecio hacia ellos. Esta cruel realidad le llevó a una decisión que nunca esperó tener que hacer, no buscar más ningún acercamiento con el hijo. Si en algún momento Eligio venía a él, lo recibiría con los brazos abiertos por que era su hijo, pero si no volvía pensaría que nunca lo fue. Con dolor en el alma, le dijo a doña Mica:

"Sabes Mica, he decidido que voy a dar por cerrado este capítulo, ya estoy viejo para agotar las pocas energías que me quedan en algo que mientras más lo busco más lejos está. A lo mejor como lo que él desea es llevarnos la contraria cuando se dé cuenta de nuestra indiferencia entonces venga, el problema es que tal vez sea tarde."

"Yo lo creo así también, pero a mí lo que me preocupa es la nena, ella no tiene la culpa."

"Sí, Mica, pero él es el padre y no hay nada que podamos hacer."

"Lo sé, pero eso no me impide que me dé pena, ya quisiera poder olvidarlo."

La pareja había tomado en consideración mudarse a la ciudad. El hecho de que la educación de los hijos lo requería, hacía la decisión imprescindible y al efecto ya habían visto algunas propiedades. Siendo la mudanza cuestión de poco tiempo, pensando en ello, don Ielo, dijo:

"No te preocupes, Mica, tú por lo menos ahora que nos vamos a mudar se te hará más fácil olvidar a la niña, yo tal vez no tenga la misma suerte"

"Con la mudanza cambiará el escenario, pero la trama y los personajes continuarán siendo los mismos. Eso nada me lo borra de mi mente."

"Cierto es Mica, pero será cuestión de tiempo, es el único que sana las heridas. La peor situación es la mía, por el momento tendré que permanecer aquí y eso es como estar en el ojo del huracán."

"Tal vez no sea tan violento, tú sabes que el odio de él es hacia mí, una vez yo esté fuera del panorama, él pierda el principal objetivo de su batalla. El tiempo dirá."

Tal como Sica le prometió informarle a doña Mica sobre el paradero de Eligio, regresó para notificarle. Esta vez fue acompañada por Francisca, a la cual dio permiso para ir con Pepito. La Gorda, siempre que veía a la muchacha gustaba de hacerle la vida imposible y en esta ocasión no fue diferente. Tan pronto los vio juntos los seguía sin ocultarse, era cuestión de molestarlos. Los muchachos al sentirse vigilados se sentaron en la muralla del glácil de arriba.

Francisca, molesta por la vigilancia de La Gorda, dijo:

"Mi may tenía que hablar con doña Mica y me alegré porque me trajo, hacía tiempo que no te veía, tenía muchas ganas de verte."

"Yo también tenía ganas de verte, hace días que no venías por aquí."

"Es que mami está trabajando y yo tengo que cuidar a mis hermanitos, hoy pudo ser porque Esmeralda se ofreció a cuidarlos. Tú sabes que quedamos en vernos y a mí no se me ha olvidado, me haces mucha falta cuando no te veo. A veces sueño contigo."

"Tú me haces falta también, eres mi novia y me salvaste la vida. La última vez que nos vimos me prometiste algo. ¿Te acuerdas?"

"Claro que me acuerdo, pero si no se ha podido, ¿qué puedo hacer? Ahora que yo venía con deseos de estar sola contigo está la cara de puerca velándonos. Me gustaría algún día poderle caer encima, me debe muchas."

"No le hagas caso, ella es así con todo el mundo, está complejá."

"Será que como es gorda odia a los flacos."

"Ay, olvídate de La Gorda, ¿qué es lo qué venías a decirme o me vas a enseñar?"

"Nene, aquí no se puede."

"¿Por qué no?"

"Ay, no te hagas el estúpido que tú sabes."

"Yo no sé na' por eso te pregunto."

"Pues quédate burro porque aquí no se puede, La Gorda está velando."

"Pero por lo menos dime, ¿qué es? Ella no está oyendo."

"Es algo que escuché las otras noches cuando mi may estaba con un novio en el cuarto. Ella creyó que yo estaba dormida, pero lo escuché todo."

"¿Qué oíste, dime?"

"Mi may le pedía al novio que le acariciara las nenas y cuando él se las acariciaba ella gemía de placer, diciendo repetidamente que se moría del gusto."

"¿Y qué son las nenas?"

"Me imagino que se refería a las titis."

"¿Por qué tú crees qué son las titis?"

"Porque la última vez cuando tú me las estabas acariciando yo por poco me muero del gusto. ¿Te acuerdas?"

"¡Claro que me acuerdo! ¿Cómo voy a olvidar eso? Yo también estaba en las nubes cuando tu metiste la mano allí, parecía que algo iba a explotar."

"Pues aquello que empezamos es lo que quiero continuar, como en esta semana no hay clases voy a tratar de encontrarnos, estate pendiente cuando pase por el camino."

Dos días más tarde la muchacha cumplió lo prometido, aprovechando que Esmeralda había venido a cuidar sus hermanitos vino en busca de Pepito. De primera ocasión no lo encontró, y al continuar su camino hacia la vega lo encontró jugando con el Bolo. Hablaron un rato entre los tres, luego ella y Pepito siguieron el camino a las pomarrosas. Se sentaron en un yagrumo bien grueso que don Lelo había cortado para arreglar el burro de los muchachos. El chico dejó a un lado una bolsa que traía y ella por curiosidad, preguntó:

"¿Qué traes allí?"

"Unas gundas que mami me mandó a buscar."

"Pa', qué?"

"Quiere hacerle un mejunje a Nathaniel, está enfermo del estomago. Yo por mi gusto no hubiese buscado na', bastante hijo de la gran puta que es, si se muere no se pierde na'."

"No seas malcria'o, habla bien."

"No puedo hablar bien porque él es bien malo conmigo, el muy sinvergüenza no se esconde para decir que yo soy un asqueroso. Tanto él, como mi abuela me odian, y yo los odio a ellos."

"Mejor hablemos de otra cosa, para eso te busqué."

Se habían sentado uno junto al otro. La muchacha puso su mano derecha sobre el muslo de Pepito, como siempre que estaba con él sentía un cosquilleo agradable que le recorría su juvenil anatomía. Había pegado su cuerpo al del chico y no le fue difícil besarlo en la mejilla. El chico de momento, preguntó:

"¿Tú me quieres mucho?"

"Seguro, tú eres mi novio y los novios se quieren mucho. ¿Por qué me preguntas?"

Francisca había empezado su esperado jugueteo y frotaba el muslo del muchacho subiendo su masaje a medida que una agradable sensación empezaba a dominarle el cuerpo. Pepito, no actuaba, por lo que la chica le cogió su mano izquierda y se la colocó por debajo de la blusa. Contrario a otras ocasiones el chico no respondía como la muchacha esperaba, no era el mismo de otras ocasiones, por lo que ella, preguntó:

"¿Qué te pasa mí amor, ¿tienes miedo?"

"Es que no puedo, estoy pensando en algo que tengo que decirte."

Ella no podía comprender que hubiese algo tan importante como para que al chico no le gustara lo que ella le estaba haciendo. Pepito, no tenía el semblante alegre de otras veces, y ella creyendo haber hecho algo malo, preguntó:

"¿Qué te he hecho?"

"Tú, nada. Es que se ha presentado algo que me tiene muy triste."

Francisca, retiró la mano de donde la tenía puesta, quitó la del chico sin que este pusiese objeción, se arregló la blusa, lo miró fijamente a los ojos notando que los tenía aguados, con preocupación, dijo:

"¡Diantre mi amor! ¿Pasa algo serio?"

La garganta de Pepito se negaba a dejar salir sonidos, no podía hablar. Su mirada enfocada a ningún sitio en particular parecía no ver, no miraba a la chica y las lágrimas se multiplicaron. Francisca, asustada, pero con ternura le pasó la mano sobre el hombro, respetó su silencio y al cabo de un rato, le dijo:

"Si no quieres decirme no lo hagas, pero por lo menos dime si tiene que ver conmigo."

"Es que....que....en casa se....quieren mudar para el pueblo."

Ahora fue la muchacha la que guardó silencio. Gruesas lágrimas empezaron a lavar sus mejillas, apretó al muchacho contra ella y así se mantuvieron mucho rato en que lo único común entre ellos fueron las lágrimas. El tiempo parecía haberse detenido, aún el cántico de los pájaros parecía lejano, pero ellos tampoco lo oían. No supieron cuanto tiempo estuvieron abrazados, mudos, adoloridos y ausentes. Finalmente, ella preguntó:

"¿Cuándo será eso?"

"No sé, pero no debe de tardar mucho, debemos estar allá cuando las clases empiecen, mami quiere apuntarnos en la escuela. Los hermanos míos están contentos, pero a mí no me hace gracia, yo no quiero irme."

"¿Qué opinan ellos?"

"La Gorda, está loca por irse, dice que allá hay más muchachos. Robi y Loria estudian en Yauco, para ellos no es problema, las dos más chiquitas no tocan ningún pito y a mí la idea no me gusta nada."

"Debe de ser excitante, ¿por qué no te gusta?"

"Porque esto es mi sitio, aquí te tengo a ti que te quiero mucho, a mis animales, mis amigos, mi barrio y todo. También tengo que dejar a Kaki. No....no....no... eso no es justo, no quiero irme."

Francisca, era una niña muy madura para su edad. Los descuidos de la madre que no se daba cuenta del daño que le estaba causando, le había creado curiosidad por el sexo. La niña por el gran amor que sentía por la madre pensaba que siendo su mamá una persona tan buena no podía hacer nada malo. La madre alegaba que las visitas que recibía eran sólo novios, y si eso era así lo que ella hacía con Pepito tampoco era malo, porque él era su novio. Fuera de esa curiosidad por el sexo, era muy inteligente, y con lógica, dijo:

"Amor, a mí me parte el corazón que te vayas, tú eres mi novio, mi amor y lo que más yo quiero, pero piensa que allá podrás ir a la escuela y no te quedarás burro. No sabes lo que diera por poder irme contigo y tener la oportunidad de ir a la escuela, aquí me quedaré bruta. Gracias a Dios que tienes esa oportunidad."

"A mí no me gusta la escuela, si estudio mucho me puede pasar como a Mr. De Jesús, que estudió y si no salta por la ventana lo pican como pa' pasteles."

"De eso no te dejes llevar, porque Mr. Blanco es más prieto que la noche y se llevó una mujer rubia de ojos verdes. Todo por ser maestro."

"Sí, pero ya Caty se estaba quedando jamona."

"Pero no por falta de candidatos, habían muchos que estaban locos por ella."

"Si tenía tantos candidatos, ¿porqué no se había casado?"

"Mi madre dice que el amor de su vida fue Eligio y que Nathaniel siempre estuvo enamorado de ella. Según mami muchos de los problemas que ha tenido Eligio han sido causados por los celos y la envidia que Nathaniel siempre tuvo, por la preferencia de Caty hacia Eligio. Nathaniel se ha dedicado todo el tiempo a meter cizaña al extremo de envenenar a Eligio y éste ha sido tan tonto que ha caído en la trampa. Mi mamá dice que Caty se casó con el maestro por que se decepcionó cuando Eligio vino casado y quiso darle en el casco.

"¿Qué es eso de darle en el casco?"

"Que lo hizo por revelarse contra él."

"¿Qué hará Eligio ahora que quedó viudo?"

"No sé, él esperaba que al faltar Amanda, luego de pasar un tiempo Caty lo aceptase, pero le salió el tiro por la culata, el negro lo madrugó."

"¿Cómo tú sabes todo eso?"

"Porque Santia, es bien amiga de Eligio, él le cuenta todo lo que hace y como ella es comadre de mami se lo cuenta. Aunque no me dejan hablar porque dicen que los muchachos hablan cuando la gallina mea, yo lo oigo todo."

"¿Por qué son comadres?"

"Santia es mi madrina."

"Eso de que un negro le levante la novia a un blanco está más feo que na', con razón Eligio está como loco en estos días."

"¿Por qué tú dices que está como loco?"

"Eso le dijo Juana a mami cuando el asunto del bautismo."

"Ah, pero esos son otros veinte pesos, Eligio lo hizo por chavar a tú mamá."

"¿Por qué?"

"Porque no quería que doña Mica fuese la madrina de la nena."

"Eso lo sé, lo que no sé es la razón."

"Según Eligio, tú mamá nunca lo ha querido a él, y para desquitarse hace lo imposible por chavarla. Él dice que doña Mica es la persona más mala que jamás ha conocido y no estará tranquilo hasta que la fastidie. Santia, dice que el asunto explotará cuándo Eligio aparezca."

"No va a pasar nada, Eligio no es tan tonto como para aparecerse por casa. Yo oí cuando mami dijo que si lo coge lo mata."

"¿Y tú papá que opina de eso?"

"Nada, papi es más tranquilo, hasta el momento no ha dicho nada."

"Para que veas cómo es la cosa, don Lelo es el que tiene que opinar."

"¿Porqué mí pai?"

"Porque él es….."

No terminó lo que estuvo a punto de decir. Ella sabía que Pepito ignoraba la relación entre padre e hijo. Guardó silencio pensando en que decir al chico. Éste, curioso, preguntó:

"¿Porqué mí pai qué?"

"No, no es na', es que tengo que irme. He pasado demasiado tiempo por acá y tengo que regresar, pero no te apures que regresaré pronto."

"Te quieres ir por no decirme, pero si no bienes yo iré. No creas que me voy a conformar con que te vayas sin decirme."

"No mi amor, es que es tarde, te prometo que regreso."

"Te voy a creer, pero no te acostumbres."

Caminaron hasta el camino real donde se despidieron. Francisca, se sintió aliviada de haber podido capear el temporal. Para cuando volviesen a verse ya se le ocurriría algo para decirle al chico. Por su parte, Pepito estaba seguro que la muchacha ocultaba algo y si no volvía en un par de días, él iría por ella. De todas maneras siempre iría a verla, pronto se mudarían y quería pasar más tiempo con ella."

Días luego aprovechando un viaje a La Fina, a través de sus relaciones don Lelo supo que Eligio había solicitado dos semanas de ausencia, lo que significaba que pronto estaría de regreso. Se había propuesto no buscar más al hijo, pero sentía curiosidad por saber la reacción de éste a su regreso. Sabía que él cómo era innato tomaría las cosas con calma, pero no así doña Mica, que decía que si el hijo se cruzaba en su camino sería capaz de matarlo y la señora nunca amenazaba en vano.

Eligio, estaba de regreso, pero antes de llegar a su casa paró en casa de Santia, su amiga, para por medio de ésta enterarse de la reacción habida en Casa Grande por el engaño que les planificó tan magistralmente. Estaba orgulloso de su travesura y no se iría a la casa sin antes enterarse. No se equivocó, Santia, por medio de Sica advirtió a Eligio que se abstuviese de presentarse cerca de Casa Grande. La señora había jurado que si se cruzaba en su camino podía darse por muerto. No sabían si era una mera expresión lingüística o no, pero con el genio de la señora era mejor no averiguarlo. El que la señora se hubiese molestado, compensaba a Eligio por todas las amenazas que ella pudiese advertir. Estaba alegre por el resultado, sin embargo tenía un problema, su casa aunque al otro lado del camino real, quedaba casi de frente a Casa Grande. Eso hacía casi imposible entrar y salir sin ser notado. Esa noche evitando ser visto llegó a su casa bien tarde, cerró la puerta que daba hacia el camino, acostó a Geli e hizo lo propio en la cama del lado. Por la mañana aún antes de que amaneciera buscó a Juana para que se quedase con la nena y no había salido el sol cuando ya iba de camino a La Fina. Paró en casa de Nathaniel y le pidió que le convirtiera la ventana que daba hacia el cafetal en una puerta, la cual utilizaría para entrar y salir sin ser visto.

En los días sub siguientes Eligio estaba viviendo una pesadilla, se escondía para no ser visto desde Casa Grande, se abochornaba de darle cara al Tu Yeyo, tenía que esconderse del sacerdote, a quien también había engañado, y como si fuera poco también se escondía de los indeseables del barrio, que cuando lo veían venir le gritaban:

"Corre Eligio corre, corre que te cogen, allá viene doña Mica" y otras cosas más.

El temor al hostigamiento era tanto que se quedaba trabajando hasta bien tarde y así poder llegar a la casa sin que lo viesen. La situación era tan desesperante que pensó conseguir casa en otro lugar fuera del barrio, idea que tuvo que descartar porque si se iba lejos, Juana no podría cuidarle la nena.

En la costumbre que estaba desarrollando de trabajar hasta tarde para evitar ser visto o molestado, se olvidó que los viernes a esa hora su padre subía hacia la tienda de Pellín. Por Kaki, el perro de Pepito, que acompañaba a don Lelo y se había adelantado marcando el camino con sus orines, Eligio supo que su padre se acercaba. ¡Maldición! Tanto que había rehuido ese encuentro y ahora tenía que enfrentarlo. Su mente trabajaba a capacidad en busca de una posible salida. Mientras miles de pensamientos cruzaban por su mente, a lo lejos, en la semi oscuridad de la noche vio emerger la figura del agricultor. ¿Qué haría, le hablaría primero o dejaría que su padre iniciara la conversación? Pensó rápido, no hay mejor defensa que el ataque y eso haría, hablaría primero, no sabía que le diría pero lo haría primero. Paró su montura al lado del camino y esperó un momento que le pareció una eternidad, cuando don Lelo llegó justo a su lado, Eligio sin desmontar del caballo, dijo:

"Hola, don Lelo, quiero hablar con usted."

El buen hombre no hizo nada por detenerse, pasó por el lado de la montura como si no hubiese nadie en el camino. Cuando Eligio vio que su padre no parecía tener la intención de responder, volvió a decir:

"Don Lelo, pare, tengo que hablar con usted."

El agricultor no se detuvo en ningún momento, cuando volvió a perderse en la oscuridad, a sus espaldas continuó oyendo, don Lelo pare... don Lelo pare... Mientras la inmóvil figura de Eligio sobre su montura adquiría en la noche apariencia de estatua Griega.

Eligio, nunca esperó que la persona que era conocida por su ecuanimidad lo ignorase tan despiadadamente. Por su mente pasaron las muchas ocasiones en que luego de él haber cometido algún error, aún cuando todo el mundo lo juzgaba, el buen padre siempre estuvo dispuesto al dialogo y al perdón.

Llegó a su casa con un humor de los mil demonios. Juana hacía rato que lo esperaba por que el Tu Yeyo no quería que ella llegase sola siendo de noche, y había venido por ella en dos ocasiones. Le sirvió la comida y él la rechazó de mala manera. Juana era una mujer humilde, había trabajado casi toda su vida con la familia Pierre y nunca nadie la maltrató, no estaba acostumbrada al maltrato. El mero hecho de ser tan a la buena de Dios era suficiente para que todo el mundo la respetara. Sorprendida por la grosería del hijo, dijo:

"Mira jijo, yo seh que jultimamente tú jas estao lleno de problemah, pero jeso no quiereh deci que te vengah a desquitah conmigo, yo no tengo la culpa."

"Yo no digo que la tenga, pero no deja de tenerla."

"Ehh, ajora sí que me chavé, ¿y poh qué yo?"

"Ma, usted sabe que la mayor parte de mis problemas son por lo que ha pasado con esa vieja víbora."

"Mira, jijo, tú sabeh que nunca tuviste problemah con jella jantes. Bien sabeh que esoh sinvergüenzah del barrio te jan esculcao tuh complejoh. Tú de bruto cajiste en la trampa y le jas echao culpa a jella. Eso no jeh culpa mia."

"Sí, ma, usted ha sido siempre una huele fondillos de ellos, y por eso no me respetan."

Juana, no contestó, fue a la cocina, agarró una raja de leña de las usadas en el fogón y sin mediar palabras le atracó al malcriado hijo tremendo leñazo. Eligio, pudo bloquear parcialmente el cantazo que iba dirigido a la cabeza, pero no lo suficiente para que le rosara una oreja y le lastimara el brazo. Antes que Juana le repitiera la dosis le agarró la raja de leña y asustado, gritó:

"¡Ma', está loca, me va a matar!"

"Te voy a rompé la cabeza poh malcriao."

"Perdone ma', no quise ofenderla. No sé qué me pasa, todo me sale al revés."

"Na' te sale, tu loh dañas con esa estúpida manera de ser y tuh metías de pata. No te dah cuenta que tú jereh un viejo y cada día jestah mah loco."

"Usted tiene razón, madre, pero es que en verdad siento que no pego una. Ahora mismo me acabo de encontrar al jodío viejo ese, traté de hablar con él y me ignoró."

"¿Qué jodio viejo?"

"¿Qué viejo va a ser?, el pai mío."

"¿Y tú creeh que con jesa forma tan grocera de llamarloh te va a atendeh? Mí jijo, de jeso eh que jestamoh hablando, ¿te dah cuenta?"

"Es que él nunca se me había negado, aunque todo el mundo me atacara, siempre podía ir dónde él. Ahora no me quiso ni mirar, me pasó por el lado como si yo no existiese."

"Jeso teh lo buscahte tú, jel te jabía advertio."

"Ma', voy a necesitar que usted hable con él."

"Mira, jijo, esoh si que no me jatrevo, ya jelloh no quieren saber de ti."

"Yo entiendo, ma', pero es que si no resuelvo esta jodienda voy a tener que largarme de todo el barrio, no sólo por ellos, es que los hijos de puta del barrio me están volviendo loco."

"Jeso diviste pensarlo antes de meteh la pata."

Eligio, pensó que con Juana estaba perdiendo el tiempo, se fue a la cama pensando qué hacer para lograr un acercamiento con el padre, ya que ni pensar que lo lograra con la víbora.

Al otro día, sábado, sólo trabajó la mañana. La tarde la pasó en casa de Santia, y como a las cuatro fue a visitar a Sica. No iba en plan de conquista, como sabía de la buena relación de ésta con la víbora, intentaría que Sica le ayudase con la gestión. Al verlo llegar, Sica lo saludó con una pregunta:

"¿Te irás a morir? Tú nunca te has contado entre mis novios."

"Déjate de jodiendas, hoy no estoy para sarcasmos."

"Pues entonces, ¿qué rayos te ha picado?"

"Es que necesito tú ayuda, eres la única que lo puede hacer. Lo intenté con mi madre y sé negó rotundamente y como si eso fuese poco me atracó un leñazo." Lo dijo a la vez que le mostraba el brazo con un moretón negro.

"Pues si es tan difícil cuídate, no sea que yo te atraque otro leñazo."

"No jorobes Sica, tú lo coges todo a relajo. Si no me puedes ayudar, dilo. Bastante tengo con los hijos de puta del barrio."

"Pues habla, ¿qué rayos quieres?"

"Eligio, no tenía mucha confianza con Sica, últimamente la buscaba por conveniencia, y a la servicial mujer así le constaba. Conociendo la gran amistad de ésta con la víbora era la persona ideal para ayudarle. Pensando en ello, le dijo:

"Como tú sabes yo he cometido unas metidas de pata con don Lelo y la señora. Como todo el mundo, sé de la amistad tuya con ella y necesito que me ayudes."

"¿En qué?"

"Buscar un acercamiento con ella, ya lo intenté y he fracasado."

Sica, hizo una muesca en cuya expresión denotaba que no era sencillo. Como todos en el barrio, conocía el carácter de su amiga y sabía que no era lo mejor tenerla de enemiga. Por conocerla tan bien, luego de pensar, dijo:

"Eligio, tú conoces mi disposición para ayudar a todo el mundo, pero eso es algo tan personal que prefiero no inmiscuirme."

"No te pido que te inmiscuyas, si no que intercedas."

"Mira Eligio, yo estimo mucho la amistad de doña Mica y no estoy dispuesta a hacer nada que la pueda empañar, lo siento no puedo ayudarte."

"¿No puedes o no te atreves?"

"Las dos cosas, tú mejor que nadie lo sabes, por eso has venido a mí."

"Nunca imaginé que una persona de tanta experiencia como tú se acobardase de algo así."

"Sica, entendió que Eligio trataba de insinuar algo de su afición por el sexo opuesto, y con toda premeditación, le bajó fuerte, diciendo:

"Sí, tengo mucha experiencia en asuntos que ya tú conoces, pero tengo más en ser agradecida y no morder la mano o traicionar a los que con generosidad me brindan su amistad desinteresadamente."

Eligio, no esperaba que Sica le bajara tan fuerte. En otras circunstancias le hubiese dicho algo de lo que le vino a la mente relativo a lo que ella conocía, pero si había venido por ayuda no le convenía actuar a la ofensiva. Decidió ignorar la agresividad y calmadamente, dijo:

"Perdona, chica, yo no pretendí ofenderte."

"No me he ofendido por tú comentario, pero como últimamente peleas hasta con tú sombra, creí que venías al ataque."

"No puedo venir al ataque si vengo a pedir ayuda."

"Pero es que ya te dije que no puedo ayudarte, ¿por qué no hablas con don Lelo?"

"Ya lo intenté y me ignoró, por eso vine donde ti."

"Eligio, con sinceridad te digo que no creo que haya nadie capaz de ayudarte en algo así, que no seas tú mismo."

"¿Por qué crees eso?"

"Las locuras que tú le has hecho a ellos son de conocimiento público. Han sido cosas serias que ellos se han sentido ofendidos, siendo esa la situación, dudo que quieran entrar en conversaciones contigo. ¿Quién se atreve ponerle el cascabel al gato? Yo, no."

"Es que ellos también me han hecho cosas malas a mí, sobre todo ella. ¿No me digas que tú lo ignoras?" Quiso volver a justificarse.

"Nadie lo ignora, Eligio. Lo que pasa es que todo fue en respuesta a tú proceder. Lo que ella te ha hecho es de conocimiento general, pero que yo sepa todavía nadie te ha dado la razón. ¿Has pensado en eso?"

"Lo que pasa es que......."

"Lo que pasa es que nada." Le interrumpió Sica. "En este bendito barrio todo se sabe, y por lo mismo yo dudo que encuentres alguien que se atreva echarte una mano."

Eligio, estaba nervioso, nunca pensó que el plan que con tanto ingenio él estructuró fuese a tener éstas consecuencias. Exteriorizaba el nerviosismo aplastando terrones con el taco de su zapato, y en más de una ocasión pensó que le gustaría que uno de esos terrones fuese la víbora. Pensando en cómo convencer a Sica, dijo:

"Mira chica, yo sé que mi situación con ellos no es la mejor, precisamente por eso he venido a ti. Tú eres la única que por el carriño que esa señora te tiene puedes hacerle un acercamiento. No lo hagas por mí, hazlo por la pequeña Geli. Si lo haces te lo voy a agradecer toda mi vida."

Sica, estuvo a punto de aceptar la encomienda, lo pensó por un momento, el mismo que Eligio creyó que la había convencido. Finalmente, Sica, dijo:

"Eligio, me gustaría, pero la verdad es que no me atrevo, pero tengo una idea, ¿porqué no le pides al Padre Álvarez qué te ayude?"

Eligio, también había engañado al sacerdote, y con horror contestó:

"Muchacha, ni pensarlo, con el asunto del bautismo también lo engañé a él."

"Siendo así me temo que estás mal, vas a tener que sacar fuerza de donde no tienes y enfrentar la situación por tú cuenta."

"Ni pensarlo, ya una vez lo intenté y me fue peor que al diablo con San Miguel."

"¿Cuánto hace de eso?"

"La vez que la difunta me hizo prometerle que le pidiese excusas. Yo no quería ir y hubiese sido mejor no haberlo hecho, me trató como al trapo de limpiar el piso."

"Sí, me acuerdo de eso, pero ahora tal vez pueda ser diferente, ella también le hizo una promesa a Amanda, y si algo bueno tiene ella es que siempre cumple lo prometido."

"Ahí es que está el detalle, si yo no los hubiese engañado con el bautismo tal vez otra sería la situación, pero ahora ha dicho que si me cruzo en su camino es capaz de matarme, y tú misma has dicho que siempre cumple su palabra. Ni pa'l carajo me arriesgo."

Capítulo 36

La mudanza es un hecho

Tres días de fuertes lluvias impidieron que Francisca pudiese ver a Pepito, y por la misma razón el chico tampoco hizo mucho por verla. Ella quería verlo, pero sabiendo que el chico le acosaría con lo que ella se negó a decirle, rogaba porque él lo olvidase, pero conociendo al muchacho sabía que eso era como pedirle guayabas a un cerezo. Por otro lado el muchacho tenía varias cosas que hablar con ella, entre otras, la mudanza al pueblo, el asunto del tío Din, la promesa de terminar algo que tenían pendiente y el porqué nada le salía bien a Eligio. Durante la mañana acompañó a doña Mica a la quebrada. Mientras ella, en compañía de Juana lavaba, él esculcó las cuevas en busca de coyuntos, pero al crecer la quebrada arrastró con la pesca y sólo pudo sacar dos buruquenas, las que soltó por qué no valían la pena. Tratando de mantenerse alejado de la madre, arrasó con todas las frutas que encontró, aún así sabía que el momento de ser él el pescado llegaría. Era costumbre de doña Mica que al terminar el lavado de ropa lo bañaba en la quebrada, algo que a él no le estuviese malo a no ser porque le estrujaban muy duro las orejas y le caía jabón en los ojos, causándole ardor y picazón. Él, le alegaba a la madre que por haber estado pescando estaba limpio, pero sus ruegos caían en oídos sordos y siempre terminaban bañándolo. Sin embargo una vez lo bañaban sentía un alivio, por que se libraba de la tina al atardecer.

Por la tarde Sica llegó a Casa Grande acompañada de Francisca, la que se unió a Pepito mientras las mujeres hablaban. Tan pronto se encontraron lo primero que Francisca hizo fue preguntar:

"¿Dónde está la mofolonga?"

"Salió con la abuela, pero no sé pa' dónde."

"Qué bueno, así no tendré que soportar su horrible hocico."

"No cantes victoria, es capaz de que aparezca."

No podían irse lejos, ignoraban el alcance del chismorreo y Sica la podría llamar en cualquier momento. Caminaron hasta dónde una vez estuvo el antiguo establo y se sentaron en la desgastada muralla. Francisca, que la vez pasada se le había zafado el gatillo, esperaba que el chico empezase preguntando sobre ello, pero Pepito preguntó otra cosa:

"¿A qué vino tú mamá?"

"No sé, creo que a algo que le encargó tú mamá."

"Estaba esperando que vinieses, a mí la lluvia no me dejó pasar por allá. Chica, que jodienda, ya es seguro que nos mudamos pa'l pueblo, papi compró casa en Sabana Grande."

"¿Cuándo?"

"No sé, pero tiene que ser antes que empiecen las clases, porque nos van a apuntar en la escuela allá."

"¿Y la hacienda, la van a vender?"

"No, papi se va a quedar y viajará los fines de semana."

"No sé que voy a hacer cuando te vayas, a lo mejor te olvidas de mí."

"No digas eso, yo de ti nunca me voy a olvidar, contigo he aprendido muchas cosas que sé que allá no voy a tener."

"¿Cómo cuales?"

"No seas boba, todo lo que hacemos."

"Yo también he aprendido contigo, eso pa' mí era nuevo."

"Pero tú siempre encontrarás con quien hacerlo, a las mujeres se les hace más fácil."

"No, porque aunque yo me emociono con lo que oigo cuándo mí may hace eso, no sé puede hacer con otros, contigo porque eres mi novio."

"¿Y por qué no hacemos lo que tenemos que hacer ahora?"

"Las ganas no me faltan, estoy loca por seguir, pero sé que mami me llamará pronto. Esmeralda, tiene que hacer algo y no podemos tardar, pero te prometo que buscaré la manera de venir tan pronto pueda."

"Te voy a estar esperando. Dime, ¿a qué vino tú mamá, no sabes?"

"En verdad no sé, pero me imagino que será algo relacionado con Eligio. Él estuvo en casa y le enseñó a mami un moretón que Juana le causó con una estaca en un brazo. A lo mejor es sobre eso."

"Hablando de Eligio, tú me prometiste decirme lo que había pasado, y no lo he olvidado. ¿Me vas a decir ahora?"

"¿Y tú te preocupas por eso?" Dijo la muchacha tratando de restarle importancia. "Sólo era una zanganá."

"Zánganá o no, me tienes que decir, tienes que cumplir tú promesa. Un compromiso es un compromiso y ahora no te vas a rajar."

"¿Y si no quiero?"

"Tienes que querer, es tú palabra."

"Chico, no te preocupes por eso, es una tontería."

"No me importa lo que sea, me lo tienes que decir, si-no, no voy a ser más tú novio."

Eso era algo que la chica no quería oír. El novio para ella era algo especial. Tan especial que si no le había querido decir era por temor a herirlo. Guardó silencio y Pepito, dijo:

"Bien, como no me dices me voy."

"No, no te vayas, te voy a decir."

"Ajá."

Francisca, no sabía cómo empezar, y para que el chico no se molestara, dijo:

"Bien, pero es bueno que sepas que si te lo digo es porque tú insistes."

"¿Qué insisto en qué?"

"Pues en que te diga, ni que seas tonto." Luego de una breve pausa, preguntó:

"¿Tú quieres mucho a Eligio?"

El muchacho esperaba otra clase de pregunta e intrigado, dijo:

"Yo no, ¿por qué me preguntas?"

"¿Tú sabías que él es hermano tuyo?"

Pepito tenía la mano en el muslo de la muchacha, la retiró, se viró para mirarla de frente y lo hizo con una mirada inquisitiva. Sorprendido por una revelación que no esperaba, dijo:

"Tú estás loca, él es hijo de Juana y todo el mundo lo sabe."

"Sí, es hijo de Juana, pero el papá es don Lelo y eso todo el mundo lo sabe también. ¿En verdad tú no sabías nada de eso?"

"Pues seguro que no, eso no me cabe en la cabeza."

Los dos guardaron silencio. Francisca, para su corta edad tenía mucha capacidad. Mostrando solaridad con Pepito, le pasó el brazo sobre el hombro y respetó su silencio. El chico estaba confundido y anonadado, miles de pensamientos cruzaron por su juvenil mente, a los cuales nunca antes les prestó atención, pero que ahora al empezar a aglutinarlos adquirían sentido. Los muchos incidentes que Eligio estaba envuelto, la forma como eran comentados en la familia, los odios y peleas entre su madre y Eligio y el afecto que su padre siempre demostró por él, en este momento lo pusieron a pensar. Aún así había algo que no podía comprender, como si pensase en voz alta, mirando a su especial compañera directo a los ojos, con inseguridad, dijo:

"Pero…..papi…. no sé….no entiendo….cómo…."

"¿Qué no entiendes, qué don Lelo haya hecho eso con Juana?"

"¡Sí!" Contestó luego de pensar un rato. "Me es difícil entender eso."

"¿Porqué tú crees que no pueda ser, porque es prieta y fea?"

"Ajá, yo quiero mucho a Juana, es muy buena conmigo, pero tengo que admitir que es un poco rara, y no veo cómo papi……."

La muchacha lo interrumpió para decirle, que debía de creerlo por que don Lelo no lo negaba. Por eso siempre lo protegía.

El padre era todo para el chico, no sólo era un gran padre, también era su héroe, su amigo, protector, consejero, maestro y su todo. Pepito, lo tenía en un pedestal y se le hacía difícil entender eso, sin mucho aplomo, dijo:

"Tú sabes….es que Juana es fea…. Yo no creo que papi……"

Francisca, no le dejó terminar, sabía lo que a su novio se le hacía difícil entender y antes de que continuara con su incertidumbre, le aclaró:

"Mira, ella puede ser fea, flaca, prieta, hablar como una pájara de agua, patas flacas y todo lo que se quiera decir, pero es mujer y los hombres son locos con ellas. Don Lelo, no es diferente a los demás, es más, tú sabes que nosotros casi lo hemos hecho."

"Sí, pero tú no eres fea, además, casi, pero no todavía."

"Porque nos han interrumpido, ¿pero verdad que te gustaría?"

"Por supuesto, pero es que si……"

"Es que na, es lo mismo. Recuerda que eso pasó hace un fracatán de años, en ese entonces ella debió ser más bonita. A lo mejor tú lo hubieses hecho igual, los hombres pa' eso son afrenta'os."

Pepito, se había dejado caer en los brazos de ella, en este momento esos brazos eran el refugio a su angustia, a su frustración, a su incredulidad y desasosiego. Sin ánimo, dijo:

"No sé, chica, no sé. Todavía no puedo tragar eso."

"Pues cree que es así, yo oí cuando mi madre le dijo a Esmeralda la que nos cuida, que cuando ella calentaba un hombre, no importaba quien fuera se encaramaba. A lo mejor Juana calentó a don Lelo."

"Qué es eso de calentar y encaramarse?"

"Pues que va a ser, lo que nosotros por poco hacemos, lo único que no nos han dado tiempo para que te encaramaras."

"Ahhhhh verdad," Dijo Pepito. Luego no muy convencido, añadió:

"No puede ser, porque si así fuera mí madre se enojaría."

"Muchacho, ella está que pica con eso, de allí vienen todos los problemas que ha habido con Eligio. Mucha gente asegura que ella detesta a Eligio. Algunos dicen que ella es mala, pero que don Lelo bueno."

"¡Oh, eso sí qué no! Mami es bien buena."

"Yo lo sé, mi amor, mami dice que ella es bien buena. Yo no entiendo a la gente, a los grandes es difícil entenderlos, siempre están hablando de los demás. Ellos dicen una cosa por el frente y cuando das la espalda, fuaquete, allá va la cuchillada."

"¿Cuchillada?"

"Eso es un dicho, se aplica cuando una persona por el frente te dice una cosa y por detrás te traiciona."

"Caray Francisca eso es verdá, yo creo que fue lo que hizo Eligio con lo del bautismo. Pero tú no eres así, las cosas que me dices son sinceras, ¿verdad?"

"¿Por qué, tú lo dudas?"

"No es que lo dude, es que tú ya eres grande y los grandes son así."

"Yo no soy así, soy sincera contigo y te quiero mucho. Además, yo todavía no soy grande."

"Creo que sí, tú tienes las cosas desarrolladas, y eso es ser grande."

"¿Qué cosas?" Preguntó la muchacha, con cierta coquetería.

"Estas." Dijo el chico mientras se las tocaba por encima de la blusa."

"No sé, yo creo que no. En casa cuando los grandes están hablando y yo quiero hablar, me mandan a callar, porque dicen que los muchachos hablan cuando la gallina mea. Otras veces dicen que no meta la cuchara porque yo todavía soy una pila de mierda. Si fuera grande no me dirían esas cosas."

"Eso es verdad, a mí me hierve la sangre cuando La Gorda me dice así, casi siempre la mando pa'l carajo. Pero volvamos a lo nuestro, ¿porqué mami detesta a Eligio?"

"Eso no se sabe, pero yo en tú caso no le daría importancia a eso."

"¿Por qué?"

"Porque si lo piensas bien no hay nada que puedas cambiar, ignóralo."

"No sé, de todas maneras voy a ver qué averiguo. Ahora no sé qué voy a hacer cuando me encuentre con Eligio."

"Haz lo mismo que hacen tus hermanos. Ellos tienen que saberlo y habrás notado que no hacen nada. Sobre todo la estúpida gorda, que tiene que saberlo porque siempre tiene el hocico metido dónde no le importa."

"¿Por qué le dices estúpida?"

"Porque lo es. Tú mismo me has dicho que te chantajea conmigo y yo no le he hecho nada. Estúpida dije, y así se queda."

El tiempo pasaba, nadie los había llamado, por lo que Pepito, dijo:

"Me gustaría hacer lo de la última vez, vamos a movernos de aquí."

"¿A dónde podemos ir?"

"Vente, vamos al almacén del glácil de arriba."

"Estás loco, eso está muy cerca de la casa."

"Sí, pero no hay nadie mirando, está sólo todo el tiempo."

Se dirigieron al glácil de arriba y en el almacén tomaron asiento en unas pacas de café seco. En esta ocasión era Pepito el que sentía en su cuerpo algo así como un extraño cosquilleo. La muchacha le rodeó el cuello con su brazo derecho y con el izquierdo iba a ponerle la mano en el muslo, cuando se oyó la voz de Sica:

"¡Francisca….Francisca!"

"Ma' rayo parta, tenía que ser ahora, coño." Maldijo el muchacho.

"Yo sabía que iba a pasar." Dijo Francisca. "Pero no te apures, vendré pronto, cuando nadie nos llame y vas a ver."

Pepito, acompañó a Sica y a Francisca hasta cerca de la iglesia, al separarse, mientras bajaba se sintió indeciso, no sabiendo si seguir a la casa o unirse al Bolo que estaba jugando en la ceiba. Sentía dentro de sí una sensación extraña, algo como un vacio o una inquietud. No tenía relación alguna con su chica, era algo que el mismo no sabía explicar o definir. No se sentía nervioso, ni asustado, tampoco era pena, pero no podía dejar atrás lo que sentía, algo así como un sentimiento o una especie de intranquilidad. Regularmente recorría ese camino recogiendo fresas o guayabas, pero hoy no lo hizo y se fue directo a la casa. No entró, se dirigió al columpio que tenía en un pino frente al batey y se sentó. Cosa rara, no se meció, quedándose quieto mientras pensaba, tampoco sabía en qué. Allí lo sorprendió Mon que venía de la hortaliza con un mazo de lechugas, las traía agarradas por las raíces con las verdes hojas hacia abajo. Al ver al chico, con el cariño de siempre, le dijo:

"Hola, Negrito. ¿Quieres qué te dé un empujón?"

"No."

"¿Cómo qué no?, tú nunca estás quieto."

"Pero ahora sí."

"Unjú." Dijo Mon, y continuó su camino hacia la casa.

Quieto, con la vista fija y perdida, mirando no sabía dónde, le vino Francisca a su pensamiento, el mismo que no lograba coordinar. Cuando ella le contó lo de Eligio, en un principio no le creyó, luego se convenció que era verdad. No sabía qué hacer ni cómo actuar. Pensó en cómo actuarían los adultos en una situación como la de él, ¿harían lo mismo? ¿Sería más práctico seguir a sus hermanos y hacerse de la vista larga? No, no podía ser, él era Pepito, no quería ser como sus hermanos, él debía de hacer algo, ¿pero qué? De acuerdo a lo dicho por su novia, Eligio era la causa de las continuas discusiones entre sus padres, y eso él no lo debía permitir. Si quería parar eso era mejor intervenir, ¿pero cómo? Le empezó a dar casco al asunto y cuando más concentrado estaba: maldición allá venía la impertinente Gorda. Ma' rayo parta, no podía venir en otro momento. Quiso tirarse del columpio, pero ya era tarde, La Gorda lo madrugó. Ella, atacó de inmediato, diciendo:

"Pichiche, ¿te vas a morir?"

"¿Por qué, mofolonga?"

"Estás más quieto que un estacón, ¿qué te pasa tizón prieto?"

"Lo que no atora, gordiflona."

"Ja, ja, ja, yo sé porque es. Se te fue la cara de buruquena y te dejó planta'o."

"Ja, ja, gran chiste, cara de puerca."

"Tendré cara de puerca, pero soy blanca, no un trapo de negro como tú, tizón prieto."

El chico no era negro, pero era el único de color trigueño en la familia. Le estaba bien malo que su hermana le llamara, tizón prieto, por lo que se tiró del columpio, la dejó con la palabra en la boca, y molesto, le gritó:

"¡Vete pa' las ventas del carajo, bola de grasa!"

Por salir de La Gorda, dejando atrás el hiriente ja, ja, ja, se dirigió al camino real. No sabía a dónde ir y se decidió por acompañar a Henque, él sabía que estaba al cuidado del alambique del papá. No tenía en mente ir a casa de Juana, pero para llegar al alambique tenía que pasar por allí. No supo cómo, ni por qué, ni se dio cuenta, pero sin notarlo, se encontró atravesado en la puerta de la casa de Juana, como regularmente hacía. Juana, no estaba en la casa, pero casi automático él se atravesó en la entrada a esperar no sabía qué. Regularmente la visitaba porque Juana siempre tenía algo para él, ya fuesen sorullos, fritas de harina, bacalaitos o lo que tuviese, pero siempre le tenía algo, sin embargo hoy no tenía deseos de comer nada. No se explicaba el porqué si Juana no estaba, él permanecía atravesado en la puerta, y lo más extraño, sin deseos de moverse. No supo cuánto tiempo llevaba allí, pero volvió en sí cuando vio a Juana subir por la vereda. Traía en la cabeza un latón lleno de agua. Era un latón grande y cuadrado de los que venían a la tienda llenos de manteca de cerdo. De hecho, el latón todavía conservaba una etiqueta roja con letras negras, el dibujo de un cochinito y el nombre del producto, MANTECA EL COCHINITO. Subió la empinada cuesta con el balde equilibrado en la cabeza sin usar las manos para sujetarlo, en lo que muy bien podía ser un acto de equilibrio circense. En su mano derecha traía un mazo de lerenes agarrados por las hojas y la izquierda ocupada con un delantal doblado.

Llegó frente a la puerta y Pepito le ayudó a bajar el balde. No se había derramado ni una gota, algo que conociendo lo difícil del trayecto, Pepito admiró. Una vez libre del peso, Juana respiró hondo, descansó breves segundos y luego, preguntó:

"¿Jace rato que estah aquina?"

"Sí."

"¿Y Yeyo, llegó?"

"No."

"¿Jen dóndi se jabrá meti'o?"

Al muchacho siempre le había atraído la rara personalidad de Juana, con frecuencia la contemplaba en su ir y venir tanto en Casa Grande, como en su casa de la loma. Ahora, luego de lo revelado por Francisca le era difícil dejar de contemplarla, pero esta vez como si nunca antes la hubiese visto. Ignorando el escrutinio a que estaba siendo objeto y el encogimiento de hombros en respuesta a su pregunta, Juana subió a la casa, y casi para sí misma, se quejó:

"Tuve que jir al pozo por que Yeyo nunca llegó."

La siguió en sus movimientos mientras ella cruzaba de un lado para otro, en un escrutinio tan riguroso como se tasan los animales en una feria. Finalmente la vio detenerse ante la solera, sacó varias bolsas de estraza unas dentro de otras y finalmente apareció el sorullo, grande como un estacón, por lo menos así los veía él cuando tenía hambre. Contrario a otras ocasiones en que daba al chico la mitad, esta vez se lo dio entero, y contrario a otras ocasiones cuando empezaba a devorarlo allí mismo, no lo hizo y sin dejar de mirar a Juana, lo mantuvo en su mano como si le estuviese cogiendo el peso. Desde que la novia le contó lo de Eligio, le era imposible dejar de pensar en Juana, pero un pensamiento compartido que oscilaba entre ella y su padre. Él, que por naturaleza era tan preguntón, ahora parecía estar mudo. Tratando de justificar la acción de su padre, en su joven mentalidad pensaba en cómo sería Juana cuando calentó a su héroe. A lo mejor era como Francisca, pero más oscura, sí, eso es, más oscura, no negra. Claro, ahora lo podía comprender, si él casi lo hizo con Francisca, su papi lo pudo hacer con Juana. Ahora entendía, fue que Juana lo calentó. Sica, dijo que cuando un hombre se calentaba siempre se encaramaba, por lo tanto si Juana lo calentó su papá no se podía aguantar. Todo fue producto de un calentamiento, lo habían calentado....calentado.... calentado. Bueno a lo mejor no, y si ella era bonita cuando más joven no tenía que hacer esfuerzos para calentarlo, pero era un poco fea, no podía haber cambiado tanto. A lo mejor cuando más joven tenía las piernas bonitas, pero tampoco podían haber cambiado. Dios mío, ¿qué pudo haber sido? Su pensamiento lo llevó a mirar el cuerpo de la inocente mujer, que todavía ajena al escrutinio caminaba la casa de un lado para otro. Le miró las caderas a ver si le quedaba algo de lo que pudo haber sido, pero no, era imposible cambiar tanto. De momento se sintió culpable de estar espiando a la persona que siempre era especial con él. La quería mucho, no debía de pensar así de ella. Era la mejor persona que él conocía. ¡Dios mío, eso debió haber sido! Mr. Blanco, decía que los seres nacen buenos, eso quiere decir que ella siempre fue buena y por eso su héroe hizo eso con ella. Pero si fue por eso, ¿por qué no se casó con ella?

La siguió contemplando, buscando una razón que dignificara a su héroe, pero que no aparecía. Miró las paredes, en algunas casas hay retratos viejos de la familia, pero sólo vio anuncios sacados de revistas, unos de jugos, otros de jabones y hasta de pasta de dientes. A lo mejor Juana tendría algún retrato guardado, pero no se atrevía pedírselo. ¡Santo Diosito!, o cómo Juana era casi negra, San Martín de Porra, o cualquier otro santo, al Santo Niño, que cómo yo también es niño, ¡Ayúdenme! ¿Qué puedo hacer? No podía dejar de pensar….Papi….Juana….Papi….Juana….Papi….Juana…

Ella lo miró atravesado en la puerta, como siempre se atravesaba, pero no era el mismo Pepito, el travieso, el preguntón, el devora sorullos hoy estaba mudo. ¿Estaría enfermo? Todo eso era raro, pero más lo era el que todavía tuviese el sorullo en la mano sin haberlo probado. Se acercó, en su afable forma de ser, le revolcó el pelo a la vez que le dijo:

"¿Y poh qué no lo jas mordío?"

"No….na…..es que….."

"¿Jacaso cree que jestá malo?"

"¡No!"

"¿Jentonce?"

"Me voy."

No dijo más, se levantó, dio una última mirada a Juana y sin decir nada más se dirigió a la vereda. Desde la puerta ella lo siguió con la vista hasta que llegó al camino real, con un solo dedo se rascaba su hermoso pelo indio, a la vez que para ella, dijo:

"¡Jum! Sí que ta raro joy."

Ya en el camino real volvió Pepito a seguir pensando en Juana, la había mirado bien y no la encontraba tan fea, tampoco la vio tan negra. Negro era Mr. Blanco, que solo se le veían los dientes y el blanco de los ojos, pero Juana no era así. Si Caty, que era blanca, se casó con Mr. Blanco, que es negro y hacían eso, ahora él podía entender lo que su héroe había hecho. Sica, había dicho que nadie resistía si lo calentaban, y Juana calentó a su papá. Eso fue, lo calentó.

Su héroe seguía en su pedestal.

Capítulo 37

Eligio vuelve a la carga

Juana María, había estado al servicio de Casa Grande por varias décadas, al extremo de ser considerada como parte de la familia. Desde muy joven, cuando ingenuamente fue seducida por el entonces apuesto Lelo, ya estaba con la familia Pierre. Justo era reconocer que en aquella ocasión cuando el hijo abusó de la muchacha, los moradores de la hacienda la exculparon de lo ocurrido por entender que en su ingenua candidez había sido engañada por su hijo Lelo. Era tan inocente que nunca en realidad se dio cuenta de lo que había hecho, al extremo que los padres de Lelo nunca la abandonaron, permitiendo que se quedara con ellos, a la misma vez que le ayudaron a cuidar al niño. Una vez la pareja Pierre faltó, Juana se casó con Yeyo, hermano de Carmela, la madre de Mica. Tuvo otro hijo, Kemuel, pero aunque no viviendo en Casa Grande, permaneció al servicio en la hacienda.

Cuando Eligio quedó viudo contaba con Juana para el cuido de Geli, pero no le pagaba por cuidarle la niña. Juana, resolvió la situación llevándose la niña para Casa Grande, algo que fue del agrado de los patrones por el gran amor que sentían por la nena. Para ellos la nena no podía ser culpada por los errores del padre. Eligio, detestaba que Juana se llevara la niña a Casa Grande, pero como no le estaba pagando por el cuido carecía de fuerza moral para oponerse. En varias ocasiones le comentó a Sica su desaprobación al respecto y su deseo de prohibir a Juana llevarse la niña con ella. Sica, una de las personas que mejor relación mantenía con doña Mica, sabía de las atenciones que en la hacienda tenían con la chiquilla, y se encargaba de convencer a Eligio que no se opusiera. Así mantuvo al enfurecido hijo de don Lelo tranquilo por algún tiempo, que en su odio hacia la señora, por no verla se había convertido en un preso en su propia casa.

Por temor a encontrarse con ellos se encerraba, salía temprano, llegaba tarde, y era prófugo de su propia conciencia. Los ratos libre se escapaba hasta casa de Santia, su compadre Tomás o visitaba a Sica. Se escondía hasta del Padre Álvarez y esperaba que estuviese ocupado para pasar corriendo por frente de la iglesia.

El sábado por la tarde como no tenía trabajo se quedó un buen rato charlando con su compadre Tomás. Entre charla y charla consumió algún pitorro, que aunque no lo embriagó, se le subió a la cabeza lo suficiente para dejarlo libre de inhibiciones. Cuando a eso de las cuatro de la tarde llegó a la casa, todavía Juana estaba con la niña en Casa Grande. Para una mente sin inhibiciones producto del licor ingerido, había llegado el momento que estando sobrio no se habría atrevido llevar a cabo.

Mientras estuvo sobrio, tanto Santia, como Sica, que no aprobaban su conducta le aconsejaban que olvidara sus rencores, y los consejos habían calado tanto que él llegó a considerar acercarse a la pareja. Si lo hubiese hecho el resultado le habría sorprendido, ya que por el amor a la niña y por la promesa hecha a la difunta ellos estaban dispuestos a perdonar. Ellos se habían molestado con lo del bautismo, pero lo importante era la niña y teniéndola en la casa estaban en posición de olvidar lo pasado.

Las buenas intenciones de la pareja fueron ahogadas por el licor que ingirió. Eligio, no pensó en Geli, ni en qué era lo mejor para ella, tampoco en su padre que siempre lo respaldó, se olvidó de Juana, su buena y humilde madre, ni el sufrimiento que le causaría. No pensó en nadie, ni tan siquiera en su yegua que dejó amarrada y sin comida. Su demoniaca obsesión era la vieja víbora y sólo en eso pensaba. Sí, ella, la causante de todas sus desgracias. Ahora le había llegado la hora, iba a saber quién era Eligio. Iría a Casa Grande y le diría lo que hacía tiempo tenía reservado para ella, se las cantaría claras. Le cobraría de una vez todas las ofensas que esa arpía le había hecho.

Ignoró la puerta de atrás que últimamente había utilizado para no ser visto desde Casa Grande. Abrió la del frente y la dejó abierta como si con ello retara los que desde la hacienda lo estuviesen viendo, tenía que demostrar que no les tenía miedo. Se dirigió a la revancha y a medida que caminaba se arrollaba las mangas largas como si en verdad fuese a pelar. Nadie lo había visto, a esa hora don Lelo estaba en la vega jugando con los muchachos en el burro. En la casa, Juana y doña Mica estaban ocupadas dándole comida a Geli. Llegó al balcón, y con voz alta, autoritario y furioso, llamó:

"¡Mamá, mamá!"

Las dos lo oyeron, Juana salió a atenderlo, y él, por todo saludo, dijo:

"Vengo por la niña, que yo me acuerde no la he autorizado a traerla aquí. Hágame el favor y la trae inmediatamente, ¿entendió?"

"Nene, tú jijita está comiendo, ejperate un chispito."

"Ma', usted parece que no oye, dije, ¡ahora!"

"Eh que doña Mica le ehta dando comía."

"A mí qué carajo me importa lo que esté haciendo esa vieja bruja."

Había hablado fuerte con el propósito de ser escuchado y lo había logrado. Se mantenía dando con el puño cerrado en forma de caracol en la baranda del balcón. Para una persona de un carácter tan explosivo como doña Mica, eso era demasiado. Tanto el carajo, como lo de vieja bruja, le indicaban que la paz que estaban considerando tendría que ser olvidada. Aún así salió al balcón llena de buenas intenciones, las que Eligio no esperó encontrar y al verla, sin perder tiempo, en tono ofensivo, dijo:

"Mire señora, que yo me acuerde nadie le ha autorizado a usted para que cuide a mi niña y mucho menos para que le dé comida, ella tiene comida en mi casa."

"¿Puede usted ser tan amable y bajar la voz?, así nos podemos entender mejor, ¿no cree?"

"¿Y quién carajo le ha dicho a usted que a mí me interesa entenderme con una vieja víbora? Tráigame la niña o no respondo de mí, a menos que no quiera saber quién soy yo."

Fue una amenaza directa que le hizo comprender las intenciones del visitante. No intentó discutir y volvió adentro, en lo que el envalentonado Eligio creyó que era para traer la niña. Disfrutando lo que para él era la humillación que le estaba haciendo tragar a la víbora, se golpeaba con el puño de la mano derecha la palma de la izquierda. Con ese gesto demostraba que no le tenía miedo a la condenada vieja, y con la intención de que todos oyesen, a todo pulmón le gritó a Juana:

"Ma', vaya y dígale a esa bruja que se ajore o de lo contrario subiré yo por la nena. La culpa de que esto pase la tienes tú por ser la alcahueta de esa arpía."

Juana, estaba cansada de los arrebatos del hijo, salió al balcón para contestarle, pero no fue necesario. Le sorprendió ver el horror en la cara del hijo y cómo salió corriendo olvidando su altanería, a la vez que sonó el disparo, el que Doña Mica repitió, con tan buena suerte para Eligio que solo recibió una leve rozadura en el antebrazo derecho. Si Eligio, que estaba mirando hacia adentro no la hubiese visto a tiempo, otra hubiese sido la historia. Los disparos no fueron para asustarlo. Eligio, se olvidó del camino, dónde vivía, hacia donde corrió, se internó en el cafetal y no paró de correr hasta que rompiendo malezas llegó a casa de Sica. Llegó tan blanco como un papel, temblando, mudo, con los ojos desorbitados, y cuando finalmente pudo hablar, solo decía:

"¡Me iba a matar….me iba a matar…..me iba a matar…!"

"¿Quién?"

"Ella, ella."

"¿Pero quién es ella?"

"¡La vieja Mica!, me iba a matar."

Fue entonces que Sica notó sangre en la manga izquierda de la camisa. Eligio, en medio del terror y susto que había estado pasando no lo había notado. No era grave, apenas un rasguño que rasgó la piel, dejando una leve herida que molestaba más por el escozor que por sangrado. Eligio, estaba todavía temblando y fue necesario que Sica le preparara un té de naranjo para calmarlo, luego de lo cual le puso ceniza en la herida.

Allá en la vega dónde don Lelo volteaba los muchachos en el burro, el sonido de los dos disparos se oyó claramente. Por su conocimiento con las armas el agricultor supo que eran disparos y venían de la casa. Dejó a los muchachos en el burro y corrió a la casa, dónde encontró que todavía doña Mica tenía el revólver en la mano. Ella, todavía furiosa por los insultos recibidos, narró el suceso tal y como había sucedido. Él la increpó, diciendo:

"¡Pero Mica! ¿Tú estás loca? No te das cuenta de que pudiste haber matado a ese muchacho. ¿Cómo te atreviste?"

"Eso es lo que lamento, ya te dije una vez que si no te hacías cargo del problema yo lo arreglaría. Ese bastardo no se va a salir con la suya."

"Sí, pero no de esa manera, si lo hubieses logrado ahora estarías arrepentida."

"Y lo estoy, pero de haber fallado los disparos."

"Mira, Mica, yo creo que tú estás llevando esto a los extremos, somos seres civilizados, no animales. No podemos coger la justicia por nuestra cuenta, lo que tú has tratado está fuera de Ley. Te pudo haber costado caro."

"Caro le va a costar a ese bastardo cuando lo vuelva a agarrar."

El coraje de la enfurecida esposa era tal que en ese momento don Lelo, que la conocía, sabía que el tratar de razonar con ella era poco menos que imposible. Se limitó a quitarle el revólver y esperar que ella se calmase. Por su parte Juana, la única partícipe del incidente, había perdido el color negro y su cara era una máscara de ceniza grisácea. La terrible impresión de lo presenciado todavía no le había permitido moverse ni para atender la niña que lloraba desesperadamente.

Don Lelo, no había vuelto a mencionar el asunto con la señora. Estaba esperando encontrarla completamente sosegada para obtener la cooperación que necesitaba. Sería así siempre y cuando ella no lograra ver a Eligio, que era el que tenía la facultad de exasperarla. Pensando en que tendría que evitar un segundo incidente, con las posibles graves consecuencias que pudiese acarrear, tomó una ligera decisión, agilizaría la mudanza al pueblo del petate. Eso no era necesariamente lo que él deseaba, pero sí lo más recomendable en las presentes circunstancias. Aduciendo que no debía esperar, para que los muchachos tuviesen tiempo para aclimatarse, cerró el negocio de la compra de casa y señaló una fecha cercana para la mudanza. Con la esposa no tenía problemas, ella lo estaba deseando y él se libraba de un posible dolor de cabeza al evitar una tragedia.

Podía decirse que todos estaban felices con la noticia, a excepción de Pepito que no le gustaba la idea. El chico aunque lo esperaba no dejó de sentirse desilusionado. Para él, separarse de su entorno era como desprenderse de un pedazo del alma. Ahora cuando el asunto de la mudanza era una realidad, fue que comprendió el dolor de la tristeza. Impedido de encontrar consuelo en la casa decidió buscar a Francisca, su amiga, confidente, su salvadora y también su novia. Estaba triste, bien triste, no podía apartar de su mente el momento en que tendría que abandonar sus animales, sus amigos, la casa, pero más por ella, Francisca, la que estaba con él en las buenas y las malas, reían juntos, gozaban juntos y juntos lloraban cuando era necesario. Jamás podría olvidar que cuando estuvo a punto de estirar la pata, fue la mano de ella la que lo volvió al mundo. No la encontró, de regreso a la casa se encontró con Hanque, que llevaba la encomienda de cuidar el alambique, y se unió a él. Entre los dos buscaron leña, para mantener el fuego de la batición y mientras el destilado empezó a caer en el embudo que servía de cabeza al galón, mataban el tiempo jugando canicas. Fue cuando Pepito le dijo al amigo que se mudarían para el pueblo, y éste, preguntó:

"¿Porqué se mudan?"

"En casa dicen que para que vayamos a la escuela allá."

"Eso no fue lo que yo oí en casa."

"¿Qué oíste?"

"Que tú pay quiere mudarse para evitar que maten a Eligio."

"Bah, ¿quién diablos lo va a matar?"

"Pues quién va a ser, doña Mica. Desde que le disparó dicen que Eligio todavía está corriendo. ¿De verdad tú no sabías de eso?"

Pepito, se acordó del día que estaban en la vega jugando en el burro, y se oyeron dos disparos. Su papá salió corriendo para la casa pero ellos continuaron jugando. Cuando regresaron a la casa todo parecía estar en calma, pero contrario a otras ocasiones su papá no habló ni hizo chistes durante la cena. Recordando ese momento, Pepito, dijo:

"Yo no sabía qué había pasado, estábamos en la vega cuando oímos dos disparos, papi salió apresurado hacia la casa, nosotros nos quedamos, pero luego no supimos más."

"Según todo el mundo dice, tú mamá por poco le limpia el pico a Eligio."

"¿No dijeron por qué fue?"

"Según dijeron, Eligio fue a la casa y la ofendió, pero no sé nada más."

"Es malo que eso haya pasado porque hace que papi quiera mudarnos pronto y a mí no me hace gracia."

"Yo tú estaría contento, cualquier cosa es mejor que esta joya, esto es el culo del mundo, sí Puerto Rico fuera un burro cagaría por aquí."

"Tal vez pa' ti, pero no pa' mí."

"Yo te entiendo, tú preocupación es Francisca, ¿te da pena dejarla, verdad?"

"¡Sí!"

"¿Están bien enamoraos?"

"Bueno, yo no sé qué es eso de enamorarse, pero cuando no la veo me hace falta, y ella dice que yo a ella también. ¿Será eso estar enamora 'o?"

"Yo creo que sí, ella nos dice a todos que es tú novia."

"Bueno, sea lo que sea, para mí ella es algo especial, fue la que me curó cuando yo me enfermé. Imagínate, mami dice que por muchos días yo estuve grave, sin abrir los ojos, ni hablar, ni comer y con una fiebre tan alta que me tenían que poner hielo. Llegaron a rezarme porque creían que las enliaba y todo cambió cuando llegó Francisca. Empezó a pasarme la mano por la frente, según dicen muchas veces, y de momento abrí los ojos y allí estaba ella a mi lado, me pareció que era un ángel y todavía me lo sigue pareciendo."

Al llenarse el primer galón, en un pequeño pocillo de latón dejaron caer un chorrito de licor que dividieron entre ellos. Mientras hablaban, jugaban y vigilaban probaron varias chispos, que poco más tarde los empezó a marear. Medio jumo por los chispos de licor tomados, Hanque preguntó a Pepito:

"Pepito, si te vas y no vuelves al barrio, ¿me puedes dar a Francisca? Antes de ser tú novia, en la escuela ella me gustaba."

"Caray Hanque, pues seguro que no. Ni que fuera un aguacate."

"Yo sé que no es un aguacate, pero es que tú tal vez no regreses."

"Bueno, no sé qué pasará y no quiero pensar en eso."

Ya en la casa, durante la cena don Lelo les informó que se mudarían al pueblo en dos semanas. En medio de las alegres caras por la noticia, era evidente el disgusto en la de Pepito. Al ver la cara de tristeza de su negrito y que apenas había probado la comida, don Lelo, como buen padre que era se preocupó, y aún sabiendo la causa, preguntó:

"¿Por qué estás tan triste, mi negrito?"

El chico permaneció en silencio, pero como era su costumbre La Gorda contestó por él:

"Lo que pasa es que el gran Pichiche está enamora'o y le va a hacer falta la cara de buruquena. ¿Verdad Pichiche?"

Robi y Loria, rieron lo dicho por la hermana, pero no el chico que el comentario lo encolerizó y molesto, dijo:

"Será cara de buruquena, pero aún así es más linda que tú, que tienes cara de puerca."

La mirada inquisitiva de don Lelo y la pronta presencia de doña Mica que se acercaba, evitó que la discusión se prolongara. Eso sí, durante la cena lo que La Gorda y Pepito se enviaron con la mirada no tenían nada que envidiarle a dardos envenenados.

La siguiente semana todo era movimiento en Casa Grande, los preparativos de la mudanza mantenían ocupados a casi todos. Cada uno tenía una tarea definida, recayendo la mayor parte en las féminas, ya que se trataba de recogido y empaque. Los vecinos y arrimados más allegados a la familia pasaron a ayudarles y pasar los últimos días con doña Mica. El vecindario completo estaba apenado, Casa Grande era el eje que movía y aglutinaba la vida del área. Por décadas allí habían compartido gratas y amargas experiencias, acabes, celebraciones, reuniones, huracanes, días solemnes, velorios, bautismos, bodas, alegrías y desgracias. Por supuesto que en lo sucesivo no sería igual, presentían que estaban siendo testigos del final de una era, así eventualmente sería. El barrio no volvería a ser igual.

Una de las personas que más sentía la partida de doña Mica, era Sica. En un barrio dónde era víctima de la censura de muchos, en doña Mica siempre encontró cariño, aprecio y consideración. Por ese aprecio que ambas se profesaban, Sica vino en varias ocasiones a prestar su ayuda y por supuesto a pasar con su amiga los últimos días. En uno de los últimos viajes vino acompañada por Francisca, la cual había venido a compartir con Pepito. Una vez reunidos se fueron al viejo establo, su paraje favorito. La Gorda intentó seguirlos, para como de costumbre hacerles la vida imposible, pero por el mucho trabajo por hacer, doña Mica la obligó a permanecer en la casa. Claro, a regañadientes de ella, que disfrutaba molestando a Francisca. Sica, permaneció bastante tiempo en la casa y cuando al momento de despedirse llamó a la muchacha, los muchachos aparecieron y de sólo verlos se notaba que habían estado llorando mucho, todos respetaron su pena.

La última semana fue un rosario de expresiones de pena y cariño. En ese momento ya la mayoría de las pertenencias estaban en la casa del pueblo y sólo los últimos preparativos, mayormente de ropa estaban pendientes. Saldrían hacia Sabana Grande el domingo por la mañana, día que había sido escogido por la disponibilidad del vehículo que los llevaría.

Llegó el día. Temprano en la mañana ya estaban listos en el batey los caballos que los llevarían al sector abejas, desde dónde los esperaba el vehículo. Juan López y Mon traerían los animales de regreso. El momento de partir fue penoso por demás, sólo los más fuertes de corazón vinieron a despedirlos, entre ellos Juana y el Tu Yeyo, Genaro y Socorro, el Padre Álvarez, doña Andrea, los Pacheco con Caty y Mr. Blanco, doña Carmela, Pilar, Juana Morales y por supuesto, Sica, que llegó sola porque Francisca estaba triste y no quiso venir a despedirse de Pepito.

A pesar de haber tanta gente presente, nadie hablaba y la caravana partió en medio de silencio, lágrimas y caras tristes. Pepito, encaramado en su yegua Linda viajaba último. Al salir del batey, con ojos llorosos y labios apretados, miró hacia el final del camino en la esperanza de ver aparecer a Francisca, pero no apareció. Al pasar por la ceiba, vio a su amigo Bolo y sin poder hablar, con la mano le dio un mudo adiós. Ya un poco más arriba, desde la parte alta del camino real miró hacia la vega, allá quedó el burro, pastando ajeno a lo que sucedía y como el burro, no muy lejos, también la vaca Maravilla se hizo la desentendida. Todavía no habían llegado a la parte del trayecto dónde el camino era tragado por la montaña, siendo la parte alta desde allí se dominaba el barrio en toda su extensión. Pepito, lo contempló con tristeza y su mirada llorosa parecía querer grabar en su mente el paisaje que se empequeñecía conforme subían la cuesta. Vio la loma de Juana, su bohío, la mata de maguey con sus aspas hacia el cielo azul que la coronaba, la vereda, que como una serpiente roja zigzagueaba partiendo en dos la loma. En el lado norte de la vega el camino real se perdía en la loma de doña Carmela, para luego dejarse ver nuevamente antes de la curva de la iglesia. Todavía desde allí Pepito tenía esperanzas de ver emerger por el camino la figura de Francisca, pero la pena le había impedido a la chica dejarse ver. Permaneció en su casa llorando la partida del que ella llamaba su novio. Kaki, su fiel mascota, lo acompañaba pegado a la yegua y fue necesaria la intervención de Mon, que lo hizo regresar a la casa. Minutos luego cuando la caravana fue tragada por la montaña, Pepito volvió a ver a Kaki. Esta vez su fiel mascota no movía la cola, también estaba triste.

Con la desaparición de la caravana al ser tragada por la montaña, había llegado a su fin una época de recuerdo y tradición, la vida en Casa Grande.

Epílogo

En el momento mismo en que la caravana fue tragada por la montaña, había iniciado la transformación no sólo de Casa Grande, si- no también de todo el sector. La ausencia de doña Mica, alma y corazón de la hacienda, dejó un vacio imposible de llenar. Al no poder contar con la mujer que tenía la virtud o defecto de ser querida por muchos y temida por pocos, tanto los arrimados, como los vecinos del barrio se alejaron de Casa Grande, convirtiendo el lugar en un invisible cementerio. Don Lelo, que durante la semana permanecía en la finca y los fines de semana viajaba al pueblo, aún con su dulce personalidad no llenaba el vacío dejado por la compañera. Él nunca se preocupó por desarrollar el arte culinario y quedó a merced de los que por caridad le pudiesen preparar su comida. La pobre alimentación empezó a pasar factura y su condición física empezó a sufrir los estragos de la deficiente dieta. Por la razón de haber decaído en su salud, la producción de la finca empezó a declinar y antes que perdiera su valor se hizo imperativo tomar una decisión, vender la hacienda. Casa Grande era la vida de don Lelo, le dolía en el alma desprenderse de la propiedad. La prioridad del momento, la educación de los hijos le impedía traer la familia nuevamente a la hacienda. Vendió.

Al vender don Lelo, la personalidad del barrio que ya había empezado a cambiar, desapareció y con ello también los que por muchos años contribuyeron a la idiosincrasia del sector. El Tu Yeyo y Juana, murieron poco tiempo después, uno casi pisando el talón del otro. Mon, el fiel capataz, se mudó al bohío de Juana María. Falleció poco tiempo después sin poderse determinar la verdadera razón, no se supo si fue por la ausencia de Carmen, por vejez o por el mucho pitorro que tomaba. Juan López, consiguió trabajo en la bajura, se mudó y nunca más regresó al barrio. Genaro y Socorro, se mudaron al sector cuchillas para estar más cerca de sus hijas, dónde murieron ambos a los cien años. Mr. Blanco, el profesor negro, se convirtió en un personaje muy querido en el sector. Nunca, para desgracia de Eligio que tanto lo esperó, se separó de Caty, con la cual procreó dos hijos, uno negro y otro blanco, los cuales se llegaron a convertir en los querendones de doña Tera. Doña Carmela, la madre de doña Mica, continuó haciéndole la vida de cuadritos a sus dos hijas, pasando una temporada en Maricao con una y con doña Mica en Sabana Grande, otra. Allí murió, siempre rechazando a Pepito y dando por bueno todo lo que Robi y Loria hacían. Nathaniel, el perverso hijo, adquirió una parcela, dónde falleció sin nunca haber mejorado de la maldición de don Felo. Kemuel, el ingrato hijo de Juana, nunca regresó al barrio, ni aun cuando murieron sus padres, a los que jamás volvió a ver. Doña Andrea, la rezadora, curandera, yerbera y partera que siempre pesó más de trescientas libras, murió pesando menos de cien. Fue víctima de la enfermedad que tanto esquivó, la tuberculosis. Siempre encontró quien la cargase al morir.

La iglesia Episcopal, nunca se supo si fue intencional o accidente, una noche cogió fuego. El Padre Álvarez fue consignado a Yauco, allí murió. Sica, continuó siendo visitada por sus amigos y entre tiempos iba al pueblo a ver a su amiga Mica. La palma que Mon sembró cuando la gravedad de Pepito permanece inerte, gallarda y fuerte, como testimonio de un bello gesto de amor y humildad de la persona que tan bien personificó al autentico jíbaro borincano.

Buitrago, el gran amigo de don Lelo, al perder su cuate predilecto y sentirse sólo, puso la hacienda en manos de un administrador. Su profesión era farmacéutico, compró una farmacia en Guayama y se estableció en el pueblo de Merica. Ella, siendo maestra se dedicó a la educación, que había sido siempre su gran pasión.

Pocho Berraco, después de pasarle la fiebre por Merica, a lo mejor por continuar cerca de su amigo Lelo, se volvió a su casa en Sabana Grande.

Eligio, la persona que con su terquedad, soberbia, rencor, odio y rebeldía, en parte fue responsable por la transformación del barrio, compró una parcela, se unió con Rosalía una joven de La Fina para así solucionar el cuido de su pequeña. Con la nueva compañera procrearon tres hijos. Nunca se supo si por qué maduró como persona, si por la desaparición de doña Mica, a quien siempre culpó de sus desgracias, al recuerdo de Amanda que tantas veces le imploró por que cambiara su actitud, o a los golpes de la vida, no presionó más por el asunto del apellido. De todas maneras siempre lo continuó usando ya que don Lelo nunca se opuso. Aun casado con Rosalía se quedó esperando por que Caty y Mr. Blanco se separaran, pero nunca lo llegó a ver. Así como nunca más volvió a tener contacto con el padre, que al vender la finca se quedó en Sabana Grande y jamás volvió a su antigua hacienda. No se pudo determinar si cargaba con el germen desde los tiempos de Amanda o si la había contraído por intervención divina, pero como Amanda, murió de tuberculosis. Hasta el momento de su muerte se culpó de lo injusto que había sido con el padre, la persona que siempre lo respaldó.

En uno de los viajes de Sica a visitar a doña Mica conoció a una familia acomodada que aceptó tener a Francisca como ayuda en la casa. Allí, Pepito, por mediación de un amigo que la conoció en una farmacia supo de su presencia y volvieron a continuar su relación. Años después formalizaron una relación que culminó en matrimonio.

Kaki, la fiel mascota de Pepito, perdió la vista en sus continuas peleas con las ardillas, murió ciego, paradójicamente en el mismo lugar desde dónde vio a Pepito por última vez.

Fin

Glosario

Aballarde - especie de hormiga pequeña del cafetal, amarillosa y de fuerte picada

Aceitillo- madera valiosa de color amarillo y rico olor

Aldaba- seguro en forma de barra con final en forma de pico, para asegurar puertas, ventanas y portones

Almud-envase para medir el café recogido, 1/20 de fanega

Azalea- tapiz que se coloca entre el lomo y la silla del caballo.

Bache-gran acumulación de lodo largo y profundo, causada por el paso contínuo de cuadrúpedos sobre barro o terreno suelto y mojado

Bambú-planta, la mayor de las yerbas

Banastas-canastas que se colocan a los lados del lomo del animal para carga

Baño-envase de latón grande y redondo usado para lavar y otros usos

Batey- palabra india, patio frente a la casa o lugar para juego

Bollo- mendrugo de pan

Burro-transversal de madera liviana balanceado, cruzado sobre un eje vertical enterrado y en cuyos extremos se acomodan los niños para girarlos en círculo

Buruquena- juey de agua dulce, encontrados en quebradas y ríos

Camino Real - Ruta o caminos principales en las posesiones españolas, adquiere el nombre honrando a los reyes

Carajo- expresión lingüística de variadas connotaciones, desde vulgarismo, expresión admirativa, hasta refuerzo en énfasis a la oración

Chicha- bebida de maíz fermentado de indios latinoamericanos, en Puerto Rico un vulgarismo

Chavienda – vulgarismo que significa molestia

Chubasco-llovizna de corta duración

Cidra- Fruta cítrica, limón de gran tamaño con cáscara gruesa arrugada y poca vulva

Cogiera un fumón- expresión lingüística que implica tener mucho coraje

Coyunto- especie de camarón

Dados- topos

Esgolizó- vulgarismo aplicado a una caída

Estaca- pedazo de madera con un extremo aguzado que se entierra en el terreno

Fracatán- cantidad excesiva de algo

Granadilla- Deliciosa fruta de la familia del melón cuya planta crece en forma aérea

Gresca- pelea, discusión

Guabá- araña cuyo habitad es el agua, se guarece en rocas o cuevas

Guamá- Vaina cuyos pequeños, blancos y sabrosos frutos semejan algodones azucarados

Guarán- clase de guineo de excelente calidad

Gunda- Tipo de pera bien amarga con forma de riñón que crece aérea en un bejuco

Hollejo- cáscara o piel seca de la mata del guineo, usada para atar objetos y pasteles

Ilín-ilán- planta cuya olorosa flor crece de un tubérculo a ras del terreno

Jacana- Fruta de repelente olor, del tamaño similar a un melocotón

Jacho- Antorcha hecha en una botella llena de gas kerosene y una mecha, usada para alumbrarse en los caminos, nombre aplicado a una extraña luz que se veía saltar entre montañas, aparecía por tiempos y no tenía explicación razonable alguna

Jataca- utensilio hecho con una higüera pequeña, cuyo mango era una vara que la atravesaba, para servir líquidos o sacar agua de los pozos

Jíbaro- hombre de campo, noble, rudo, de buen corazón

Joyo- hoyo

Jumbetas- que se lo lleva el malo

Jurutungo- lugar o sitio lejano

Jumo- ebrio, borracho

Juyilanga- huir, escaparse, salir corriendo huyendo de algo

Lerenes- especie de papa pequeña que crece en ramilletes bajo tierra, muy deliciosa

Limber- pequeño refrigerio hecho al congelar algún liquido endulzado, en el argot borincano adquirió el nombre del famoso aviador norteamericano que al visitar nuestra isla fue frio e impersonal con los puertorriqueños

Majagua- Corteza de la planta del mismo nombre, usada para la confesión de sogas, también para fuertes amarres o ataduras

Maguey- Tipo de plantea parecida al agave norteamericano

Mamao- vulgarismo usado para describir personas tontas o atarantado, también de la extracción de leche de la vaca por el becerro

Mamey-fruta de gran sabor, dícese del que quiere engañar, lograr algo con facilidad

Mamito- dícese de aquel que se cree un don Juan, presumido

Mato- pequeña semilla bien dura, de color rojo y negro, usada para poner en el tanque a los quinqués, y usado por los niños para jugar

Media puerta- una de las dos mitades de algunas puertas

Mechón- jacho

Mocho- pedazo de machete viejo, se veía feo cuando lo usaban para cortar el jabón que venía en barras, cruzado entre dos estacas era usado como limpia pies

Mofolonga- persona gruesa y de poca habilidad, mofodonga

Moralón- madera fuerte, dura y valiosa

Morral- bolsa de tela con tirantes usada para llenarla de café durante el recolectado, también para cargar objetos y efectos personales

Ortiga- plante de la familia de las uticas cuyas espinas en las hojas causan ronchas fuertes e irritantes, muy útil en la medicina natural

Pacas- Sacos grandes para envasar café, carbón, yerba u otros materiales

Palva- desayuno del trabajador, en el cafetal por lo general consistía de viandas con bacalao

Pantano- Extensión larga y profunda de fango hecho por el continuo paso de animales en terrenos con agua estancada, bache

Parihuela- cajón con agarraderas y huecos en el fondo, usada para sacer el café del tanque y llevarlo a los gláciles

Petate- tapiz hecho de la palma del mismo nombre, usado para dormir, secar café y otros usos, tradicional del pueblo de Sabana Grande

Pra-pra- Sombrero llano de copa plana hecho de paja blanca, de uso descontinuado

Puerca- persona sucia, máquina de trabajar caminos y carreteras, femenina de cerdo

Puya- hablar con indirectas en forma molestosa o peyorativa, café sin azúcar

Quincalla- Mercancía cuyo vendedor cargaba en un canasto grande, redondo y plano

Rábano- plante cuya mancha es peligrosa e irritante, vegetal de hortaliza

Recoveco- rincón oculto y apartado

Soberao- piso de una casa

Sopapo- cantazo dado con el puño

Tabonuco- árbol, nombre de barrio

Tarabilla- cerradura hecha con un pedazo de madera que gira al ponerle un clavo en el centro

Tente en el aire- bejuco amarillo en forma de espagueti que crece sobre el follaje, medicinal

Tormentera- pequeña casita de dos aguas, resguardada al costado de una loma para proteger propiedades y personas durante el azote de tormentas o huracanes

Torniquete- pasadizo en forma de "S" construido con estacones en las alambradas para evitar el paso de los animales

Virazón- la segunda parte del huracán luego de la calma

Yagua- tigüero de la palma real, parte que adhiere la rama al tallo

Nota: Muchos términos y frases del glosario son propios de la novela y su uso a pesar de que pueden aplicarse en otras circunstancias, no se deben tomar como generalidades.